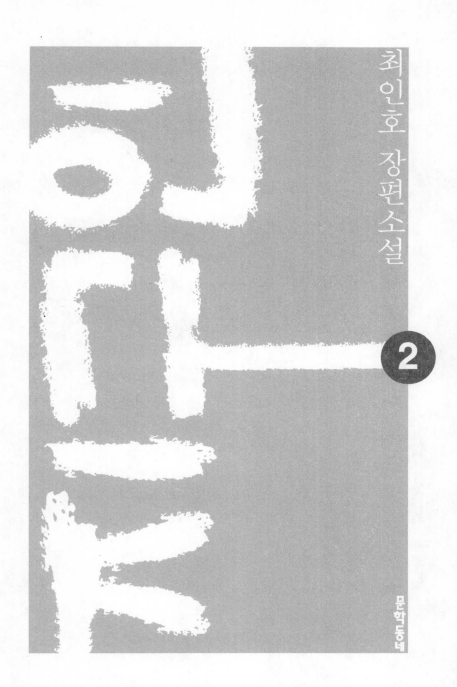

최인호 장편소설

2

문학동네

언제나 내 곁에는 '악마'가 우글거려
만져지지 않는 공기처럼 내 주위를 맴돈다.
놈을 삼키면 내 허파는 타는 듯하고
영원한 죄악의 욕망으로 꽉 차는 듯하다.

—샤를 보들레르, 『악의 꽃』

2권 차례

광대

    대륙서커스가 서울에 도착한 것은 초겨울이었다. 종세가 정읍을 야밤에 도망쳐 곡마단에 들어온 지도 꼬박 일 년이 되어갈 무렵이었다.

    조치원 천안 온양 충주 청주를 거쳐 대전을 지나 전라도 지방으로 내려갔던 곡마단은 훌쩍 경상도 지방으로 거슬러올라가 서울을 향해 올라오고 있었다. 수원에서 공연을 마치고 서울에 도착했을 때는 어느새 겨울이었다.

    종세는 지난 일 년 동안 키가 부쩍 자라 정읍을 도망쳐올 때 껴입었던 옷은 어느 것이나 발목 위까지 껑충 드러날 정도로 짧아져 있었다. 그는 열네 살이었으며 몇 달이 지나 새해가 되면 열다섯이 될 판이었다. 어느새 변성기를 지나 꿈에도 소원이던 가수가 되기는 글렀을 정도로 목은 쉬어 있었다. 어느 날 갑자기 젖망울이 서고 차돌처럼 딱딱해지더니 하루아침에 목이 쉬어버리고 말았다. 이미 프롬타 치는 일에서부터 종세는 당당한 연극배우가 되어 있었다. 영란의 상대역을 하던 동규는 아역을 하기엔 징그러울 정도로 수염이 거뭇거뭇 돋아나 있었으므로 후임을 찾던 마카오 할아버지가 종세를 당당한 배우로 추천했던 것이다.

마침내 종세는 꿈에도 그리던 배우가 되었다. 떠나서 일 년쯤 되어가는 곡마단 생활에는 이제 이골이 나 있었던 종세였다. 처음 들어왔을 때 모든 게 서툴기만 하던 곡마단 생활에 종세는 완전히 익숙해져 있었다. 이것저것 잡일부터 시작한 종세는 안 해본 일이라곤 없을 정도였다. 수없이 많은 낯선 도시를 거쳐오는 동안 바깥세상을 향한 호기심은 점점 소멸되어가고 있었다.

기껏해야 이리까지 완행열차를 훔쳐타고 나가본 것이 고작이었던 종세는 고향을 떠나 멀리 가면 갈수록 낯선 환상의 도시에 도착할 수 있을지도 모른다는 꿈에 잠겨 있었다. 그러나 수없는 도시를 거쳐오는 동안 종세는 어느 도시에서나 똑같은 사람이 똑같은 말을 쓰고 똑같은 옷을 입고 살아가고 있다는 평범한 진리를 터득했다.

그는 수많은 사람을 만났으며 수많은 사람과 헤어졌다. 어느 도시에서건 펄럭이는 천막 안으로 손님이 밀려들어왔다가는 그리고 사라졌다. 곡마단 안에서도 일 년 사이에 수많은 단원들이 떠나갔으며 또 새로운 식구가 들어왔다.

청주를 떠날 무렵 헤어진 박씨 아줌마는 대전에서 공연을 마치고 전라도 지방으로 내려갈 때에도 풀려나지 않았다. 그가 남기고 간 짐을 종세는 천막을 거두고 다음 행선지로 갈 때마다 꼬박꼬박 들고 다녔다. 단순한 폭력사범이 아니라 거기에다 아편중독이라는 죄가 드러난 것이 분명한 이상 그는 일 년 이상 콩밥을 먹을 것이라고 단원들은 말했다. 수용소에 들어가 아편을 끊고서야 박씨 아줌마는 풀려날 것이었다. 그러나 종세는 그가 언젠가는 돌아온다고 믿고 있었으므로 그가 남기고 간 낡은 트렁크를 챙겨서 보관했다. 그는 돌아온다. 돌아와서 불의 춤을 출 것이며, 언젠가는 그가 원하던 대로 불의 아이를 낳게 될 것이다.

어느 프로보다도 인기가 있었던 3부 쇼의 불춤은 박씨가 돌아올 때까지 공연이 중지되었다. 단장은 박씨 대신에 인기 있는 프로그램을 만들기 위해 이번에는 마술사 최씨를 고용했다.

마술사 최씨는 턱수염이 가득한 사내로 나이가 많아 보였다. 단장이 다른 서커스에서 비싼 돈을 주고 뽑아온 고참이라고 모두들 수군거렸다.

하루가 다르게 퇴색되어가는 서커스의 인기를 만회하기 위해서는 할 수 없는 일이었다. 불과 일 년밖에 서커스에 몸을 담지 않은 종세라도 손님의 수가 조금씩 줄어들고 있다는 사실을 현저히 피부로 느낄 정도였다.

서커스는 어느 도시에서건 극장을 누비는 악극단이나 요란스런 국극단의 인기에 밀려나고 있었다.

사람들은 더이상 싸구려 천막 밑에서 가마때기 위에 주저앉아 목쉰 트럼펫 소리에 휘파람을 부는 초라한 곡마단의 곡예와 쇼를 열광적으로 받아들이지 않았다.

공중곡예에서도 행여 떨어질까 쳐놓던 그물도 치우지 않으면 시시한 그네놀이에 지나지 않았다. 손님들은 허공을 가르며 아슬아슬하게 그네를 타는 묘기를 보기보다는 실제로 사람이 떨어져 죽는 것을 원하고 있었다. 곡마단은 변두리에서 변두리로, 자꾸 더 멀리 나아가지 않으면 안 되었다.

이제는 당당한 배우로 막이 올라가면 번쩍이는 조명을 받고 무대 위에 올라가 영란과 둘이 잠속에서도 욀 수 있을 정도로 판에 박인 대사를 청승맞고 구슬프게 외는 종세는 하루가 다르게 관객의 반응

이 열쩍어가고 있다는 사실을 분명히 느낄 수 있었다. 어쨌거나 곡
마단은 가을걷이를 끝낸 들판처럼 시들어가고 있었다.

　종세의 마음속에서도 더이상 새로운 세계를 향한 신기루의 꿈도
일지 않았으며 뚜렷하지는 않지만 언젠가는 또다시 이 천막의 세계
에서 떠나게 될 것이라는 예감을 받고 있었다. 정읍을 언젠가는 떠
나게 될 것이라고 오랫동안 생각해오던 종세는 마침내 대륙서커스
를 본 순간 그 바람이 현실로 바뀌고 말았다. 막상 정읍을 도망쳐서
단원이 되었을 때 종세는 잡일을 하는 후견에서 언젠가는 당당한
배우로 승진할 것이라는 희망에 부풀어 있었다. 마침내 종세는 소
망했던 대로 되었으나 그것이 종세가 바라던 최상의 길은 아니었
다. 그가 바라는 소망, 곡마단 속에서 바랄 수 있는 최고의 목표를
성취하였지만 그것은 어디까지나 천막 속의 세계였다. 어디서부터
불어오는 것일까, 여기저기서 불어와 미친년의 치마폭을 들쑤시듯
천막의 틈을 밀치고 들어왔다 일순에 도망쳐버리는 바람처럼 종세
는 한줌의 바람과 같은 존재였다. 바람을 넣기 전에는 쭈그러진 고
무막이 바람을 넣는 순간 탄력 있는 공도 되고 인형도 되고 풍선도
되고 구명대도 되는 것처럼 곡마단의 천막은 이 세상과 격리된 얇
은 껍질이었다. 그러나 그 천막은 종세가 헤엄쳐나가야 할 풍랑을
이기게 해줄 구명대는 아니었다. 그것은 잠시 머물다 떠날 바람이
누웠던 자리에 불과하였다.

　얇은 고무풍선이 수용할 수 없는 바람을 먹으면 마침내 터져버리
듯 종세는 언젠가는 이 천막을 떠나게 될 것이라고 생각하고 있었
다. 칠성이도, 연숙이도, 배우 이씨도, 난쟁이도, 원숭이도, 늙어 뛰
지조차 못하는 한 쌍의 말들도, 그리고 영란도 빈 천막을 채우는 바
람에 불과했다.

　언젠가는 떠나리라. 종세는 공연이 끝나고 차디찬 여인숙에 누울

때마다 생각했다. 그러나 그 막연한 예감이 어쩔 수 없이 확실해질 때까지는 기다릴 것이다.

그때까지 나는 언제라도 더이상 키가 자라지 않고 목소리가 낭랑한 아역배우로서 성장이 멈춰버린 난쟁이 석씨처럼 어린아이로만 머물러 있어야 한다.

그러나 종세의 목쉰 소리는 곧 단원들에게 들키고 말았다. 하루이틀이 아니고 공연 때마다 비명을 지르는 거위의 목소리를 내는 종세의 대사는 관객들에게 야유를 받기에 이르렀다. 종세는 언제나 슬픔에 잠겨 목이 멘 소리를 내고 있었다. 알 수 없는 일이었다. 내일이면 낫겠지.

공연이 끝나면 가게에서 생돈으로 달걀을 사서 꿀떡꿀떡 삼키곤 했지만 목은 점점 잠겨들고 있었다. 비참한 일이었다.

"목이 쉬었냐?"

공연이 끝나면 연숙이 근심스런 얼굴로 묻곤 했다. 상대역을 하는 영란은 종세의 목쉰 소리 때문에 자신의 연기가 좀먹어들어간다고 바락바락 신경질 내곤 했는데 그나마 한마디라도 해주는 것은 화냥년 연숙밖에 없었다.

"으째서 도야지 멱따는 소릴 낸다냐?"

내일이면 낫겠지, 목청이 트이겠지 낙관했다가도 눈뜨고 일어나 대사 한마디 외울라치면 녹슨 쇳소리가 흘러나오곤 했다.

"너는 목이 쉰 게 아녀."

황씨가 결론을 내렸다.

"나이가 차서 목소리가 변하는 거여. 불알이 여물면 목소리가 달라지는 거여."

황씨의 말대로 목소리는 영원히 트일 것 같지 않았다. 이대로 가다간 아역배우 노릇도 때려치울 판이었다. 종세의 선임자로 아역을 맡던 동규도 나이가 차고 어른티가 난다고 그만두지 않았느냐. 별수없이 고께이로 돌아버리지 않았느냐. 종세는 눈앞이 캄캄했다. 불알이 여물었으니 배우를 그만두고 다시 후견을 보라거나, 고께이부로 돌리면 당장 곡마단을 떠날 생각이었다.

하루하루 눈칫밥을 먹으며 버텨나가고 있을 무렵 종세는 마침내 마카오 할아버지에게 발각되고 말았다.

"노래를 불러봐라."

애당초 종세를 그놈 똑똑해 뵌다고 배우로 추천한 것이 마카오 할아범이었다. 종세는 목청껏 노래를 불렀다. 석양을 보며 비명을 지르는 수커위처럼. 종세의 노래를 반 소절도 듣지 못하고 마카오 할아범은 그만, 하고 소리를 지르더니 한숨을 쉬었다.

"너도 틀렸다. 마땅한 아이를 찾아낼 때까지만 배우 노릇을 하거라."

마술사 최씨를 단장이 비싼 돈을 주고 끌어온 것은 바로 그 무렵이었다. 만주 시절부터 마술을 하던 최씨가 곡마단에 들어온 것은 곡마단이 수원에서 천막을 치고 가두선전을 이제 막 끝냈을 때였다. 천막을 치고 무대를 가설하고 있노라니 칠성이가 단장이 부른다고 종세를 부르러 왔다. 종세는 막 뒤로 단장을 만나러 갔다. 마카오 할아버지가 단장 앞에 서 있었다. 단장은 지난 일 년 동안 흥행성적이 신통치 않았으므로 여차직하면 곡마단을 팔아넘기거나 해산해버린다고 입버릇처럼 말하고 있었다. 그는 초췌해 있었다.

"부르셨습니까?"

종세가 꾸벅 인사를 하자 단장은 흘끗 종세를 보았다. 그는 심드렁한 얼굴로 말했다.

"너 목소리가 변했다며?"

"아닙니다."

종세는 머리를 흔들었다.

"목이 쉬었습니다. 며칠 뒤엔 나을 겁니다."

"미친놈."

마카오 할아버지가 윽박질렀다.

"네 목소린 다시 돌아오지 않는다. 너 오늘부터 배우 노릇 그만둬라. 네 대신 상철이가 오늘부터 아역배우 하기로 했다. 오늘부터 넌 다른 일을 하게 된다."

"그게 뭔데요?"

"오늘부터 우리 곡마단에 마술사가 오게 된다. 마술사에겐 조수가 필요하다. 혼자서는 마술을 할 수 없으니까 네가 오늘부터 마술사 조수 노릇을 해라."

"마술이오?"

종세는 꿩 구워먹은 소리를 내었다.

"그게 뭔데요?"

"마술이란 건 말이다. 빈 주머니에서 비둘기를 날리고 톱으로 사람을 자르는 일이란다. 잘 배워둬라. 조수 노릇 열심히 하면 너두 이담에 유명한 마술사가 될 것이다. 허기야 한 가지 기술이라도 배워두면 얼마나 좋으냐."

"허지만 우리 단원 중엔 마술사가 없지 않아요?"

"오늘부터 새로운 단원이 왔다. 최씨라구, 이름 있는 마술사다. 지금 여관에 와 있다. 아마 너를 기다리고 있을 거다. 빨리 가서 손을 맞추지 않으면 안 된다. 조수년이 하나 있었는데 도망간 모양이더라."

종세는 단장을 쳐다보았다. 단장은 꾸물거리는 종세를 보며 소리를 질렀다.

"뭣 하고 있니. 빨리 가보지 않고."

종세는 천막을 뛰쳐나왔다.

우라질.

종세는 여관으로 뛰어가며 투덜거렸다. 지난 일 년 동안 얼마나 모두들 종세를 부러워했던가. 입단한 지 육 개월도 채 못 되어 배우로 승격한 종세는 후견들의 선망의 대상이었다. 그런데 오늘로서 설 자리를 잘리고 말았다.

여관 마당에 낯선 사내가 우두커니 앉아 있었다. 얼굴에 수염이 더부룩한 사내였다. 그는 기묘한 복장을 하고 있었다. 검정 제비꼬리 연미복에 검은 구두와 검은 모자를 눌러쓰고 있었다. 얼굴에 검은 수염이 나 있었으므로 그는 온통 검은색으로 처발라져 있었다. 그는 살아 있는 사람처럼 보이지 않았다. 그는 스스로를 죽은 사람처럼 보이도록 노력하고 있는 것처럼 느껴졌다. 그의 검정 구두와 검정 모자, 검정 옷, 검은 수염은 죽은 사람의 명복을 빌기 위해서 가슴에 단 상장처럼 보였다. 그는 누구라고 할 것 없이 살아 있는 사람들은 모두 언젠가는 맞이할 임종을 지켜 상복을 입고 서 있는 꼬락서니를 하고 있었다.

"너냐?"

최씨는 목쉰 소리를 내었다.

"니가 종세라는 아이냐?"

"그래요."

검은 옷을 입은 사내는 잠자코 종세를 노려보았다. 기분 나쁜 눈초리였다. 검은 옷칠을 한 관과 같은 얼굴 속에 두 눈이 박쥐의 그것처럼 번득이며 종세를 노려보았다.

"하나부터 열까지 셀 줄 아니, 꼬마야?"

오랜 침묵 끝에 최씨는 불쑥 말을 꺼냈다. 종세는 무시당한 것 같은 기분으로 분노에 가득 차서 대답했다.

"누가 그걸 모른단 말요, 젠장."

"세어봐라, 꼬마야."

종세는 잠자코 사내를 노려보았다. 그렇지 않아도 좋은 기분이 아니었다. 이 기괴한 늙은이의 조수 노릇을 한다는 것은 자존심이 허락질 않았다. 더구나 이 미친 늙은이는 처음부터 나를 무시하고 있는 것이 아닌가.

종세는 이를 악물고 마술사 최씨를 노려보았다.

"세어봐라, 꼬마야."

최씨는 감정이 섞이지 않는 목소리로 명령했다.

"난 바보가 아니라구."

"난 널 바보라구 하지 않았어, 꼬마야. 단지 숫자를 세어보라구 했을 뿐이다. 이것이 몇 개지?"

그는 손가락 네 개를 펴들었다.

"다섯 개지, 우라질."

"너는 손가락도 셀 줄 모르는 멍텅구리로구나."

마술사는 빈정대며 말했다.

"세어봐라, 꼬마야. 이것은 몇 개냐?"

그는 손가락 여섯 개를 펼쳐들었다.

"여섯 개유, 영감."

"됐다, 넌 아주 똑똑한 꼬만데. 네가 좋아하는 숫자가 뭐냐? 하나서부터 열까지 중에 너는 어떤 숫자를 좋아하니?"

종세는 이 엉뚱한 질문이 무엇을 뜻하는가 알아낼 수가 없었다.

"생각해봐라. 머릿속으로 하나서부터 열까지 숫자 중 어떤 숫자든 좋으니 네가 가장 좋아하는 숫자를 머리에 떠올리렴."

종세는 생각했다. 1, 2, 3, 4, 5, 6, 7, 8, 9, 10. 그는 결론을 내렸다. 종세는 열 개의 숫자 중 하나를 선택했다. 그것은 1이었다.

"결정했니?"

"예."

"그 숫자는 무엇이냐?"

"하나요."

종세는 손가락 하나를 세워들었다.

"그럴 줄 알았어. 꼬마야, 나는 네가 일이라는 숫자를 좋아할 줄 알았다."

"공갈치지 마슈."

종세는 빈정대며 말했다.

"그래 좋아. 그럼 저기 탁자 위에 놓인 꽃병을 가져오렴."

그는 탁자 위에 놓인 화병을 가리켰다. 종세는 잠자코 시키는 대로 화병을 들고 왔다.

"화병을 뒤집어보아라."

마술사는 말했다. 종세는 화병의 밑바닥을 들쳐보았다. 그곳엔 놀랍게도 '1'의 숫자가 씌어져 있었다. 종세는 놀라서 하마터면 꽃병을 떨어뜨려 깰 뻔했다.

"나는 네 마음을 알고 있지. 난 이 세상에서 모르는 것이 없단다, 꼬마야. 난 모든 것을 만들어낼 수도 있지. 난 사막에서도 꽃을 만들어낼 수 있단다. 돈이 없으면 얼마든지 주머니에서 돈을 만들어낼 수도 있구."

"거짓말하지 마슈, 영감."

약이 올라서 종세는 소리를 질렀다.

"난 안 속아넘어가, 영감. 그 따위 사기를 치려면 입에 침이나 바르구 치슈."

"또 하나의 숫자를 말해보렴."

"일곱."

18

종세는 소리를 질렀다.

"행운의 숫자인 칠 말이냐. 나는 네가 그것을 고를 줄 알았다, 꼬마야."

그는 갑자기 검은 윗도리 주머니에서 한 장의 카드를 끄집어내었다. 그의 손은 쌍권총을 돌리는 이씨의 손보다 빨랐다. 추호의 망설임도 없었다. 그는 카드를 허공에 던졌다. 종세는 그것을 주워보았다. 분명히 그것은 '7'의 숫자를 알리는 트럼프였다. 종세는 맥이 풀려 사내를 멍하니 쳐다보았다.

"단장은 너를 내 조수로 추천했다. 하지만 꼬마야, 넌 그리 똑똑하게 보이지가 않아. 넌 내가 보기엔 아직 젖비린내나는 꼬마에 지나지 않아. 내가 어떻게 해서 너의 마음을 읽었는지 그 이유를 발견해낸다면 난 너를 내 조수로 삼겠다. 허지만 오늘 공연이 끝날 때까지 어떻게 해서 내가 네 마음을 읽었는지 알아내지 못한다면 너는 내 조수가 될 자격이 없어. 가거라, 꼬마야. 내 조수가 되고 싶다면 머릴 싸매고 연구해봐라, 꼬마야."

그는 어떻게 알아맞혔을까?

그날부터 종세 대신 상철이 배우로 전격적으로 바꿔치기됐기 때문에 종세는 행여 상철이 연극을 망치게나 되지 않을까, 오랜만에 프롬타를 치면서도 내내 머리에서 떠나지 않던 것은 그 마술사의 희한한 능력이었다.

어떻게 알아맞혔을까?

그 마술사는 어떻게 내가 생각한 숫자를 어김없이 미리 알아차리고 있었을까. 그건 불가능한 일이었다. 마술이야 어쨌든 눈가림 아닌가, 그러나 대수롭지 않게 생각할 수는 없는 노릇이었다. 그의 말을 빌린다면 그 이유를 알아내지 못하는 한 종세를 조수로 쓰지 않겠다고 말하지 않았던가. 그의 말이 무서워서라기보다는 그 불가사의한 초능력이 못내 의심스러워 종세는 견딜 수가 없는 심정이 되었다.

그것은 무엇일까.

아니다. 그의 말은 확신에 차 있었다. 무엇이든 골라라. 네가 생각하는 숫자를 떠올려라. 모든 것을 알아맞혀주겠다.

종세는 2부 연극이 끝나기를 기다려 부리나케 여관으로 가보았다. 단원들이 집단으로 묵고 있는 여관은 아직 공연이 끝나지 않았으므로 텅 비어 있었다. 새로운 조수를 구해 손발을 맞추기까지 마술은 진행될 수 없었다. 종세는 마술사 최씨가 특별대우로 독방을 쓰고 있는 구석진 방을 가만히 열어보았다. 문은 열리지 않았다. 문은 바깥에서부터 자물쇠로 굳게 잠겨 있었다. 그러나 잠근 자물쇠를 철사로 쑤셔 여는 것은 식은 죽 먹기였다. 종세는 쇠못을 주워 자물쇠를 열었다. 다행히 누구의 눈에도 띄지 않았다.

종세는 마술사 최씨의 방으로 들어갔다. 종세는 불을 켰다. 좁은 방 안은 마술사 최씨의 마술도구로 가득 차 있었다. 보통 단원들의 곡예도구들은 무대 뒤 지정해놓은 자리에 놓여 있는 것이 보통이었다. 그런데 마술사 최씨는 그의 마술도구들을 엄중하게 자기 방에 집어넣고 거기에 자물쇠까지 채워놓고 있지 않은가.

물주전자와 탁자, 캐비닛과 상자곽, 꽃병과 거울, 검은 보자기들과 비수들, 트럼프와 어항, 마술도구들은 질서정연하게 좁은 방 안을 채우고 있었다. 종세는 조심스레 아까 마술사 최씨가 가리켰던 꽃병을 찾아 쥐어들었다. 병 밑부분을 들여다보니 여전히 '1'의 숫자가 큰 글씨로 씌어져 있었다. 종세는 갑자기 뭔가 낌새를 챈 느낌이 들었다.

종세는 방 안을 모두 헤쳐보았다. 종세는 주전자 밑에서 '8'이라는 숫자를 보았으며, 상자곽 밑에서 '3'이라는 숫자를 보았다. 그제

20

야 어렴풋이 어떻게 마술사 최씨가 종세의 마음을 읽었겠는가를 알아차릴 것 같았다. 이를테면 마술사 최씨는 '1' 부터 '10' 까지의 숫자를 자기만 아는 마술도구 밑부분에 표시를 해둔다. 그러고 나서 손님들에게 어떤 숫자든 생각하라고 말한다. 손님 중에 누군가 대답할 것이다.

"여덟이요."

마술사 최씨는 주전자 밑을 펼쳐 보일 것이다. 그곳엔 '8' 이라는 숫자가 씌어 있을 것이다. 알겠다. 종세는 뛰어오를 듯이 기뻤다. 종세는 트럼프를 주워들었다. 눈에 띄는 대로 '1' 부터 '10' 까지의 트럼프를 열 장 골라내어 종세는 차례차례 몸에 숨기기 시작했다.

'1' 의 카드는 왼쪽 양말 속에 숨겼으며 '2' 의 카드는 오른쪽 양말 속에 숨겼다. '3' 의 카드는 바지 왼쪽 주머니에, '4' 의 카드는 오른쪽 주머니에, '5' 의 카드는 뒷주머니에, '6' 의 카드는 왼쪽 윗주머니에, '7' 의 카드는 오른쪽 윗주머니에, '8' 의 카드는 왼쪽 속주머니에, '6' 의 카드는 오른쪽 속주머니에, '10' 의 카드는 털모자 속에 집어넣은 후 종세는 마술사 최씨의 방을 빠져나왔다.

종세는 의기양양해서 휘파람을 불며 여관을 빠져나왔다. 알아맞혔다. 나는 그가 건 내기에서 이겼다.

천막 속에서는 3부 쇼가 진행되고 있었다. 구성진 노랫가락이 흘러나오고 있었다. 생각했던 것보다는 의외로 좋은 성적이었다. 하지만 오이리하지는 못했으므로 낙관적이지는 않았다. 어느 도시에서건 첫날밤 공연은 오이리를 해야만 신이 나는 법이었다.

종세는 천천히 천막 앞 공터를 넘어갔다. 공터 앞 개울가를 끼고 막소주집들이 잇달아 문을 열고 있었다. 이미 겨울이었으므로 개울가에 늘어선 버드나무들이 헐벗고 있었다. 달은 유난히 밝았다.

잇달아 게딱지처럼 붙어 있는 술집에서는 젓가락을 두드리며 노래부르는 작부들의 고함소리가 들려왔다. 종세는 술집을 기웃거리며 걸었다. 막이 끝나기를 기다리다 막소주 한잔 걸치러 나온 후견들이 술집 안에서 술을 마시고 있었다. 종세는 그들과 어울리고 싶지 않았으므로 재빨리 걸어갔다.

마술사 최씨는 맨 끝의 술집에 홀로 앉아 있었다. 여전히 검은 양복에 검은 모자를 쓰고 술을 마시고 있었다. 종세가 들어서자 마술사 최씨는 우울한 눈으로 종세를 보았다.

"안녕하슈, 영감."

종세는 마술사의 앞자리에 버티고 앉았다.

"나두 술 한잔 주시오, 영감."

그는 멍한 시선으로 종세를 보았다. 검은 수염에 희끗희끗한 흰수염이 드문드문 섞여 있었다. 이 영감은 어쩌면 수염에 물감을 들이고 있는지도 모른다. 종세는 잠자코 빈 잔에 술을 따라 단숨에 들이켰다.

"공연은 끝났냐?"

"아직 멀었어."

"누가 날 찾기라도 하더냐?"

"아니."

종세는 싱글싱글 웃으며 대답했다.

"아무도 찾지 않았어."

"그럼 어떻게 내가 여기 있는 걸 알았어?"

"내가 찾아다녔어, 영감."

종세는 낄낄거리며 웃었다.

"영감이 낸 숙제를 풀었어. 내가 알아냈다구."

종세는 담배를 꺼내 피워물었다.

"말해봐, 영감. 이게 몇 개야?"

22

종세는 손가락 네 개를 펼쳐들었다.

"글쎄, 다섯 갠가."

"취했군. 영감은 취하셨어."

마술사는 술에 취해 멍청한 눈초리로 종세를 보았다. 반쯤 열린 문틈으로 겨울달빛이 비수처럼 베어졌다. 어디선가 날카로운 라디오의 시보 소리가 들려왔다. 검은 양복에 검은 나비넥타이, 검은 모자를 받쳐쓴 검은 털보에 나이든 마술사는 흥미 없다는 듯 양미간을 찌푸리며 종세를 마주보았다.

"골라보슈, 영감. 어떤 숫자라도 골라보라니까."

마술사는 우울하게 빈 잔에 술을 따랐다. 술병은 비어 있었다. 새로 한 병을 시켜 잔에 넘치도록 따라 마술사는 술을 들이켰다. 흘러내린 술이 수염을 적셨다.

"네가 좋아하는 하나를 고르겠다."

"그럴 것 같았어, 영감."

종세는 술탁자 위에 왼쪽 발을 올려놓았다. 그는 요술 부리듯 양말 속에서 감추어진 트럼프 카드를 뽑아들었다. 종세는 카드를 탁자 위에 던졌다.

"영감이 생각해낸 숫자는 무엇이든 맞힐 수 있다구, 헷헤헤. 씨팔, 별게 아니더라고. 말씀만 하시더라고."

종세는 벌떡 일어섰다.

"이를 원한다면 있다구."

종세는 오른쪽 양말에서 트럼프를 꺼냈다.

"삼이라면 여기 있지."

왼쪽 바지주머니에서 트럼프를 꺼내 종세는 허공에 던졌다.

"말씀만 하시더라고. 십의 숫자라면 여기 있더라고, 싸가질."

종세는 털모자를 벗었다. 모자 속에서 카드가 굴러떨어졌다.

"잘난 체하질 말더라고, 마술사 영감. 그 잘난 재주 가지고."

마술사 최씨는 잠자코 빈 잔에 술을 따라 원수진 사내처럼 벌컥벌컥 들이켰다.

"뭐든 해보더라고. 내가 다 알아맞혀 보일 테니. 영감태긴 만주 벌판에서부터 마술하셨다고 재시는 모양인디."

순간 최씨는 주머니에서 무엇인가 꺼냈다. 그것은 한눈에도 날이 시퍼렇게 선 날카로운 비수였다.

"시끄럽다, 꼬마야."

최씨는 단조로운 음색으로 비수를 세워들었다.

"네 손가락 한 개를 잘라주마."

최씨의 손이 탁자 위에 놓인 종세의 오른손을 민첩하게 붙들었다. 나이답지 않은 완력이었다. 마술사 최씨의 손에 잡힌 오른손은 용을 써도 빼어낼 수 없었다.

"놔, 이 미친 영감태기야!"

종세는 손을 빼기 위해서 몸부림을 쳤다.

순간 마술사의 손이 허공을 향해 곤두섰다. 그리고 재빨리 종세의 오른손을 향해 던져졌다. 종세는 비명을 지르며 몸부림쳤다. 칼은 정확히 종세의 오른손등을 찍었다. 그러나 칼끝은 종세의 손을 뚫지 않았다. 칼끝은 용수철처럼 밀려서 손잡이 쪽으로 밀려들어갔다. 어디 한 군데도 다친 곳이 없었다. 그러나 남이 본다면 분명히 종세의 손은 칼에 무자비하게도 꽂힌 형상을 띠고 있었다.

"어떠냐, 꼬마야?"

표정 없던 최씨의 얼굴에 비로소 함박웃음이 가득 차올랐다.

"까불면 고놈의 잘난 주둥아리를 마저 찢어놓겠다, 꼬마야."

종세는 마술사 최씨에게 압도당한 기분이었다. 놀람과 공포는 일순에 사라지고 이상한 경이감이 검은 마술사에게서 느껴졌다.

"넌 머리가 좋구나, 꼬마야. 그만하면 내 조수가 될 만하다."

최씨는 비수를 주머니 속에 넣으며 낄낄 웃었다.

"지금부터 당장 시작하자. 내 너에게 무엇이든 가르쳐주마. 사기가 아닌, 거짓말이 아닌 마술을 가르쳐주마, 꼬마야. 사람들은 내가 부리는 마술을 모두 눈가림이라고 생각하고 있다. 허지만 꼬마야, 절대로 내가 부리는 마술은 눈가림이 아니란다. 난 무엇이든 가질 수 있고 무엇이든 만들어낼 수 있단다. 네 이름이 뭐라고 했지?"

"종세요."

"몇 살이냐?"

"열네 살이요. 해가 바뀌면 열다섯 살이 돼요."

종세는 곡마단 단원 그 누구에게도 가르쳐주지 않은 진짜의 나이를 말했다.

"그만하면 영리한 아이로구나. 넌 어디서 왔니?"

"난 고아예요. 집도 없어요."

종세는 그것만은 거짓말을 했다.

"허지만 넌 여기 있지 않니. 그것이 바로 마술이란다. 너는 여기에 있어. 그것이 마술이다. 이것이 뭐냐?"

최씨는 술병을 쥐어들고 물었다.

"술병이요."

"맞았다. 이건 술병이지. 허지만 사람들은 그렇게 이름을 지었기 때문에 이것을 술병이라고 부르는 것이란다. 만약 처음으로 이 술병에 술병이라는 이름을 지은 사람이 이 술병을 꽃이라고 말했다면 이 술병은 꽃이 아니냐? 마찬가지란다. 꼬마야, 네 이름이 종세라면 너는 종세지만 너를 낳아준 부모가 네 이름을 말똥이라고 지었다면 너는 종세가 아니고 말똥이가 되는 거란다. 나는……"

마술사는 진지하게 말했다.

"아직 이 세상에 이름을 갖지 못한 많은 물건들에게 이름을 붙여주는 사람이란다. 알겠니?"

"모르겠어."

종세는 대답했다.

"무슨 소린지 모르겠어, 영감."

"차차 알게 되겠지."

마술사 최씨는 대수롭지 않게 집어들었던 술병을 거꾸로 세워들고 몇 방울 남아 있는 술을 입 안에 털어넣었다. 잠시 침묵이 왔다. 꼭 닫히지 않은 문틈으로 바람이 새어들어왔다.

"꼬마야."

침묵 끝에 마술사 최씨는 진지한 얼굴로 종세를 보았다. 그는 웃지도 않았고 술에 취해 보이지도 않았다. 그는 사는 일에 지친 단조로운 얼굴 표정을 지었다.

그는 재빠르게 주머니에서 무엇인가 꺼냈다. 그것을 마술사 최씨는 손바닥으로 가리고 탁자 위에 손등이 보이도록 올려놓았다.

"내 손 안에 무엇이 들어 있는지 알겠니?"

종세는 그의 두툼한 손등과 수염 가득한 얼굴을 동시에 쳐다보았다. 이미 한번 그의 마술에 속아넘어갔었던 종세로서는 내키는 대로 대답할 수는 없었다. 그의 손은 아무것도 쥐지 않은 듯 평평하게 펼쳐져 있었다.

"아무것도 쥐지 않은 것 아닌가요?"

"천만에."

마술사 최씨는 머리를 흔들었다.

"분명히 무언가 들어 있단다."

"성냥인가요?"

"아니다. 살아 있는 물건이란다."

26

"뭔데요? 개똥벌레인가요? 아니면 귀뚜라미인가요?"

"날아다니는 짐승이지."

"나비인가요?"

"아니다. 이 안엔 새가 들었단다."

"새가요?"

종세는 놀란 얼굴로 그의 손등을 노려보았다. 그는 손바닥을 열어보였다. 그러자 감추었던 물건이 드러났다. 그것은 비둘기였다. 비둘기는 거짓말처럼 꼬깃꼬깃 구겨져 있다가 자유를 얻자 자기 본래의 크기대로 부풀어올랐다. 마치 재빠르게 공기를 넣어 부풀어오르는 풍선처럼.

"이건 비둘기가 아닌가요?"

"맞았다. 비둘기지."

마술사 최씨는 대답했다.

"비둘기는 접어도 죽지 않는단다. 접고 구기면 비둘기는 성냥곽보다도 작아진다. 한번 보겠니?"

마술사는 탁자 위에 놓인 비둘기를 손가락으로 쥐었다. 그리고 그는 사정없이 비둘기를 구기고 손수건처럼 접기 시작했다. 비둘기는 바람 빠진 고무인형처럼 작아졌다.

"비둘기를 이 빈 술병 속에 넣어 보이겠다."

마술사 최씨는 빈 술병을 들고 안에 아무것도 없다는 것을 강조하기 위해서 입에 가까이 대고 후익 불었다. 빈 병에서 먼 바다를 가로지르는 뱃고동 소리가 났다.

부웅―부웅―

마술사 최씨는 꼬깃꼬깃 접은 비둘기를 좁은 병 모가지 속으로 멀어넣기 시작했다. 놀랍게도 비둘기는 좁은 병 속에 표본처럼 갇혔다. 술병에 갇힌 비둘기는 열다 실수해서 병 속에 빠져버린 코르크

마개처럼 압축되어 보였다. 최씨는 병 모가지에 삐쭉 솟은 비둘기의 꼬리를 잡아뽑아 갇힌 비둘기를 꺼내어 허공에 던졌다. 비둘기는 생명을 가지고 푸드득거리며 순식간에 제 부피로 부풀어올라 허공을 날며 굴러떨어졌다.

"내 주머니에 이 같은 비둘기가 몇 마리나 들어 있겠니? 한번 알아맞혀보려무나."

그는 자신의 주머니를 가리켰다. 양복주머니가 특별히 크게 보이지는 않았다. 기껏해야 두세 마리가 들었을까. 아무리 꼬깃꼬깃 손수건처럼 구겨서 주머니 속에 넣어둔다 하더라도.

"세 마리요."

"아니, 틀렸다."

"더 많은가요?"

"그렇구말구."

"다섯 마린가요?"

"그래두 틀렸다. 한번 세어보겠니?"

그는 주머니에서 비둘기를 꺼내기 시작했다. 그는 빠르게 비둘기를 알에서 부화시키는 검은 목신(木神)처럼 보였다. 그의 손은 무에서 유를 창조해내고 있었다. 그의 손은 바람 속에 숨겨진 생명의 씨앗을 찾아내는 환상의 지휘봉이었다. 그의 손은 빛보다 빨라 우리들의 눈으로는 재빨리 간파할 수 없는 무의식의 그림자를 채 도망가기 전에 잡아올리는 빛의 어망이었으며 생명의 포충망이었다.

"한 마리, 두 마리."

종세는 그가 비둘기를 꺼낼 때마다 큰 소리로 세었다.

"다섯 마리, 여섯 마리……"

비둘기는 끝없이 부화되었다. 그의 몸은 검은 알처럼 보였다.

"열 마리."

놀라움과 찬탄으로 눈이 둥그레진 종세 앞에서 드디어 마술사 최씨는 텅 빈 주머니를 까뒤집어 빈 내장을 보여주었다.

"모두 몇 마리냐?"

"열 마리요."

"그럴 리가 없을 텐데. 어디엔가 한 마리가 더 있을 텐데. 아 참, 깜빡 잊고 있었구나."

그는 모자를 벗었다. 아직까지 한 번도 벗지 않았던 모자였다.

그러자 모자가 벗겨져 드러난 그의 무성한 머리 위에는 한 마리의 비둘기가 눈이 부신 듯 홀로 우뚝 서 있었다. 마술사의 머리칼은 무성했으므로 마치 머리 위에 올려놓은 비둘기가 마른 풀의 둥우리 같은 모습을 하고 있었다. 비둘기는 횃대처럼 마술사의 머리를 딛고 우울하게 서 있었다. 마술사는 머리를 흔들었다.

비둘기는 그것을 신호로 푸드득거리며 술집 바닥에 떨어져 앉아 바닥에 떨어진 모이들을 쪼고 있는 비둘기 군 속에 섞여들었다.

"사람들은 바보란다, 꼬마야. 사람들은 비둘기가 어째서 성냥곽처럼 작게 구겨질 수 있을까 생각해보지도 않고 믿지 않는단다. 자기가 해보지도 않고 믿지 않는단다. 자기가 해보지도 않고서 말이야. 비둘기는 얼마든지 구겨진단다. 얼마든지 작아질 수 있단다. 마술사들이 비둘기를 마술의 소재로 즐겨 사용하는 것은 이런 특수한 비둘기의 특징 때문이란다. 알겠니, 꼬마야? 물론 너와 내가 나누는 말들은 밖에 나가선 아무에게도 해선 안 된단다. 이건 우리들의 비밀이니까."

"절 조수로 삼아주시는 건가요?"

종세는 그가 우리들이란 말을 썼으므로 기분이 좋아 웃으며 물었다.

"그야 물론이지. 네가 수수께끼를 풀었으니까."

"왜 비둘기를 몸 속에 넣고 다니나요?"

"비둘기는 내 가족이니까. 네가 우리 새 식구가 된 것처럼."

마술사는 주머니에서 콩알을 한줌 쥐어서 비둘기 앞으로 뿌렸다. 비둘기들은 다투어 다가와 서로 몸을 밀치면서 부리로 콩알들을 찍어먹기 시작했다.

"그리고 내 주머니가 비둘기들의 집이란다. 비둘기장인 셈이지."

"똥을 싸지 않나요?"

"싸겠지."

마술사는 크게 웃었다. 검은 수염 속에 드러난 은니빨이 유난히 돋보였다.

"하지만 갓난아기들은 기저귀 속에 똥을 싸지 않니. 내 주머닌 비둘기들의 기저귀이기도 하니까."

"도망치지는 않을까요? 비둘기들은 날개를 가졌는데."

"자세히 보렴."

마술사는 비둘기 한 마리를 건져올렸다. 그는 비둘기의 날개부분을 가리켰다.

"조금씩 날개를 잘라주었단다. 물론 날아갈 수도 있겠지. 하지만 멀리로는 날아갈 수가 없단다."

"한 마리 제가 가져도 될까요?"

"가지렴."

마술사는 건져올린 가장 작은 비둘기를 종세에게 내어밀었다. 종세는 그것을 건네받았다. 따스한 깃털을 가지고 있었다.

"구겨서 주머니 속에 넣으려무나."

"하지만 죽지 않을까요?"

"내가 하는 것을 보지 않았느냐. 비둘기는 아무리 작게 구겨도 죽지 않는단다."

"아프지 않을까?"

"아니."

마술사는 다정하게 웃으며 말했다.

"네가 비둘기를 사랑만 한다면 비둘기는 절대로 날아가지 않는단다. 구겨보렴."

종세는 비둘기를 비틀어보았다. 손이 떨리고 있었다. 종세는 비둘기의 목을 비틀어버리는 듯한 두려움을 느꼈다.

"달걀을 깨어본 적이 있니, 꼬마야?"

"아뇨."

"아무리 힘센 사람도 한 손으로는 달걀을 깨뜨리지 못한단다. 그게 왜 그런 줄 아니?"

"모르겠어요."

"달걀 속에 들어 있는 아직 태어나지 못한 생명을 무서워하고 있기 때문이란다. 너는 지금 비둘기를 두려워하고 있구나. 사랑하는 것은 두려워하는 것과 다르지."

종세는 맘껏 비둘기를 구겼다. 비둘기는 휴짓조각처럼 구겨졌다. 아주 조그맣게 되었을 때 종세는 그것을 주머니 속에 넣고 갑자기 기쁨에 가득 차서 큰 소리로 외쳤다.

"이제부턴 할아범을 놀리지 않겠어. 영감, 더 마시고 싶으시다면 내가 한 병 더 사겠어. 어이, 여기 술 한 병만 더 줘요."

마술사 최씨는 이상한 사람이었다. 그는 잘 때도 모자를 벗지 않았다. 아침마다 검은 수염을 빗었다. 가지런히 자란 수염 중에 어쩌다 삐죽삐죽 돋아난 돌연변이의 수염은 가위로 자르곤 했다. 그는 여하한 경우에도 검은 수염 속에 흰 이빨을 드러내고 웃지 않았으며 가능하면 단원들과 이야기를 나누려고도 하지 않았다.

다음날부터 마술사는 종세를 상대로 마술 연습을 시작했다. 종세가 마술사를 도와 수십, 수백 가지의 마술을 익숙하게 구사할 수 있을 때까지는 당분간 마술을 보여줄 수 없었으므로 비싼 돈을 주고 스카웃해온 단장과 제작부장은 초조해서 안달을 하고 있었다. 그러나 마술사는 조금도 서두르지 않았다.

"너는 내 새끼다. 너는 내 아들이며 내 그림자다. 너는 내가 말하는 대로 말하고, 내가 걷는 대로 걷고, 내가 길 가는 대로 길을 가지 않으면 안 된다. 너는 이제부터 꼬마 마술사다. 언젠가 너는 혼자서 나보다 더 무서운 마술을 부릴 수 있게 된다."

마술사는 종세에게 한치의 개인행동도 용서하지 않았다. 그는 절대자였으며 위대한 군주였다. 종세는 그의 신하였으며, 그의 노예였다.

그는 수십 가지의 요술을 하나하나 종세에게 가르쳐주기 시작했다. 엄격히 말해서 어디까지나 그의 마술은 눈속임이었으며 교묘한 눈가림이었다. 그러나 그는 자신의 마술이 사기라고는 생각지 않고 있었다. 가령 그가 거대한 거울을 이용해서 순식간에 연기처럼 사라져버린다고 해도 그것은 어디까지나 눈의 착각을 이용한 눈가림의 마술이 아니라 절대 법이라는 신앙을 갖고 있었다.

"우리가 부리는 마술이 거짓이라고 생각한다면 우린 벌써 남을 속일 수 없게 된다. 꼬마야, 우리 자신이 믿지 않으면 안 된다. 꼬마야, 무슨 소린지 알겠니?"

종세는 마술사의 말을 알아들을 수는 없었다. 그의 말은 어려웠으며 그의 말은 권위에 가득 차 있었다. 그러나 비록 그가 말하는 내용이 뚜렷하게 분별되지 않는다고 하더라도 종세는 경외감에 가득 차서 그의 마술을 받아들였다. 마술사가 종세에게 가르쳐준 최초의 마술은 아주 간단한 것이었다.

"네 눈앞에서 이것을 없애 보이겠다, 꼬마야."

갈보술집에 앉아서 술잔을 기울이고 있다가 마술사는 느닷없이 주머니에서 작은 비둘기 새끼를 한 마리 꺼내들었다. 종세 역시 마술사가 건네주는 술을 받아먹고 어느 정도 취기가 몽롱하게 올라 있을 무렵이었다.

비둘기 새끼는 살아 있었으나 작은 불나방처럼 작았다. 그것을 마술사는 손바닥 위에 올려놓았다. 술집 안엔 서너 명의 주객들이 술을 마시고 있었다. 그들은 마술사의 말에 귀를 기울였다. 이 기괴한 복장과 이상한 행동을 하고 있는 마술사에게 벌써부터 호기심에 가득 차 있던 사람들은 순간 마술사 주위로 몰려들었다. 빈대떡을 부치고 있던 주모도 무리에 끼어들었다.

"이걸."

마술사는 손바닥 위에 올라앉은 작은 비둘기 새끼를 잘 보이도록 허공에 받쳐들었다.

"네 눈앞에서 없애 보이겠다."

마술사는 잔에 남은 술을 단숨에 들이켰다.

"이것이 무엇이냐, 꼬마야?"

"비둘기지 뭐야."

"이것이 어디에 있느냐?"

"손바닥 위에 있어."

마술사는 키 높은 모자를 벗어 비둘기를 가렸다. 모자는 마술사 손바닥 위에 얹혔다.

"만져봐라, 꼬마야."

그는 종세 앞으로 손을 내밀었다. 종세는 얹힌 모자챙 밑으로 손을 찔러넣어보았다. 따스한 손바닥 위 모자 속에 있는 비둘기의 깃털이 만져졌다. 비둘기는 아주 작아서 작은 동전처럼 느껴졌다.

"있니?"

"있어."

"됐다, 꼬마야."

마술사는 머리를 끄덕였다.

"나두 만져봅시다."

술 취한 사내가 끼어들었다. 그는 종세가 한 것처럼 모자 밑으로 손을 찔러넣었다.

"주의하세요. 비둘기가 깨물지도 모릅니다."

마술사는 조용히 말했다.

"있어요, 비둘기가 모자 속에 있어요."

"나두."

다른 사람이 참견했다.

"나두 확인해봅시다."

사람들은 너도나도 마술사의 모자 밑으로 손을 찔러넣었다. 그들은 한결같이 모자 속에 비둘기 새끼가 들었음을 확인했다.

"이왕이면 아주머니두 만져보세요."

마술사는 비대한 주모를 쳐다보았다. 주모는 낯을 붉히며 조심스레 마술사의 모자 속으로 손을 밀어넣었다. 그리고 그녀는 여자 특유의 섬세함으로 오랫동안 모자 속을 관찰하였다.

"여러분들은 모두 이 모자 속에 비둘기가 들어 있는 것을 확인했습니다."

술집 안에 있는 모든 사람들의 면밀한 확인이 끝나자 마술사는 손을 허공에 치켜들었다.

"그럼 한순간에 비둘기를 없애 보이겠소."

마술사는 모자로 가려진 손바닥을 노려보았다. 그의 두 눈이 불꽃처럼 빛나고 있었다. 호흡이 정지되고 떠들썩하던 술집 안의 소요가 가라앉았다. 그는 예리한 칼날 위에 맨발로 선 사람처럼 보였다. 순간 그는 남은 손으로 모자를 벗겼다. 분명히 모자 안에 들어 있던 비둘기는 간 곳이 없고 그의 펼쳐진 손바닥엔 무성한 손금뿐이었다.

그는 손바닥을 털었다. 마치 어느 한순간에 티끌로 변해버린 비둘기의 잔해를 털어버리기라도 하듯.

마술사는 주위의 환성을 아랑곳하지 않고 빈 잔에 술을 따라 단숨에 들이켰다. 넘친 술이 검은 수염에 붙어 흘러내렸다.

"없다."

사람들이 웅성거렸다.

"없어졌다, 비둘기가."

사람들이 눈앞에 벌어진 놀라운 사실을 어떻게 받아들여야 할지, 어리둥절한 표정으로 마술사를 쳐다보았다.

"그럴 리가 없는데, 그럴 리가……"

노동자 차림의 사내가 분노에 가득 차서 투덜거렸다.

"혹 소매 속에 숨긴 게 아니오?"

그는 의혹에 가득 찬 얼굴로 마술사에게 물었다. 마술사 최씨는 잠자코 소매를 걷어 보였다. 그의 소매는 아무것도 감추고 있지 않았다.

"비둘기는 사라졌다, 꼬마야."

그는 종세에게 말했다.

"네가 조금 전에 본 것은 먼지였다, 꼬마야."

"아니야."

종세는 딸꾹질을 하며 소리질렀다.

"그건 분명히 비둘기였어."

"그렇담 다시 비둘기를 만들어주마. 네가 그것이 비둘기였다고 말한다면."

그는 또다시 손바닥을 펼쳐들었다. 그의 손바닥은 텅 비어 있었다. 그는 텅 빈 손바닥 위에 모자를 얹어놓았다.

"만져봐라, 종세야."

종세는 손을 모자 밑으로 찔러넣었다. 그는 마술사의 손바닥을 샅샅이 훑어보았다. 그러나 그의 손바닥은 분명히 텅 비어 있었다. 그가 언젠가 말했던 것처럼 비둘기는 얼마든지 꼬깃꼬깃 구겨질 수 있다는 것을 알았으므로 종세는 그가 어쩌면 비둘기를 구겨서 작은 반지를 만들어 손가락에 끼고 있는 것이 아닐까 의심이 들어 손가락 사이도 훑어보았다. 그러나 분명히 그의 손바닥은 텅 비어 있었다.

"뭐가 있느냐?"

"없어."

낭패한 목소리로 종세는 대답했다.

"잠깐."

술 취한 손길들이 덤벼들었다. 그들도 마술사의 모자 밑을 훑어보았다. 아주 오랜 시간을 끌면서 조그마한 실수라도 하지 않으려는 조심성을 가지고.

"없는데."

그들은 대답했다. 그들은 눈이 뚫어져라 마술사의 모자 밑을 노려보았다. 이것은 어디까지나 마술이다. 눈속임이다. 그러므로 주의 깊게 본다면 어느 순간 마술사의 손장난을 눈치채게 될 것이다. 어쩌면 마술사는 모자 위에 또 하나의 빈 공간을 만들어두었을지도 모른다. 손바닥을 오므리는 순간에 비둘기는 모자 속으로 숨어들어 갈지도 모른다. 마치 입영하는 청년의 내의에 또 하나의 돈주머니를 만들어 바늘로 꿰매어 숨겨두듯이 노회한 늙은 마술사는 모자 속에 비둘기가 숨어 있을 만한 주머니를 만들어두었을지도 모른다.

그러나 그것은 어림짐작일 뿐이었다. 누군가가 모자를 뒤집어 그 안을 확인했지만 모자 속은 그저 텅 비어 있을 뿐이었다.

마지막으로 주모가 확인하고 난 뒤 마술사는 허공에 손바닥을 치켜들었다. 그는 말했다.

"날아와라, 비둘기야. 네 집으로 돌아와."

그는 모자를 펼쳐들었다. 그리고 머리 위에 썼다. 그의 손바닥 위에는 어린 비둘기 한 마리가 이 불가사의한 현상이 실감이 가지 않는다는 듯 눈알을 굴리면서 앉아 있었다.

"젠장할."

사람들은 투덜거렸다.

"귀신 곡할 노릇이군."

누군가 마술사에게 한번 더 마술을 부려보라고 말했다.

그러나 마술사는 들은 체도 하지 않았다.

"그게 마술이라면 노인장은 없는 돈이라도 만들 수 있겠소? 밤새도록 돈이나 만들어내면 되지 뭣 땜에 요짓을 하고 있단 말이오, 젠장할."

그날밤 종세는 술이 취해 비틀거리는 마술사 최씨를 부축해서 숙소로 돌아왔다.

보름달이 늦가을 밤하늘 위에 휘영청 밝게 떠 있었다. 멀리 중랑천변 다리 밑에 서커스의 천막이 보였다. 아직 곡예가 끝나지 않은 모양이었다. 바람을 타고 쿵작쿵작 녹슨 밴드 소리가 들려오고 있었다. 대낮처럼 밝은 달빛이 다리 밑을 비춰 겨우 흘러가는 마른 물위에 부서지고 있었다. 깊은 가을이어서 물 위에 부서지는 달빛은 한겨울에 얼어붙은 얼음조각이 돌팔매질로 깨어진 것처럼 박살나 있었다.

이곳이 서울이었다. 종세가 태어날 때부터 꿈에도 그려왔던 서울이었다. 지난 일 년 동안 조치원 천안 온양 충주를 거쳐 전라도 지

방으로 내려갔던 곡마단을 따라 경상도 지방을 거슬러 서울로 올라
오면서 처음 야밤을 틈타 정읍을 도망쳐올 때 느꼈던 낯선 곳에 대
한 동경은 이미 때묻어 있었고 환상은 사라져버렸다. 다만 서울로
간다는 호기심 하나만이 강건히 종세의 마음속에 버티고 있을 뿐이
었다.

서울.

지리부도 속에서나 보던 지명. 그러나 그곳은 종세가 꿈꾸어온 낯
선 세계의 막다른 종착역이었다.

중랑천변 공지를 찾아 말뚝을 박고 천막을 친 후 종세는 칠성이와
몰래 도망쳐서 시내구경을 나갔었다. 이미 서울이 처음이 아니었고
한때는 역 근처에서 빌붙어 지냈던 칠성이는 서울이라면 눈 감고
다닐 만큼 지리가 환히 밝았다. 청량리까지 나아가 차표를 사서 전
차를 탄 후 종세는 병원 복도처럼 밝은 전차 의자에 앉아 차창으로
스쳐가는 서울의 밤풍경을 넋을 잃고 보았다. 전차는 섰다가는 떠
나고 떠났다가는 또다시 섰다. 사람들은 전차가 멎을 때마다 꾸역
꾸역 몰려들어 정육점에 매어달린 고깃덩어리들처럼 손잡이에 매
달려 어두운 거리를 우두커니 내다보고 있었다. 어떤 때는 지나치
게 밝은 거리를 지나갔고 어떤 때는 캄캄한 어둠을 전차는 목쉰 소
리로 냉냉거리며 달렸다. 그것이 서울이었다. 전차에 탔을 때부터
흩뿌리기 시작한 가을비를 맞고 전차는 역마처럼 달려갔다. 정류장
에 전차가 설 때면 열린 상점 앞에 우두커니 서서 우산을 펼쳐드는
사람들의 얼굴을 종세는 뚫어져라 쳐다보았다. 그런 기대는 전혀
할 수 없었지만 혹시라도 아는 사람들이 그곳에 있지나 않을까 하
는 기대감을 가지고. 아무도 아는 사람은 없을 것이다. 다만 저 스
쳐 지나가는 사람들 중에 누군가는 종세가 보았던 그 숱한 죽은 사
람들이 다시 사람으로 태어나 소리쳐 불러도 알아듣지 못하는 허망

38

한 거리에 홀로 서 있지나 않을까 하는 조바심 같은 것이었다. 어떤 때는 전차가 엇비켜 스쳐 지나가곤 했다. 그럴 때면 레일 위로 스쳐 가는 바퀴에 불똥이 일고 전차의 머리부분에 솟아 있는 더듬이가 허공 위에 쳐진 철선과 마주 닿아 파란 인광을 발하곤 했다. 스쳐 지나가는 전차 속에 앉아서 이쪽을 바라보는 여인의 얼굴과 무심코 눈이 맞는 수도 있었다. 아주 짧은 순간에 두 사람의 시선은 마주 닿고 그리고 엇갈려 헤어진다. 마악 사라지는 순간에 종세는 그 얼굴이 언젠가 보았던, 학교 뒷산 나무에 거꾸로 매어달려 죽어 있던 선생님의 얼굴이라는 것을 소스라치게 놀라며 깨닫고는, 소리쳐 불러보고 싶은 충동에 빠져버리곤 했다.

서울은 거대한 죽은 사람들의 거리였다. 그것은 거대한 공동묘지였다. 묘비석 같은 건물이 어둠 속에 웅크리고 서 있었다. 오직 살아 있는 것은 그 묘비와 같은 건물 사이를 뚫고 달려가는 전차뿐이었다. 어쩌다 아직 입관하지 않아 파놓기만 한 웅덩이가 보였다. 아직 자기가 죽은 사람이라는 것을 모르는 혼령들이 침상에서 일어나 방황하듯 불확실한 그림자들이 상점거리 앞에 서서 우산을 쓰고 혹은 비를 맞으며 거닐고 있었다. 때로는 묘석 위에 놓인, 오래 되어 시든 꽃다발 같은 가로수들이 잎새를 떨구고 있었다. 차에서 들으면 숨죽여 우는 곡성도 들려왔다. 저것은 누구의 무덤일까. 잊혀진 사람들의 묘처럼 불 꺼진 어두운 상점들의 거리를 전차는 소리없이 달려갔다.

서울역 앞에서 전차를 내렸다.

앞서가는 칠성이는 이빨 사이로 침을 찍찍 뱉으면서 소리질렀다.

"여기가 서울역이여. 여기가 어르신네가 한때 펨프짓하던 그곳이여. 종세야, 이 길로 니캉내캉 토껴뿔릴까? 염병할. 아직까지 내 뒤만 따라오면 입구멍에 풀칠은 할 수 있단 말여. 아직도 있을겨. 니는 시간 맞춰 역에 나가 어리숙한 치들 붙들고 이렇게 소리지르면 된단 말여. 앗씨, 따끈따끈한 방 있어. 쉬었다 가세요. 하숙하게요. 삼삼한 깜치 있응께. 공치는 날은 니캉내캉 뽈록이만 맞추면 된단 말여. 한겨울 곡마단에서 후견 노릇 하는 것보다 백번이나 낫지러. 종세야 토껴뻔지자."

서울역은 막 도착한 기차에서 내린 손님들로 가득 차 있었다. 두 사람은 사람들을 뚫고 대합실로 들어가보았다.

확성기에서 무어라고 지껄이는 방송 소리가 들려왔다. 쉬잇쉬잇 연기를 뿜어대는 기차의 굉음이 귀를 찢었다. 칠성이의 말대로 뿔뿔이 흩어지는 손님들의 옷소매를 붙들어대는 양아치들의 모습이 드문드문 보였다.

칠성이는 역 광장에서 산 붕어빵을 봉지째 들고 앉아 우걱우걱 먹기 시작했다.

종세는 붐비는 역 회랑에 붙은 기차의 요금표를 우러러보았다.

그곳에는 이곳에서 출발하는 기차가 스쳐가는 지명들이 나란히 씌어져 있었다. 그곳에서 종세는 낯익은 지명을 보았다.

정읍.

얼마 전 그가 도망쳐온 고향. 떠나온 뒤 편지조차 한번 쓰지 않은 가족들의 모습. 도망쳐오는 정읍 거리에서 훔쳐본, 도장포 속에 앉아서 안경을 쓰고 도장을 파고 있던 아버지의 얼굴. 그리고 빨랫방 망이를 두들기고 있던 어머니의 얼굴.

종세는 순간 매표구로 달려가고 싶은 충동에 휩싸였다. 칠성이가 그가 한때 펨프짓하던 역 광장에서 소리쳐 고함질렀듯이 한 번도 생각지 않았던 어머니와 아버지, 그리고 고향의 풍경들이 여울목을 내리쏟는 빠른 물살처럼 종세의 가슴속으로 폭포 되어 굴러떨어졌다.

아아.

종세는 풀빵을 먹으며 생각했다.

내가 왜 이곳에 있는 것일까. 내가 꿈꾸어온 최후의 종착역. 그곳인 이곳 서울. 그러나 이곳은 그곳 도망쳐온 정읍의 빈 거리에서 숱한 죽은 사람들의 혼령과 만난 것처럼 죽은 사람들로 가득 차 있는 허영의 도시였다. 겨우 이곳이었던가. 이 허망한 죽은 도시를 향해 그토록 먼길을 도망쳐온 것인가. 칠성이가 도망칠 것을 생각했듯이 종세는 순간 야간열차를 타고 정읍으로 돌아가고 싶은 충동을 억제할 수가 없었다. 어렵지 않다. 지금이라도 늦지 않아. 저 매표구에 줄지어 늘어서 있는 사람들 사이에 끼어들면 된다. 돈은 있다. 일 년 동안 한푼도 쓰지 않은 돈이 주머니 속에 꼬깃꼬깃 구겨져 있다. 하룻밤만 달려가면 된다. 새벽에는 도착하겠지. 가족들은 잠들어 있을 거야. 누구든 깨울 필요는 없어. 발끝을 세우고 도둑고양이처럼 걸어 방문을 열고 이부자리 속으로 기어들면 된다. 마치 외출에서 돌아오는 피로한 사람처럼.

그러나 칠성이는 풀빵을 다 먹은 후 종이봉지를 휴지통에 던져넣고 나서 손을 털며 일어섰다. 그는 손가락을 코에 대고 마른코를 핑 풀었다.

"가자, 종세야. 막차 끊어지기 전에 시러베 좆 같은 생각일랑 던져버리고. 가드라고. 가보드라고."

두 사람은 서둘러 전차를 탔다. 전차는 그들이 온 길을 거슬러올라가기 시작했다.

이제 와서 돌아간다는 것은 공연한 생각이라는 사실을 혀가 아프도록 깨물면서.

술 취해 비틀거리는 마술사를 부축하고 숙소로 돌아오며 바라보는 도랑 저편의 밤거리는 괴괴한 달빛 속에 잠겨들고 있었다. 죽으나 사나 그들의 우산은 저 다리 아래 빈 공터를 찾아 펼쳐진 곡마단의 천막 속이었다. 한겨울을 곡마단은 서울의 변두리를 쫓아다니며 지낼 판이었다.

뽕짝뽕짝.

공연이 끝나가는 서커스 천막 속에서 녹슨 트럼펫 소리가 아득하게 들려왔다. 마술사는 다리 위에서 오줌을 갈겨대고 있었다. 오줌을 끝내자 그는 몸에 붙은 물기를 털어버리는 개처럼 몸을 떨었다.

"영감."

종세는 그가 비틀거리며 걷기를 기다려 궁금했던 것을 물었다.

"비둘기는 정말 사라져버렸나요? 죽인 건 아니었던가요?"

"암."

마술사는 확신을 가지고 머리를 끄덕였다.

"네가 두 눈으로 똑똑히 보지 않았느냐. 비둘기는 바로 네 눈앞에서 없어졌지."

"그럼 그게 어디로 갔었나."

"알아맞혀보렴, 꼬마야. 너는 이미 내가 부렸던 마술을 알아차렸던 똑똑이가 아니냐."

종세는 잠자코 걸었다. 오랜 침묵 끝에 종세는 대답했다.

"아무래도 난 알아낼 수가 없어, 영감."

"원한다면 나는 너를 지금 이 자리에서 없애버릴 수도 있단다."

"어떻게?"

"네가 내 모자 속에 들어갈 수만 있다면. 네가 비둘기처럼 손아귀에 들어갈 수 있을 정도로 구겨질 수만 있다면."

"소매 속에 숨기었던가요?"

"아니. 그건 네 눈으로 보지 않았었니."

"모자 속에 숨겼던가요?"

"천만에."

마술사는 머리를 흔들며 대답했다.

"내 말을 잘 들어라, 꼬마야. 내일부터 나는 너에게 내가 아는 모든 마술을 가르쳐주려 한단다."

마술사는 종세의 머리칼을 부드럽게 쓰다듬었다. 그는 쿨럭이며 말을 이어내려갔다.

"오늘 본 것이 가장 쉬우면서도 가장 어려운 마술이지. 모든 마술의 비밀을 알게 되면 넌 이렇게 말할지도 모른다. 아이, 시시해. 그리고 금방 시들해버릴지도 모른다. 그래서 남에게 그 비밀을 말하고 싶어서 안달이 날지도 모르지. 하지만 미리 말해두지만 마술의 비밀은 아무에게도 이야기해서는 안 되는 것이란다. 네 아버지한테라도 너는 얘기해서는 안 돼. 왜냐하면 모든 물건들은 열쇠와 자물쇠를 갖고 있거든. 너와 나만 이 열쇠를 갖게 되지. 만약 모든 사람에게 열쇠를 맡겨버린다면 그들은 마구 빈방을 열고 들어와서 네가 가진 것을 모두 훔쳐가게 되겠지. 훔쳐가게 내버려두어서는 안 되지. 그럼 너는 허수아비가 된단다. 오늘 네가 본 마술이 모든 마술의 가장 기본이 되는 마술이란다. 가장 쉬우면서도 어려운 마술이거든. 네가 이담에 나보다 더 위대한 마술사가 되었을 때도 잊어서는 안 된다, 꼬마야. 사람들은 네가 하는 말, 네가 움직이는 손끝, 네가 굴리는 눈동자 하나하나에 의미를 갖게 된단다. 네가 마술사가 된다면 너는 네가 가진 손과 발, 머리칼과 손톱, 눈곱과 배꼽에 낀 때까지도 사람들은 호기심을 가지고 들춰보려 하겠지. 설혹 꼬마야, 네가 나보다 더 큰 사람이 되어 이 곡마단을 떠나게 된다고 하더라도, 그래서 다시는 마술 같은 것은 하지 않는 훌륭한 사람이 된다고 하더라도 너는 결국 마술사인 것이야. 꼬마야, 비록 비둘기를 없애고 만들어내지 않는다 하더라도 너는 다른 곳에서 똑같은 마술을 부리게 되거든. 그땐 가령 돈을 만들거나 책을 만들거나, 밥을 만들거나, 그런 마술을 부리게 되겠지. 내 말을 들어봐라, 꼬마야. 비둘기를 숨긴 것은 내가 아니었단다. 비둘기를 숨긴 것은 술집 아줌마였단다. 내 말을 알아듣겠니? 비둘기가 있는가 없는가를 확인할 때 마지막으로 확인한 사람은 술집 아줌마였지. 또한 비둘기가 나타날 때 있는가 없는가를 마지막으로 확인한 것도 아줌마였다."

마술사는 조금 웃었다.

"이제야 알겠니? 비둘기를 숨긴 것은 내가 아니야. 사람들은 그렇게 알고 있거든. 내가 숨겼을 것이라구. 모자 속이나 소매 속에 숨겼을 것이다. 그러나 그건 아니란다. 나는 아줌마의 손을 빌린 거지. 마지막으로 확인하는 아줌마 손에 비둘기를 쥐여주었단다. 아줌마는 손바닥에 비둘기를 쥐고 손을 뺐지. 그때 벌써 내 손바닥에는 비둘기는 없었지. 아줌마의 손에 들어 있었으니까. 나는 텅 빈 손바닥을 보여주기만 하는 것으로 그들을 속였단다. 비둘기가 생긴 것은 똑같은 이치였단다. 내 손바닥을 확인하러 들어오는 아줌마의 손에 비둘기가 쥐어져 있었거든. 그리고 내 손바닥 위에 아줌마는 비둘기를 놓았단다. 이제 알겠니? 손가락 다섯 개는 남하구 악수하라고 있는 거란다. 남의 손을 믿고 남과 악수를 하는 순간 기적이 일어나는 법이지."

"그렇담 미리 아줌마와 짰었나요? 아줌마가 미리 할아버지의 요술을 알고 있었나요? 그래서 비둘기를 채어갔었나요? 그리고 또 손바닥 위에 비둘기를 놓았나요?"

"천만에."

마술사는 머리를 흔들었다.

"그건 자연히 알게 된단다. 무심코 모자 밑으로 들어오는 순간 나는 아줌마의 손바닥에 비둘기를 쥐여주거든. 순간 아줌마는 나를 쳐다보지. 그리고 내가 하려는 요술을 금방 알아차리거든. 우린 갑자기 친구가 된다. 비밀을 아는 순간 같은 마술사가 되지. 아줌마는 살그머니 비둘기를 감싸쥐고 모자에서 손을 뺀단다. 네가 이담에 마술을 할 때 이런 마술을 하겠지. 무대 위에서 손님 아무나 나오라고 해라. 제법 용기 있는 사람은 나올 것이다. 너는 그 사람에게 시계를 풀라고 해라. 그 사람은 시계를 풀겠지. 너는 시계를 든 손바닥 위에 손수건이나 모자 같은 것을 씌울 수 있겠지. 그러고 나서 말해. 여러분, 나는 이걸 없애버리겠습니다. 확인하고 싶은 사람은 나와주세요. 또 몇 사람 나오겠지. 손바닥 안에 시계가 있나 없나를 확인시켜라. 사람들은 대답하겠지. 있습니다. 틀림없이 있습니다. 마지막으로 너는 시계를 풀어주었던 사람에게 확인하게 해라. 확인할 때 너는 그의 손에 시계를 쥐여주어라. 그는 순간 알아차린다. 왜냐하면 그는 순간적으로 비밀의 열쇠를 가지게 되므로. 그는 시계를 가지고 시치미를 떼겠지. 그러고 나서 너는 텅 빈 손바닥을 보여라. 너는 마침내 모든 것을 있고 없게 할 수 있는 마술사가 되는 거야, 꼬마야. 이제야 너는 알 수 있겠니? 왜 사람에게 손가락이 다섯 개 있는가를. 그건 바로 마술을 하기 위해서 있는 거란다. 남과 악수하는 순간에 신비한 마법이 생겨나거든. 내가 아줌마의 손끝에 마법을 건네주었단다. 내일부터 너는 내 마법의 상자가 되지 않으면 안 된다. 꼬마야, 내 말을 잘 들어라. 너는 내 마법의 열쇠란다. 나는 절대로 혼자서는 마술을 할 수가 없단다. 너의 힘이 없다면 나는 아무것도 할 수 없거든. 그래서 너는 나처럼 말하고 나처럼 먹고 나처럼 잠들고 나처럼 꿈꾸는 내 그림자이길 바란다."

다음날부터 종세는 마술사와 함께 그가 알고 있는 모든 마술의 비밀을 전수받기 시작했다.

거울을 이용해서 누워 있는 종세를 허공에 띠워올리는 착각을 불러일으키는 마술, 빈 상자 속에 종세를 집어넣고 날카로운 칼로 여기저기를 찔러보는 마술, 꽁꽁 종세를 묶은 후 무대 밑으로 도망쳐 나가게 한 다음 다른 상자 속에 들어가 있게 하는 마술, 끊임없이 주머니에서 만국깃발을 꺼내는 마술의 비밀, 트럼프를 이용하는 마술……

그가 알고 있는 마술은 그가 부리는 마술의 한 종류인, 꺼내어도 꺼내어도 바닥을 보이지 않고 끊임없이 잡동사니가 튀어나오는 마술상자처럼 무궁무진했다. 마술사는 종세가 충분히 알았는데도 신뢰하지 않는 눈치였다. 그가 익숙해질 때까지 몇 번이고 되풀이해 시켰다.

"하나라도……"

그는 엄격하게 말했다.

"하나라도 들키는 날엔 마술의 힘은 사라진다. 그걸 연습해라, 종세야. 우린 실수해선 안 된다."

종세가 하는 일은 어디까지나 보조의 역할이었다. 그가 건네어주는 도구를 받아들이거나 그가 원하는 마술재료를 그때그때 알아서 챙겨주는 일이었다. 마치 집도를 하는 의사의 곁에서 시간 맞춰 칼을 건네주는 간호원처럼. 때로는 종세 자신이 마술의 살아 있는 재료가 되는 수가 있었다. 일테면 자물쇠 채운 상자 속에서 없어지는 죄인의 표본으로서.

종세는 차츰차츰 마술사가 부리는 마술의 세계에 익숙해지기 시작했다. 연습은 대부분 단원들의 눈을 피해 숙소에서만 행해졌지만 차츰 무대에 익숙해지기 위해서 곡예가 끝난 천막무대 위에서 커튼을 내리고 밤이 샐 때까지 강행되는 수가 있었다. 그럴 때면 마술사는 천막을 지키고 후견들도 연습하지 못하도록 엄중한 금족령을 내렸다. 그는 연습이라는 것을 의식하지 않고 매번 할 때마다 진지한 얼굴로 처음부터 시작하곤 했다. 마술이 진행되는 순서는 대부분 일정했다. 그 일정한 순서에 따라 마술사 최씨는 마술을 펼쳐나가기 시작했다. 그리하여 눈을 감고서라도 마술사 최씨의 물 흐르듯 진행되는 마술 솜씨에 익숙해졌을 무렵 마술사 최씨는 마침내 객석 쪽으로 달린 커튼을 걸을 것을 명령했다.

"여러분."

가마때기가 얼기설기 흩어진 텅 빈 객석을 바라보며 그는 정중한 인사를 하였다.

"지금부터 여러분이 고대하시던 마술을 시작하겠습니다."

객석엔 아무도 없었다. 화롯불을 쬐고 있던 후견들은 여기저기 빈 가마니 위에서 솜이불을 덮고 깊은 잠에 곯아떨어져 있었다. 마룻 바닥 위에는 외발자전거가 내팽개쳐져 뒹굴고 있었고 천장을 가르는 공중그네 위에는 새벽 미명이 머물러 있었다. 허연 입김이 그대로 새어나올 정도로 추운 새벽이었다. 아무도 그들의 마술을 지켜보는 사람은 없었다. 그러나 그것은 종세가 마술사로 첫선을 보이는 중요한 공연이었다. 그것은 누구에게 보여주기 위해 펼쳐 보이는 마법의 공연은 아니었다. 그것은 다만 마법의 세계를 펼쳐 보이는 두 사람의 마술사를 위한 처음이자 마지막의 공연인 셈이었다.

종세는 마술사의 뒤에 서서 그가 오랫동안 연습했던 순서대로 진행하는 마술을 거침없이 도와나갔다. 처음에는 실수하지 않으려고 바짝 긴장했던 종세는 시간이 갈수록 자신도 모르게 익숙하게 마술의 세계에 빠져들었다. 종세는 무아지경 속에서 손을 놀리고 그가 건네어주는 마술도구를 받아들었다.

어쩌면.

종세는 엄숙한 표정으로 마술의 세계를 펼쳐나가는 최씨를 바라보면서 생각했다.

이것은 마술의 세계를 지배하는 악신을 위해 경배하는 최초의 의식인지도 모른다. 단 한 사람, 그들이 봉사하는 마술을 지켜보는 사람은 단 한 사람, 저 썰렁한 가마때기 위에서 형체를 나타내지 않고 감상하고 있는 것은 바로 그들에게 마술의 비법을 전수시켜준 악마일 것이다.

"너는 마술사다."

무사히 첫번째 공연이 성공리에 끝나자 마술사 최씨는 종세의 머리칼을 부드럽게 쓰다듬으며 말했다.

"오늘부터 너는 진짜 마술사가 되었다, 꼬마야. 바로 오늘부터 우리는 공연을 하게 된다. 너는 이제부터 작은 마술사가 된 거야."

다음날부터 종세는 진짜 마술사가 되었다. 종세는 마술사 최씨처럼 검은 양복에 검은 모자를 쓰게 되었으며 마술사 최씨가 다니는 곳엔 어디든지 따라다니게 되었다. 변성기를 맞아 그처럼 고대했던 아역배우에서 탈바꿈한 이래로 종세는 오히려 한 단계 뛰어오른 한몫의 인물이 된 셈이었다. 종세는 그것이 자랑스러웠다. 그는 남이 써주는 대본을 앵무새처럼 따라 외는 것이 아니라 무에서 유를 창조하는 마술사가 된 것이 스스로 생각해도 대견한 느낌이었다. 단원들도 종세를 부러워하는 눈치였고 종세를 한몫을 담당하는 어른으로 취급하고 있을 정도였다.

종세는 이제 식사당번을 하지 않아도 좋았다. 공연이 끝나고 나면 의자를 치우거나 마루를 쓰는 허드렛일을 하지 않아도 무어라고 싫은 소리 하는 사람은 없었다.

곡마단측에서 기대했던 대로 마술은 대성공을 거두었다. 새로운 구경거리에 굶주려 있던 관객들은 늘 그저그런 곡예에 식상해 있다가 갑자기 새로운 마술이 펼쳐지자 경이로 받아들이고 있었다. 관객들은 마술을 거짓이라고 여기지 않았다. 그들 눈에 비친 마술은 어디까지나 사실이었으며 엄연한 현실이었다. 그것은 단원들도 마찬가지였다. 단원들 누구도 마술을 거짓이라고 생각하지 않았다.

종세는 언제나 마술사 최씨가 선물로 준 비둘기를 주머니에 넣고 다녔다. 비둘기는 종세의 유일한 말동무였으며 그림자였다. 어쩌다 비둘기를 서커스 천막 밖 중랑천변에 풀어놓으면 비둘기는 어김없이 천막 안으로 찾아들어오곤 했다. 종세는 그런 비둘기의 습성을 어디까지나 우연이겠지 하고 생각했다. 하지만 그것은 우연이 아니었다. 한번은 천막에서 꽤 멀리 떨어진 곳에서 비둘기를 날려준 적이 있었다. 그것은 모험이었다. 날려준 비둘기가 집을 찾아오지 못한다면 종세는 아까운 벗을 잃어버리는 결과가 되는 것이었다. 비둘기는 하늘을 박차고 솟아올라 종세의 눈앞에서 날아갔다. 마술사 최씨는 언제나 열댓 마리의 비둘기를 키우고 있었는데 다 자란 비둘기는 조금씩 날개를 잘라주거나 발목에 납으로 만든 작은 추를 매달아놓고 있어서 시야 밖으로 날아갈 수는 없었다. 설혹 마술사 최씨가 비둘기의 날개를 자르지 않는다고 해도 비둘기들은 도망가버릴 것 같지는 않아 보였다. 비둘기들은 날아가는 법을 잊어버린 것처럼 보였다.

다행스럽게도 종세가 선물로 받은 비둘기는 아직 마술의 소도구로 쓰기에는 덜 자란 작은 비둘기 새끼였다. 그러므로 마술사 최씨의 비둘기들과는 달리 싱싱한 날개와 환상의 비행능력을 가진 비둘기였다. 비둘기 쪽에서 본다면 그의 새로운 주인인 종세는 고맙고도 다행스런 주인이었다.

꽤 멀리 떨어진 곳에서 비둘기를 날리고 근심에 가득 차서 천막으로 돌아왔을 때 종세는 비둘기가 먼저 돌아와 있는 것을 발견했다. 종세는 비둘기를 손등 위에 올려세우고 비둘기 부리에 입을 맞추었다. 비둘기는 종세에게 영원히 배반하지 않을 벗처럼 느껴졌다.

"돌아왔어요, 할아버지."

종세는 마술사 최씨에게 기쁨에 넘쳐 소리질렀다.

마술사 최씨는 대수롭지 않다는 듯 종세를 보며 말했다.

"그건 당연한 일이지. 비둘기는 신통하게도 집을 잘 찾아오는 버릇이 있단다, 꼬마야. 그래서 옛날에는 비둘기 다리에다 편지를 써서 날려보내곤 했지. 그러면 비둘기가 허공을 날아 집으로 돌아가곤 했단다. 집에서 기다리고 있던 사람들이 비둘기 다리에 붙들어매둔 편지를 읽어보곤 했단다. 네가 그 비둘기를 잘 길들인다면 비둘기는 저 먼 부산에서 날려보낸다고 해도 너를 찾아 날아올 거다."

"정말인가요, 할아버지?"

종세는 믿어지지 않았다. 비둘기가 어떻게 그 먼 거리를 날아 자기 집으로 돌아올 수 있을 것인가.

"물론 꼬마야, 열 마리 중에 돌아오는 것은 두 마리도 안 될지도 모른다. 허지만 네가 열심히 그 비둘기를 사랑해준다면 그 비둘기는 언제 어디서 날려보낸다고 해도 너를 찾아올 것이다."

"할아버지, 난 그럼 이 비둘기를 키울 거예요. 바다 한가운데에서 날린다 해도 나를 찾아올 수 있게 비둘기를 길들일 거예요."

"마음대로 하렴."

마술사 최씨는 감정 없는 목소리로 대답했다.

"난 할아버지처럼 날개를 잘라버리지 않을 거예요. 난 할아버지처럼 마술사가 되더라도 비둘기의 날개를 잘라버리지는 않을 거예요."

"그건 네 자유다, 종세야."

종세는 할 수만 있다면 비둘기에게 말을 가르쳐주고 싶었다. 그리하여 심심할 때 비둘기와 더불어 말을 나누고 싶었다. 그러나 그건 불가능한 일이었다. 비둘기는 분명히 부리를 가지고 있었지만 그것은 먹기 위한 부리였지 말을 하기 위한 부리는 아니었다. 다만 비둘기는 싱싱한 비상과 환상적인 곡예를 위한 튼튼한 날개를 가지고 있을 뿐이었다.

"잡아먹자, 종세야."

칠성이는 종세가 비둘기를 갖고 다니는 것을 볼 때마다 빈정대곤 했다.

"그것 참 맛있게 생겼구먼. 뜨거운 물에 푸욱 담갔다 털을 뽑아 통째로 먹어버리면 몸보신 되겠구먼."

난쟁이 석씨는 몸에 좋은 것이라면 한겨울 땅을 파다 나온 개구리도 잡아먹는 판에 신경통에 좋다는 비둘기도 먹으면 얼마나 좋을 거냐고 군침을 삼키고 있었다.

"비둘기 말여, 똥이 약인 거여. 비둘기 똥을 말이여, 한 종지 구해다가 가루로 말린단 말여. 이건 거짓말이 아닌 참말이랑께."

칠성이는 비둘기가 어쩌다 천막 한구석에 회백색 똥을 싸갈기면 으레 종세가 들으란 듯 지분거리곤 했다.

"비둘기 똥을 말려갖고 가루로 만든단 말여. 이걸 콧대 높은 계집 년에게 미숫가루라고 속여 먹인단 말여. 그럼 틀림없이 방귀가 나온단 말여. 아이 참 뿡, 난 몰라 뿡, 사랑해요 뿡, 칠성씨 뿡."

칠성이는 어릿광대가 사용하는 횟가루를 엉덩이에 넣고 있다가 말을 할 때마다 횟가루 방귀를 뀌어대며 낄낄거리곤 했다.

"공갈이 아니여. 증말이랑께. 내 말 못 믿으면 연숙이한테 한번 먹여보드라고. 그년 오리엉덩이 살랑살랑 흔들 때마다 비둘기 방귀가 나올 테니께."

종세는 칠성이의 비난쯤 아랑곳하지 않았다. 난쟁이 석씨의 군침 쯤 개의치 않았다. 종세는 날마다 마술에 익숙해지면서도 언제나 비둘기를 길들이는 일에 게으르지 않았다. 언젠가는 전차를 타고 나가 낯선 거리 커다란 공동묘지와 같은 죽은 사람들의 거리에서 비둘기를 날려주리라고 종세는 마음먹고 있었다. 그리하여 지켜볼 것이다. 비둘기가 그 어두운 거리를 날아 무사하게 천막으로 찾아올 것인가 아닌가를. 무사하게 찾아준다면 비둘기는 비로소 종세를 고향으로 생각하고 있는 것이다. 돌아오지 못한다면 비둘기와는 영원한 이별을 하게 되는 것이다. 마치 종세가 고향을 떠나 낯선 거리에서 헤매고 있듯 비둘기 역시 어느 낯선 그늘 아래에서 날갯죽지가 부러져 비참하게 죽어가게 될 것이다.

종세는 조금씩 멀리 서커스 천막을 벗어나 나아가보았다. 어떤 때는 걸어서 청량리까지 나가보기도 했다. 그리고 주머니에서 비둘기를 꺼내 비둘기를 허공에 날려주곤 했다. 비둘기는 어김없이 돌아왔다. 날마다 조금씩조금씩 행동반경을 넓혀서 먼 거리로 나아가 비둘기를 날려주었는데도 비둘기는 집을 찾아 돌아오고 있었다. 어떤 때는 마술사 최씨가 말했던 대로 비둘기 다리에 편지를 써서 붙들어매어두기도 했다. 청량리 종점까지 나아가 종세는 누구의 집 담일까. 한없이 긴 담장에 몸을 기대고 종이쪽지에 편지를 썼다. 몽당연필에 침을 묻히고 종세는 누구에게 편지를 띄울 것인가 곰곰이 생각해보았다. 그러나 편지 보낼 사람은 아무도 떠오르지 않았다. 고향을 떠나온 이래로 어머니나 아버지에게 엽서 한 장 띄워본 적이 없는 종세였다. 종세는 흐린 불빛 아래서 그리운 사람들의 얼굴을 떠올렸다. 종세는 아무에게도 편지를 쓸 수 없었다. 그는 그저 흰 백지의 편지를 네모로 접어 비둘기 다리에 매어 허공에 날려버렸다. 받는 사람이 없는 백지의 편지를 달고 비둘기는 어둠 속으로 힘차게 날아올랐다.

종세는 만약 저 비둘기가 무사히 천막으로 돌아와준다면 그 다음

날은 전차를 타고 시내까지 나아가 낯선 거리에서 비둘기를 날려보내리라 생각했다. 그날밤 비둘기는 무사히 돌아왔다. 그러나 어디다 떨어뜨렸는지 다리에 붙들어매어두었던 백지의 편지는 사라져버리고 없었다. 그러나 종세는 비둘기 다리에 붙들어매어두었던 편지는 비둘기가 제풀에 떨어뜨린 것이 아니라 하늘을 날다 잠시 어느 집 처마 밑에서 쉬고 있는 동안 한 번도 만나보지 못했던 사람이 비둘기 다리에서 편지만을 빼앗아든 것이라고 생각하고 있었다. 그 사람은 읽을 것이다. 네모로 접은 빈 사연의 백지 편지를.

아아, 생각난다. 정읍에서 무료할 때면 화물열차를 타고 먼 이리까지 나아가 빈 사이다 병에 편지를 접어 넣고 마개를 닫은 후 강물 위에 띄워보내곤 했었다. 누군가 이 편지를 받겠지, 너울너울 강물 위로 흘러가는 빈 사이다 병을 보면서 종세는 기원했었다. 그는 누구일까, 비둘기가 처마 밑에서 쉬고 있는 동안 비둘기 다리에 붙들어매어둔 편지를 꺼내 읽어본 사람은. 그 사람은 언젠가 전차를 타고 칠성이와 같이 시내구경을 나갔을 때 맞은편 쪽에서 달려오는 전차 속에 앉아 있던 죽은 여선생님의 혼령일지도 모른다.

다음날 종세는 비둘기를 안고 밤늦은 곡마단을 빠져나왔다. 언젠가 칠성이가 하는 짓을 눈여겨 본 대로 그는 청량리까지 뛰듯이 걸었다. 겨울은 성큼 다가와 있었다. 가로수는 잎새를 떨구고 있었고 바람은 신문지를 날리며 골목에서 골목으로 쏘다니고 있었다. 청량리역 부근 하치장에 쌓인 석탄더미 위에 쏟아지는 달빛이 날카롭게 빛나고 있어 그것은 거대한 무덤처럼 보였다. 노선을 바꾸는 기차들이 기적을 울리면서 달릴 때마다 푸른 연기가 피어오르고 있었다. 종세는 표를 사들고 마악 떠나는 전차 위에 올라탔다. 전차 속은 병원 복도처럼 밝고 텅 비어 있었다. 몸을 웅크려도 한기는 몸속을 꿰어뚫고 있었다. 종세는 가슴속에 품은 비둘기가 조금씩 움

직일 때마다 어린 새끼를 품은 어미닭처럼 소중하게 비둘기를 체온
으로 달래었다.

　꾸룩꾸룩. 목쉰 소리로 비둘기는 종세의 품속에서 울었다. 동대문
근처에서 전차는 멎었다. 시내로 들어오려면 또 한 장의 전차표를
사야 했으므로 종세는 동대문 근처에서 차를 내렸다. 종세는 무턱
대고 걷기 시작했다.

　시장거리가 나타났다. 밤늦은 시장거리엔 내어건 알전구들이 지
등(紙燈)처럼 번쩍이고 있었다. 사람들은 시장거리에 넘쳐흐르고
있었다. 목판마다 삶은 돼지 대가리가 행복한 미소를 띠고 누워 있
었다. 밀가루 빵을 찌는 솥 속에서는 뜨거운 김이 솟아오르고 있었
다. 얼마나 무서운 쥐약인가를 나타내 보이기 위해서 시장 한복판
에서 군복을 입은 사내가 거의 죽어가는 쥐를 젓가락으로 이리저리
굴려 보이고 있었다. 휴대용 나팔을 불며 헌옷을 팔고 있는 사내는
들고 있는 미제 군복이 얼마나 단단한 지퍼를 가지고 있는가를 보
여주기 위해서 쉴새없이 지퍼를 올렸다 내렸다 하고 있었다. 시장
거리 너머로 썩어가는 악취가 풍겨나왔다. 시장거리는 비가 내리지
않았는데도 질펀하게 젖어 있었다. 썩어가는 생선 대가리가 쓰레기
통에 담겨 있었다. 알전구 불빛을 받아 반짝이는 생선들이 유리로
만든 제품처럼 투명한 비늘을 번득이며 나란히 열지어 누워 있었
다. 우의와 장화를 신은 사내는 생선이 얼마나 신선한가를 보여주
기 위해서 작살로 생선의 아가미를 벌려 보였다. 그럴 때마다 핏물
이 튀었다.

　시장거리를 나서자 다리가 보였다. 다리 위로 극장간판이 다닥다
닥 붙어 있는 것이 보였다. 거기에는 수많은 싸구려 책을 파는 사람
들이 가스등을 밝히고 서 있었다. 치졸한 그림과 물감이 번진 책표
지 위에는 한 발가벗은 여인이 뱀을 싸안고 있었다. 늙은 노인이 책

표지를 뚫어져라 보고 있었다. 불개미들을 팔고 있는 노점상인과 이상한 나무뿌리를 늘어놓고 주저앉아 있는 할아버지들이 목쉰 소리로 고함을 지르고 있었다. 다리 아래로 악취를 풍기며 썩은 하숫물이 흘러내리고 있었다. 다리 연변으로 판잣집을 받쳐든 부목들이 뿌리를 내리고 서 있었다. 야바위꾼들이 종세에게 음탕한 휘파람을 불었다. 골목골목마다 그늘진 곳에 요란한 화장을 한 여인들이 킬킬거리며 서 있다가 사람들이 지나가면 소매를 부여잡았다. 종세는 그네들이 무엇을 하는 여인들인가를 잘 알고 있었다.

학삘아— 학삘이 꼬마야.

할머니 같은 여인이 종세를 보고 간드러진 교성을 발했다. 종세는 그로부터 벗어나고 싶었다. 그들로부터 벗어나면 언덕이 있을 것만 같았다. 나무 하나 서 있지 않은 민대가리 언덕 위에 올라가 연을 날리듯 비둘기를 날려보내고 싶었다. 어딘가에 언덕이 있을 것만 같았다. 그러나 가도 가도 끝없는 인육(人肉)의 거리였다.

종세는 청계천변을 끼고 걸었다. 더러운 물 위로 살얼음이 끼어 있는 것이 보였다. 죽은 쥐가 흘러가는 개천물 위에 떠 있었다. 아이들이 개천물에 돌을 던지고 있었다. 종세는 한적한 개천변에 서서 주머니에서 비둘기를 꺼내들었다. 비둘기는 불안한 눈동자를 굴리면서 종세를 두릿두릿 쳐다보았다.

날아라. 종세는 명령이나 하듯 중얼거렸다.

날아서 네 고향으로 돌아가거라. 절대로 길을 잃어버려서는 안돼.

종세는 비둘기의 깃털을 부드럽게 어루만졌다. 다리 아래에서 더럽고 차디찬 바람이 불어왔다. 종세는 마술사 최씨처럼 비둘기를 손바닥 위에 올려놓았다.

없어져라. 종세는 중얼거렸다. 날아라.

그는 마술의 힘을 빌려 명령했다. 비둘기는 순간 날갯짓을 하며 날아올랐다. 추악한 밤거리를 탄알처럼 솟구쳐 비둘기는 밤하늘로 박수를 치며 날아갔다. 비둘기는 갈보들의 음탕한 휘파람소리와 거지들의 고함소리, 썩은 생선 대가리의 모가지를 지나 마침내 보이지 않는 캄캄한 어둠 속으로 사라졌다. 종세는 오랫동안 비둘기가 날아간 곳을 지켜보았다.

너는 돌아온다. 돌아올 것이다.

종세는 빨리 차를 타는 곳으로 빠져나가기 위해서 뛰듯이 걸었다.

가서 기다리자. 가서 비둘기가 돌아오는 것을 기다리자.

전차를 타고 돌아오자 곡예는 거의 파장 무렵이었다. 3부 공중 트라피즈가 막바지에 달해 있었다. 사람들은 추운 가마때기 위에 포개어져 앉을 정도로 만원이었다. 사회를 보는 김씨의 언변이 천막 위에 가설해놓은 마이크에서 구성지게 흘러나오고 있었다.

"떨어진다, 떨어진다. 아이고 순자야, 간 떨어진다. 살살해라. 아이고 나 죽겠네. 그만 좀 돌리거라. 살살 돌리는 그 바람에 신세 조진 사나이다. 하이고 나 죽겠네. 얼씨구, 떨어진다. 그것 봐라. 진짜로 떨어졌지."

간혹 관객을 놀라게 하기 위해서 그네를 타다 일부러 밑에 쳐진 그물로 떨어지는 곡예부의 묘기를 빗대어서 사회자 김씨는 특유의 음탕한 말을 쏟아놓고 있었다. 일제히 웃는 웃음소리가 천막 안에서 들려왔다. 천막 밖은 썰렁하고 텅 비어 있었다. 제작부장과 후견들이 천막의 빈틈을 노리는 동네 조무래기들을 쫓아낼 요량으로 몽둥이를 들고 서 있었다. 날씨가 추웠으므로 나뭇조각들을 태워 모닥불을 피우고 있었다.

"어디 갔다 오냐, 넌?"

제작부장이 종세를 보고 시큰둥하게 물었다.

56

"약 사러 갔다 왔어요."

"무슨 약? 이 새꺄, 너 페니실린 사러 갔다 왔지?"

부장은 공연히 종세의 놀라운 승진에 대해 어느 정도 적의를 품고 있었다.

"아니에요."

"너 요즘 건방져졌어. 천질 모르고 까불다간 아구릴 틀어놓을 거야. 공연 끝나고 아이들 좀 도와 의자도 치우고 그래, 이 새끼야."

"종세는 마술사여, 우리완 다른 사람이여."

칠성이가 우걱우걱 풀빵을 먹으며 한마디 거들었다.

"우리보다 높은 사람이랑께."

"잔소리 말어."

순간 제작부장의 주먹이 칠성이의 얼굴을 후드려팼다. 아이고, 비명을 지르며 칠성이는 맨땅에 넘어졌다.

"나 죽겠네. 씨팔, 언놈은 비싼밥 먹고 사람 부리고 언놈은 동네 북인가 맨날 얻어터지고. 하이고, 나 죽겠네."

그때였다. 개천 아래 비탈길로 누군가 걸어오는 그림자가 있었다.

"저게 누구여?"

누워서 발버둥을 치던 칠성이가 발딱 일어나 개천 언덕 위를 가리켰다. 사람들은 말을 끊고 비탈길 위를 노려보았다. 무성한 달빛 속에 한 사내가 서 있었다. 바람이 몹시 불어와 눈알이 시려서 공연히 눈물이 고이는 방천둑 언덕길에 그림자인지, 사람인지, 혹은 썩은 말뚝인지, 알 수 없는 허수아비 같은 그림자가 우뚝 서 있었다. 그는 느릿느릿 이쪽으로 다가오고 있었다. 어딘지 낯이 익은 모습이었다. 후견들은 일제히 입을 다물고 어둠 속에서 다가오는 그림자를 공포에 떨며 지켜보았다.

"저런……"

칠성이가 중얼거렸다.

"박씨 아줌마 아녀."

"그래, 박씨여."

누군가 말을 받았다. 종세는 사람들 사이를 뚫고 서너 발짝 앞으로 나가보았다.

그것은 분명 박씨의 모습이었다. 지난 봄, 청주에서 토박이 깡패들에게 폭력을 가한 뒤 구속된 지 거의 일 년 만에 나타나는 박씨의 모습이었다. 종세는 순간 잊혀졌던 기억이 떠올랐다. 그 더러운 경찰서 변소 속에서 종세는 박씨의 여윈 팔뚝에 아편을 찔러넣었다. 마른 장작에 불이 지피듯 박씨는 몽롱한 쾌감에 젖어 종세의 머리칼을 부둥켜안고 목메어 말했었다.

"넌 내 아들이다. 내 새끼다."

그런데 그가 오고 있었다. 그가 돌아오고 있었다. 돌아오기를 기다리는 비둘기 대신 그가 중랑천변에 쳐진 곡마단을 찾아 유령처럼 돌아오고 있었다. 한쪽 발을 절뚝거리면서. 아줌마의 등장은 전혀 예기치 않았던 출현이었으므로 그들은 누가 먼저 입을 열어 침묵을 깨뜨리려 하지 않았다. 어두운 그림자는 공터를 밝히는 가등 불빛 아래로 들어섰다. 그제서야 분명하게 얼굴이 보였다. 일 년 사이에 그는 검불처럼 말라 있었고 머리카락은 하얗게 세어 있었다. 그는 철 지나 거둬들인 벌판 위에 서 있는 허수아비처럼 보였다. 그는 비틀대며 후견 앞으로 다가왔다.

"아줌마."

후견 중의 하나가 낮은 소리를 내었다. 박씨는 그 낮은 외침소리를 들은 것 같지도 않았다. 그는 넋 나간 사람처럼 밝은 불빛 아래 우뚝 서서 바람에 펄럭이는 만국깃발을 바라보았다. 천막 속에서 박수소리가 물결쳤다. 사회를 보는 김씨의 악쓰는 재담이 흘러나왔다.

"주의해라, 주의해. 넘어진다, 넘어진다. 얼씨구, 한 바퀴 넘었구나. 용키두 하다, 내 새끼. 용하다, 내 새끼. 아이쿠, 한 바퀴 또 넘는구나. 원숭이도 못 당하겠다. 저 엉덩이 좀 봐라. 저 똥구멍 좀 봐라. 주의해라, 주의해라, 넘어어어어지이인다야. 그것 봐라, 그것 봐라, 내가 뭐라고 했니, 넘어진다고 했잖니."

팡파라 팡파라, 녹슨 밴드 소리가 이어졌다. 박수 소리가 또 일었다. 투박한 물감으로 얼기설기 그려진 천막 앞 선전 포스터를 박씨 아줌마는 물끄러미 바라보고 있었다. 바람이 불어오자 천막은 푸르르 진저리를 쳤다.

종세는 박씨 아줌마 곁으로 뛰어갔다.

"아줌마."

종세는 마르고 여윈 박씨의 손을 잡아쥐었다. 박씨는 흐린 눈빛으로 종세를 보았다.

"저예요, 아줌마. 알아보시겠어요?"

서커스의 깃발이 말갈기처럼 흩날렸다. 대답 대신 박씨는 머리를 끄덕였다.

박씨의 마른 손이 종세의 머리칼을 쓰다듬었다.

"가요. 제가 아줌마 짐을 잘 보관하고 있었어요."

"춥다."

박씨는 밑도 끝도 없이 낮은 소리로 중얼거렸다.

"저를 붙드세요, 아줌마."

"괜찮아."

박씨는 꿈꾸듯 중얼거렸다.

"혼자서도 걸을 수 있다, 종세야."

"아줌마는……"

종세는 기쁨에 가득 차서 소리질렀다.

"내 이름을 잊어버리지 않으셨군요."

"잊어버릴 리가 잊겠니."

박씨는 휘청이며 말했다.

"네가 나를 기억해주는데."

"고마워요. 아줌마, 일 년 만인가요?"

"십 개월이 넘었다."

주춤주춤 후견들이 물러났다. 그들은 누구 하나 박씨에게 나서려 하지 않았다.

"숙소로 가요, 아줌마. 가서 주무세요. 활짝 불을 지펴드릴게요. 아침까지는 내내 따끈따끈할 거예요."

"고맙다."

"배고프지 않으세요? 짜장면을 시켜드릴까요?"

"아니."

박씨는 머리를 흔들었다. 박씨는 풍선처럼 가벼웠다. 종세의 힘으로도 충분히 부축할 수 있을 만큼 박씨는 말라 있었다. 종세는 다리 위로 올라갔다. 개천변 숙소로 들어가는 길가에는 매서운 칼바람이 몰아치고 있었다.

"감옥소에서 지금 나오시는 길인가요?"

"아니."

박씨는 대답했다.

"수용소에서 나오는 길이란다."

"수용소요?"

종세는 박씨의 겨드랑이를 받쳐올리면서 말했다.

"그곳이 뭐 하는 덴데요?"

"그곳은 지옥이란다."

여인숙으로 들어섰다. 종세는 빈방을 찾아 박씨를 부축해서 방 안

에 들어섰다. 방 안은 후끈거리며 더웠다. 박씨는 무너지듯 주저앉
았다. 그는 방이 식지 말라고 펼쳐둔 작은 이부자리 속으로 다리를
던져넣고 맥없이 벽에 기대어앉아 눈을 감았다. 그는 도저히 살아
있는 사람같이 보이지 않았다. 그는 죽은 사람 같았다.

"아줌마."

종세는 물끄러미 그를 들여다보다 말을 건네었다.

"밥이라도 시켜드릴까요?"

"생각 없다. 단장은 어느 방에 있니?"

언제나 여자처럼 이야기하고, 여자처럼 걷고, 여자처럼 생각하고,
언젠가는 아이를 낳고 싶다던 박씨는 부드럽고 풍만한 여성적인 아
름다움을 완전히 상실하고 있어서 늙은 노파와 같았다.

"아직 천막 속에 있을 거예요."

"너는 아직 배우 노릇을 하고 있니?"

"아뇨, 전 마술을 하고 있어요."

"마술?"

박씨는 풀썩 웃었다.

"네가 요술을 한단 말이니?"

"그럼요. 이래봬두 전 소문난 마술사예요."

종세는 잊었다는 듯 소리를 질렀다.

"참, 아줌마의 짐을 제가 보관하고 있었어요. 가져다드릴게요."

"놔둬라, 천천히 다오."

"요즘두 주사를 맞으세요?"

종세는 웃으며 물었다.

"아니."

"왜요? 아줌마는 그것을 맞아야 기운이 나잖아요?"

"끊었다, 종세야. 수용소에서 끊었단다. 그 대신."

박씨는 주머니에서 무엇인가 꺼냈다. 그는 손바닥에 서너 개의 알사탕을 꺼내들었다. 그는 사탕을 싼 은종이를 벗기고 입 안에 사탕을 털어넣었다.

"난 사탕을 먹고 있단다. 하나 먹으련, 꼬마야."

그는 이빨이 빠져 있었다.

"내일부터 불춤을 추셔야죠, 아줌마."

"그럼 추고말고. 그걸 추러 예까지 찾아온 것이잖니."

"모두 좋아할 거예요. 아줌마가 풀려난 걸 알면 모두 좋아할 거예요. 아줌마가 불춤을 추면 사람들은 막 휘파람을 불고 박수를 칠 거예요. 사람들이 아줌마를 보기 위해서 몰려올 거예요."

"물론 그렇겠지."

반짝하는 생기가 박씨의 흐린 눈에 잠깐 머물렀다 사라졌다. 그는 눈꺼풀이 무거운 듯 눈을 감았다. 그는 아기처럼 알사탕을 핥으며 벽에 기대어앉았다. 침이 그의 입가에 흘러내리고 있었다.

"잠깐만 눈을 붙이면 기운이 날 거예요, 아줌마."

"……그럴 거야."

박씨의 목소리가 잦아들고 있었다.

"언젠가는 아줌마가 돌아올 거라구 믿고 있었어요."

"……물론."

무어라고 박씨는 중얼거렸다. 그러나 이미 그의 목소리는 굳게 잠겨 있어 확실한 말이 되어 나오지 않았다. 기대어앉은 그의 상반신이 조금씩 무너졌다. 그는 미끄러져 방에 누웠다. 그는 숨을 거둔 시체처럼 보였다. 숨소리가 고르게 가라앉았다. 한꺼번에 피로가 몰려오는 듯 그는 무거운 잠 속에 빠져 있었다. 종세는 물끄러미 잠에 빠져버린 박씨를 들여다보았다.

그는 어디서 온 것일까. 그의 말대로 거의 일 년 만에 유령처럼 찾아왔다. 어디서 무엇을 하다 넘나간 사람처럼 곡마단을 찾아온 것일까. 불춤을 추기 위해서 찾아왔겠지. 그러나 그는 그런 춤을 출만큼 힘이 남아 있어 보이지 않는다. 그는 닳은 빗자루처럼 낡아 있었다. 종세는 그의 머리를 들어올려 베개를 받쳐주었다. 그리고 밖으로 나갔다. 어느새 문 밖엔 흰 눈이 내려 있었다. 싸락눈이었다. 신발 속에 눈이 쌓여 종세는 신발을 털어 신었다. 여인숙 뜨락은 깃털처럼 떨어져 깔린 눈발로 하얗게 탈색해 있었다. 종세는 뒤돌아 천막으로 걸어가기 시작했다.

나 같으면. 종세는 주머니에 손을 찌르고 허수아비처럼 걸었다.

절대로 돌아오지 않을 것이다. 저처럼 죽은 사람이 되어 치사하게 천막으로 또다시 돌아오지는 않을 것이다.

밖으로 나오자 천지는 온통 눈이었다. 눈발이 제법 마디가 굵어져 있었다. 중랑천변에 온통 비듬 같은 눈이 바람이 부는 대로 쓸리고 있었다.

비둘기는 돌아오지 않았다. 그 대신 박씨 아줌마가 돌아왔다. 비둘기는 영영 돌아오지 않을 것이다. 멀고 먼 따뜻한 곳, 낮이나 밤이나 뜨거운 태양이 떠 있고 사람들이 물구나무서서 걷는 이상한 거리, 굴뚝이 서너 개의 담배를 한꺼번에 피우는 거인처럼 연기를 피워올리는 이상한 나라로 비둘기는 떠나버렸을 것이다. 비둘기는 영영 돌아오지 않을 것이다. 갑자기 알 수 없는 눈물 같은 것이 종세의 눈에서 두어 방울 굴러떨어졌다.

종세는 훌쩍이며 손등으로 눈물을 닦았다. 종세는 거꾸러지듯 비탈길을 굴러내려갔다. 마악 서커스가 끝났는지 사람들이 천막에서 쏟아져나오고 있었다. 사람들은 얼굴에 한껏 웃음들을 흘리고 있었다. 눈은 얼어붙은 개천 방죽 위로 아래로 빈틈없이 내리쏟아지고 있었다.

단원들은 천막 뒤 대기소에 둘러서서 밤참들을 먹고 있었다. 마술사 최씨가 종세를 쳐다보며 웃었다.

　　"어디 갔다 오니, 꼬마야?"

　　종세는 말없이 그릇에 밥과 김치를 담아들고 볼이 메도록 씹으며 마술사를 쳐다보았다.

　　"할아버지, 비둘기가 돌아오지 않았어요."

　　"비둘기라니?"

　　"내가 전차를 타고 먼 시내까지 나가 비둘기를 날려주었거든요. 그전까지는 잘 돌아왔었다구요. 어김없이 돌아와야 하는데 오늘은 돌아오지 않았다구요."

　　마술사는 사과궤짝 위에 걸터앉아 묵묵히 김치를 맨손으로 집어 입 안에 우겨넣었다.

　　"너무 멀리 갔었구나."

　　마술사는 우물우물 입 안에 가득 든 밥알을 삼키기까지 무언가를 생각하더니 생각난 듯 입을 열었다.

　　"너는 너무 욕심을 부렸다. 허지만 너무 슬퍼하진 말아라. 너는 또다른 비둘기를 가질 수 있으니까. 원한다면 내가 또 한 마리를 너에게 주마."

　　"갖고 싶지 않아요, 할아버지."

　　종세는 우걱우걱 볼이 메도록 찬밥을 씹어삼켰다.

　　"어차피 도망가버릴 텐데요, 뭘."

　　"비둘기는 도망가버린 게 아니다."

　　마술사는 웃었다.

　　"네가 마술을 부린 거다. 네가 비둘기를 날려보낸 거다. 비둘기는 도망간 것이 아니라 네가 날려보낸 거다. 너는 마술사가 아니냐. 네가 원하면 비둘기는 또다시 날아오겠지. 기다려봐라, 종세야. 아직

64

포기하기엔 이르다, 꼬마 마술사야."

다음날도 비둘기는 돌아오지 않았다. 그 대신 다음날 박씨 아줌마
는 불춤을 추었다. 종세는 비둘기를 잃어버린 대신 박씨 아줌마를
맞게 된 셈이었다.

그러나 박씨 아줌마의 불춤은 그 한 번으로 끝나고 말았다. 왜냐
하면 유령처럼 돌아와 일 년 만에 불춤을 추던 박씨 아줌마는 공연
첫날밤 자신의 몸을 불로 태웠기 때문이었다. 물론 이렇게 얘기를
할 수도 있을 것이다. 오랜만에 불춤을 추었기 때문에 서툴러서 그
런 실수를 저질렀다고 말할 수도 있을 것이다. 그러나 종세는 그렇
게 생각하지 않았다. 일부러 박씨 아줌마가 자신의 몸을 불로 태웠
다는 생각을 지워버릴 수가 없었다.

다음날 박씨 아줌마는 춤을 추었다. 거미처럼 마르고 여윈 얼굴에
박씨 아줌마는 오랜만에 연지를 바르고 가발을 썼다. 눈썹을 그리
고 속눈썹을 붙였다. 그는 여인처럼 말했지만 여인처럼 보이지 않
았다. 그는 마지막으로 얼굴 위에 치장해놓은 송장처럼 보였다. 그
는 여인처럼 보이지 않았다. 그가 여인처럼 보이지 않는다는 것은
이미 죽은 사람이나 다름없이 생명을 잃고 말았다는 이야기였다.
그가 생기 있고 싱싱한 춤을 추고 있을 때는 어디까지나 그가 여인
처럼 보일 때만 가능한 것이었다. 그래야만 그는 마침내 그가 원하
는 대로 언젠가는 아이를 배게 될 것이다. 여인처럼 말하고, 여인처
럼 걷고, 여인처럼 춤을 추다보면 언젠가는 불의 아이를 낳게 될 것
이다.

그러나 그는 여인처럼 보이지 않았다. 그는 사람처럼 보이지 않았
다. 그는 그저 타다 남은 나무토막처럼 보였다.

그 몸으로 그는 오랜만에 춤을 추었다.

조명을 받고 나타난 박씨 아줌마는 기괴한 형상을 하고 있었다. 손님들은 벌거벗고 나타난 이 이상한 여인의 모습을 향해 혀를 까불러 음탕한 휘파람을 불거나, 의미심장한 비명소리를 지르지 않았다. 그는 오직 화장 뒤에 재를 뒤져 몇 점의 뼈를 추려 그 뼈로만 일어선 사람처럼 보였다.

녹슨 밴드가 느린 템포의 음악을 연주하기 시작했다. 그 음악에 맞춰 박씨 아줌마는 엉덩이를 흔들며 나타났다. 붉고 푸른 조명은 박씨의 몸을 가린다기보다 오히려 더 적나라하게 드러내놓고 있었다.

"여러분 박수를 치세요, 여러분."

사회자 김씨의 악쓰는 소리가 천막 안을 흘러넘쳤다.

"박정자양의 인도의 불춤. 아이고 죽잤구나. 정자양. 오랜만이다. 아, 그만 그만 좀 돌려다오, 그렇지 그렇지, 아이구 잘헌다."

음악의 템포가 조금씩 빨라졌다. 흐느적거리던 박씨의 몸이 조금씩 빨라지기 시작했다. 믿어지지 않을 정도로 박씨의 몸에서 힘이 솟아나오기 시작하고 있었다. 조명이 빠르게 휘날리며 박씨를 어루만졌다. 그는 석유를 뿌린 솜방망이에 불을 댕겼다. 불은 단숨에 피어올랐다. 그는 횃불처럼 불 붙인 솜방망이를 허공에 치켜들었다. 한 개 두 개 연거푸 그는 횃불을 피워들었다. 그의 춤이 이글이글 타오르기 시작했다.

어디서 저런 힘이 솟아나오는 것일까. 양손에 불붙인 솜방망이를 들고 박씨는 미친 듯이 흐느적거렸다. 불은 박씨의 몸을 핥고 있었다. 불은 박씨의 엉덩이를, 두 다리 사이 가랑이를, 허공을, 등허리를 빠르게 맴돌았다. 불은 생명을 가지고 피어올랐다. 그의 온몸이 불을 지핀 화염처럼 불덩이가 되었다. 마침내 조명이 꺼지고 천막은 캄캄한 어둠으로 변해버렸다. 그러자 박씨의 몸은 심지를 박은 거대한 양초처럼 한층 더 타오르기 시작했다. 뜨거운 촛농이 끓어오르며 한 방울씩 떨어져나가듯 그의 몸이 끓어오르기 시작했다. 그는 무대의 이쪽에서 저쪽으로, 저쪽에서 이쪽으로 불덩이가 되어 뛰놀았다. 마침내 그는 입에 가득 물었던 휘발유를 불 붙는 솜방망이에 뿜어대기 시작했다. 비 개인 서편 하늘에 입에 가득 물었던 불을 뿜어내면 입가에 작은 무지개가 피어오르듯 박씨가 입에서 휘발유를 뿜어댈 적마다 무서운 불꽃이 안개처럼 피어올랐다. 그의 입은 어두운 밤하늘로 불꽃을 피워올리는 폭죽이었다. 그는 불을 먹기 시작했다. 불은 그의 양식이었으며 그의 생명이었다. 그의 불춤을 지켜보던 손님들도 마침내 춤이 점점 격렬해지자 숨을 죽이고 그의 춤을 지켜보았다.

어느 순간 무대 위에서 춤추던 박씨의 몸에서 수많은 불꽃이 피어올랐다. 사람들은 그것이 춤의 연장이라고 믿고 있었다. 그러나 마침내 박씨의 입에서 한꺼번에 많은 불꽃이 터져 흐르고 그 불을 한 조각씩 먹던 박씨의 얼굴로 불이 확 댕겨지자 그것이 춤이 아니라 자신의 몸을 태우는 무서운 분신임을 알아차렸다. 거의 동시에 비명소리가 불 꺼진 객석에서 물결쳤다. 순간 그의 몸은 거대한 불덩어리가 되었다.

불이다, 불이야.

누가 먼저랄 것도 없이 비명소리가 여기저기서 터져나왔다.

불이야, 불, 불이야.

사회를 보던 김씨가 무대 뒤로 뛰쳐들어왔다. 다음 무대 준비를 하고 있던 단원 앞에서 김씨는 몸을 떨며 부르짖었다.

불이야, 불, 불이 났어.

종세는 커튼을 젖히고 무대 위로 뛰어나갔다. 무대 위에 서 있던 박씨의 몸은 마악 불이 댕겨져 타오르고 있었다. 그는 서서히 무너지고 있었다. 누군가 담요를 들고 박씨 곁으로 뛰어갔다. 비명소리와 아우성소리가 불 꺼진 객석을 소용돌이치고 있었다. 담요가 박씨의 불 붙은 몸을 덮었다. 살을 태우는 고약한 냄새가 피어올랐다. 불은 꺼지고 박씨는 무대 위에 넘어졌다. 담요에 덮인 박씨의 몸은 무대 뒤로 옮겨졌다. 놀라 동요하는 관객들을 진정시키기 위해 무대 앞으로 뛰어나간 사회자 김씨가 소리를 지르고 있었다.

"아무것도 아닙니다. 아무것도 아닙니다. 앉아주세요. 장내가 혼잡하오니 아이들은 엉덩이 밑으로 깔고 앉아주세요."

단원들은 이 믿어지지 않는 현실을 어떻게 받아들여야 할지 모두들 우왕좌왕만 하고 있었다. 단장과 마카오 할아버지가 뛰어왔다. 얼굴까지 담요로 가린 박씨는 신음소리를 내고 있었다.

"미친 녀석."

마카오 할아버지가 투덜거렸다.

"죽으려고 했어. 춤을 추려던 게 아니고 이 자식은 죽어버리려고 했단 말이여."

"병원으로 가야죠."

연숙이 울부짖고 있었다. 누군가 담요를 벗겨보았다. 그것은 끔찍한 형상이었다. 불이 붙어 순식간에 타오르다 꺼진 박씨의 몸은 참혹하게 그을려 있었다. 머리칼은 이미 한 올도 남아 있지 않았다. 그는 녹아내린 촛농처럼 형체가 무너져 있었다.

"제가 병원으로 데리고 가겠습니다."

차마 못 볼 것을 본 듯 제작부장이 얼굴을 담요로 가리며 헐떡였다. 후견 몇이서 박씨를 들어올렸다. 천막 밖엔 싸락눈이 휘날리고 있었다. 바람은 땅 위에 내린 싸락눈을 빗자루질하고 있었다. 먼지와 같은 싸락눈은 바람이 비질하는 대로 이리저리 쓸리고 있었다. 박씨의 몸은 담요로 싸여 자전거 뒤에 얹혔다. 그는 배달 나가는 짐처럼 떨어지지 않게 이리저리 묶였다.

"살살 하세요. 아파요."

연숙이 소리소리지르며 울고 있었다. 제작부장은 자전거를 타고 힘차게 페달을 밟으며 어둠 속으로 사라졌다.

종세는 그날밤 잠을 한숨도 잘 수 없었다. 왜 그랬을까, 박씨는, 왜 박씨는 그처럼 엉뚱한 실수를 저지르고 말았을까. 새벽이 오기까지 잠을 못 이루고 이리저리 몸을 뒤척이는 종세를 보고 새벽녘에 오줌을 누고 들어오던 마술사 최씨가 물었다. 멀리서 새벽 교회 종소리가 들려오고 있었다. 방 안은 싸늘하게 식어 있었다.

"왜, 무서운 꿈을 꾸었니?"

잠 못 이루고 뒤척이는 종세의 수상한 마음의 동요를 알아차린 듯 마술사 최씨가 돌아누우며 넌지시 물어왔다.

"아니에요, 할아버지."

종소리가 아득히 먼 곳에서 들려오고 있었다.

"너 한잠도 자지 못한 모양이로구나."

"왜 그랬을까요, 할아버지?"

종세는 천장을 보고 바로 누우며 물었다. 새벽빛이 창호지 문으로 스며들어 희미한 잔영을 천장 위에 던지고 있었다.

"박씨는 왜 그런 바보 같은 실수를 저질렀을까요?"

"그건 실수가 아니다."

최씨는 입맛을 쩍쩍 다시며 맥이 풀린 잠을 이으려 졸린 목소리로 대답했다.

"그럼요, 할아버지?"

"그 사람은 죽으려 했던 게야."

"죽으려구요?"

"제 몸을 태워 죽으려 했던 게야."

"그렇담 할아버지, 박씨는 뭣 땜에 돌아왔을까요? 죽고 싶었다면 아무데서나 죽을 일이지 뭣 땜에 일 년 만에 돌아왔을까요? 그리고 왜 춤을 추던 첫날밤에 죽으려 했을까요?"

"불춤을 추다 죽고 싶었던 거란다, 종세야."

"그래서 할아버지, 박씨는 죽어버릴까요?"

마술사 최씨는 한참 동안 말이 없었다. 종세는 그가 어느새 잠이 들어버렸나 생각했다. 그러나 오랜 침묵 끝에 마술사 최씨의 손이 종세의 이불 속으로 들어와 종세의 얼굴을 더듬었다.

"자거라, 종세야. 잠깐만이라도 눈을 붙여라. 그 사람은 자기가 원한 대로 곧 죽게 될 거다. 하지만 슬퍼할 이유는 없다. 그건 그 사람이 스스로 원하던 바가 아니냐."

땡그랑 땡그랑. 아득히 먼 곳에서 울려오던 교회 종소리는 끊임없이 이어지고 있었다. 종세는 눈에 눈물이 고이는 것을 느꼈다. 그는 이불로 얼굴을 감싸고 흐느끼기 시작했다. 아직도 싸락눈이 내리고 있는지 바람에 실린 싸락눈이 창호지 문을 조심스럽게 건드리고 있었다. 싸락싸락. 메마르고 건조한 싸락눈발이 새벽빛이 점점 확실해지는 창호지 문을 찌르고 있었다. 누가 만들었을까. 창호지 문 사이에 단풍잎 하나가 끼여 있었다. 단풍잎을 끼워넣고 창호지를 바른 듯 새벽빛이 완연해질수록 문에 낀 단풍잎은 선연하게 떠올랐다. 그것은 잠든 아기의 손처럼 보였다.

종로 3가에서 종세는 전차를 내렸다. 끊겼던 눈발이 간신히 이어지고 있었다. 날씨는 풀려 며칠 동안 내렸던 눈이 녹아 거리는 질퍽하게 젖어 있었다. 종세는 방향을 가늠하기 위해서 전차를 내려 손에 들린 약도대로 거리를 눈여겨보았다. 어딘지 방향을 잡을 수가 없었다. 아침에 병원에 들렀을 때 박씨가 그려준 약도였다. 흐린 하늘이 낮게 드리워져 있었다. 앙상한 가로수 위에 눈꽃이 피어 있었다. 날씨는 풀렸지만 옷깃으로 스며드는 바람은 쌀쌀하고 매정했다. 종세는 간신히 방향을 잡고 길을 건너기 시작했다. 조심스레 걷고 있었지만 껴입은 옷 속에 숨긴 권총은 걸을 때마다 묵직한 무게로 흔들리고 있었다. 병원에서 곧바로 곡마단으로 돌아가 보관하고 있던 박씨의 짐 속에서 권총을 꺼내 주머니 속에 깊숙이 감추고 나선 길이었다. 무슨 이윤가는 잘 알지 못했지만 왠지 남의 눈에 띄어서는 안 될 것 같은 느낌을 받았기 때문에 종세는 권총을 몰래 감추었다.

길을 건너 박씨가 일러준 대로 청계천변으로 접어들었다. 다리가 보였다. 다리 밑으로 더러운 시궁창물이 흘러내리고 있었다. 다닥다닥 키 낮은 한옥들이 천변에 즐비하게 서 있었다. 추녀 밑으로 녹아내린 물이 떨어지고 있었다.

아침나절에 병원으로 가 박씨를 만나고 오는 길이었다. 박씨는 온몸에 붕대를 감고 있었다. 좁은 병실에는 넘쳐나도록 환자들로 가득 차 있었다. 여기저기서 비명소리가 들려왔다. 박씨는 병실 구석진 자리에 누워 있었다. 그는 찾아간 종세를 알아보지 못했다. 왜냐하면 얼굴에 붕대를 감고 있었고 두 눈까지 붕대로 가려져 있었기 때문이었다.

"아줌마."

종세가 다가가서 조용히 부르자 누워 있던 박씨가 몸을 움직였다.

"저예요, 아줌마, 종세예요."

무어라고 박씨는 중얼거렸다. 그러나 그 말이 무슨 말인지 알아들을 수가 없었다. 그의 입은 붕대로 가려져 있었다. 그는 형체도 없이 얼어죽지 말라고 한겨울에 새끼를 동여맨 장미가지처럼 보였다.

"제 목소리를 알아들으시겠어요? 제가 누군지 아시겠어요?"

박씨는 대답 대신 머리를 끄덕였다.

"괜찮으세요, 아줌마?"

무어라고 박씨는 중얼거렸다. 그는 손을 내밀어 허공을 더듬거렸다. 다행스럽게도 왼손만은 붕대를 감고 있지 않았다. 그는 더듬거리며 종세의 얼굴을 찾았다. 마침내 종세의 얼굴을 더듬거리며 확인한 다음 그는 종세의 얼굴을 자기 몸으로 가까이 가져갔다. 종세는 그가 무엇을 하려는가를 알 수 있었다. 그는 종세에게 무언가 마음속 깊이 숨겨둔 말을 하려 한다고 종세는 생각했다.

종세는 그의 입가에 귀를 들이대었다. 그는 소리내어 중얼거렸다. 그러나 한마디도 그가 하는 말을 알아들을 수가 없었다.

"아줌마, 아줌마가 무슨 말을 하려는지 알아들을 수가 없어요."

박씨는 종세에게 무언가 쓰는 흉내를 내기 시작했다. 종세는 눈치 빠르게 그가 원하는 것을 알아차릴 수가 있었다. 종세는 주머니 속에서 종이와 연필을 끄집어내었다. 그의 손에 연필을 쥐여주자 그는 종세가 내민 종이 위에 뭔가를 쓰기 시작했다. 그는 신음소리를 내고 있었다. 왼손으로 글씨를 쓰는 일이 서투른지 그는 힘들여 한자 한 자 적어내려갔다. 종세는 그가 종이 위에 무엇을 쓰는가를 지켜보았다.

'권총을 가져다다오.'

박씨는 종이 위에 그렇게 써내려갔다. 종세는 얼핏 주위를 둘러보았다. 박씨가 그렇게 시킨 것은 아니었지만 왠지 무서운 생각이 들었기 때문이었다. 병실에 가득 찬 환자들은 모두 자기만의 병을 앓고 있듯 골몰하고 있어서 아무도 구석진 자리에서 은밀하게 벌어지고 있는 음모를 눈치채지 못했다.

"알겠어요, 아줌마."

종세는 종이를 구겨 주머니 속에 넣으며 머리를 끄덕였다. 마치 그가 보고 있어 그 말에 수긍이라도 하려는 것처럼. 더듬거리며 박씨의 손이 종세의 손을 잡았다. 그는 종세의 손바닥 위에 글씨를 쓰기 시작했다.

'남의 순……'

종세는 그가 한 자 한 자 써내려갈 때마다 확인하듯 부르곤 했다. 종세가 자기가 쓰려 했던 글씨를 알아맞히면 박씨는 머리를 끄덕였다.

"남의 순……"

'순' 자에 이르자 박씨는 머리를 흔들었다. 그는 '순' 자를 지우고 다시 종세의 손바닥에 천천히 글씨를 썼다.

"눈."

"알겠어요, 아줌마. 그건 '순' 자가 아니라 '눈' 자예요."

박씨는 머리를 끄덕였다. 그는 글씨를 써내려갔다.

'남의 눈에 띄지 않게 빨리 가져다다오.'

종세는 그가 글씨를 다 쓰자 확인하듯 그가 써내린 글씨를 다시 한번 외어 보였다. 그는 머리를 끄덕였다.

"알겠어요, 아줌마."

종세가 일어서려 하자 그는 종세의 옷깃을 잡아쥐었다. 남은 또다른 말이 있는 것으로 종세는 짐작했다. 손바닥을 펴들자 그는 허공에 무언가 쓰는 시늉을 했다. 종세는 연필과 종이를 박씨에게 내밀었다. 그는 서투른 글씨로 종이 위에 써내려가기 시작했다. 종세는 그가 무슨 그림을 그리는가 하고 생각했다. 그는 종이 위에 글씨를 쓰는 것이 아니라 선을 긋고 점을 찍었다. 그제야 종세는 그가 그리는 것이 그림이 아니라 무슨 약도 같은 것이라는 느낌을 받았다.

종세는 그가 그려준 약도대로 찾아가는 길이었다. 그가 부탁한 권총을 곧바로 병원을 나와 여인숙에 들러 품속에 숨겨가지고 나오는 길이었다. 다행히 아무에게도 들키지 않았다. 종세가 병원에 들른다는 것은 모두들 알고 있었지만 종세가 병원에 들렀다 숙소로 돌아와 권총을 숨겨가지고 나온 것은 아무도 눈치채지 못했다. 그가 무엇 때문에 권총을 가져다달라는 것인지 분명하게 알 수는 없었지만 종세는 어렴풋이 그가 무엇을 원하고 있는가를 짐작하고 있었다.

"그 사람은 자기가 원하는 대로 곧 죽게 되고 말 게야."

새벽녘 마술사 최씨가 했던 말이 종세의 머리를 줄곧 때리고 있었다. 그는 죽을 것이다. 그것이 마술사 최씨의 말처럼 그가 원하던 바였으므로.

그는 죽을 자리를 찾아 곡마단을 찾아온 것이다. 일 년 만에 돌아와 그는 제 목숨을 끊으려 했다. 아니 그는 이미 죽은 목숨이었다. 그는 살아 있는 사람이 아니었다. 그의 영혼은 이미 소멸되었으며 살아 움직이고 있는 것은 거추장스러운 육신뿐이었다. 그 빈들의 허수아비 같은 육신을 그는 태워버리는 것으로 완전히 소멸하려 했다. 그러나 그 시도는 헛되게 끝이 나버렸다. 그는 헛된 결말로 끝난 첫번째의 의도대로 완전한 죽음을 원하고 있다. 그것은 그의 마지막 소원이다. 그것은 그의 유언이다.

종세는 그것을 알고 있었다. 이제 박씨가 원하던 대로 권총을 가져다주면 그가 무엇을 하리라는 것을 알고 있었다. 그는 깊은 밤중 제 머리에 총구를 들이대고 방아쇠를 잡아당길 것이다. 종세는 알고 있었다. 그 권총 속엔 탄환이 든 탄창이 들어 있는 것을. 어릴 때부터 총알을 구해 탄약을 빼고 팽이의 심지를 박았던 종세로서는 권총의 총알이 어떻게 생겼다는 것을 제 손바닥 보듯 분명히 알고 있었다.

그는 종세를 믿고 있었다.

그는 종세를 유일하게 살아 있는 자기의 아들처럼 믿고 있었다.

종세는 그가 낳은 유일한 불의 자식이었다. 그가 언제나 원했듯 여자처럼 말하고 여자처럼 춤추고 여자처럼 행동하면 언젠가는 불의 아이를 낳을 수 있을지도 모른다는 환상은 마침내 종세에게서 실현되었다.

　그것은 무서운 일이었다.

　그것은 무서운 음모였다. 그것은 살인행위였다. 그러나 종세는 믿고 있었다.

　이것은 사랑이다. 종세는 그렇게 믿고 있었다. 그의 죽음을 도와준다는 것은 그에게 마지막으로 베풀 수 있는 사랑에서 출발한 것이다. 그가 이미 혼이 외출해버린 덧없는 육신으로 고통받기 전에. 먼 후일 다행히 병이 낫는다고 해도 화상 입은 일그러진 눈과 찌그러진 코, 오그라붙은 입, 그 흉악한 얼굴. 그 얼굴을 제 눈으로 거울 속에서 확인하기 전에, 아름다운 얼굴, 여자처럼 가발을 쓰고, 여자처럼 입술에 루주를 바르고, 여자처럼 속눈썹을 달고, 귀에 반짝이는 귀고리를 한 얼굴. 아침마다 자라난 수염을 면도칼로 낱낱이 깎아내리는 이 지상에서 가장 순수하고 아름다운 얼굴. 그렇게 믿고 있는 여자의 얼굴. 그 얼굴이 불로써 일그러지고, 지옥의 불로 뒤틀린 것을 제 눈으로 확인하기 전에 스스로 목숨을 끊도록 도와주는 것은 곧 사랑이다.

　종세는 이미 아무런 두려움도 느끼질 않았다. 그래서 그는 담담하고 침착했다. 행여나 남의 눈에 발견될세라, 행여나 마음이 변할세라 종세는 권총을 품속에 숨기고 서둘러 박씨가 그려준 약도대로 집을 찾아나선 길이었다. 큰길로 역마와 같은 울음소리를 내며 전차가 지나가고 있었다. 끊겼던 눈발이 흩날리고 있었다. 사람들의 머리는 흩날리는 눈으로 하얗게 세어 있었다. 키 낮은 한옥 유리창 안으로 말린 지네와 사슴의 모가지가 보였다. 사슴의 모가지엔 뿔이 그대로 매어달려 있었다. 한약방을 끼고 골목으로 접어들자 좁은 길이 나타났다. 길 양 옆은 판잣집이 다닥다닥 붙어 있었고, 눈을 맞으며 한 어린아이가 길거리에 주저앉아 똥을 누고 있었다. 달그락거리는 그릇 소리, 어린애 우는 소리, 판잣집 너머에서 악쓰는 고함소리가 섞여서 들려왔다. 사람의 발길이 닿지 않은 계단 옆으로 눈이 쌓여 있었다. 종세는 층계를 뛰어올랐다. 어디선가 술 취해 고래고래 고함치며 부르는 노랫소리가 들려왔다. 쨍그랑 소리를 내며 그릇이 깨어지는 소리도 들려왔다.

종세는 두 갈래 갈림길에서 오랫동안 망설였다. 약도에는 두 갈래의 갈림길이 그려져 있지 않았기 때문이었다. 종세는 망설이다 오른편 골목으로 접어들었다. 썩은 판잣집이 막다른 골목 끝에 있었다. 판잣집 벽에 예수를 믿는다는 푯말이 붙어 있었다. 이 집이다. 종세는 그 푯말을 확인한 뒤 문을 두드렸다. 문에 매어달린 종이 딸랑딸랑 울었다.

오랜 시간이 흐른 뒤 신발 끄는 소리가 들려왔다. 판자로 얼기설기 담을 두른 문틈으로 한 사내의 눈이 음험하게 빛나고 있었다.

"누구야?"

"저어, 강씨를 만나러 왔는데요."

종세는 딱딱하게 몸을 펴며 대답했고, 사내는 핥듯이 종세를 훑어보았다.

"강씨라니?"

사내는 날카로운 목소리로 물었다.

"어디서 왔는데?"

"곡마단에서 왔어요. 곡마단의 박씨가 보내서 왔어요."

사내는 그제야 문을 열어주었다. 종세는 문틈으로 엿보던 사내의 눈이 왜 그처럼 빛나고 있었던가를 비로소 알았다. 그는 외눈을 가

76

진 사내였다.

"곡마단 박씨라면 특무상사 박씨 말이냐?"

"예."

"그 사람이 널 왜 보냈어, 여기까지?"

"강씨를 만나면 약을 줄 거라고 해서 찾아왔어요. 아저씨가 강씬가요?"

"넌 누구냐?"

묻는 말에는 대답도 않고 사내는 여전히 경계의 표정을 풀지 않으며 물었다.

"난, 난 아들이에요."

"박씨의 아들이라구? 난 박씨가 아들이 있다는 말은 못 들었는데."

사내는 믿어지지 않는다는 듯 눈을 부라렸다.

"설마 네놈이 뒤에 누군가를 달고 온 건 아니겠지?"

"아니에요."

종세는 강하게 머리를 흔들며 부르짖었다.

"난 혼자 왔어요. 날 믿어주셔도 돼요. 난 박씨 아줌마와 한 곡마단에 있는 아이예요."

"그래, 그런데 어떻게 왔어?"

"아줌마가 보내서 왔어요. 강씨를 찾으면 약을 주실 거라고 했어요."

"박씨는 지금 어디 있느냐? 아직 죽지 않았냐?"

그제야 어느 정도 믿음이 가는지 사내는 표정을 누그러뜨리며 육식동물 같은 음험한 미소를 띠었다.

"아줌마는 지금 병원에 있어요."

"아줌마라니? 박씨는 남자일 텐데."

"우린 박씨를 아줌마라 불러요."

"그래, 돈은 가지고 왔니?"

"예."

"꼬마야. 네가 원하는 약은 아주 비싼 약이란다. 이 약은 죽어가는 사람도 벌떡 일어나 더덩실 춤을 추게 만드는 약이란다."

"알고 있어요."

알고 있다. 이 새끼야. 그 약이 네게는 엄청난 돈을 만들어주지만 그 약이 박씨에겐 방아쇠를 당기게 하는 마지막 힘을 불러일으키게 한다는 것을 나는 잘 알고 있다, 이 새끼야.

"그래 얼마나 원하고 있니?"

"한번 맞을 양만큼만 주세요."

"그걸 사러 여기까지 왔니?"

"우린 부자가 아니니까요."

"물론 그걸 네게 파는 나도 부자는 아니지. 우린 피차 서로를 도와주고 있는 사이지. 그래 너를 믿기로 하지. 우선 돈을 내놔라."

종세는 주머니에서 주섬주섬 돈을 꺼냈다. 그것은 종세가 모은 돈이었다. 꼬깃꼬깃 구겨진 돈을 종세는 펴들었다.

"너는 제법 부자로구나. 그 정도면 주사를 열 번쯤 맞을 수 있겠다. 네가 효도를 하겠다면 그 정도는 사가는 게 좋겠지."

"아니에요. 한 번 맞을 양만큼만 주세요."

"알겠다. 여기서 기다려라."

사내는 돈을 쥐고 사라졌다. 종세는 좁은 뜨락에 웅크리고 서 있었다. 낮은 판자 울타리 너머로 청계천변이 내려다보였다. 낮게 드리워진 잿빛 하늘에서 비듬과 같은 눈이 흩날리고 있었다. 종세는 판자에 대고 오줌을 누었다. 갑자기 종세는 소리쳐 발악하듯 고함을 지르고 싶었다. 저 낮은 하늘 아래 수없이 펼쳐진 지붕과 지붕,

그 지붕 위로 내리는 더러운 눈, 그 더러운 눈을 맞으며 걷는 사람들. 그 사람들의 모습을 향해 종세는 사이렌 소리와 같은 고함소리를 지르고 싶었다.

아아, 보자기를 씌우면 사라지는 비둘기처럼 저 인육의 거리를 검은 보자기로 싸서 순식간에 없애는 마술을 펼쳐 보일 수만 있다면.

"어이."

등뒤에서 사내가 싱글거리며 나타나 종세를 불렀다.

"가져가거라. 가서 니 애비한테 말해라. 옛 우정을 생각해서 특별히 많은 양을 주었다구, 알겠니?"

"알겠어요."

종세는 침을 뱉으며 말을 받았다.

"고마워요, 아저씨."

"그래, 잘 가라."

종세는 도망치듯 골목을 뛰어내려갔다. 종세는 구역질이 치받아올라 그대로 목을 꺾고 토할 것만 같았다. 계단을 뛰어내리고 골목을 벗어나 청계천변을 헐떡이며 뛰었다. 이제 됐어. 씨팔. 이제 준비는 끝난 거야. 개새끼. 이걸 물에 개어 주사기에 집어넣고 제 엉덩이에 찌르겠지. 씨팔. 제 온몸이 온통 붕대로 감겼으니 어디다가 찔러넣을까. 그건 나하고는 상관없는 일이야. 닥치는 대로 아무데나 찔러넣으라구. 그러면 평화가 온다. 씨팔. 그러면 기운이 솟을 거야. 됐어, 모든 준비는 끝났어. 이젠 더이상 망설이지 말아. 권총을 쥐고 이마에 들이대고 쏘면 끝장이야.

눈물이 앞을 가려 바라보이는 풍경은 모두 번질번질 물기가 흐르고 있었다.

종세는 전차를 타고 박씨가 기다리고 있을 병원까지 갔다. 병원에 들어서려다 말고 종세는 병원 옆 작은 풀빵가게에 들어가 오랜만에 낱담배를 사 피웠다. 종세는 조금만 더 곰곰이 생각해보자고 머리를 저었다. 이대로 망설임 없이 들어가서 권총과 약을 전해주는 것이 과연 옳은 일인가를 종세는 냉정하게 생각해보았다. 종세는 막소주 한 잔을 시켜 마셨다. 빈속에 마신 것이라 금방 취기가 올랐다. 종세는 막소주 한 잔을 더 시켜서 찔끔찔끔 들이켰다.

괜찮아, 씨팔.

술 두 잔이 용기를 불러일으켰다. 종세는 한 잔을 더 시켜 석 잔을 채우고서야 비틀거리며 걸어갔다.

죽는 것은 그가 스스로 선택할 문제야. 난 단지 그의 심부름을 해주고 있는 것뿐야. 방아쇠를 잡아당기는 건 박씨 아줌마지 내가 아니야.

병원은 혼잡했다. 복도까지 환자들이 밀려나와 있었다. 신음소리와 웃음소리들로 병원은 아비규환이었다. 어디선가 찬송가 소리가 들려오고 있었다.

종세는 사람들을 헤치고 박씨 아줌마가 기다리고 있는 병실로 들어섰다. 박씨 아줌마는 온몸을 붕대로 감은 채 철제 침대에 반쯤 몸을 기대고 앉아 있었다. 그 동안 곡마단에서 누구라도 다녀간 것일까. 침대 머리맡에는 꽃 두어 송이가 꽂혀 있었다. 종세는 박씨 아줌마 곁으로 다가섰다.

"저예요, 아줌마."

종세의 목소리에 흠칫 놀라는 듯 박씨는 몸을 떨었다.

"다녀왔어요, 아줌마."

머리맡 창문으로 눈이 함박눈으로 변해 내리는 것이 보였다. 무어라고 박씨는 중얼거렸다. 그의 목소리를 듣기 위해 종세는 귀를 그의 입가에 들이대었다.

"지금, 지금……"

간신히 웅얼거리는 목소리가 집혔다.

"밤이냐? 밤이 되었냐?"

"아뇨, 아직 낮이에요, 아줌마."

링거 주사액이 박씨의 팔뚝으로 굴러떨어지고 있었다.

"밤이 되려면 아직도 멀었어요. 하지만 난 곧 가야 해요, 아줌마. 어두워지기 전에 곡마단에 가야 해요. 공연이 있으니까요."

알았다는 듯 박씨는 머리를 끄덕였다.

박씨의 손이 종세를 향해 뻗어왔다. 그의 손이 종세의 머리칼을 부드럽게 어루만졌다. 종세는 술 취해 몽롱한 눈으로 그를 노려보았다. 그는 한겨울 동파하지 말라고 붕대를 감아놓은 수도 파이프처럼 보였다.

"내일 또 오겠어요, 아줌마."

종세는 자신의 말이 얼마나 부질없는가를 잘 알고 있었다. 그는 주머니에서 사온 약봉지를 꺼내 박씨의 손에 쥐여주었다.

"약이에요, 아줌마. 그리구 이거 주사기구요."

"고맙다."

불확실한 소리로 웅얼거리며 박씨는 머리를 끄덕였다. 박씨는 그것을 재빠르게 머리말 침대 속에 집어넣었다. 그러고 나서 종세를 향해 박씨는 손을 내밀었다. 또다른 무엇을 왜 건네어주지 않느냐는 듯 그의 손은 서두르고 있었다.

종세는 주위를 재빠르게 훑어보았다. 아무도 이쪽 침대를 주시하고 있지 않았다. 종세는 품속에서 권총을 꺼냈다. 그는 침대 아래로 권총을 들이밀었다. 박씨는 종세의 행동을 알아차린 듯 시트 속으로 손을 넣어 권총을 확인했다. 그의 몸은 눈에 띌 정도로 떨리고 있었다. 권총을 확인하더니 그는 놀라운 속도로 그것을 침대 속에 챙겨 넣었다.

"가겠어요."

종세는 헐떡이며 외쳤다. 그는 겁이 나고 공포에 질려 있었다. 온몸에서 땀이 비 오듯 흘러내렸다.

"가겠어요, 아줌마. 공연이 시작되기 전에 가야 해요."

순간 믿을 수 없을 정도로 박씨 아줌마가 손을 강하게 감싸쥐었다. 그의 손은 불처럼 뜨거웠다. 그는 천천히 종세의 손을 끌어당겼다. 종세는 그의 품속에 안겨졌다. 천천히 박씨의 손이 종세의 머리칼을 쓰다듬고 종세의 얼굴을 훑어내렸다. 종세의 눈에서 눈물이 굴러떨어졌다. 그 눈물을 박씨의 손이 닦았다. 마치 어린아이를 세수시킨 후 그 젖은 얼굴을 수건으로 닦아내리듯.

"울지 마라."

분명한 목소리로 박씨는 말했다. 종세의 코와 입을, 그리고 귀와 목덜미를 박씨의 손이 천천히 하나하나 확인하며 쓸어내렸다. 그것은 영원히 기억하기 위해 마음의 벽 속에 조각을 새겨넣는 듯한 행동처럼 보였다.

"가겠어요."

부끄러웠으므로 종세는 그의 품을 빠져나오며 말했다. 종세는 그의 손길을 받는다는 것이 부끄럽고, 창피하고, 한편 슬프고 서러웠다.

"내일 또 올게요, 아줌마."

종세는 화가 나서 소리쳤다.

"오늘밤이라도 올게요. 공연이 끝나면 찾아올게요."

하지만 종세는 알고 있었다. 마음과는 다른 소리를 지껄이는 자신에 대해서 종세는 견딜 수 없는 분노가 치밀었다. 어차피 이것이 마지막이다. 너는 또다시 박씨 아줌마를 만날 수 없게 된다. 그는 죽을 것이다. 다시는 만날 수 없을 것이다.

"잘 있어요, 아줌마."

종세는 두어 발짝 물러났다. 종세가 떠난 자리에 박씨 아줌마의 시선은 오랫동안 머물러 있었다. 종세는 뒷걸음질쳐 박씨를 눈이 아프도록 지켜보았다. 박씨는 석고로 빚은 사람처럼 꼼짝도 않고 침대에 기대어앉아 있었다. 그는 무엇을 보고 있을까. 보이지 않는 눈으로. 그는 무엇을 듣고 있을까. 들리지 않는 귀로. 그는 무엇을 말하고 있을까. 이미 타버려 재가 되어버린 혀로. 그는 무엇을 생각하고 있을까. 이미 죽어버린 영혼이 빠져나간 텅 빈 머리로.

아줌마, 종세는 작은 소리로 중얼거렸다.

죽어요, 아줌마. 망설이지 말고 죽어요, 아줌마.

종세는 몸을 돌려 병실을 빠져나왔다. 돌아봐서는 안 된다. 절대로. 절대로. 돌아봐서는 안 된다. 종세는 쏟아지는 눈물을 참으며 병실을 빠져나왔다.

함박눈으로 변한 병원 앞길을 종세는 흘러내리는 눈물을 손등으로 벅벅 씻어내리며 걸었다. 그의 떠나오는 등뒤에서 아직 남아 있는 말 한마디가 끝까지 종세를 따라오고 있었다.

넌 내 아들이다. 종세야, 넌 내 아들이다.

그날밤 박씨는 죽었다. 밤 한시였다. 고통에 신음하던 바로 옆 환자들도 모두 잠들어 있는 깊은 밤이었다.

느닷없는 총소리 한 방이 병실을 울렸다. 사람들은 깊은 꿈속에서 소스라쳐 놀라 깨었다. 무슨 일이 일어났는지 모두들 눈을 비비며 서로의 얼굴을 쳐다보았다. 간호원이 뛰어오고 당직 의사들이 뛰어왔다. 사람들은 그제야 귀를 찢는 굉음이 바로 옆자리에서 일어난 소리라는 것을 알았다. 그것은 총소리였다. 사람들은 소리난 곳으로 달려갔다. 온몸에 붕대를 감은 사내가 나동그라져 있었다. 붉은 피가 침대를 물들이고 있었다. 자신의 심장을 쏘았는지 이미 몸이 굳어 있었다. 누군가 비명을 지르며 침대 밑에 떨어져 내팽개쳐진

권총을 집었다. 권총은 아직 따스하고 체온이 깃들어 있었다. 의사
는 사내를 뒤집어보았다. 왈칵 피가 용솟음쳐올랐다. 의사는 사내
가 절명해버린 것을 확인했다. 불안한 얼굴로 쳐다보고 있는 간호
원에게 의사는 소리질렀다.

"자살했다. 간호원, 이 사람을 시체실로 옮기도록."

종세는 바로 그 순간 꿈을 꾸고 있었다. 꿈속에서 그는 박씨 아줌
마를 보았다. 박씨 아줌마는 벌거벗고 불춤을 추고 있었다. 꿈속이
었지만 너무나 행복하게 보여서 종세는 정답게 아줌마, 하고 불러
보았다. 그의 몸이 활활 타고 있었는데, 아줌마는 연신 행복한 웃음
을 띄워올리며 종세를 향해 웃고 있었다. 불길은 너무나 황홀하고
현란해서 하나의 꽃처럼 보였다. 종세는 그 불을 향해 손을 내밀어
보았다. 불은 조금도 뜨겁지 않았다. 그의 얼굴이 너무나 행복하고
너무나 기쁨에 차 있었으므로 종세는 눈물이 나왔다. 그래서 조금
울었다.

며칠 동안 계속되던 눈발이 멎고 눈부신 아침이 밝아왔다. 찬란한
순은의 아침이었다. 날씨마저 푸근하게 풀려 있었다. 며칠 동안 계
속 내린 눈이 쌓인 거리는 오랜만에 얼굴을 내민 햇살을 받고 유리
처럼 빛나고 있었다.

종세는 이상하게도 일찍 눈이 뜨였다.

아직 일어나기엔 이른 시간이었으므로 눈을 감고 끊긴 잠을 이어
가려 했지만 머리는 씻은 듯이 맑아 더이상 잠이 와줄 것 같지는 않
았다. 간밤에 꾼 꿈이 선명하게 떠올랐다. 종세는 아침마다 으레 그
렇듯 엄청나게 발기한 성기를 사타구니 속에 손을 집어넣고 조몰락
거리면서 꿈을 되새겨보았다.

박씨는 종세의 꿈속에서 행복하게 웃으며 불춤을 추고 있었다.

온몸에 화환과 같은 화염을 두르고서. 꿈속에서 불을 보면 재수가 좋다던데. 아니다. 종세는 머리를 흔들었다.

그는 어젯밤 제 이마에 권총을 들이대고 방아쇠를 잡아당겼을 것이다. 그것은 분명한 일이었다. 종세가 구해다준 아편이 그의 용기를 북돋아주었을 것이다. 그가 꿈속에 나타난 것은 마지막 작별인사를 나누고 싶어서였을 것이다. 그의 혼이 먼길을 달려와 종세의 머리맡에 머물다 새벽빛이 다가오기 전에 떠났을 것이다. 그가 머물고 있을 동안에 종세는 그의 꿈을 꾸었을 것이다.

종세는 이부자리에서 일어나 머리맡을 쳐다보았다.

그가 이미 떠나고 없는 빈자리엔 잠시 머물다 떠난 박씨의 그림자가 한 조각 떨어져 있었다.

새벽빛이 스며들자 황급히 서둘러 창호문을 열고 나서다 문턱에 걸려 작아진 그림자가 몇 조각 떨어져 있었다. 그 작아진 그림자를 쫓아 황급히 뛰어나가면 다가오는 햇살에 몸을 숨기고 도망가는 발빠른 어둠 속에 반쯤 몸을 가리고 벗은 얼굴을 드러낸 채 박씨가 사라지고 있는 모습을 볼 수 있을 것이다. 제 스스로 돌아가는 지구의 자전 속도에 따라 도망치고 있는 박씨의 모습을.

햇살이 손톱으로 할퀴어 찢기나 한 듯 빈틈없이 내리쬐고 있는 창호문 밖에서 새들이 어지러이 지저귀고 있었다.

부지런한 참새들이 떼지어 날아와 여인숙 뜨락, 나뭇가지와 장독대 위에 쌓인 눈을 헤치면서 모이를 쪼고 있는 모양이었다. 그들은 발가락으로 눈밭을 헤쳐서 모이를 구하고 있는 것이 아니라 모처럼 얼굴을 내민 햇살이 흰 눈에 반사되어 빛나는 색의 사금들을 날카로운 부리로 쪼아대고 있는 것만 같았다.

여인숙 담 너머 포플러 나뭇가지 위에서 아까부터 까치가 날아와 울고 있었다.

까악까악. 까아악 까악.

아침에 까치가 날아와 울면 반가운 손님이 온다던데. 종세는 사타구니 속에 손을 넣고 발기된 성기를 조몰락거리면서 중얼거렸다.

변성기와 더불어 터무니없이 돋아난 음모는 생명력을 가지고 거칠게 자라나 있었다.

어느새 일찍 잠을 깬 단원들이 하나씩 둘씩 마당으로 신발을 끌며 나오고 있었다.

펌프질을 하는 소리. 아침밥을 준비하는 사람들의 수런거리는 소리. 그릇을 씻는 소리. 콩나물국을 끓이는 음식 냄새. 칫솔질하는 소리. 푸우푸우 세수하는 소리가 아침 정적을 깨뜨리고 조금씩 물처럼 고여들고 있었다.

인기척에 놀라 사라져버렸는가, 참새들의 지저귀는 소리도 들리지 않았고 포플러 위에 앉아 목쉰 소리로 울던 까치 소리도 더이상 들리지 않았다.

난쟁이 석씨가 아침운동이라도 하고 있는가 하낫 둘 하낫 둘 구령 소리를 내고 있었다.

종세는 그러나 일어날 생각도 않고 내처 게으름을 피우고 누워 있었다. 마술사 최씨는 아직 깊은 잠에 빠져 있었다. 가늘게 코까지 골고 있는 것으로 보아 간밤에 술이라도 마신 모양이었다.

아직 문 밖에 모인 사람들은 간밤에 무슨 일이 있었는가를 전혀 알지 못하고 있는 것 같았다.

간밤에 박씨 아줌마가 스스로 목숨을 끊은 사실을 아는 사람은 오직 종세 혼자뿐이었다. 엄청난 비밀을 알고 있는 단 한 사람인 종세로서는 태연하게 자리에서 일어나 그들과 섞여 어울릴 만한 용기가 솟아오르지 않았다.

종세는 그저 기다리고 있을 뿐이었다. 머리맡에서 일어나는 발소리와 두런거리는 목소리에 신경을 곤두세우면서. 그들이 먼저 그 사실을 알게 될 때까지 종세는 일어나지 않을 참이었다. 어쨌든 종세는 박씨에게 권총을 갖다준 공범자가 아닌가.

그러나 종세의 게으름은 오래 가지 못했다. 얼마 안 가서 대문을 여닫는 소리가 들려오고 한 떼의 사람들이 몰려들었다. 그들은 아직 잠에서 덜 깨어난 단원들의 선잠을 완전히 깨우고 쨍쨍이는 큰 소리로 고함을 지르고 있었다.

"일어나, 일어들 나라구."

그것은 단장의 목소리였다. 그는 뜨락 한가운데 서서 소리를 고래고래 지르고 있었다. 그는 그것으로도 부족해서 손뼉을 치며 소리 질렀다.

"다들 일어나라구."

여기저기서 문이 드르륵거리며 열리는 소리가 났다.

"다들 나와. 여자들도 좀 나와봐."

마카오 할아버지가 덩달아서 소리를 질렀다.

그러나 종세는 일어나지 않았다. 그는 냄새나는 이부자리를 머리 위까지 덮어쓰고 무섭게 고동치는 심장을 진정시키기 위해서 심호흡을 했다. 올 것이 왔구나 하는 느낌이었다.

문을 열고 툇마루로 나서는 사람, 신발을 끌고 마당으로 나서는 사람, 아직 잠이 부족해서 투덜거리는 사람들로 문 밖은 시끌거렸다.

"다들 조용히 해. 내 말을 잘 들어."

단장이 두어 번 박수를 쳤다. 일제히 입을 다물었다.

"간밤에 말야. 박씨가 자살을 했어. 제 목숨을 제가 끊었단 말이야."

종세는 숨을 죽이고 이불을 뒤집어쓰고 있었다. 온몸에서 땀이 비오듯 흘러내리고 있었다.

마침내.

종세는 덜덜 떨리는 입술을 움직여 중얼거렸다. 박씨 아줌마는 성공했다. 그는 실패하지 않았다.

"내 말을 잘 들어. 방금 경찰서에서 연락이 왔었어. 그런데 말야, 누군가 박씨에게 권총을 갖다준 사람이 있었다구. 그걸 알아내기 위해서 너희들을 모두 나오라구 한 거야."

갑자기 침묵을 지키던 사람들의 무리에서 조용한 소요가 일었다. 숨죽여 우는 여자 단원들의 울음소리도 들려왔다.

"죽으려구 작정한 사람이니까 큰 죄는 될 수 없다고 하더라도 그건 어쨌든 죄긴 죄란 말이야. 멀쩡한 사람이 권총을 가지고 있었다는 것도 말이 안 되지만 그걸 몰래 갖다준 사람이 이중에 분명히 있단 말이야. 그 사람이 누군가 솔직히 대답하라구. 지금 곡마단에 경찰에서 사람이 와 있어. 도대체 왜들 이런가 말야. 경찰에서 직접 이리로 오겠다는 거야. 누군가 아편도 사다준 모양이야. 도대체 누구야? 솔직히 말들 해."

"무서워할 건 없고……"

마카오 할아버지가 큰 기침을 하며 말을 거들었다.

"그저 조사하기 위해서 그런 거니까. 무서워할 건 없다구."

어디론가 멀리 떠나갔던 까치가 또다시 돌아와 목쉰 소리로 울고 있었다.

까악까악. 까악까악.

누군가 까치를 향해 돌팔매질을 한 모양이었다. 푸드득 메마른 가지가 부러져 떨어지는 소리와 함께 까치의 울음소리가 멎었다.

"누구야? 빨리 나서봐. 이건 모른다고 시치미 떼봐야 흐지부지 넘어갈 사건이 아니야. 경찰에서는 사인을 규명해야 하니까."

"우린 몰라요."

사회자 김씨가 볼멘소리로 대답하는 소리가 들려왔다.

"죽으려고 맘먹었으면 간지럼 타다가도 죽으니까요, 씨팔."

사회자 김씨는 선잠이 깨어 신경질이 난 듯 투덜거렸다.

"어제 박씨를 면회 갔었던 사람은 누구야? 그 사람들 중에 한 명이겠지."

"지가 가긴 갔었지만서두……"

칠성이가 겁에 질린 목소리로 대답했다.

"간 사람이 나 혼자뿐인감요. 단원은 모두 다 가봤은께. 연숙이두 가구, 석씨두 가구, 제작부장 오씨두 가구, 김씨 아저씨두 가구, 종세두 갔었는디……"

종세는 쇠못이 가슴에 와 박히는 듯한 느낌을 받았다. 그는 사시나무 떨듯 몸을 떨고 숨을 죽이고 촉각을 세우고 있었다.

"종세. 종세 어디 있어?"

종세는 귀를 틀어막았다. 그러나 그런다고 해서 소리를 아예 차단시킬 수는 없었다.

"종세 나오라구 해."

"……하지만 단장님."

칠성이가 무어라고 변명해주기라도 하듯 말을 덧붙였다.

"……종세는 암것두 갖고 가지 않았는디."

"글쎄 나오라고 하라니까."

종세의 방 앞으로 다가오는 인기척이 있었다.

조심스레 방문 두드리는 소리가 났다.

종세는 숨소리조차 내지 않고 귀를 기울였다.

"종세야, 종세야."

칠성이의 목소리는 자신이 고자질한 죄의식 때문에 움츠러들어 있었다.

종세는 더이상 모른 체 누워 있을 수만은 없었다.

종세는 부스럭거리며 일어섰다.

그때였다. 가늘게 코를 골던 마술사 최씨가 순간 종세의 입을 틀어막았다.

그리고 종세의 머리를 끌어 잡아당겼다.

종세는 입에 재갈을 문 채 마술사 최씨를 쳐다보았다.

"내 말을 들어라, 종세야."

마술사는 낮은 소리로 속삭였다.

"밖에서 일어나는 이야기들을 모두 듣고 있었다. 난 네 녀석이 박씨에게 권총을 갖다준 사실을 알고 있다. 그렇지, 네가 권총을 갖다주었지?"

종세는 대답을 할 수 없었다. 종세는 대답 대신 고개를 끄덕였다.

"내 말을 잘 들어라. 절대로 네가 권총을 갖다주었다는 것을 고백해서는 안 된다. 알았니? 절대로 모른 체해야 한다. 사실대로 이야기했다간 너는 콩밥을 먹게 돼. 알았니? 내 말이 무슨 말인지."

종세는 머리를 끄덕였다. 마술사는 종세의 입을 풀어주었다.

창호문을 두드리는 칠성이의 목소리가 점점 커졌다.

"종세야, 종세야."

종세는 기어서 문을 열었다. 찬연한 햇살이 쏟아져 들어왔다.

"왜 그래?"

종세는 그제야 잠이 깬 듯 갈라진 목소리로 칠성이를 멀뚱멀뚱 쳐다보며 물었다.

"나와봐, 단장님이 널 찾으신다."

"날? 날 왜?"

종세는 칠성이의 어깨 너머로 단원 대부분이 뜨락에 나와서 자신을 지켜보고 있는 것을 보았다.

"왜들 그래요? 아 참 내."

종세는 기지개를 켜며 하품을 했다.

"졸려 죽겠는데."

"나와봐라."

단장의 고함소리가 귀를 쨍쨍 울렸다.

종세는 바지를 걸쳐입고 하품을 베어물며 툇마루로 나섰다.

종세는 눈이 부셔서 제대로 눈을 뜰 수가 없었다. 그는 맨발로 게다를 끌고 마당으로 나섰다. 종세는 눈곱을 뜨면서 단장을 쳐다보았다.

"왜들 그래요? 무슨 일이 있었나요?"

"너 어제 박씨한테 찾아갔었지?"

"예."

"박씨한테 물건을 갖다주었지? 박씨가 네게 부탁을 했었지?"

"뭘 말인데요?"

"시치미 떼지 마라, 꼬마야."

제작부장이 으르렁거리며 덤벼들었다.

"바른 대로 말해. 주둥아릴 찢어놓기 전에."

"왜들 이래요. 아침부터 재수없게."

"어젯밤 박씨가 죽었다."

단장이 맥 풀린 듯 말을 뱉었다.

"가슴에 권총을 쏘고 자살을 했다."

"예?"

종세는 비틀거리며 비명을 질렀다.

"내숭떨지 마라. 이 쌔끼."

제작부장이 한 대 쥐어박을 듯이 주먹을 치켜들었다.

"니 쌔끼는 언제나 박씨 물건을 간수하고 있었어. 틀림없다. 니 쌔끼가 박씨에게 권총을 갖다준 것이 틀림없어."

"좆 같은 소리 하지 마쇼."

종세는 침을 퉤 뱉으며 제작부장을 노려보았다.

"내가 골 비었다고 그런 심부름 하게 됐소?"

"어쨌든 따라와."

단장은 이것저것 모두 듣기 싫다는 듯 등을 돌려 앞장서 나갔다. 종세는 주춤주춤 단장을 따라 걸었다.

"어딜 가는데요, 단장님?"

"아무튼 따라와봐."

단장은 여인숙을 나와 중랑천변으로 빠지는 골목길로 접어들었다.

"난 아무 일도 하질 않았는데요."

"할 말 있으면 경찰서에 가서 얘기해라."

"제가 왜요?"

"무슨 다른 특별한 일은 없을 게다. 경찰서에서는 경찰대로 조사할 일이 있어. 그래서 너를 데리고 가는 게다. 니가 설사 박씨에게 권총을 갖다주지 않았더라도 우선 곡마단원들을 위해 대표로 가서 변명 좀 해야지. 넌 다른 아이들보다 똑똑하니까. 안 그러냐? 잘못하다가는 공연도 못 하고 모두 붙들려 가게 될 모양이니까."

종세는 가래침을 타악 뱉었다.

저렇게 나온다면 따로 할 말이 없었다. 종세는 주머니에 손을 찌르고 터덜터덜 단장을 따라 걸었다.

곡마단 앞에 검은 지프가 한 대 서 있었다. 그것은 분명히 경찰차였다. 천막 안으로 들어서자, 한 사람이 객석에 앉아 모닥불을 지펴놓고 신문을 들여다보고 있는 것이 눈에 들어왔다.

단장은 먼저 그 사내에게 다가가 무어라고 말을 꺼냈다. 사내는 얘기 도중에 힐끔힐끔 종세를 보았다.

치사한 쌔끼.

종세는 단장이 아무래도 종세를 처음부터 의심하고 있었고 그것을 사내에게 고자질하고 있는 것이라고 단정을 내렸다. 하기야 박씨가 자살을 했다면 그것을 도와줄 사람은 종세를 빼어놓고는 생각할 수 없을 만큼 종세가 박씨의 사랑을 받고 있던 것은 분명한 일이었다.

될 대로 되라, 씨팔.

종세는 주머니에 손을 찌르고 중얼거렸다.

"꼬마야."

건장한 체구의 사내는 얘기를 끝냈는지 싱글싱글 웃으며 종세를 불렀다.

"이리 와봐라, 꼬마야."

종세는 주춤주춤 사내 곁으로 다가갔다.

"네가 종세라는 꼬마냐?"

"……예."

"똑똑하게 생겼구나. 나와 함께 어디 좀 가야겠다."

"하지만……"

종세는 볼멘소리로 대답했다.

"난 아직 아침밥도 먹지 않았는데요."

"오래 걸리지는 않을 게다. 네가 순순히 말을 한다면 아침밥도 먹여주고 금방 풀어줄 수 있을 게다. 자, 함께 가자, 꼬마야."

사내는 연신 싱글싱글 웃으며 보던 신문을 착착 접어 바지 뒷주머니에 꽂았다.

종세는 사내를 따라 천막 밖으로 나왔다.

어디에나 눈부신 태양빛이 넘쳐흐르고 있었다.

단장은 사내와 시선이 마주칠 때마다 비굴한 웃음을 띠고 있었다.

종세는 지프에 올라탔다.

차는 곧 달리기 시작했다. 종세는 그제야 자신이 양말도 신지 않은 맨발 차림인 것을 알았다. 천막이 멀어져가자 갑자기 종세는 겁이 치밀어올랐다. 이대로 영영 천막으로 되돌아오지 못할지도 모른다는 불안과 공포가 한꺼번에 덮쳐왔다.

아무리 시치미를 뗀다고 하더라도 그들은 종세의 거짓말을 금방 눈치채게 될 것이다.

그들은 처음부터 종세가 박씨를 죽인 범인이라는 것을 알고 있을 것이다. 설혹 주위의 눈을 피해 아편과 권총을 갖다주었다 할지라도 병원 환자 중에 종세를 기억하고 있는 사람은 분명히 한두 명 있을 것이다. 더구나 박씨가 남겨두고 간 짐을 일 년 동안 보관하고 있었던 사람은 다름 아닌 종세 자신이었다. 종세는 달리는 지프에서 도망치고 싶은 충동을 느꼈다.

차는 아침 생기가 넘쳐흐르는 거리를 빠른 속도로 달려가고 있었다.

어째서 박씨에게 총을 갖다준 것이 죄가 될 수 있을 것인가. 그것은 목마른 사람에게 물을 주는 자연스런 일이 아닌가. 어째서 그것이 죄가 될 수 있을 것인가. 종세는 그렇게 믿고 있었다. 그의 죽음을 도와준다고 하는 것은 무서운 살인행위라 할지라도 박씨에게 마지막으로 베풀어줄 수 있는 사랑에서 출발한 것이었다. 그는 이미 죽어 있는 사람과 다름없는 존재였다.

청량리 로터리 근처에서 차는 방향을 꺾어 붉은 벽돌집 앞에 멈춰섰다.

종세는 사내를 따라 벽돌집 안으로 들어섰다. 복도는 사람들로 넘쳐흐르고 있었다.

반은 회색과 반은 흰빛으로 나뉘어 칠해진 복도를 따라 끝 방으로 들어서자 사내는 그제야 생각난 듯 종세에게 말했다.

"이리 와라, 꼬마야."

한 사내가 아침밥을 시켜 먹고 있었다.

"데리고 왔습니다. 이 아이가 이종세란 아이입니다."

잠자코 김이 무럭무럭 솟는 국물을 후룩후룩 마시던 사내가 종세를 노려보았다.

사내는 밤을 새웠는지 눈이 부석부석 부어 있었다. 그는 짜증나고 신경질이 잔뜩 나서 심사가 편치 않은지 트림을 하며 종세를 보았다.

"앉아. 서 있지 말고."

사내는 몇 숟갈 떠먹지 않은 식사를 물리며 입가에 묻은 국물을 손등으로 닦았다. 종세는 엉거주춤 의자에 앉았다.

경찰서 안은 수많은 사람들로 들끓고 있었다. 소리를 버럭버럭 지르는 사람, 훌쩍훌쩍 울고 있는 사람, 무어라고 용서를 빌고 있는 사람, 두 손에 수갑을 차고 있는 사람, 갑자기 얼굴에 따귀를 철썩 올려붙이는 사람들로 시장거리처럼 시끌거렸다. 사내는 담배를 꺼내 피워물더니 골치 아프고 내키지 않는 일에서 도망이나 치려는 듯 책상 위에 두 다리를 뻗고 앉았다. 그는 잠시 담배연기로 동그라미를 만들어 보였다. 그는 아주 익숙하게 담배연기를 뿜어 도너츠 모양의 동그라미를 만들어 보이고 있었다.

"너도 서커스 단원이냐?"

"예."

"뭘 하고 있니?"

"……마, 마술을 하고 있습니다."

"마술?"

흥미가 당긴다는 듯 사내는 다리를 접어 똑바로 앉았다.

"요술을 한단 말이냐?"

"예."

"그래. 넌 아주 희한한 재주를 갖고 있구나. 그럼 주머니 속에서 비둘기도 꺼내고 입에서 만국깃발도 꺼낼 수 있단 말이냐?"

"……예."

자랑스럽게 종세는 대답했다.

"주머니 속에서 무엇이든 꺼낼 수 있단 말이냐, 마음먹은 대로?"

"……예."

"그럼 주머니 속에서 달걀 하나를 꺼내보렴."

사내는 빈정거리며 웃었다.

"네가 지금 이 순간 주머니 속에서 생달걀 하나를 꺼낼 수 있다면 널 당장 풀어주겠다, 꼬마 마술사야."

"그건 할 수 없는 일입니다."

종세는 머리를 흔들었다.

"어째서? 너는 무엇이고 만들어낼 수 있다고 하지 않았느냐?"

"전 사람이지 닭이 아니기 때문입니다."

"요 자식 봐라."

사내는 이를 악물고 종세를 노려보았다.

"제법 말깨나 하는 놈이로구나. 이 자식아, 닭이 달걀을 까는 건 당연한 일이잖느냐. 니 쌔끼가 달걀을 낳아야만 그게 바로 마술이지. 암탉이 알을 까는 건 마술이 아니야. 어쨌든……"

사내는 서랍을 열고 종이와 만년필을 꺼내들었다.

"니 자식이 어제 박씨에게 총을 갖다준 녀석이지."

"아, 아닙니다."

"아, 아니라고? 요 쌔끼 봐라. 본 사람들이 있는데도 시치미를 뗄 참이냐."

"전, 아닙니다."

그는 서랍을 열고 무엇인가를 꺼냈다. 그는 그것을 종세의 눈을 피해서 손등으로 덮었다.

"이게 뭔지 아느냐?"

"모르겠는데요."

"마술사가 그것도 몰라. 알아맞혀봐라. 내 두 손바닥에 뭐가 있는지."

"……모릅니다."

사내가 가렸던 손등을 펼쳤다. 그것은 권총이었다. 종세는 가슴이 철렁 내려앉았다.

"이게 바로 네가 어제 병원으로 박씨의 부탁을 받고 몰래 갖다준 권총이다. 그리고 이건 주사기."

"……아닙니다."

"시치미를 뗄 참이냐?"

"……아닙니다. 사실입니다."

"머리를 이리로 갖다대라."

사내는 주먹을 불끈 쥐어 내밀며 말했다.

"머리를 빠른 속도로 움직여 이 주먹을 들이받아봐라. 그렇지 않으면 내가 주먹을 움직여 네 머리통을 들이받든가."

순간 사내의 주먹이 종세의 머리를 강하게 들이받았다.

"아프냐?"

"……예."

종세는 머리를 부비며 대답했다. 찔끔 눈물이 솟아나왔다.

"우린 네가 박씨에게 총을 갖다주었다는 증거를 갖고 있다. 꼬마야, 네가 아무리 시치미를 뗀다고 하더라도 우리들의 눈은 속일 수 없을 게다. 알겠니? 넌 네가 저지른 죄가 얼마나 무서운 건가를 아직 모르고 있니? 넌 자살을 방조해준 살인죄를 저질렀어, 꼬마야. 곱게 말할 때 순순히 대답해라. 이 아편은 어디서 났으며 총은 언제

갖다주었느냐?"

"……모릅니다."

"이 쌔끼 봐라."

사내는 버럭 소리를 질렀다. 그는 책상 위에 놓인 주전자를 들었다. 그는 주전자의 물을 컵에 가득히 따랐다.

"마셔라. 목이 마를 텐데."

종세는 그가 건네주는 컵을 영문도 모르고 받아 들이마셨다.

"한 방울도 남기지 마라."

종세가 컵의 물을 완전히 비우기를 기다려 사내는 다시 컵에 물을 가득 채웠다.

"한 잔 더 마셔라."

종세는 꿀꺽꿀꺽 물을 들이켰다. 그 컵을 비우자 사내는 다시 물을 따랐다.

"더 마셔라. 물은 얼마든지 있다."

종세는 그가 따라주는 세 잔째의 물을 삼키기 시작했다. 그것은 고통이었다. 종세는 간신히 컵을 비웠다.

"배부르냐?"

"……예."

"한 잔 더 마실 테냐?"

"아뇨."

"앞으로 거짓말을 할 때마다 물을 한 잔씩 더 따라주겠다. 너는 거짓말을 할 때마다 물을 마셔 마침내 배가 터져 죽게 될 것이다. 자, 대답해봐라. 이종세, 어제 넌 박씨에게 총을 갖다주었지. 그리고 아편을 구해다주었다. 어디서 구했니?"

"……모릅니다."

사내는 잠자코 컵에 물이 흘러넘치도록 따랐다.

"마셔라."

종세는 엉겁결에 컵을 건네받았다. 그는 꿀꺽꿀꺽 맹물을 들이켜기 시작했다. 물은 목구멍을 타고 넘어가지 않았다. 토할 것만 같았다. 종세는 간신히 물을 삼켰다.

"맛있냐?"

"……아, 아닙니다."

"한 잔 더 마실 테냐?"

"아, 아뇨."

"네가 거짓말을 할 때마다 물을 마시게 된다. 넌 맹꽁이처럼 배가 부르게 되겠지."

그는 서랍 속에서 작은 종이 한 장을 꺼냈다. 그는 그것을 종세에게 건네주었다.

"읽어봐라, 꼬마야."

종세는 종이를 들여다보았다.

종이 위엔 조잡한 글씨로 무엇인가 씌어 있었다. 어린아이보다 더 형편없는 글솜씨였다.

"읽어봐라. 넌 까막눈이냐?"

"……아닙니다."

종세는 종이에 씌어 있는 글씨를 눈이 아프도록 들여다보았다.

"도저히 읽을 수 없습니다."

"자세히 보렴."

종세는 글씨를 다시 한번 들여다보았다.

"종세야…… 넌, 그 다음은 모르겠습니다."

"그게 뭔지 아느냐?"

"모르겠는데요."

"죽은 박씨의 머리맡에서 나온 글이다. 박씨는 죽기 전에 네게 유서를 쓴 거야. 왜 그랬을까, 꼬마야? 어떻게 해서 우리가 네 이름을 알고 있는가를 이제야 알겠니? 박씨는 죽기 전에 자신의 부탁을 들어준 네게 고맙다는 표시를 하고 싶었던 것이란다. 자, 이제 네가 시치미를 뗄 수는 없겠지. 안 그러니? 솔직히 대답해라, 꼬마야. 우린 널 콩밥 먹이려는 게 아니란다. 단지 진상만을 조사하고 싶을 뿐이다. 어떻게 해서 박씨가 죽었으며, 또한 아편은 어디서 구했는가, 그것을 조사하면 넌 풀어주마. 만약 끝까지 숨기려 든다면 넌 영영 이곳을 벗어나지 못하게 된단다. 이건 거짓말이 아니다."

"정말, 전 모르는 일입니다."

종세는 믿어달라는 듯 두 손을 모으고 진지한 얼굴로 사내를 쳐다보았다.

사내는 잠자코 빈 컵에 물을 따랐다. 주전자의 물은 반 잔도 채우지 못하고 끊어졌다. 그는 화가 난 표정으로 그 물을 자신이 마셨다.

"넌 아직도 네가 한 일이 죄라고 생각하고 있지 않은 모양이로구나, 꼬마야. 하지만 넌 엄청난 죄를 저질렀다. 넌 사람을 죽였단다, 꼬마야."

어째서 그것이 죄란 말인가.

종세는 순간 그를 향해 소리쳐 외치고 싶은 충동을 받았다. 이대로 모른다고 잡아뗄 것이 아니라 있는 사실대로 낱낱이 고백하고 그것이 어째서 죄악인지 따지고 싶은 충동을 느꼈다.

"어이 김순경."

사내는 맥풀린 듯 저편 책상 너머로 앉아 있는 사람을 불렀다.

"이 자식 보통내기가 아닌데. 유치장에 집어넣어. 입 열 때까지 몇 달이고 몇 년이고."

"알겠습니다."

사내는 종세를 흘깃 노려보았다.

"잘 생각해라. 네가 순순히 입을 열 때까지는 절대로 널 보내지 않을 게다."

몇 발짝쯤 될 것인가. 종세는 유치장 끝에서 끝까지 걸어보았다. 하나, 둘, 셋, 넷. 소리를 내며 종세는 끝까지 발걸음을 헤아려보았다. 작은 방 안이었다. 열다섯 발짝 만에 두터운 벽이 종세의 발걸음을 막아버렸다.

유치장은 낮인데도 빛이 새어들어오지 않아 움막처럼 어두웠다. 실내등이 켜져 있었다. 높은 벽에 간신히 창 하나가 뚫려 있을 뿐이었다. 아니 어쩌면 벌써 땅거미가 어둑어둑해졌는지도 모를 일이었다. 얼마쯤 되었을까. 유치장으로 넘겨진 것이 까마득하게 느껴졌다. 어쩌면 어제였는지도 모른다. 아니면 일 주일 전이었는지도 모른다.

외부로 나가는 출구는 두터운 철창으로 가로막혀 있었다. 마주 보이는 방은 여자들을 가두는 유치장인 모양으로 아까부터 남루한 차림의 여인이 아기에게 젖을 물리고 있었다. 철창 밖엔 당직 경찰관이 흐린 실내등 아래서 신문을 들여다보고 있었다.

철창 안엔 종세 말고 네 명의 남자가 갇혀 있었다. 그들은 모두 벽에 기대거나, 마루 평상 위에 걸터앉아 까닥까닥 졸고 있었다.

종세는 배가 고팠다. 눈 뜨고 나서 아무것도 먹지 않은 사실이 상기되었다. 그러나 참을 수 없는 고통은 아니었다. 그저 견딜 만한 정도의 공복감이었다.

건너편 유치장 속에서 갑자기 불에 데인 듯 아이가 울었다. 여인은 부지런히 젖을 물리는 것 같았지만 아이는 시원치 않은지 몇 모금 빨다가는 악을 쓰고 울었다.

"젠장."

까닥까닥 벽에 기대 졸고 있던 사내가 소리를 질렀다.

"아따, 되게 시끄럽네. 모가지를 비틀어 죽여버리지 그랴."

"시끄러워."

흐린 실내등 아래서 신문을 보고 있던 경찰관이 맞받아 소리질렀다.

"안 그렇소, 순경나리? 나 말이 틀려버렸소? 아따, 시끄러워서 잠잘 수가 있어야제, 잉."

종세는 잠자코 벽의 끝까지 발걸음을 세며 걸었다. 갑갑하고 좀이 쑤셔 가만히 앉아 있을 수만은 없었다.

"아따, 뉘긴디 아까부터 쥐새끼처럼 왔다 갔다 하구 있어. 정신 사납다, 꼬마야. 왔다 갔다 하덜 말고 진득하니 좀 앉아 있거라."

사내는 귀에 꽂아두었던 담배꽁초를 입에 물더니 성냥불을 댕겨 피웠다.

그는 재빠르게 몇 모금 빨았다. 그러더니 또다시 담뱃불을 눌러 끄고 소중하게 꽁초를 귀에 꽂고서 까닥까닥 졸기 시작했다.

종세는 평상에 걸터앉았다.

무릎을 세우고 무릎 속에 얼굴을 파묻었다. 한눈 팔 일이 없는 좁은 유치장 안에서 따로 할 일이 없는 이상 나른한 잠 속에 빠져드는 것이 시간을 보내는 상책이라고 종세는 생각했다. 그러나 언제까지 이러고 있을 것인가.

종세는 꾸벅꾸벅 졸면서 생각했다.

종세를 취조했던 사내의 말대로 종세가 입을 열 때까진 절대로 이 철창 안을 벗어날 수 없을 것만 같았다. 몇 달이고, 아니 몇 년이고 이 철창 안에서 원숭이처럼 갇혀 있게 될지도 모른다. 그러나 마술사 최씨의 말대로 입을 열어 사실대로 고백할 수는 없는 일이었다. 만약 그렇게 한다면 종세는 분명 감옥소로 옮겨져 풀려나지 못하게 될 것이다.

그러나 입을 다물어도, 또 입을 열고 솔직히 고백해도 갇혀 있긴 매일반이었다. 그렇다면.

종세는 무언가 빠른 화살 같은 확신이 가슴에 내리꽂히는 것을 느꼈다.

그렇다면 차라리 도망쳐버리는 게 나을지 모른다. 입을 열어도, 또 입을 다물어도 일단 의심받은 사람은 종세 하나뿐이라는 것이 확실해진 이상 쉽게 풀려나지 않을 것은 분명한 사실이었다.

더구나 박씨는 어리석게도 종세 앞으로 무언가 끄적이고 죽어버렸다.

그건 명백한 증거였다.

자세히 조사해본다면 종세가 권총을 몰래 갖다준 장본인이라는 것이 확실하게 드러나게 될 것이다. 박씨는 단원 중에서 유독 종세와 친했으며 박씨의 짐을 일 년 동안이나 보관하고 있었던 사람은 다름 아닌 종세라는 것이 곧 드러나게 될 것이다. 꼭 입을 열어 순순히 고백하지 않는다 하더라도 사실은 밝혀지게 될 것이다. 그건 용서받지 못할 죄가 될 것이다. 사람들이 지켜야 할 법의 눈으로 본다면 그것은 큰 죄악일 것이다. 그렇다면.

종세는 우물거리며 망설이는 마음을 재촉했다.

더이상 망설일 필요 없이 지금 이 순간 해치우는 게 나을지도 모른다. 더이상 시간을 끌어 사실이 드러나기 전에 도망쳐버리는 게 최선의 방법일 것이다. 그러나 어떻게 저 철창을 벗어나게 될 것인가. 아니 운 좋게 철창을 벗어난다고 해도 어디로 갈 것인가. 곡마단으로 돌아간다면 몇 발짝도 못 가 다시 붙잡히게 될 것이다.

그러나 곡마단을 빼어놓으면 아무데도 갈 곳이 없었다.

종세는 캄캄한 절망 속에 빠져 무릎 속에 얼굴을 파묻었다.

그는 버림받았다. 그가 마지막으로 믿었던 단원들에게도.

그들은 종세를 버렸다. 자신들의 공연을 위해 종세를 인질로 맡겨두고 모른 체하고 있다.

떠나자.

종세는 중얼거렸다.

운 좋게 저 철창을 벗어나 도망쳐나갈 수 있게 된다고 하더라도 곡마단으로 돌아가지는 않을 것이다.

그곳으로 돌아가는 것이 다시 붙잡히는 길이기 때문이 아니라 이 기회에 곡마단을 벗어나야 했으므로. 그들이 종세를 버려서가 아니라 종세 스스로 그들을 버리기로 했다.

정읍을 도망쳐올 때부터 꿈꾸어왔던 환상의 세계는 이미 깨어진 지 오래였다. 곡마단은 그의 꿈을 만족시켜주는 신기루가 아니었다. 그것은 비를 가리는 작은 우산에 불과했다.

떠나자, 씨팔. 종세는 이를 악물고 중얼거렸다.

다시는, 다시는 곡마단으로 돌아가지 않을 것이다.

씨팔.

어디로 갈 것인가. 곡마단을 빼놓으면 어디로 갈 것인가. 이제부터 걱정할 필요는 없다. 어떻게든 되겠지. 우선 이 철창을 벗어나고 볼 일이다.

종세는 무릎에 파묻혔던 얼굴을 세워들었다. 그는 철창 앞으로 걸어가서 철창을 흔들었다.

"아저씨, 아저씨."

실내등 아래서 신문을 들여다보고 있던 순경이 종세를 마주보았다.

"왜 그래?"

"저 변소 좀 가야겠는데요."

"넌 아까 오줌을 누지 않았느냐?"

"이번엔 똥이 마려운데요, 헤헤헤."

종세는 믿어달라는 듯 뒤통수를 긁으며 웃었다.

할 수 없다는 듯 순경은 자리에서 일어나 철창 곁으로 다가왔다. 그는 주머니에서 쩔그렁거리는 열쇠 꾸러미를 꺼냈다.

그는 그 열쇠 중에서 한 열쇠를 골라 철창 자물쇠 속에 밀어넣고 비틀었다.

찰칵.

이가 맞아떨어지는 소리가 났다. 삐걱. 녹슨 철창문이 열렸다.

종세는 앞선 순경의 뒤를 따라 희미한 알전구 불빛이 졸고 있는 복도를 걸어갔다.

어느새 어둠이 내려져 있는 모양이었다. 그 많은 사람들이 들끓고 있던 복도는 정적에 잠겨 있었다. 사복을 입은 야근조의 형사들이 열린 방 안에서 장국밥을 시켜 먹으며 무어라고 지껄이고 있었다. 한껏 볼륨을 높인 라디오에서 뉴스가 흘러나오고 있었다.

변소는 복도 끝에 있었다.

종세를 호송하고 온 순경은 맥풀린 하품을 가득 베어물며 종세를 돌아보았다.

"수틀린 생각일랑 하지 말어. 똥이 마려우면 똥이나 얌전하게 누는 거야. 공연히 딴짓 부릴 생각 말어."

"알겠어요."

종세는 헤헤거리며 웃었다.

"담배나 있음 한 가치만 빌려주세요."

순경은 어이없다는 듯 한 대 쥐어박을 듯 종세를 노려보았다.

"나중에 갑으로 갚을게요, 아저씨."

순경은 별 생각 없이 주머니에서 담배 한 개비를 꺼내주었다.

종세는 담배를 피워물고 변소 안으로 들어섰다.

유치장 안엔 간이변소가 있었다. 그러나 그곳은 소변기가 하나 달랑 매달려 있는 좁은 변소였다.

어떻게든 도망을 치려면 일단 유치장 철창 안을 벗어나지 않으면 안 되었다. 만일 변소 안에 외부로 통하는 창문이라도 없었으면 종세는 복도에서 날쌔게 도망칠 수밖에 없었다. 종세는 누구보다 뜀박질에는 자신이 있었다. 종세는 변소에 들어선 순간 날쌔게 벽을 훑어보았다.

소변 보는 곳은 두터운 벽으로 가려져 있었다.

종세는 허리띠를 내리고 밀폐된 변소의 문을 열어보았다. 다행히도 사람 하나가 겨우 빠져나갈 정도의 환기통이 허공에 매달려 있었다. 그러나 환기통은 어림없을 정도로 높은 벽 천장쯤에 매달려 있었다. 사다리라도 받치지 않으면 어림도 없는 높이였다.

종세는 깡충깡충 제자리뜀을 해보았다. 그러나 어림도 없었다. 서두르지 않으면 안 된다.

종세는 매운 담배연기가 눈을 찔러 손등으로 눈물을 닦으며 헐떡였다.

변소 문 밖에선 순경이 종세가 똥을 누고 나올 때까지 기다릴 것이다. 기껏해야 오 분도 기다려주지 않을 것이다.

필요 이상으로 시간이 지체된다면 그는 변소 문을 밀고 들어올 것이다.

다행히 종세가 만만하게 보였던지 변소 안까지 들어와 감시를 하지 않았기에 망정이지 그렇지 않고 변소 안까지 들어왔다면 옴치고 뜀 수 없는 상황이었다. 애꿎은 똥냄새를 맡기 싫어 그는 잔뜩 신경을 곤두세운 채 변소 밖 벽에 기대어서서 들고 온 신문을 읽고 있을 것이다.

종세는 수세식 변소의 물받이 탱크의 철주를 원숭이처럼 기어올랐다.

어쩌다 허공에 매달린 손잡이를 건드렸는지 쏴아아, 변기통 속으로 물이 쏟아졌다. 종세는 심장이 얼어붙는 듯한 공포를 느꼈다. 물받이 탱크 위로 올라간 종세는 손을 뻗어 환기통에 매달렸다.

종세는 공중 트라피즈를 벌이는 곡예단원처럼 벽에 간신히 붙었다. 그는 턱걸이를 해서 좁은 환기통 속에 모가지를 들이밀었다.

별이 총총히 보였다. 종세는 아직 남아 있는 힘을 모아 아무것도 받쳐주지 않는 가슴을 환기통 속으로 집어넣기 위해 필사적으로 바둥거렸다.

누군가 변소 문을 밀고 들어오는 소리가 났다.

종세는 그러나 모가지를 뺄 수 없었다.

그렇게 되면 그대로 벽에 매달렸던 몸이 균형을 잃고 털썩 떨어져버릴 것만 같았다.

종세는 좁은 구멍을 향해 전신을 밀어붙였다. 이 구멍을 무사히 빠져나가야만 도망칠 수 있을 것이다. 다행스럽게도 종세는 두 손을 구멍 밖으로 뻗을 수가 있었다. 종세는 환기통을 중심으로 반은 별이 총총한 바깥세상과, 반은 더럽고 냄새나는 변소의 갈림길에 매달려 있었다.

그의 머리는 자유였으며, 그의 다리는 구속이었다. 누군가 종세의 두 다리를 잡아당길 것만 같았다. 종세는 앞뒤 가릴 것 없이 그대로 곤두박질했다. 눈에서 불이 번쩍 일었다. 그는 공중에서 그대로 거꾸로 떨어진 것이었다.

종세는 비명을 지르며 머리를 감싸쥐었다. 뭔가 끈적끈적한 것이 머리에서 묻어났다.

종세는 손바닥을 펼쳐보았다.

피였다.

그러나 더이상 그곳에서 망설일 수는 없었다. 종세는 비틀거리며 일어섰다.

머리에 강한 충격을 받은 탓인지 현기증이 일었다.

종세는 살금살금 나뭇가지 사이로 몸을 숨기고 불 밝힌 경찰서 뜰을 훔쳐보았다. 검은 지프 두서너 대가 광장에 세워져 있었다. 바깥으로 나가는 출구가 어딘지 분간이 서지 않았다.

지금쯤 경찰관은 변소 문을 밀고 들어왔을 것이다. 그리고 변소 문을 모두 열어보겠지. 마침내 종세가 환기통을 통해 도망쳐버린 것을 알아차리게 될 것이다. 그는 이를 갈며 종세를 찾아 뒷마당으로 달려올 것이다.

종세는 무턱대고 불 밝힌 건물 계단 위로 올라섰다. 그는 건물 안으로 들어섰다.

끈적끈적거리는 피가 연신 이마에서 흘러내리고 있었다. 종세는 흘러내리는 피를 가리기 위해 머리를 두 손으로 감싸쥐었다.

복도는 다행히 텅 비어 있었다.

그러나 어디로 가야 할지 방향감각을 잃어버린 종세로서는 어디로 나아가야 할지 막막한 기분이었다.

그때였다.

한 떼의 사람들이 복도를 저벅이며 걸어오고 있었다. 종세는 움찔거렸다. 이대로 복도에서 누구든 맞닥뜨리게 된다면 정체가 발각될 것이다.

이 깊은 밤에 경찰서 복도에서 서성이고 있는 낯선 소년의 모습을 눈치 빠른 그들이 무사히 통과시켜줄 리가 만무했다. 종세는 뒷걸음질치며 눈앞이 캄캄해지는 것을 느꼈다.

순간 종세는 복도 한쪽에 음식 그릇이 놓여 있는 것을 보았다. 본능적으로 종세는 음식 그릇을 집어들었다.

야근을 하는 경찰들이 시켜먹고 내놓은 그릇인 모양이었다. 그릇

속엔 아직 덜 식은 장국밥 국물이 반쯤 남아 있었다. 종세는 그릇들이 담긴 양푼을 들고 천천히 앞으로 걸어나갔다.

발소리가 가까워졌다. 그들의 목소리는 빈 낭하를 쩡쩡 울리고 있었다.

당황해서는 안 된다. 절대 쭈뼛거려서는 안 된다. 당당하게 걸어나가자. 마치 그릇을 찾으러 온 음식점 배달원처럼.

종세는 머리에서 흘러내리는 피를 감추기 위해 머리에 양푼을 얹었다.

그리고 천천히 직각으로 꺾인 복도를 따라 돌았다. 정복을 한 순경들 서넛이서 무어라고 떠들며 종세 앞으로 다가왔다. 종세는 긴장해서 쓰러질 것만 같았다.

그들은 대수롭지 않게 종세를 흘겨본 다음 그대로 스쳐 지나갔다.

종세는 그릇을 이고 경찰서 정문으로 걸어갔다. 입초 순경이 정문 앞에 총을 놓고 서 있었다. 그는 종세를 흘깃 보았지만 이내 시선을 거두었다. 종세는 굴러내리듯 계단을 뛰어내렸다.

그릇이 굴러떨어져 날카로운 소리를 내며 깨졌다. 종세는 그러나 뜀박질을 멈추지 않았다. 그는 거리에 양푼을 내려놓았다.

종세는 이를 악물고 로터리로 뛰었다.

누군가 종세의 등뒤에서 손을 뻗어 종세를 잡아당길 것만 같았다. 종세는 그들이 도착하기 전에 빨리 곡마단에 도착하지 않으면 안 된다고 생각했다.

바람에 날리는 신문지를 주워 종세는 터진 상처에서 흐르는 피를 닦았다. 피는 멎어 엉겨붙은 딱지를 이루고 있었다. 더이상 피는 흘러내릴 것 같지 않았다.

종세는 마침 중랑천으로 가는 버스가 마악 출발하려는 것을 보았다. 종세는 뛰어 버스 속에 들어섰다.

버스는 사람들로 만원을 이루고 있었다. 한 사람이라도 더 태우기 위해 출발한 버스는 한 곳으로 기우뚱하며 달렸다. 차 속에 탄 사람들은 모두 한쪽으로 기울어졌다. 여기저기서 비명소리가 났다.

온몸에서 땀이 비 오듯 흘러내렸다. 그러나 수많은 사람 속에 끼어 묻혀 있는 동안만은 종세는 안심이 되었다. 그들은 나를 찾아내지 못할 것이다. 이제 남아 있는 일이라면 곡마단 단원들의 눈을 피해 숙소로 돌아가 옷가지를 챙겨들고 무작정 도망하는 일이었다.

해낼 것이다.

종세는 손등으로 흘러내리는 이마의 땀을 닦으며 중얼거렸다.

나는 해낼 것이다.

그때였다.

종세는 믿어지지 않는 광경이 바로 자신의 눈앞에서 벌어지고 있다는 사실을 깨달았다.

키 작은 종세의 얼굴 앞에서 무언가 수상한 범죄가 벌어지고 있었다.

신문지로 얼굴을 가린 사내의 손이 종세 바로 앞에 선 여인의 핸드백 고리를 벗기고 있었다. 이제 마악 핸드백을 열고 사내의 손이 면도날처럼 곤두서서 핸드백 속에서 지갑을 빼내고 있었다.

종세는 하마터면 소리를 지를 뻔했다. 신문지로 얼굴을 가린 사내가 갑자기 종세의 얼굴을 노려보았다.

종세는 최면에 걸린 사람처럼 그의 시선에 갇힌 채 꼼짝도 할 수 없었다.

그의 눈은 자신의 범죄를 우연히 훔쳐본 종세의 얼굴을 날카롭게 노려보고 있었다. 얼굴에 칼자국이 나 있는 험상궂은 얼굴이었다. 그는 위협하듯 미간을 지푸렸다. 종세는 헐떡이며 물러섰다. 사내의 손에서 지갑이 사라졌다.

110

그는 마치 일부러 관객들 앞에서 마술을 행하는 마술사처럼 행동하고 있었다.

버스에 탄 자기 동료에게 훔친 지갑을 건네준 사내는 사람들을 헤치고 종세 곁으로 다가와 섰다. 종세는 두 다리가 떨려 쓰러질 것만 같았다. 사내는 아무런 일이 없었던 것처럼 종세 곁에 서서 접은 신문지를 펼쳐들었다.

"입 다물어."

주위 사람들의 시선을 가린 신문지 속에서 사내의 음울하고 탁한 목소리가 흘러나왔다. 그 목소리는 웅웅거리는 버스의 소음으로 가라앉아 있었다. 그러나 그 소리는 유일하게 종세의 귀를 찌르고 있었다.

"다음 정거장에서 내릴 때까지 입을 다물어. 만약 주둥아릴 함부로 벌리면 네 얼굴을 찢어놓겠다."

종세는 얼어붙은 듯 어두운 차창 밖을 노려보고 있었다.

정류장에서 버스는 멈춰섰다.

내리려는 사람들로 혼잡한 버스 속은 이리저리 밀리고 있었다. 멎어 있던 버스가 다시 출발할 때까지 종세는 꼼짝도 하지 않았다. 그러나 다시 출발한 버스 차창으로 신문지로 얼굴을 가렸던 사내의 모습은 떠오르지 않았다.

종세는 그제야 고개를 돌려 옆자리를 보았다. 목쉰 소리로 협박하던 사내는 흔적도 없이 사라졌다. 종세는 조금 전 자신이 보았던 놀라운 광경이 환상이 아니었던가 되돌아보았다.

그러나 이상스런 쾌감에 젖어 있던 사내의 눈. 핸드백의 고리를 벗기고 벌어진 백의 아가리에 손을 민첩하게 집어넣던 사내의 빠른 솜씨. 고약한 냄새를 풍기며 다가와 낮은 소리로 협박하던 사내의 목소리. 그것은 분명한 사실이었다.

종세는 어느 정도 사람이 빠져나가 틈을 보이는 버스 속에 지갑을 잃어버린 여인이 아직도 전혀 눈치조차 채지 못하고 손잡이에 매달려 어두운 차창 밖을 쳐다보고 있는 모습을 발견했다.

종세는 이상한 감동에 사로잡혔다. 그녀는 전혀 모르고 있다. 무엇이 자기 곁에서 일어나고 있었던 것인가를.

그러므로 그들은 그녀의 물건을 훔친 것이 아니라 주운 것이 아닐까.

말하자면 물건을 서로 나누어 가진 것이 아닐까. 애초부터 물건이 이 세상에 나왔을 때 그것들은 소유하는 자의 것이 되고 만다. 그러나 소유는 소유하는 것으로만 끝이 나고 만다. 처음부터 돈은, 물건은 그 누구의 것도 아니며 그것은 누구든 손에 쥔 사람에게 복종하게 마련인 것이다. 이미 그녀의 지갑 속에 들어 있던 돈은 그녀의 것이 아니다.

그것은 황급히 버스를 내려 어느 골목, 어느 어두운 술집에서 낄낄거리며 지갑을 여는, 얼굴에 칼자국이 난 사람의 것이 되고 만다.

그래.

모든 물건은 가진 사람의 것이다.

내가 이곳에 있듯이.

도망치지 않았다면 나는 철창 속에 갇혀 있을 것이다. 이 버스 속과 그 철창 속은 선택하는 마음에 의해서 결정되었다. 나는 선택하고 행동했으며 마침내 존재하고 있는 것이다.

행동했으므로 나는 이곳에 있는 것이다.

종세는 종점에서 버스를 내렸다.

종점에 가까워올수록 버스는 텅텅 비어갔다. 며칠 동안 끊겼던 싸락눈이 희끗희끗 흩날리기 시작했다.

하루종일 아무것도 먹지 않았으므로 갑자기 허기가 치받아올랐다.

112

종세는 버스를 내려서 인근 가게에서 풀빵을 사들었다. 볼이 메이도록 그것을 먹으며 종세는 중랑천변으로 뛰듯이 걸었다.

다리 아래로 서커스 천막이 즐비하게 보였다.

바람에 실려 녹슨 밴드 소리가 들려왔다. 좀더 본격적인 겨울철이 되면 스케이트장을 만들어 한몫 보려는 사람들이 물을 막아 괴게 한 평평한 모래사장 위에 살얼음이 시퍼렇게 날이 선 칼날처럼 빛나고 있었다.

눈발은 굵어가고 바람에 쓸리는 눈발은 갈 길이 바빠 서두르면서 제 신발을 찾는 사람들처럼 부산을 떨고 있었다.

종세는 빠르게 숙소로 들어서는 골목으로 접어들었다.

여인숙은 텅 비어 있었다. 단원들은 모두 서커스로 간 모양이었고 단원들의 여편네들은 부지런히 밤참을 만들고 있을 시간이었다. 그러나 행여 게으름 피우는 후견들이 공연이 끝날 때까지 잠이라도 자고 있을지도 몰라 종세는 주의깊게 주위를 살펴보았다.

여인숙 마당에 눈은 참다랗게 쌓여 있었다.

아무런 발자국이 남아 있지 않은 것으로 보아 나다니는 사람은 없어 보였다. 종세는 도둑고양이처럼 방문을 열었다. 그는 방 안으로 들어섰다. 불은 켜지 않았지만 방 안은 밝았다. 종세는 더듬거리며 보스턴백을 챙겨들었다.

옷걸이에 걸린 허드레옷까지 남김없이 종세는 백 속에 챙겨넣었다.

그리고 베개를 꺼내 베개 속에 숨겨두었던 돈을 주머니 속에 찔러넣었다. 이 년 동안 한푼도 쓰지 않고 고스란히 모아두었던 돈이었다.

종세는 그 일만으로도 숨이 가빠오는 것을 느꼈다. 마음은 행동을 앞지르고 있었기 때문에 손이 떨려 백의 지퍼를 채우는 데 오랜 시간이 걸렸다.

순간 종세는 이상한 느낌을 받았다. 그것은 버스 속에서 놀라운 광경을 보았을 때 느꼈었던 감정이었다. 종세의 머릿속에 병적으로 빛나던 사내의 눈과 핸드백의 고리를 벗기고 지갑을 꺼내던 사내의 면도날 같은 손가락이 떠올랐다.

종세는 와들와들 떨면서 마술사 최씨의 짐을 헤쳐나가기 시작했다.

씨팔.

종세는 중얼거렸다.

나는 죄를 짓는 게 아냐, 씨팔. 처음부터 단원들은 나를 버렸어. 그들이 나를 배반했어. 그러므로 나는 그 보상을 받고 있는 것뿐이야, 씨팔.

종세는 마술사 최씨의 백 속에서 시계를 찾아들었다. 종세는 그것을 손목에 차보았다.

여윈 팔뚝에 팔목시계는 헐렁거리며 채워졌다. 야광시계였다.

나는 물건을 훔치는 것이 아냐. 나는 그의 것을 나눠 가지고 있을 뿐이야. 시계는 손목에 채운 사람의 것이야. 그렇게 되어 있어. 시계는 가진 사람의 것이야. 나는 그것을 가졌어. 그러므로 이제부터 시계는 내 것이야.

종세는 닥치는 대로 주머니 속에 집어넣었다.

그가 가진 라디오 만년필 면도기 모든 것을 백 속에 꾸려넣었다.

어딘가에 돈이 숨어 있을 것도 같아 종세는 주머니란 주머니는 모조리 뒤져보았다. 대부분의 단원들은 돈을 생명처럼 귀하게 여기고 있었기 때문에 절대로 몸에서 떼어놓고 다니지 않았다. 그러나 가족 이외의 자기만이 아는 비밀스러운 장소에 비상금을 숨겨두고 있는지도 모르는 일이 아닌가.

그러자 언뜻 종세는 단장의 방을 생각했다.

며칠 전인지 정확히 기억되지 않지만 종세는 단장의 심부름으로

114

불리어간 적이 있었다. 그 방은 여인숙에서 가장 고급스러운 방으로 여인숙 내실을 빌린 듯 화장 경대도, 옷장도 그대로 있는 방이었다. 단장은 그때 마악 경대 서랍에서 돈을 꺼내려다 말고 종세를 본 순간 당황한 표정을 지었었다. 날마다 계산한 돈을 꼬박꼬박 은행에 저금시켜놓는 단장이었지만 지금쯤 경대 서랍에는 어젯밤 입장 수입금 정도는 남아 있을지도 모르는 일이었다. 누구도 단장의 방에는 얼씬도 하지 않았으므로 오히려 돈 간수가 허술할지도 모른다.

종세는 가슴이 무겁게 뛰는 것을 느꼈다. 그는 잠시 망설였다. 그러나 더이상 망설일 필요는 없다고 생각했다. 버스 속에서 보았던 놀라운 광경은 종세에게 새로운 인식을 깨닫게 해준 운명의 계시일 것이다.

종세는 백을 둘러메고 방을 빠져나왔다.

눈발은 마디가 굵어져 있었고 마당엔 눈이 겹겹이 덮여 있었다.

서두르지 않으면 안 된다. 이미 경찰서에서는 도망간 종세를 다시 잡으러 출동했을 것이다. 아니 그보다도 공연이 거의 끝날 시간이었다. 곧 단원들은 떼를 지어 돌아올 것이다.

종세는 발끝으로 걸어 단장의 방으로 다가갔다.

단장의 방은 평소 마카오 할아범과 영란이 셋이서만 사용하고 있었지만 그중 넓고 큰 방이었다. 종세는 가만히 문을 밀어보았다. 당연하게도 자물쇠가 굳게 매달려 있었다.

종세는 그러나 쉽게 포기하지는 않았다. 여인숙 미닫이문은 가운데 박힌 못자리만 피하면 좌우로 쉽사리 밀어붙일 수 있다는 사실을 알고 있었으니까. 여인숙 문에 자물쇠를 매다는 것은 형식적인 것에 지나지 않았다.

종세는 두 손으로 완자문을 가만히 들어올렸다.

그리고 조심스럽게 한 옆으로 밀어붙였다.

문은 완강하게 저항했다. 고정된 못자리에 걸려 문은 틈을 보이지 않았다. 종세는 힘주어 문을 밀었다. 가까스로 문은 옆으로 비켜섰다. 아가리를 벌린 틈으로 종세는 빠르게 들어섰다. 행여 남의 눈에 띨까봐 그는 신발을 벗어들고 방 안으로 들어섰다.

넓은 방 안은 어둠에 잠겨 있어 어디가 어딘지 분간이 가질 않았다.

종세는 주머니를 뒤져 성냥을 찾아 불을 댕겼다. 단장의 방은 깨끗하게 정리가 되어 있었다.

종세는 불이 꺼지기까지 한눈에 방 안의 풍경을 머릿속에 담아두었다. 손끝이 타들어가도록 종세는 성냥불을 켠 채 방 안을 둘러보았다.

그리고 어둠 속을 기어 경대 앞으로 다가갔다.

무언가 종세의 눈앞에서 일렁거렸다. 종세는 심장이 얼어붙는 듯한 공포를 느꼈다. 그러나 그것은 거울에 비친 자신의 희미한 그림자라는 것을 알았다. 갑자기 견딜 수 없는 웃음이 터져나왔다. 이유도 없이 오줌이 마려워졌다.

참을 수 없는 고통으로 종세는 찔끔찔끔 바짓가랑이에 오줌을 흘리면서 서랍을 뺐다.

그는 닥치는 대로 서랍 속을 더듬었다. 무언가 만져졌다. 묵직했다. 종세는 그것이 무엇인지 알았다. 그것은 단장이 늘 들고 다니던 라이터였다.

종세는 그것을 주머니에 집어넣었다. 종세는 두번째 서랍을 뺐다. 그리고 더듬거렸다. 무언가 만져졌다. 분명히 그것은 지폐의 감촉이었다.

그것은 어둠 속에서 생생한 감촉으로 살아 있었다. 싱싱하게 요동하는 생선을 움켜쥔 기분이었다. 종세는 헐떡이며 가지런히 세어져

116

묶인 지폐를 닥치는 대로 속주머니 속에 쑤셔넣었다. 더이상 두려움은 느껴지지 않았다. 병적인 쾌감에 젖어 있던 사내의 눈이 떠올랐다. 종세는 킬킬거리며 웃었다. 바지는 흥건히 젖어 있었다.

괜찮아, 씨팔.

종세는 쿡쿡 소리 죽여 웃으며 중얼거렸다.

바지는 얼마든지 새로 살 수가 있어.

이만한 돈이면 죽을 때까지 입을 수 있는 바지를 살 수 있을 거야. 나는 도둑질하고 있는 것은 아니야. 그저 조금 나눠 갖고 있을 뿐이야. 우리들의 마술을, 곡예를, 모든 트라피즈를, 연극을 보러 오는 관객들이 낸 입장료 수입의 몫을 나눠 가지고 있을 뿐이야.

이젠 가자.

종세는 일어섰다.

이것이면 충분해. 더이상 이곳에 머무를 필요는 없으니까.

그때였다.

눈길을 걸어오는 인기척이 문 밖에서 있었다.

종세는 본능적으로 벽에 찰싹 붙어섰다. 누굴까. 종세는 어둠을 노려보았다. 밤참 때문에 밑반찬을 꺼내러 심부름 온 꼬마들일까. 아니면……

그러나 발소리는 종세가 들어 있는 방으로 다가오고 있었다.

눈길을 밟는 소리가 선연하게 들려왔다.

발소리는 종세가 들어 있는 방 앞에서 멎었다. 종세는 주먹을 입 속에 들이밀어 터져나오려는 비명소리를 꾸역꾸역 참고 있었다. 자물쇠를 따는 달가닥거리는 소리가 들렸다.

단장이다.

종세는 눈앞이 캄캄해졌다.

단장이 돌아왔다.

종세는 경대 앞에 놓인 화병을 집어들었다.

그의 머리를 후려칠 것이다. 종세는 뜨거운 침을 삼켰다.

자물쇠가 벗겨지고 문이 열렸다. 잠시 열린 문 밖으로 눈부신 눈빛이 반사되어 들어오는 사람의 얼굴을 비추었다.

영란이다.

종세는 직감적으로 들어선 사람이 다름 아닌 단장의 수양딸 영란이란 것을 알았다.

영란이는 무심코 들어서서 불을 켜기 위해 발돋움을 하고 있었다.

순간 종세는 영란의 몸 위로 덤벼들었다. 비명을 지를 겨를도 없이 영란의 몸이 펼쳐놓은 이불 위로 쓰러졌다.

종세는 영란의 입을 손바닥으로 틀어막았다. 그리고 빠르게 영란의 몸 위로 이불을 덮어씌웠다.

돌연한 습격에 넋이라도 빠진 것일까. 영란은 꼼짝도 하지 않았다. 종세는 일단 영란의 몸 위에 이불을 덮어씌웠지만 다음에 어떻게 행동을 해야 할지 판단이 서지 않았다.

이대로 문을 박차고 도망쳐버릴 것인가. 그렇게 되면 이 앙칼진 계집애가 불이 난 듯 소리를 지르게 될 것이다.

도둑이야, 도둑이야.

그렇게 되면 종세는 골목도 채 벗어나지 못하고 여인숙 사람들에게 붙잡히게 될 것이다.

종세는 영란의 몸을 짓누르고 곰곰이 생각했다.

갑자기 절박한 순간과는 상관없는 넉넉한 편안함이 종세의 마음에 물처럼 괴어들었다. 영란의 몸은 생생했다기보다 풍요하고 따스했다. 짙은 화장품 냄새가 풍겨났다. 이불을 덮어씌운 상반신 밑으로 타이츠를 입은 영란의 두 다리가 버둥거리고 있었다.

종세는 정읍에서 보았던 영란이의 모습을 떠올렸다.

118

어린애 같기도 하고 할머니 같기도 했던 이 기묘한 꼬마 계집애의 모습 때문에 얼마나 가슴이 설레었던가.

공연 도중에 이 계집애는 관객 사이를 누비며 자신의 모습이 박힌 사진을 팔고 다녔었지. 머리에 리본을 매고 천연덕스럽게 웃고 있는 사진이었어. 밤마다 품속에서 이 계집애의 사진을 꺼내 보았었다.

아아, 곡마단을 따라 고향을 떠날 때 얼마나 가슴이 설레었던가. 이 계집애의 아랫도리를 언젠가는 보게 될 것이라는 희망을 품고 정읍을 떠났었다.

그러나 너는 간혹 책 속에서만 보던 동화 속에 나오는 그런 소녀는 아니었어.

너는 이미 환상 속의 계집애가 아니었어. 믿을 수는 없지만 너는 단원들이 수군거리던 대로 단장이 전쟁통에 주워다 기른 고아에 불과해. 그리고 밤마다 늙어빠진 단장의 이불 속에서 잠자리를 녹이는 그런 계집애에 불과해. 낮에는 단장의 딸이지만 밤에는 단장의 찬 몸을 녹여주는 보온병이야. 너는 값싼 창녀와 다름없어.

슈산 슈산 슈산 보이……

구두를 닦으세요. 구두를 닦으세요.

헬로 헬로. 구두를 닦으세요……

입에만 쥐 잡아먹은 듯 붉은 구찌베니를 칠하고 애교를 떨며 엉덩이를 흔들며 노래를 부르지.

그러면 여기저기서 음란한 휘파람이 터져나온다.

음란한 휘파람에 길들어 있는 너는 엉덩이를 까며 애교를 떨면서 바구니의 네 벌거벗은 몸을 찍은 사진을 엄청나게 비싼 돈으로 팔고 다니지.

어떤 놈은 네 엉덩이를 슬쩍슬쩍 건드려본다. 그러면 너는 싫지도 않으면서 앙칼지게 비명을 지르며 하얗게 눈을 흘기곤 하지.

송영란.

너는 갈보야.

천막 속, 무대 위, 휘황한 조명 속에서만 번쩍이는 계집애야.

너는 이미 단원들이 밤마다 야음을 틈타 인근 갈보집에서 술만 마시면 썩은 가랑이를 벌리는 색시들과 다름없어.

종세는 이불 위에 던져져 있는 수건을 집어들었다.

종세는 일순 이불을 벗겨 영란이의 얼굴을 부여잡았다.

아직 자신에게 무슨 일이 벌어지고 있는가 영문을 알지 못하고 있는 영란이의 입에 수건을 들이밀었다. 용의주도하게 재갈이 물려졌다. 영란의 얼굴은 흥건하게 땀에 젖어 있었다. 종세는 수건을 찾아 영란의 두 손과 버둥거리는 두 발을 묶기 시작했다.

종세가 한 발짝이라도 멀리 도망칠 때까지 이 계집애의 입을 막을 수 있는 방법은 그 길밖에 없었다.

영란의 두 발이 버둥거리며 종세의 가슴을 걷어찼다. 종세는 난폭하게 영란의 가슴을 쥐어박았다. 딱 한 방에 저항할 기력을 상실해버린 듯 영란이는 종세가 하는 대로 몸을 맡기고 있었다.

실랑이를 벌이다 옷매무새가 흐트러져 가슴이 온통 드러나 보였다. 입에 재갈을 물리고 두 손과 두 발을 동여매자 영란이는 영락없이 죽은 벌레에 지나지 않았다.

종세는 주머니에서 단장의 서랍을 뒤져 훔친 라이터를 꺼내들었다. 종세는 찰칵 불을 댕겼다. 흐린 불빛 아래 영란의 얼굴이 드러났다. 이미 버둥거리며 실랑이를 하는 사이에 상대편이 누구라는 것을 알아버린 영란이었지만 막상 들이댄 라이터 불빛 속에 종세의 얼굴이 확인되자 영란이는 차라리 눈을 감아버렸다.

"눈을 떠, 이 우라질 계집애야."

종세는 목소리를 낮춰 짧게 명령했다.

120

영란이는 눈을 떴다. 그녀의 눈은 공포와 수치와 경악으로 일그러져 있었다.

"내가 누군지 알겠니?"

영란이는 엉겁결에 머리를 끄덕였다.

"난 떠난다. 이 망할년아. 곧 단원들이 돌아오겠지. 그들이 돌아와 네 몸에 묶인 결박을 풀어줄 때까지 넌 좀 잠잠하게 있어줘야겠어. 니 애비가 돌아오면 이렇게 말해라. 내 말을 전해주겠니?"

영란은 다시 머리를 끄덕였다. 더이상 공포의 표정은 떠오르지 않았다. 마치 이러한 짓을 즐기는 듯한 장난기가 계집애의 얼굴 위에서 반짝이고 있었다.

"박씨 아줌마에게 총을 건네준 것은 바로 나라고. 아편을 구해다 준 것도 바로 나라고. 하지만 똑바로 전해라. 그건 죄가 아니라고. 알겠니? 죽고 싶어하는 사람에게 편하게 죽을 수 있는 방법을 가르쳐준 것은 절대로 죄가 아니라고. 알겠니?"

종세는 라이터불을 껐다.

불에 단 라이터 뚜껑이 뜨거워졌기 때문이었다. 이럴 때가 아니다. 이렇게 노닥거릴 때가 아니라는 것을 알면서도 종세는 왠지 씁쓸한 슬픔 같은 것이 가슴에 젖어드는 것을 느끼고 있었다.

"그리고 또 말해라. 이 망할 계집애야. 니 애비의 고자질로 난 하마터면 콩밥 먹을 뻔했다고. 그래서 도망쳐나왔다고. 이제 난 멀리 떠난다. 어디로 갈 건가는 몰라. 이 우라질 쌍년아. 하지만 한 가지 분명한 건 있어. 난 절대로 또다시 천막으로 돌아오진 않는다. 많은 곡마단 멍텅구리 새끼들이 발을 빼겠다고 도망쳐 나갔다간 얼마 후에 돌아오곤 했었지만 난 그런 애새끼들하고는 달라. 난 때려죽여도 돌아오진 않을 거야."

종세는 자기의 말이 영란에게 하는 말이 아니라 실은 자기 자신에게 다짐하는 허망한 결의라는 것을 깨달았다. 종세는 슬픔이 복받쳐올랐다. 종세는 이를 악물었다.

"물론 어디로 갈 것인가는 나도 몰라, 이 갈보년아. 그러니까 날 찾아 헤맨다고 해도 날 찾을 수는 없어. 그리고 이 말은 꼭 전해라. 니 애비에게서 돈을 훔쳤다고. 하지만 언젠가는 갚아주겠다고 전해. 훔친 게 아니라 빌린 거라고 전해. 먼 훗날 이자까지 쳐서 갚겠다고 말야, 우라질. 하기야 애초부터 이 돈이 니 애비 것인지는 아무도 모른다. 그건, 그건……"

종세는 마땅한 말이 떠오르지 않았다. 그는 되는 대로 씨부렸다.

"하느님만 알고 있을 거야, 이 망할년아."

종세는 라이터의 불을 다시 켰다. 더이상 이어갈 마땅한 말이 떠오르지 않았다. 그러나 말을 끊고 이대로 일어서고 싶은 심정은 아니었다.

무언가 가슴속에 응어리진 한 같은 것이 한꺼번에 폭발돼 분출하고 싶은 절박한 심정이 되었다. 그러나 아무런 말도 떠오르지 않았다. 종세는 영란의 얼굴을 자세히 들여다보기 위해서 라이터불을 가져갔다. 종세는 가만히 손을 내밀어 영란의 머리칼을 쓰다듬었다. 부드러웠다.

"언젠가는 만나게 될 거다, 이 망할 계집애야. 길거리 같은 데서 우연히 만나게 되겠지. 그때 너는 할머니가 되어 있을 거야. 어쩌면 등에 어린애를 업고 있을지도 몰라. 하지만 내 말을 잘 들어라. 너도 언젠가는 떠나지 않으면 안 돼. 그날이 언제인가는 나보다 네가 더 잘 알고 있겠지. 하지만 빠르면 빠를수록 좋아. 이 병신 같은 계집애야. 그렇지 않으면 난쟁이 석씨처럼 늙어 죽을 때까지 이곳에 남아 있을 거야. 잘 있어."

종세는 자리를 박차고 일어섰다.

"잘 있어. 이 우라질 계집애야."

종세는 신발을 들고 툇마루로 나섰다.

밤은 깊었지만 흰 눈으로 뜰은 대낮처럼 밝았다. 흰 백지와 같은 눈길을 종세는 힘차게 한 발짝 내디뎠다.

종세는 여인숙을 빠져나왔다. 눈발은 점점 굵어져 시야는 천지를 분간할 수 없을 정도로 발 앞에 쓰러져 있었다.

종세는 다리 위에 멍청하게 기대어섰다. 뽕짝뽕짝. 공연의 마지막을 장식하는 공중 트라피즈의 밴드 소리가 가늘게 들려오고 있었다. 천변에 피워올린 모닥불이 까마득히 멀리 보였다. 낯익은 후견들이 고구마를 구워먹으며 깡소주를 마시고 있겠지.

칠성이 이 쌔끼 잘 있어.

종세는 중얼거렸다. 그러나 빈 천변에서 불어오는 바람소리가 종세의 말을 검불처럼 실어 날아갔다.

눈앞에 모든 사람의 얼굴이 떠올랐다. 사회자 김씨의 얼굴과 제작부장, 그리고 연숙의 얼굴이 떠올랐다. 갑자기 가슴속에 모닥불이 확 댕겨진 기분이었다. 다정했던 사람들의 얼굴이었다.

유난히 다정다감해서 종세의 일이라면 발벗고 나서던 연숙의 모습이 눈앞에서 맴돌았다. 그 계집앤 박씨 아줌마의 아이를 배고 싶어했지. 불의 아이를 대신 낳아주고 싶어 안달을 했지.

그러나 이젠 영원히 박씨의 아이를 낳을 수 없을 거야.

종세는 코를 풀며 마술사 최씨의 얼굴을 떠올렸다.

너는 마술사다.

마술사 최씨는 내게 얘기했었어. 그토록 오랜 아픔 끝에 무사히 첫번 시범공연을 끝내고 난 뒤 최씨는 내 머리를 쓰다듬으며 말을 했었다.

그래, 난 마술사야.

종세는 벅벅 눈가를 쓸어내리며 소리질렀다. 눈물이 고장난 수도 꼭지처럼 흘러내리고 있었다.

　나는 이제 맨입에서 생화(生花)를 꺼내고 빈 주머니에서 비둘기를 날리는 새로운 무대를 찾아가는 마술사야. 나는 무엇이든 만들 수 있어. 구리를 가지고도 금을 만들 수 있고 바위를 녹여 사람을 만드는 위대한 마술사다.

　나는 이제 만나는 사람들에게 보여줄 거야. 그들에게 입에서 꽃송이를 끊임없이 끄집어내준다면 그들은 내게 무엇을 던져줄 것인가. 그 하찮고 시원찮은 박수만을 보내줄 것인가.

　종세는 미련없이 돌아섰다.

　사방천지에 눈발이 흩날려서 어디가 어딘지 알 수 없었다. 그러나 분명한 것은 오직 한 길, 저 뽕짝뽕짝 녹슨 밴드 소리가 흘러나오는 서커스의 천막을 등지는 방향이라면 어디든 닥치는 대로 나서볼 일이었다.

　종세는 보스턴백을 둘러메고 주머니에 손을 찔러넣었다. 길은 하얗게 무한정 뻗어 있었다. 종세는 휘파람을 불며 그 길을 따라 걸어내렸다.

　한 부분 한 부분 쌓인 눈 위에 또 한 겹의 눈발이 끊임없이 침상을 마련하고 있었다.

　누군가 눈길을 따라 걸어오고 있었다.

　그는 종세의 곁을 말없이 지나갔다. 종세는 그러나 그 사람의 얼굴을 자세히 들여다보기 위해서 걸음을 멈추었다.

　왜냐하면 이제부터 만나는 사람들은 모두 종세가 펼쳐 보이는 마술의 세계를 봐주어야 할 미지의 사람들이었으므로.

　밤 깊은 종점지대엔 막차가 발동을 걸고 있었다. 종세는 뛰어 버스에 올라탔다. 버스 속엔 종세 혼자뿐이었다.

하품을 하고 있던 차장이 종세가 올라타자 신경질적으로 소리를
질렀다. 버스는 움직이며 눈길을 헤쳐나가기 시작했다. 체인을 감
은 차의 바퀴가 눈길과 맞부딪쳐 털털거리며 소리를 내고 있었다.

종세는 텅 빈 버스 뒷좌석에 주저앉았다. 그는 이 버스가 어디까
지 달려가는지 알고 있지 않았다.

그러나 그것은 상관없는 일이었다. 버스는 종세를 어디든지 데려다
줄 것이었다. 사람이 많은 곳, 그곳에서 버스가 멎으면 내릴 것이다.

종세는 주머니를 뒤져 담배를 피워들었다.

밤거리의 가로수는 흰 눈을 맞아 눈꽃을 피우고 있었다. 그래서
새 출발을 떠나는 종세의 앞길에 은근히 축복을 내리고 있는 느낌
으로 다가왔다.

눈물은 더이상 흘러내리지 않았다.

탈옥

1958년 7월 9일 낮 열두시.

대지 8천3백15평, 연건평 1천3백15평의 고풍창연한 군산교도소
에서는 느닷없는 비상이 걸렸다. 세 명의 죄수가 대탈옥극을 연출
한 것이었다. 이때의 주범은 당시 강도행위로 십 년형을 선고받고
복역중이던 스물세 살의 이종대였다. 우리나라 교도소 사상 전무후
무한 대탈옥극은 이렇게 해서 시작되었다.

모든 것은 타오르고 있었다. 7월의 뜨거운 태양은 온누리에 빈틈
없이 내리붓고 있엇다. 바람은 한 조각도 없었다. 펄펄 끓어오르는
납을 주형에 부어 모형을 만들듯 7월의 뜨거운 태양은 교도소 뜨락
에 내리붓고 있었다. 작업장 밖 포플러나무들은 정물처럼 서 있었
다. 미동도 하지 않았다. 갓 미역감고 발가벗은 채 몸에 묻은 물기
를 말리느라고 서 있는 여름날의 아이들처럼 나무들은 꼼짝도 않고

서 있었다. 철 이른 매미 소리가 한가히 부서지고 있었다.

매암매암 매매앰 처르르르르.

얼마 안 있으면 열두시 사이렌 소리가 교도소 안을 울릴 것이다. 누구 한 사람 시계를 가진 사람은 없었지만 그들은 본능적으로 오래 전부터 모의해온 일의 시작이 바야흐로 목전에 박두했음을 알고 있었다. 디데이가 다가오고 있는 것이었다.

양복·양화·수예·그림·조각부가 속해 있는 제2공장에서 사역하고 있는 백이십여 명의 죄수들은 무거운 침묵 속에 잠겨 있었다. 나날의 일과처럼 그들은 작업장에 흩어져서 각자 맡은 일을 열심히 하고 있었지만 어쩌다 서로 시선이 마주치면 애써 태연을 가장하고 얼굴 위에 숨어 있는 공포와 두려움에 질린 상대방의 얼굴에서 자신의 모습을 발견하고는 황급히 서로의 시선을 피하고 있었다.

참으로 참을 수 없는 침묵이었다.

제2공장 백여 명의 죄수들이, 한 달 전부터 꾸며온 공동의 탈옥 모의를 한 사람도 입 밖에 내지 않고 잠시 후면 벌어질 거사 시간까지 침묵을 지켜주었다는 것은 불가사의한 일이었다. 범행 계획은 순전히 종대가 혼자 꾸민 것이었다. 그는 삼 개월 전 4월 초순부터 탈출계획을 꾸몄다. 그리하여 종대는 무기수인 양복공 곽길종과, 양화공인 한봉산을 일차로 그의 계획에 끌어들였던 것이다.

둘 다 무기수들로 고참들이었다.

사형수들이 격리 수용되어 일체의 사역에 끌려나오지 않은 채 특별대우 받는 것을 제외하고는, 교도소 내의 최고 고참들이었다. 두 사람 다 각자 자기 부문의 조장들이었다. 그런 만큼 언제 다시 저 교도소 밖으로 풀려나갈지 앞이 캄캄한 무기수들이었다. 양복공 곽길종은 마흔이 넘은 죄수였고 벌써 십여 년이나 교도소 생활을 하고 있는 전직 재단사였다. 종대가 교도소 안에 들어온 것은 일 년

전 6월이었다. 그는 강도 상해 등 여섯 가지의 죄명으로 십 년형을 언도받고 있었다.

스물두 살 때 감옥에 들어와 한 해가 되었으므로 그는 꼬박 서른 두 살 때까지는 꼼짝없이 교도소에서 청춘과 젊음을 허비할 수밖에 없는 신세였다. 처음 일 년간은 교도소 생활에 적응해나가고 있었다. 최선의 방법은 누구보다 빨리 교도소 생활에 적응해나가는 것으로 모범수로 인정받아 현충일 같은 때 감형을 받는 노력밖에 없었다. 종대의 그림솜씨는 곧 교도소 내에서 정평이 나기 시작했다.

들어온 지 얼마 안 되어 각 교도소 내에 있는 재소자들의 전람회가 벌어졌는데 그곳에서 이종대의 동양화·산수화가 특선으로 입상했던 것이다.

종대는 그가 한때 카투사 시절 미군장교들과 그들의 부인 초상화를 그려주는 것으로써 귀여움을 받았듯이 곧 간수들 간에 인기 있고 모범적인 죄수로 소문이 나기 시작했다.

종대는 교도관들의 얼굴을 기억해두었다 그들의 초상화를 기막히게 그려주었다. 교도관들은 사진보다 더 정확하게 자신의 얼굴을 그려주는 이종대의 솜씨를 경탄해 마지않았다.

교도관들은 초상화를 선물받는 대신 은근히 종대에게 담배를 건네주거나 가끔 노역중에 슬쩍 빼돌려 사역을 면해주곤 했는데 담배를 피우지 않는 종대는 그때마다 엉뚱한 조건을 걸곤 했다.

그것은 담배나 식사 대신 고춧가루를 좀 얻을 수 없느냐는 엉뚱한 제의였다.

종대는 간수들에게 자신은 장이 나빠 고춧가루를 먹지 않으면 설사를 한다고 설명한 다음 담배 대신 한줌의 고춧가루를 주는 편이 더 고맙다고 제의했으며 간수들은 이 말을 순수하게 받아들였다. 간혹 식사 때 고춧가루가 나오긴 했으나 그것은 진짜 고춧가루가 아니라 물들인 톱밥에다 고추씨를 적당히 얼버무린 가짜들이었다.

종대는 열심히 교도관들의 초상화를 그려주는 대신 열심히 고춧가루를 모으기 시작했다. 이때부터 종대는 탈옥의 결심을 굳히기 시작했던 것이다.

종대는 고춧가루를 모으기 시작했을 때부터 심복의 부하를 물색하기 위해서 제2공장에서 근무하는 백이십여 명의 죄수들을 하나하나 면밀하게 관찰하기 시작했다. 종대의 내부엔 엄격한 심사기준이 있었다.

첫째는 무기수일 것.

그래야만 평생을 교도소 안에서 썩게 될지도 모른다는 암담하고 참담한 좌절감에 혹독한 자기 한들을 겪고 있을 것이다.

하지만 무기수이되 초범일 것. 전과가 많아질수록 성격 파탄자일 가능성이 높으며 어느 의미에선 교도소 내의 죄수생활을 즐기고 싶어하는 자기 학대증이 있게 마련인 것이다.

어쩌면 순간적인 실수로 사람을 죽인 초범의 강력범들은 억울한 죄수생활을 하고 있다는 분노에 가득 차 있을 가능성이 높은 것이다. 그러나 같은 무기수라도 그 죄가 강간범이나 파렴치범 같은 것은 일단 제외되지 않으면 안 된다. 이들은 비밀을 오래 간직할 만한 무거운 입을 가지지 못한 경박한 성질의 배신형들인 것이다.

종대의 면밀한 관찰은 마침내 한 사람의 적임자를 찾아냈다.

그는 양복공인 곽길종이었다.

키가 백팔십 센티미터가 훨씬 넘어 보이는 거인으로 하루종일 어쩌다 단 한마디 하는 게 고작일 정도로 말수가 적었다. 그는 십여년 전 재단하는 가위로 자신의 주인을 찔러 죽이고 교도소에 들어온 살인범이었다.

감옥소 안에서 6·25동란을 치른 그는 양복공 조장이었는데 동시에 5호 감방장이기도 했다. 군산교도소 내에서는 가장 고참으로 교도관들 사이에서도 가장 신뢰를 받고 있는 죄수였다.

종대가 곽길종에게 눈독을 들인 것은 지난봄 어쩌다 제2공장 죄수들이 외역을 나갔을 때부터였다.

교도소 밖으로 외역을 나가는 것은 대부분 뚜렷한 기술이 없는 잡범들이거나, 머리가 모자라 단순노동밖에 할 수 없는 늙은 죄수들이었다. 그러나 가끔 손이 모자라면 간수들의 엄중한 호송을 받으며 노역반 죄수들도 교도소 밖으로 떼지어 나아가 채마밭을 일구곤 했다. 이때가 절호의 찬스였다.

야밤에 군산교도소로 이송되어 왔던 종대는 일단 탈옥을 계획한 이상 감옥 내의 지리는 물론 감옥 밖의 지리까지 상세하게 기억해둘 필요가 있었다. 오히려 감옥문을 벗어났을 때의 도주로를 더 상세히 알아두어야 할 필요가 있었던 것이다.

봄날 종대의 작업반들은 떼지어 교도소 밖 채마밭으로 나갔었다.

용케도 지리했던 겨울을 보낸 흙더미를 곡괭이로 파헤치면 푸석푸석한 물 젖은 검은 흙 속에서 비릿하고 향긋한 흙냄새가 코를 찌른다. 교도소 뒤 월명공원에는 떼지어 소풍이라도 나왔는가 장구소리 요란하고 개나리·진달래꽃 어우러져 핀 공원에서 놀고 있는 사람들의 모습이 아지랑이 속에 가물가물 어른거렸다.

새들이 내릴 곳을 가리던가. 여기 푸릇 저기 푸릇, 사금파리처럼 새파랗게 돋아오른 봄풀 사이에서 푸드득 푸드득 새들이 날고, 공원 숲속에서 파랑새며, 짝을 찾는 종달새의 울음소리가 어우러져 들려오고 있었다.

철로 앞 신작로에 트럭도 지나가고, 먼지를 풍기며 버스도 지나갔다.

유난히도 많은 교도소 근처 학교 쪽에서 엇샤엇샤 하는 운동 응원소리, 눈부신 신작로에 누가 버린 것일까 헌 고무신 한 짝이 버려진 채 햇살에 반짝이고 있었다.

흙을 일궈 두엄을 날라 골고루 뿌리는 죄수들의 가슴속엔 이상야 릇한 열기가 휩싸여왔다. 잠시 작업을 끝내고 쉬고 있을 때 종대는 한 사내가 교도소 담벼락 아래서 남의 시선을 꺼리며 무엇을 열심 히 하고 있는 것을 보았다.

종대는 안 보는 척 사내가 하는 행동을 지켜보았다. 사내는 큰 덩 치에 어울리지 않게 잡풀 속에 돋아나 있는 쑥을 손가락으로 후벼 파고 있었다.

참으로 어울리지 않는 짓거리였다. 아무짝에도 소용없는 쑥이었다. 캐 간다 하더라도 하다못해 먹을 수도 버릴 수도 없는 봄나물이었 다. 봄날 고삐 풀린 망아지처럼 동리 꼬마들이나 소쿠리 들고 나와 앉아 하고 있을 심심풀이 짓거리를 거인과 같은 사내가 남의 눈을 피해 하고 있다는 사실에 종대는 날카로운 직감을 받았다.

저 자식은.

종대는 그가 누군지 이미 알고 있었다.

저 자식은 교도소 밖의 자유를 처절하게 갈망하고 있다.

감옥 안의 죄수들치고 어느 누구도 자유를 갈망하고 있지 않은 놈 은 없겠지만 그것은 고작해야 꿈속에서 이를 갈며 소리지르는 잠꼬 대에 불과했다.

무심히 쑥을 캐고 앉아 있는 무기수, 언제 풀려날지 모르는 살인 범, 저 짧게 깎은 머리칼 끝마다 내린 하얀 서리. 살아 생전에 저 철 조망을 벗어날 수 없을지도 모른다는 좌절감·공포, 그 복잡한 마 음을 잡풀 사이에서 돋아난 쑥을 캐는 것으로 저 자식은 무의식중 에 자신의 마음을 반영시키고 있다. 먹을 수도, 씹을 수도, 삼킬 수 도 없는 쑥을 캐고 있는 녀석의 마음이야말로 무서운 자유에의 욕 망에 사로잡혀 있는 것이다.

종대는 일단 곽길종을 점잖고 신중한 얼굴로 지켜보았다. 신중하게 저 영감에게 말을 건네지 않으면 안 된다.

처음에는 저 친구의 환심부터 사두지 않으면 안 된다.

종대는 마침 교도관의 초상화를 그려주고 받은 백양 담배 한 갑을 주머니 속에 감추고 있었다. 종대는 백양 담뱃갑을 뜯어 은박지를 꺼내 제도용 연필로 간수의 눈을 피해 다음과 같이 썼다.

'영감, 변소에서 만나자.'

종대는 주머니에 담배를 감추고 양복조로 걸어갔다. 양복조는 군 작업복을 할부받아 일괄작업을 벌이고 있었다. 납품기일이 가까워 왔는지 한 사람도 한눈 파는 사람이 없었다. 종대는 슬쩍 곽길종의 재봉틀 앞에 담뱃갑을 떨어뜨렸다. 눈 깜짝할 순간이었다. 죄수들에게는 일체의 잡담이 금해지고 있었으므로 일단 그를 비교적 잡담이 허용되는 변소나 세면장 같은 곳으로 유인해낼 필요가 있었다.

일단 작업장에 들어온 이상 정해진 시간이 될 때까지는 변소 출입도 금지되어 있었다.

그러나 종대는 교도관들에게 그 정도의 자유는 묵계로 인정받고 있었으며, 곽길종 역시 그 정도의 자유는 허용받고 있는 처지였다. 담배를 선물받은 이상 그는 바짓가랑이에 숨겨둔 성냥을 싸들고 강아지 한 마리 구워삶아먹기 위해 무조건 변소로 직행하게 될 것이다. 떨리는 손으로 엉덩이를 까고 그는 담뱃갑을 뜯게 되겠지. 그때 종대가 쓴 편지를 발견하게 될 것이다.

"뭐야?"

막 담배를 건네주고 작업장을 빠져나가려는 종대를 입구에 앉아 있던 교도관이 막아세웠다. 종대는 심장이 얼어붙는 전율을 느꼈다.

"변, 변소에⋯⋯"

"돌아가."

교도관은 소리질렀다.

작업장에 있던 죄수들이 모두 종대를 돌아보았다. 종대는 우물쭈물거렸다.

이 자식은 방금 곽길종에게 전해준 담배를 눈치챘는지도 모른다. 물론 발각되었다 하더라도 다른 핑계를 댈 수 있을 것이다. 담배는 교도관들이 준 것이므로 큰 문제는 생기지 않을 것이다. 다만 이런 하찮은 비위 사실 때문에 불량수라는 딱지가 붙어 사방(舍房)을 옮기게 될지도 모른다. 그렇게 되면 끝장이다.

"돌아가, 이 쌔끼야."

순간 교도관의 발길이 종대의 무릎을 강타했다. 종대는 비틀거리며 물러났다.

종대는 등을 보이며 돌아서서 작업장으로 걸어갔다. 그때 종대는 자신의 모습을 의아한 눈초리로 지켜보고 있는 곽길종의 시선과 마주쳤다.

곽길종과 종대가 비로소 대화를 나누게 된 것은 그로부터 일 주일이 지난 뒤였다. 다행스럽게도 제2공장 죄수들은 똥을 퍼서 채마밭에 뿌리는 외역을 나가게 되었던 것이다.

종대의 호의와, 종대의 인상을 기억하고 있던 곽길종은 삼삼오오 떼를 지어 채마밭에 거름을 뿌리면서 자연스럽게 접근할 수 있었다.

"니가 내게 강아지 선생을 준 놈이냐?"

똥통에서 똥을 퍼 고랑을 일군 밭 사이에 뿌리고 있는 종대 옆으로 곽길종은 살살 다가와 낮은 소리로 물었다.

"고개를 들지 마라. 하던 일을 계속해."

고개를 들어 얼굴을 보려는 종대에게 곽길종은 낮은 소리로 명령했다. 그는 작업반, 양복조 조장이었으므로 완장을 두르고 교도관을 도와 작업을 지휘하고 있었다.

"무슨 짓이냐? 내게 볼일이라도 있나?"

"……할 말이 있다."

"뭔데?"

"탈옥하자."

종대는 단도직입적으로 불쑥 말을 던졌다.

달리 차근차근하게 계획을 설명할 시간적 여유도 없었거니와 마음의 여유도 없었다. 이런 식의 결의는 한번에 충격을 주어버리는 게 현명한 방법이라고 종대는 믿고 있었다.

"……"

곽길종은 넋을 잃은 듯 멍한 시선으로 종대를 보았다. 그는 귀신에 홀린 사람처럼 보였다. 자신의 귀를 의심하는 눈빛으로 곽길종은 종대 곁으로 다가왔다.

"씨팔놈, 너 *끄나불*이지?"

기껏해야 교도소 내에서 죄수들끼리 나누는 대화는 되풀이, 되풀이되는 음담패설이나 쌍스러운 욕지거리뿐이었다.

그것을 곽길종이 모를 리가 없었다. 잡범들에게 마음의 문을 열 때는 함께 출소해서 다시 짝을 이뤄 서로의 범죄수법을 교환해서 얻은 새로운 수법으로 또다른 범죄를 한탕 벌여보려는 정보의 교환뿐이었다. 곽길종은 종대의 엄청난 발설을 당황해서 어떻게 받아들여야 할 것인가 망설이고 서 있었다. 그가 기껏 생각해낸 대답은 유치한 질문이었다.

종대는 피식거리며 웃었다.

"좆 같은 소리 마라, 영감."

종대는 가래침을 돋워 칵 하고 뱉으며 속삭였다.

"나야 눈감아두 십 년이면 나가지만 영감은 죽기 전엔 감방에서 나가지 못해. 영감 나이 마흔이 훨씬 넘었어."

"넌, 넌, 누구냐?"

"보고서도."

종대는 킬킬대며 웃었다.

"영감 친구지."

"널 찌르겠다."

결의에 찬 목소리로 곽길종은 대답했다.

"그렇게는 못할걸."

종대는 고개를 들어 날카로운 시선으로 영감을 노려보았다.

"해보시지, 영감. 소리질러. 호루라길 불어. 빨리, 이 새끼야."

종대는 바가지에 똥을 담아 고랑 사이에 부으며 짧게 말을 뱉었다. 그는 여차하면 똥바가지를 들어 영감의 면상을 후려쳐버리려고 마음을 굳혔다.

그날밤 종대의 감방 6호로 야간당직 교도관의 눈을 피해 한 장의 메모지가 전달되었다.

담배의 속알맹이를 파버리고 돌돌 만 메모지를 담뱃종이 속에 파묻어 넣은 가짜 담뱃개비였다. 종대는 변소로 들어가 엉덩이를 까고 돌돌 만 편지를 펼쳐보았다. 그곳엔 다음과 같이 씌어 있었다.

'일단 네 계획을 따르겠다. 일요일 교회에서 만나자.'

고맙게도 인간 쓰레기들의 마음을 회개시키려고 노력하는 이상한 사람들이 일요일마다 교도소 안으로 들어오곤 했다.

그들은 이상한 책과, 이상한 말과, 이상한 기도문과, 이상야릇한 십자가 같은 것을 들고 들어와 썩은 대가리들과 악의 심장을 가진 죄수들에게 이상한 수작질을 하고 떠나곤 했는데 대부분의 죄수들이 일요일마다 빠지지 않고 그곳에 나가는 것은, 그곳에 가면 외부에서 들어오는 사람들의 모습에 묻어 있는 외계의 신선하고 자극적인 자유의 냄새를 간접적으로나마 맡을 수 있고, 몇 되지 않는 여자 죄수들의 얼굴을 볼 수 있다는 즐거움 때문이었다.

어디서 구했는지 여자 죄수들은 교회에 나올 때마다 얼굴에 분을 덕지덕지 바르고 있었다. 사고무친의 여자 죄수들은 감옥 속에까지 아이들을 함께 데리고 들어와 악악대며 우는 울음소리가 강당 안을 울릴 때가 있는데 그럴 때면 죄수들은 물끄러미 아이의 울음소리를 들으며 이상야릇한 공허감에 사로잡히곤 했다.

죽어 있는 사람들 가운데서 아이의 울음소리만 살아 있는 인간의 목소리였다.

비교적 자유로운 분위기가 일요일의 가설 교회 속에 충만되어 있었다.

떼지어 노래 부르는 죄수들의 찬송가 소리, 훌쩍훌쩍 눈물을 흘리는 울음소리, 아아아아, 탄식하는 한숨소리, 오가는 눈길에서 싹트는 이상야릇한 열기 같은 것. 살아야지, 어떻게든 살아남아야지 하는 생의 의욕 같은 것. 더러운 냄새, 살이 썩어가는 육신의 냄새. 그런 뒤섞인 삶과 죽음, 절망과 희망, 증오와 적의, 공포와 두려움에서 벗어나고 싶은 간절함, 그런 양극의 감정이 이곳에서 소용돌이치고 있었다.

종대는 세 가지의 탈출계획을 갖고 있었다.

첫째는 외역 나가는 교도관을 제2공장으로 끌어들여 얼굴에 고춧가루를 뿌린다.

둘째는 그 순간 허리에 찬 권총을 빼앗는다. (외역 교도관들은 실탄이 든 권총을 차게 돼 있었다.)

셋째는 교도관을 인질 삼아 제2공장 백여 명 동료 죄수들을 지휘해서 무기고로 돌격한다. 그리고 무장한 다음 일제히 탈옥한다.

세번째의 방법은 종대가 오랫동안 생각해온 계획 중의 하나였다. 그는 밤마다 취침시간이면 담요를 뒤집어쓰고 머릿속에 상세하게 새겨져 있는 교도소 안과 밖의 지도를 떠올리며 몇 번이고 거사의 계획을 반복해서 되풀이해 모의해보곤 했다.

그는 두번째 계획까지는 절대로 실패하지 않을 자신이 있었다. 그는 어떡하든 교도소를 탈출해 나갈 자신이 있었다. 그러나 그 다음엔 어쩔 셈인가.

교도소를 탈출해 도망친 후에 어디서 한동안 은신을 하겠다는 것인가.

빌빌거리다간 퍼런 죄수복은 단박 눈에 띌 것이다. 그 몸으로 어디로 숨어버릴 것인가. 완전범죄는 영원히 제 스스로 제 몫만큼의 생이 다할 때까지 잡히지 않을 때 가능한 것이다. 기껏해야 하루도 숨어 있지 못할 것이다. 아니 하루라면 긴 시간이다. 단 열 시간도 버티지 못할 것이다.

종대는 그것을 알고 있었다. 제 손바닥 들여다보듯 상세하게 알고 있었다.

나는 영원히 도망쳐버릴 수는 없을 것이다. 어느 산, 어느 숲, 어느 나무, 어느 바람, 어느 구름, 어느 비, 어느 안개도 나를 영원히 가려주지는 못할 것이다.

알고 있었다. 종대는 자신의 탈출이 무난히 성공할 것을. 또한 알고 있었다. 종대는 자신의 탈출이 물거품처럼 스러져 빠른 시간 내에 붙잡혀 되돌아오리라는 것을.

최선의 방법은 배를 타고 멀리 도망가는 일이었다. 그건 만화와 같은 상상이었다. 그걸 모르는 종대는 아니었다. 종대는 분명히 말해서 어리석은 인간은 아니었다.

하지만 만약 무기고를 습격해서 백여 명을 일시에 무장시켜버린다면 교도소 안팎은 물론 온 군산시내가 벌집 쑤셔놓은 듯 큰 혼란에 빠져버릴 것이다. 만만하게 물러서지는 않을 것이다. 곳곳으로 풀려나간 죄수들은 사방 곳곳에서 총을 난사하며 버틸 것이다. 그들을 이용해서 배를 빼앗을 수 있다면 멀리 도망쳐버릴 수 있을 것이다.

그곳이 어디인가.

중국인가, 일본인가. 그곳은 가깝게 보이는 초가집이 아니다. 그곳은 꿈에서만 그리던 신기루와 같은 곳이다. 하지만 그렇게만 할 수 있다면 일단 종대는 성공한 것이 되는 것이다. 차라리 바닷속에 빠져죽어 물귀신이 된다고 하더라도 나는 구속과 속박에서 벗어날 수 있다.

종대는 잘 알고 있었다.

그가 진실로 바라는 것은 절대의 자유가 아니라는 것을. 그것은 영원히 얻을 수 없는 환상이라는 것을 종대는 잘 알고 있었다.

갈 수 없는 나라, 갈 수 없는 세계, 그곳은 그가 도망쳐나갈 환상의 나라였다.

그러나 종대는 생각했다.

내가 얻으려는 것은 절대의 자유가 아니라 단지 이 보이지 않는 질서, 조직사회의 구속·법, 그 교묘한 덫을 벗어나려고 하는 인간에의 저항 같은 것일지도 모른다고.

저 울타리. 그 울타리를 지키는 사람들. 담에 붙어 있는 망루. 밤마다 그 망루에서는 탐조등이 교도소 뜨락을 대낮처럼 밝히고 있었다.

개미새끼 하나 얼씬할 수 없는 그 극렬한 불빛은 무엇을 밝히고 있는 것일까. 그것은 갇힌 자들의 구속을 절대의 법으로 묶어두고 있는 것이다.

두고 봐라. 너는 도망칠 수 없다. 태어난 순간부터 인간은 생의 울타리 속에 갇혀 있다.

가족의 의무, 사회의 질서, 개인의 갈등, 윤리, 그리고 병, 자유로워지기 위해서는 그 모든 것을 뛰어넘지 않으면 안 된다.

자유는 행동하는 순간에 획득되는 것이다. 자유는 영원히 소유할 수 없는 것. 단지 행동하는 찰나찰나에 자유는 조금씩 조금씩 얻어진다. 행동하라. 행동하는 순간에 너는 자유롭다. 행동하지 않으면 너는 이미 죽어 있는 시체에 불과한 것.

하늘을 나는 새를 보라. 그는 날개를 퍼득일 때 비로소 날고 있다. 날고 있을 때만 그는 어디든 갈 수 있는 것이다. 날개를 접을 때는 그는 이미 구속의 덫에 빠져 있는 것이다. 나뭇가지에 앉으면 나무의 명령을, 숲에 앉으면 숲의 구속을 받고 있다. 행동할 때만 나는 자유로운 것이다.

종대는 잘 알고 있었다.

자신이 오래 전부터 마이클 중위를 총구로 후려치고 부대를 도망쳐나올 때 느꼈던 이상한 예감 같은 것이 자신의 운명을 결정짓고 있음을. 회의하고 고뇌하고 망설이며 철조망 속에 있는 것과 찰나의 판단 속에 철조망을 벗어나는 행동은 불과 한치의 오차 정도로 구별되지만 그 결과는 마침내 엄청나게 벌어져 있다. 양극의 인생으로 판가름되었음을.

행동하라.

행동할 때만 너는 존재한다.

너는 탈출하여 자유를 얻으려 하는 것이 아니라 너 자신을 시험해보고 싶은 것이 아니냐. 불가능한 도전, 엄청난 덫을 뛰어넘어보려는 불가능한 가능성에 대한 시험이 아니냐. 너는 해낸다. 해낼 수 있다.

일요일 종대는 강당에서 곽길종을 만났다.

그곳에서 종대는 자신의 계획을 차근차근 곽길종에게 털어놓았다.

그러나 세번째의 계획은 아직 말하지 않았다. 종대는 자신이 세 사람 정도 교도관의 눈을 멀게 할 수 있는 고춧가루를 가지고 있다고 말한 다음, 한 사람 정도 더 우리들의 계획에 끌어들일 수 있는 믿음직한 인물이 있겠느냐고 물었다.

아무래도 두 사람이 이 엄청난 모의를 수행하기엔 무리라고 평소에 종대는 생각하고 있었다.

곽길종은 힘이 좋고 거구이긴 했지만 그는 나이에 비해 늙어 보였고 순간에 판단하는 순발력이 결여돼 보였기 때문이었다.

한 사람 정도 젊고 팔팔하고, 때로는 잔인성을 발휘할 만큼 잔혹한 성격을 소유한 무기수가 함께한다면 일이 수월하게 진행될 것 같았다.

"좋아."

곽길종은 찬송가를 합창하는 시끄러운 노랫소리에 묻혀서 소리를 지르며 고개를 끄덕였다.

"내가 구해보도록 하지."

나머지 한 사람을 구하는 것은 오래 걸리지 않았다.

그는 두 사람과 마찬가지로 제2공장에서 일하고 있는 양화공 한봉산이었다. 곽길종처럼 무기수였는데 그 역시 사람을 죽인 살인범이었다.

종대와 같은 나이 또래였다. 곱슬머리에 경상도 말씨를 쓰고 있었다. 그는 곽길종과 달리 전과가 있는 죄수였다.

성격이 포악하고 표독스러워 동료 죄수들도 한봉산에게는 감히 농담하거나 접근하려 하지 않았다. 교도관에게 덤벼들어 구타를 한 다음 삼 개월 독방신세를 졌던 적이 있을 정도로 잔인한 성격을 가진 죄수였다. 그는 구두 깎는 칼로 아주 먼 거리에 있는 목표물을 명중시키는 날랜 칼솜씨를 가지고 있는 녀석이었다. 마산 근처에서 밀수에 휘말려 행동대원으로 있다가 배신한 동료의 가슴을 찔러 숨

140

지게 만든 독종이었다.

그는 자신이 억울한 누명을 쓰고 있다고 굳게 믿고 있었다.

그는 자신의 칼솜씨로는 절대로 급소를 찌를지언정 생명은 끊지 않는다고 자부하고 있을 정도로 어리석은 데가 있었다.

자신은 죽이지 않았고 다만 급소를 찔렀을 뿐이고 죽인 것은 밀수꾼의 두목이라고 굳게 믿고 있었다. 두목의 함정에 빠져들었으므로 언젠가는 복수를 하리라고 다짐하고 있는 단순한 칼잡이었다.

그는 두목이 시킨 대로 배신자의 가슴을 찔렀으며 두목이 마련해준 멋진 배를 타고 배 밑바닥에 갇혀 이틀을 숨어지냈는데 이틀이 지난 뒤 풀려나와 캄캄한 육지에 닿자 무턱대고 뛰라고, 저기가 일본이니 무턱대고 뛰어 도망치라고 이르는 말을 곧이듣고 한참을 뛰다가 거제도 섬기슭에서 붙들린 어리석고 좀 모자란 녀석이었다.

종대는 그를 교회에서 만났다. 곽길종의 소개로 두 사람은 뜻깊은 인사를 나누었다. 종대는 한눈에 그가 진실성은 없어 보이지만 남다른 용기와 담대하고 잔인한 성격을 가진 녀석이라는 것을 알아차렸다.

"형님예."

예배가 끝나고 떼지어 나오는 강당 복도에서 녀석은 시선이 마주치자 낮은 목소리로 말했다.

"앞으로 잘 부탁합니더."

탈옥을 모의하는 데 절대적으로 필요한 두 사람의 심복을 얻게 되었지만 종대는 절대로 서두르지 않았다. 일에는 때가 있게 마련이었다.

서두를 필요는 없었다. 서두르다가 결정적인 순간을 그르치면 만사는 끝장이었다.

세면장에서 아침 체조시간에, 일요일 교회에서 곽길종과 한봉산의 시선과 자주 마주칠 기회가 있었는데 그럴 때면 젊은 한봉산은 슬며시 다가와 종대에게 채근하며 묻곤 했다.

"한바탕 해치워버립시더. 도대체 은제 해버릴 겁니꺼?"

아침 세면장은 북적대는 죄수들로 수라장이었다.

간수의 호루라기에 맞춰 열을 지은 죄수들은 날쌔게 수도꼭지로 덤벼들어 이빨을 닦고, 물을 얼굴에 찍어바르는 고양이세수를 했는데 약삭빠른 죄수들은 그 북새통 속에서도 머리를 감곤 했다.

한봉산은 언제나 세면장에서 머리를 감고 머리에 잔뜩 비누질을 한 후, 미처 물로 그것을 씻어낼 겨를도 없이 간수들의 호루라기에 쫓겨나버리곤 했는데 그 짧은 세면시간에 마주친 종대에게 주위의 시선쯤 아랑곳하지 않고 큰 소리로 묻곤 했다.

그러나 그런 엄청난 모의는 서두른다고, 팔팔 뛰는 힘과 정열만으로 해결될 수는 없는 일이었다. 때가 무르익기 전에는 꿈도 꾸지 말아야 할 성질의 계획이었다.

그러나 종대는 일단 마음속에 계획된 탈옥을 대비해서 차근차근 일을 추진시켜나가고 있었다.

그는 일차적 거사일을 늦봄으로 잡고 있었다. 일단 두 사람에게 마음속의 비밀을 털어놓은 이상 차일피일 미루다보면 비밀은 점차적으로 확대되어 둘 중 누군가에 의해 교도관들에게 밀고될 것이다. 그러므로 될 수 있는 대로 빨리 계획을 실행으로 옮겨버려야 한다고 종대는 믿고 있었다. 그러나 그때가 언제일까.

종대는 5월 17일쯤으로 날짜를 잡고 있었다.

그것이 무슨 요일인가는 개의할 필요가 없었다. 다만 일요일만 피하면 그만이었다.

일요일은 교회에 다녀오는 일만 제외하고는 하루종일 감방에 갇혀 있게 마련이었다. 탈옥은 철창 안에서부터 시작되어서는 불가능해진다. 일단 노역장에서부터 시작되어야 할 것이다.

열두시면 정오 사이렌이 교도소 안에 울려퍼지게 되어 있다.

이때쯤이면 외역 나간 죄수들이 열을 지어 식사를 하기 위해서 돌아오고 오전 일과시간을 끝낸 죄수들이 잠시 나른한 권태에 빠져버리게 되는 시간이다. 긴장이 풀리는 것은 교도관들도 마찬가지이다.

그들은 대부분 죄수들을 담당하는 호송 간수들만 빼어놓으면 점심을 먹기 위해 각자 뿔뿔이 흩어지게 되어 있었다. 이때를 노려 기습작전을 펴지 않으면 안 된다.

종대는 면밀하게 관찰했다. 노역에 열중하다가도 본능적으로 정오 사이렌이 불기 시작하기 직전의 나른한 해이감을 종대는 더듬이와 같은 촉각으로 감지해내곤 했다. 그는 날마다 탈출을 계획하고 그것을 머릿속에서 실행에 옮겨보곤 했다.

외역 죄수들은 열한시 반쯤이면 떼를 지어 뜨락을 가로지르며 돌아온다. 삽과 곡괭이·쟁기를 든 죄수들은 지친 걸음을 질질 끌면서 걸어온다.

푸른 죄수복에 비껴든 삽과 곡괭이의 날들이 햇볕을 받아 번뜩이고 있다. 이때를 노려 호송 간수에게 다가간다.

물론 한봉산이나 곽길종을 시켜 보낼 것이다. 호송 간수들은 일주일마다 교대된다. 간수들 중에서도 다소 얼굴을 익혀 만만한 간수들이 몇몇 있게 마련이었다.

말조차 붙이지 못할 정도로 권위와 거드름을 피우는 간수들은 포섭 대상에서 제외된다. 간수에게 다가가 곽길종이 은근히 말한다.

"좋은 그림을 그려놨습니다. 한 장 골라가십시오."

종대의 그림솜씨를 알고 있는 간수는 일단 외역 죄수들을 감방으로 호송하고 난 뒤에 돌아와 그림을 얻겠다고 대답할 것이다. 그는 죄수들을 부리고 돌아올 것이다. 들어서는 간수에게 한봉산이 얼굴에 고춧가루를 뿌린다.

순간 종대는 그의 옆구리에서 권총을 빼앗아 든다. 이때까지의 소요 시간은 불과 삼십 초도 걸리지 않을 것이다. 이때쯤이면 열두시를 알리는 사이렌이 울리기 시작할 것이다.

노역 죄수들은 모두 일어서며 술렁이겠지. 곽길종은 공장 내 비상벨의 선을 끊어버릴 것이다. 제2공장 백여 죄수들은 이 기묘한 행동을 낱낱이 지켜보게 될 것이다.

제2공장에서 무기고는 불과 이백여 미터도 되지 않는다. 뛰어간다면 일 분도 걸리지 않는 거리에 있다.

백여 명이 한꺼번에 무기고로 달려든다면 평소 무기고를 지키는 한 명의 간수쯤은 쉽사리 처치해버릴 수 있을 것이다.

그는 우선 덤벼드는 죄수들을 향해 총을 난사할 것이다. 죄수들이 수십 명 쓰러지게 될 것이다. 그러나 그는 일순간에 백여 명의 죄수들을 모두 죽이지는 못할 것이다.

쓰러지는 동료 죄수들의 가슴에서 뿜어나오는 피의 붉은 색깔은 죄수들을 흥분시키기에 충분할 것이다. 그들은 무기고를 지키는 교도관을 죽이게 될 것이다.

죄수들은 삽시간에 무기고를 점령하게 될 것이다. 그들은 무기를 들고 감옥 마당으로 뛰쳐나올 것이다. 이때쯤이면 벌써 총소리에 사태를 직감한 감옥소 쪽에서는 비상벨을 울리고 교도관들이 카빈을 들고 뛰쳐나오게 될 것이다.

운이 좋다면 외역 가서 돌아오는 죄수들도 제1공장 제3공장의 죄수들도 합세하게 될 것이다. 이 소요 시간은 오랜 시간 계속될 것이다. 문제는 한봉산을 시켜 일단 죄수들에게 무기고로 달려가도록 선동한 다음 이 소요 시간을 틈타 얼마만큼 감옥을 벗어나 도망칠 수 있느냐는 것이 종대가 우려하는 부분이었다.

일단 간수들의 관심을 무기고로 집중시킨 다음 얼굴에 고춧가루를 뿌린 간수를 인질로 하고 종대와 곽길종 두 사람은 감옥 정문으로 달려나오게 될 것이다. 제2작업장에서 정문까지는 불과 삼사백 미터, 천천히 걷는다 해도 이 분이면 충분할 것이다. 계획대로 일이 추진된다면 정문을 지키는 간수들을 위협해 문을 박차고 나가는 데오 분도 걸리지 않을 것이다. 오 분이라면 죄수들이 모두 무기고로 달려가고 있을 무렵일 것이다. 일단 점화가 된 것을 확인한 후 두 사람은 열린 감옥 정문에서 한봉산을 기다려야 한다. 그는 두 정의 카빈과 실탄을 들고 뛰어나올 것이다.

감옥 정문에서 신작로까지는 뛰어서 일 분이 걸릴 것이다.

잠깐 인질로 삼았던 간수를 채마밭에서 카빈 개머리판으로 후려쳐 졸도시킨 후 세 사람은 북새통이 된 감옥을 등뒤로 하고 필사적으로 뛰어야 할 것이다.

절대로, 절대로, 사람을 죽여서는 안 된다.

종대가 머릿속에 빈틈없이 짜인 탈출계획의 상상도를 극명하게 처음부터 끝까지 떠올려보면서도 언제나 자신에게 다짐하는 것은 단 하나의 명제였다.

그것은 탈옥 도중에 절대로 간수들을 죽이거나 다치게 해서는 안 된다는 사실이었다.

그것은 그들이 일단 탈옥에 성공했다 해도 십중팔구 또다시 잡혀 돌아온 후에 처벌되는 무거운 형벌에 대해 벌써부터 공포를 느끼고 있기 때문은 아니었다.

종대는 분명히 알고 있었다.

우리는 잡히게 될 것이다. 우리는 영원히 저 울타리를 벗어날 수는 없을 것이다.

다만 분명히 잡힐 것을 알면서도 행동해 보이는 순간의 실존을 위해 덧없는 탈출을 시도해보는 것이다. 머릿속에서 상상하는 관념의 세계를 실제 행동으로 옮겨 구체화시켰을 때 그 찰나찰나에서 얻어지는 절대의 자유를 위해 우리는 무모한 비상을 시도해보는 것이다.

그러므로 우리는 그 누구도 죽여서는 안 되며, 그 누구도 다치게 해서는 안 된다. 그것은 더러운 반칙이다. 어디까지나 이 탈옥의 계획은 정정당당하게 진행되지 않으면 안 된다.

그러나……

종대는 스스로 반문해보곤 했다.

너희들 셋은 간수들의 목숨을 끊거나 상처를 입히지 않는다 해도 너희들의 탈옥 사건으로 수많은 죄수들과 간수들이 목숨을 버리게 되어 있잖은가. 만약 네가 상상한 대로 백여 명의 죄수들이 한꺼번에 무기고로 덤벼든다면 자연 총격 사건은 벌어지게 되어 있는 것이며 그렇게 된다면 수십 명이 피를 흘리게 되어 있다. 그것이 내가 말하는 정정당당한 일인가.

그러나……

종대는 자신에게 결론을 내리곤 했다.

역사란 몇몇 주인공에 의해서 만들어지는 것이다.

그 주인공들의 영웅적 행위를 위해서는 다수의 사람들은 피를 흘리지 않으면 안 된다.

그것은 희생일 뿐이다. 다수의 인간들은 다만 주인공을 위한 소모품에 지나지 않는다. 그들이 저지른 방화는 방화가 아니다. 그것은 불장난에 지나지 않는다. 그들이 행한 살인은 죄악이 아니다. 그것은 다만 혁명에 불과할 뿐이다.

감옥을 뛰쳐나와 신작로까지 달려가서 제일 먼저 할 일은 푸른 죄수복을 벗어버리는 일이다.

우선 아무 민가에나 들이닥친다. 그곳에서 죄수복을 벗어버리고 닥치는 대로 옷을 껴입는다.

오래 지체해서는 안 된다. 박박 깎은 머리를 감추기 위해 모자를 눌러쓰고 세 사람은 거리로 나선다. 가능하다면 세 사람은 몰려다녀서도 안 된다.

검문 검색이 심해질 때까지 우물쭈물 민가에서 시간을 보낼 수는 없다. 빠른 시간 내에 군산 앞 바닷가까지 나아가지 않으면 안 된다. 수많은 배들이 앞 바닷가에 정박해 있을 것이다. 운수가 좋다면 속력이 빠른 배 하나를 집어탈 수 있을 것이다. 바다를 벗어나면 곧장 마산으로 달려가야 한다.

마산은 한봉산의 본거지가 아닌가. 그곳에서 자라나 그곳을 주름잡던 한봉산의 입장에서 본다면 한 이틀 정도는 몸을 숨길 수 있겠지. 이틀 동안 일본으로 떠나는 밀항 배를 탐문해야 할 것이다.

물론 종대의 계획이 모두 한치의 오차도 없이 진행될 리는 없을 것이다.

그건 어디까지나 상상에 불과한 일이었다.

종대의 모의는 아예 처음부터 어긋나버릴 수도 있을 것이다. 비참하게 교도관의 권총에 가슴을 맞고 개처럼 피를 흘리면서 죽어버릴지도 모르는 일이었다.

설혹 용케 감옥을 벗어났다고 해도 바다에까지 이르기 전에 세 사람은 방파제 둑 위에서 집중 난사를 받고 죽게 될지도 모르는 일이었다. 그러나 이것은 도전이다. 불가항력에 대한 도전이다.

일차의 탈출계획을 5월 17일로 잡은 종대는 우선 한봉산과 곽길종에게 식사 때마다 고춧가루를 먹지 말고 조금씩 모아두라고 명령을 내렸다. 잔뜩 기대를 하고 있었던 한봉산은 종대가 우선 고춧가루를 모아두라고 말을 하자 의아한 듯 물었다.

"그건 뭘 할라꼬 그러십니꺼, 형님?"

이해가 가지 않는다는 듯 한봉산은 투덜거렸다. 그러나 종대는 그 일의 필요성에 대해서는 일체 일러주지 않았다.

모든 계획은 종대의 머릿속에서 홀로 떠오르고, 홀로 작심이 꾸며지고 있었다.

그들은 처음부터 의논의 대상은 될 수 없었던 하수인에 불과한 녀석들이었다.

모든 계획은 순조롭게 진행되고 있었다

우선 5월 17일날 외역 호송 간수가 고병구라는 것을 알게 된 종대는 내심 쾌재를 불렀다.

고병구는, 그의 얼굴의 곡선을 낱낱이 익혀두었다가 틈틈이 그린 초상화로 각별히 종대와 친숙해진 사이였다.

그는 종대의 초상화 솜씨에 혀를 내두르고 종대에게 자신의 가족 사진을 그려줄 것을 부탁했었다.

종대는 그의 가족 얼굴을 그려주는 대신 그에게서 백설탕 한 봉지와 강아지 한 섬을 선물로 받았다.

그는 사람 좋은 웃음을 늘 흘리고 다니는 좀 모자란 사람이었다. 그는 종대에게 늘 호의를 가지고 있어서 어떻게든 종대에게 참회의 기회를 만들어주기 위해 애를 쓰는 사람이었다. 종대에게 일요일 교회에 드나들게 한 사람도 다름 아닌 고병구였다.

종대는 부지런히 그를 유혹하기 위한 그림을 그리기 시작했다.

그가 언젠가 십자가에 못박혀 있는 예수의 모습을 그려달라고 부탁했던 사실을 종대는 기억해냈다.

그는 연필로 고난받는 예수의 모습을 정교하게 단색화로 그려두었다. 그것도 한 장이 아니라 서너 장 그려두었다. 어느 그림이 좋을까 방심한 상태로 그림을 고르고 있는 순간 얼굴에 고춧가루를

148

뿌릴 셈이었다. 간수들은 이상하게도 죄수들이 만든 물건에 대해 미신적으로 열광하고 있는 편이었다.

죄수들은 대부분 특출한 손재주를 가지고 있었다.

그들은 무료한 시간을 메우기 위해 여러 가지 물건들을 만들곤 했다. 가령 식사 때마다 밥알을 모아두었다 그것을 으깨서 새를 만든다거나 인형을 만들기도 하고 정기적으로 지급되는 칫솔을 아껴두었다가 칫솔대를 깎아 지하대장군 같은 인형을 정교하게 만들곤 했다.

손재주도 특출했지만 모두들 시간을 죽이기 위해 정성들여 만들었으므로 죄수들이 만든 물건들은 생생하게 생명력이 넘쳐흐르고 있었다. 특히 제2공장에 속해 있는 죄수들은 일반 잡범들과는 달리 양복·양화와 같은 직업을 가졌던 죄수들이었으므로 그들의 솜씨는 특출한 데가 있었다.

간수들은 죄수들에게 공작품을 선사받는 대신 담배를 선사하는 것으로써 서로 돕고 있는 셈이었다. 알려지지 않았지만 사형수들의 속내의가 간수들에 의해서 비싸게 팔려나간다는 소문도 있었다. 사형수들의 때묻은 속내의가 일반 사람들에게 액땜을 해준다는 미신이 지배적이었기 때문이다.

여자 사형수들의 음모는 간수들에 의해 뽑혀서 솜씨 좋은 죄수에 의해 은밀하게 부적으로 만들어진다는 소문도 있었다.

여자 사형수들의 음모로 만들어지는 부적은 고가로 팔려나간다는 소문이 있을 정도였다.

밤이면 감방에서 간수들의 눈을 피해 강제적으로 할례의식이 벌어지기도 했다. 나이 어린 죄수가 들어오면 감방장의 명령에 따라 할례의식이 진행되곤 했다.

다른 오락거리가 없는 그들은 타인의 할례의식을 보면서 성적 욕구를 충족하고 있었다. 나이 어린 죄수는 이를 악물고 고통을 참아

낸다. 신음소리를 밖으로 내었다간 감방 고참들에게 몰매를 맞게 될 뿐만 아니라 두고두고 앙갚음을 당하게 되어 있었으므로 죄수들은 신음소리 한번 밖으로 토해내지 않는다.

모든 것은 침묵 속에 진행된다.

힘 좋은 죄수들이 나이 어린 죄수의 두 손과 두 발을 결박시키고 있다. 경험이 많은 죄수는 칫솔대를 갈아 만든 날카로운 칼로 생살을 자르기 시작한다.

감방 안은 곧 열기로 차오른다. 바짝 식구통에 붙어앉아 간수를 망보고 있는 죄수도 이 침묵 속에서 진행되는 기묘한 수술 장면을 보고 싶어 안달이 난다.

그러나 엄중하게 금지되어 있는 이 할례의식은 눈 깜짝할 새에 진행되지 않으면 안 된다.

그것은 일종의 밀도살 행위처럼 보인다.

일단 5월 17일로 잡은 일차 탈옥계획은 착착 진행되었다.

한봉산과 곽길종에게 거사 날짜와 시간이 전달되었다.

5월 17일 아침은 가랑비가 흩날리고 있었다. 간밤을 뜬눈으로 새운 종대는 무언가 심상치 않은 낌새가 감옥 안에 맴돌고 있음을 날카롭게 감지했다. 죄수들은 모두 비 내리는 감옥 마당으로 끌려나갔다. 아무튼 알 수 없는 일이었다.

모든 죄수들이 실비가 흩뿌리는 마당에 열을 지어 서 있었다. 간수들이 긴장한 얼굴로 그들을 에워싸고 있었다.

모두들 불안한 얼굴로 웅성거리고 있었다. 소장이 나와 모든 죄수들에게 웃통을 벗을 것을 명령했다.

그것은 느닷없는 명령이었다.

바지도 벗고 팬티까지 벗어버릴 것을 명령했다.

그는 말했다.

"며칠 전 칠호 감방에서 환자가 하나 발생했다. 전염병이다. 아직 병명은 확인되지 않았지만 만일의 경우에 대비해서 철저한 소독을 실시하겠다."

그들이 알몸으로 감옥 마당에 서 있는 동안 마스크를 한 죄수들이 감방을 소독하고 다녔다.

잠시 후 그들의 몸 위에도 고약한 냄새의 소독약이 뿌려지기 시작했다.

종대는 수천 명의 죄수들이 감옥 마당에 알몸으로 서 있는 것을 보며 킬킬거리며 웃었다.

그것은 사람의 형상들이 아니었다. 그것은 팔려나가기를 기다리는 가축들의 모습이었다. 수천 명의 죄수들이 발가벗고 서 있는 모습은 인육시장을 방불케 하였다.

종대는 한 달 전부터 계획했던 오늘의 거사계획이 물거품이 되어버린 것을 알았다.

그것은 한 사람의 전염병 환자 때문이었다.

몸에 하얗게 소독약을 뒤집어쓰면서 종대는 자꾸만 킬킬거리며 웃었다.

이종대, 너는 한 마리의 병든 가축에 불과하다. 이종대, 너는 도망칠 수 없다. 너는 인간이 아니다. 이종대, 너는 짐승이다.

금광을 도망쳐나온 종대는 일단 부산으로 도망쳤다.

부모가 계신 정읍으로 도망치는 것이 어떨까 하는 생각도 들었지만 그 바닥이 그 바닥인 정읍으로 도망치느니보다는 차라리 사람들이 들끓는 부산으로 잠적해버리는 것이 더 현명한 방법일 것 같았기 때문이었다.

전란이 끝난 지 이미 삼사 년이 흘렀지만 부산은 아직 피난민들로 들끓고 있었다. 발 빠른 사람들은 서울로 환도해버렸으나 오갈 데도 없는 피난민들은 아직 부산바닥에 주저앉아 있었다.

그 동안 거의 일 년이 흘러버린 세월이었으므로 헌병들도 더이상 종대를 추적하지는 않을 것이다.

길거리에서 재수없이 검문에 들통나지만 않는다면 감쪽같이 신분을 속일 수 있을 것이다.

길거리의 검색쯤은 즉석에서 뇌물을 주어버리면 용케 피할 수 있다고 종대는 낙관적으로 생각하고 있었다. 그보다 종대가 부산으로 잠입해 들어온 것은 복작거리는 사람들 틈에서 자신의 존재를 쉽사리 은닉시킬 수 있다는 계산보다도 꿈에도 잊지 못했던 영숙을 향한 그리움 때문이었다.

도망가요. 빨리 도망가요.

마이클의 몸을 붙잡고 필사적으로 소리지르던 영숙의 고함소리가 언제나 어디서나 종대의 가슴을 찢고 있었다.

이 세상에 태어나 처음으로 느꼈던 사랑의 불꽃이었다.

오직 적의에 의한 강간 때문에 쉽사리 무너져버린 영숙이에 대한 죄의식과 그녀의 몸을 범하고 났을 때 털어도 털어도 용케 주머니 속에서 떨어져나오던 모래알 같은 그리움의 잔해가 종대의 가슴속에 앙금처럼 가라앉아 있었다.

얼마나 보고 싶어했던가.

반 년이 훨씬 넘게 금광 속에서, 일순에 폭발하는 다이너마이트의 굉음 속에서 너는 오로지 영숙이를 생각하는 것으로 살아야 한다는 의욕을 불러일으켰다. 영숙은 그의 생을 연장시켜주는 유일한 구원의 상징이었다.

내가 간다.

종대는 질식할 것 같은 금광 속에서 금을 캐며 이를 악물고 중얼거렸다.

　내가 곧 간다. 기다려. 내가 갈 때까지만 기다려.

　소나무숲 속 땅 밑을 파고 한 조각 한 조각의 금을 모을 때마다 종대는 이제 얼마 안 있으면 그녀를 만날 수 있다는 희열로 가슴이 벅차오르곤 했다.

　그리움은 갱구를 빠져나와 산을 넘고 계곡을 건너 하늘과 구름을 가로질러 내쏜 화살처럼 가시덤불과 도시의 숲을 지나 영숙의 곁으로만 달려가고 있었다.

　그녀를 만나고 싶다는 마음은 설혹 그녀가 있는 곳이 지옥이라 할지라도 종대는 서슴지 않고 따라갔을 것이다.

　종대는 재수가 좋은 편이었다.

　그가 부산으로 숨어들어와 구한 직업은 극장에서 간판을 그리는 일이었다.

　평소 그림에 소질이 있는 종대로서는 최선의 직업이었다.

　더구나 그 직업은 그림만 잘 그리면 될 뿐 신원을 보증해줄 만한 연고자는 필요치 않았다. 종대는 부산에 아무런 연고자도 갖고 있지 않았다. 그 직업을 얻은 것은 전혀 뜻밖의 행운이었다.

　할 일 없이 부산에 숨어들어와 조금씩 금을 팔아 나날을 보내고 있던 종대는 어느 날 우연히 북성극장이라는 삼류극장에 들어가 아침부터 동시상영되는 영화를 구경하고 있었다.

　하나는 서부영화였고, 하나는 〈애니여 총을 잡아라〉라는 희극영화였다.

　별로 일이 없던 종대는 이미 본 영화를 계속해서 두 번씩이나 보고 있었다.

　그날 그날을 밥을 사먹고 싸구려 하숙집에서 잠을 자고 있던 종대로서는 영화가 끝났다고 달리 갈 데도 마땅치 않았다. 그로서는 동시상영되는 영화를 연거푸 두 번씩 되풀이해서 보면서 시간을 죽이는 게 고작이었다. 탁한 공기와 한번 보았던 뻔한 스토리에 식상한 종대는 극장 휴게실을 나와 옥상으로 올라가보았는데 이미 날은 어둑어둑해져 있었다. 옥상 옆 창고 같은 건물에서 알전구 불빛이 새어나오고 있었다.

종대는 무심코 불빛이 새어나오는 창고 쪽으로 다가가보았다. 웃통을 벗은 두 사내가 간판을 그리고 있었다. 거대한 간판을 받쳐놓고 키가 닿지 않는 부분을 받침대를 놓고 그 위에 올라서서 배우의 얼굴을 그리고 있었다.

형편없는 그림솜씨였다.

이미 옥상 꼭대기에 걸린 그림물감이 번져나간 투박한 색도 인쇄를 한 것 같은 영화의 간판을 본 종대로서는 그들의 작업에 호기심이 발동했다. 영화 제목은 〈심야의 탈주〉였다. 남자배우 제임스 메이슨이 여주인공과 뱃고동 울리는 난간에 기대어서 있는 그림을 그들은 그리고 있었다.

그러나 전혀 주인공 얼굴과 닮아 있지 않았다. 그것은 차라리 만화처럼 보였다.

솜씨에 자신없는 그들은 미리 그려야 할 사진에 여기저기 정방형의 줄을 그어놓고는 간판 위에 꼭 같은 크기의 확대된 줄을 연필로 그어놓고 사진 속 정방형 안에 그려진 선을 고스란히 확대해서 복사하고 있었는데도 인물들은 균형이 잡혀 있질 않았다.

그들은 흘낏 자신들의 솜씨를 구경하고 있는 종대를 내려다보았다. 두 사내는 종대를 할 일 없는 구경꾼으로 여기고 있었으므로 오히려 자신들의 일을 촉진시키는 대상으로 내버려두고 있었다. 수십 번 사용했던 간판은 덧칠하고 덧칠한 페인트 자국으로 얼룩져 있었다.

종대는 어쩌면 이 직업이야말로 내가 찾던 직업일지 모른다는 느낌을 받았다. 이곳에서 자고 먹는다면 나는 영원히 자신의 탈영전과를 숨길 수 있을 것이다. 그림을 그리다 말고 휴식시간이 되었는지 두 사내는 받침대에서 내려와 담배를 피우며 페인트에 석유를 섞고 있었다.

종대는 그들 곁으로 다가갔다.

"그림 기차게 잘 그리시네."

종대는 진담 반 농담 반으로 사내들의 대화에 끼어들었다. 잠시 휴식을 취하며 장기를 두던 사내들은 귀찮다는 듯이 종대를 쏘아보았다.

"나두 간판 좀 그려먹긴 했지만서두. 형씨들, 한번 끼워주시오."

작업복인지 온 옷에 페인트 칠한 러닝셔츠를 입고 있는 사내가 종대를 보더니 찍 이빨 틈새로 아니꼽다는 듯 침을 뱉었다. 그의 침 뱉는 솜씨는 물총을 쏘듯 빠르고 익살스러웠다.

"당신두 쟁이야?"

다른 사내가 장기를 두다 말고 물었다.

"어디서 해먹다 왔는데?"

"난 정읍서 해먹다 왔지."

"우라질, 먼 곳에서 왔구먼."

덤덤하게 사내는 말을 뱉었다.

"좋아. 한번 그려봐. 여기 사진 있으니까. 종이 위에 연필로 한번 그려보라구."

사내는 아무 사진이나 집어들었다. 에바 가드너의 사진이었다. 종대는 그들이 내어준 몽당연필로 여배우의 얼굴을 그리기 시작했다. 그것은 아주 쉬운 작업이었다. 카투사 시절 살아 있는 인물들 초상화를 수십 장 그려본 적이 있으므로 종대는 꽤 빠르게 인물의 특징을 끄집어내는 날카로운 눈매를 가지고 있었다. 더욱이 그는 피엑스 건물에 하룻밤 사이에 산타클로스 할아버지의 모습을 페인트로 그렸던 전력이 있잖은가.

종대의 손길은 그들의 장기 한 판이 끝나기도 전에 멈췄다.

"이것 봐라."

신기하다는 듯 이빨 사이로 침을 뱉던 사내가 감탄사를 발했다.

"제법인데."

잘됐다는 듯 마주앉았던 사내가 말을 받았다.

"이봐, 그걸 가지곤 몰라. 사진이야 쬐그만 거니까 솜씨를 부리기가 쉽거든. 저기 사다리에 올라서서 우리가 그리다 만 남자애들의 얼굴을 한번 마쳐보라구."

그들은 저녁식사 시간이었는지 군용식기에 밥을 짓고 있었다.

고추장을 풀어 감자와 콩나물을 넣고 찌개를 끓이면서 음식이 다 될 때까지 시간을 기다리느라 군용침대 위에서 장기를 두고 있었다.

종대는 서둘지 않고 사다리로 올라섰다.

"이봐, 뺑끼 묻어. 삼베 가다마이 벗으라구."

"괜찮아."

종대는 그들이 놀린 변색한 군복 윗도리를 벗어 사다리에 걸쳐놓았다. 거대한 화판은 머리 위에서 전구의 불빛으로 물이 빠져나간 모래사장처럼 빛나고 있었다. 향긋한 페인트 냄새가 코를 찔렀다. 실물 크기보다 엄청나게 확대된 배우의 눈 하나가 종대를 음흉하게 노려보고 있었다.

잘 그려야 한다. 잘 그리지 않으면 안 된다. 이 모처럼의 기회를 놓쳐서는 안 된다.

종대는 여기저기 받침대 위에 세워놓은 갖가지의 페인트 통에서 붓을 꺼내어 빛깔을 입히기 시작했다. 열린 문틈으로 초저녁의 여름 열기가 바람에 실려 들어오고 있었다.

방금 영화가 끝났는지 벨소리가 나고 시끄러운 발짝 소리가 복도를 굴러가고 있었다. 휴식시간을 알리는 음악소리가 쿵작쿵작 울려왔다. 사람들의 웅성거리는 소리, 웃는 소리, 음악소리, 안내방송을 하는 소리, 옥상으로 몰려와 담배를 피우는 사람들의 휘파람소리가 한꺼번에 섞여 들려왔다.

　그것은 거대한 금광에 매어달려 금맥을 뚫는 일처럼 느껴졌다. 실물대와 너무 차이나게 큰 남자배우의 눈은 우물처럼 느껴졌고 뻗어내린 코는 돌연변이로 성장한 괴인처럼 느껴졌다. 입은 조금 벌어져 있었다.

　"이봐, 내려와."

　밥이 다 되었는지 작업복을 입은 사내가 종대를 보고 소리질렀다.

　"그만하면 됐다구, 우라질."

　사내는 밑도 끝도 없이 투덜거리더니 침을 뱉었다.

　"어때, 우리 밑에서 일하지 않겠어? 잠은 여기서 자구, 밥두 여기서 먹지만 돈은 땡전 한푼 없어. 허기야, 우리들도 땡전 한푼 받지는 못하지만. 어때, 함께 일하지 않겠어?"

　"좋수다."

　종대는 씽긋 웃었다.

　"밥이나 함께 먹지."

　다른 사내가 식기통에 밥을 듬뿍 퍼서 찌개를 철철 넘치도록 부어 종대에게 내어밀었다. 종대는 잠자코 식기통을 받아들었다.

　"그야 물론 자넨 정식 직원이 아니야. 물론 우리도 정식 직원은 아니지만. 간판쟁이야 떠돌이지. 내가 내일 극장측에 말해둘게. 극장측에서는 한 사람 일손 도와줄 사람 구하고 있었으니까 마다하지는 않겠지. 어때, 괜찮아?"

　우걱우걱 밥을 퍼먹다 말고 종대는 볼이 메어 대답이 나오지 않았다.

그는 대답 대신 머리를 끄덕였다.

그것은 전혀 뜻밖의 행운이었다. 그날밤부터 종대는 북성극장의 간판을 그리게 되었다. 그들 말대로 아무런 보수도 없었다.

그러나 그건 상관없는 일이었다. 평소에 좋아하던 영화를 실컷 보게 되었으며 우선 잠자리와 끼니 때마다 밥 걱정하지 않아도 되었으니까.

엄격히 말해서 종대의 역할은 간판을 그리는 일에만 국한되지 않았다.

그는 상영시간 앞서 객석을 청소하는 일도 맡아 해야 했으며, 때로는 변소 청소까지 맡아야 했다. 어떤 때는 사람이 밀려들면 극장 앞에 나아가 사람들을 정리하는 일까지 맡을 수밖에 없었다.

간혹 용돈도 생기기는 했다. 저녁 늦은 시간이 되면 매표구는 문을 닫고 종대는 극장 입구에 앉아 상영시간이 끝나 손님들이 나갈 때까지 기다려 문을 잠그는 일을 맡아 하곤 했다.

그럴 때면 애기를 업은 아낙네들이 입장료 반만큼의 꼬깃꼬깃한 돈을 들고 와서 넣어달라고 떼를 쓰곤 했다.

그들은 이미 상영시간이 지났으므로 앞부분을 못 보는 대신 입장료를 깎아줄 수 있잖느냐고 성화를 부리곤 했다.

종대는 그들을 눈치 봐서 넣어주고 대신 심심치 않게 그들에게서 용돈을 얻어 쓸 수 있었다.

종대는 그러나 몰래 감추고 있던 식기통 속의 금쪼가리들은 단 한 개도 축내지 않았다. 그것은 종대가 가진 유일한 재산이었다.

종대는 밤마다 자신만이 아는 장소에 숨겨둔 금쪼가리들을 확인하면서 이를 악물고 중얼거리곤 했다.

언젠가는 이 금들을 아낌없이 사용할 때가 있을 것이다. 그때가 언제인가.

한밤중 텅 빈 객석에 앉아 종대는 넋 나간 사람처럼 한 사람의 얼굴, 이제는 너무 떠올려 퇴색되고 낡아 형체조차 분명하지 않은 영숙의 얼굴을 떠올리면서 중얼거리곤 했다.

그녀를 만난다면, 그녀를 만날 수 있다면 나는 모든 것을 그 여인을 위해 사용할 수 있을 것이다.

그러나 아직 그녀를 찾아가서는 안 된다고 종대는 성급해지려는 마음을 사려먹고 있었다.

좀더 시간이 흐를 때까지 기다리자. 좀더 기다려 생각조차 하기 싫은 과거의 일들이 가라앉기를 인내하며 지켜보자.

그러나 그때가 생각보다는 빨리 찾아왔다. 종대가 금광을 떠난 지 삼 개월 후, 그러니까 엉뚱한 행운으로 간판을 그리게 된 지 두 달 만에 이제는 그녀를 찾아보아도 괜찮을지 모른다고 마음을 굳혔다. 마음을 굳힌 이상 쓸데없이 지체하지는 않았다.

이미 여름이 지나 초가을의 선선한 바람이 저녁의 거리를 흔들고 있는 무렵이었다. 가랑비가 내리고 있었다.

종대는 미리 간판을 그리는 선전부 동료들에게 외출을 허락받아 두었다.

한 번도 외출하겠다는 말을 하지 않는 종대를 오히려 이상하게 여기고 있던 사내들은 아무래도 오늘밤 천지가 개벽한 모양이라고 악의 없는 농담을 던졌다.

종대는 우산도 없이 광복동 네거리로 걸어내려왔다. 거리에 내비친 쇼윈도의 현란한 불빛이 내리는 빗속에 흥건히 젖어 있었다. 어디선가 확성기에서 유행가 소리가 들려오고 있었다.

종대는 공연히 부끄러웠다.

그녀를 찾아 행장을 차리고 길을 떠나는 자신의 초라한 꼬락서니가 부끄럽고 창피스러웠다. 그는 시장거리에 주저앉아 막소주를 두어 잔 마시며 용기를 북돋웠다.

한두 잔만 마시겠다고 주저앉은 목로판에서 종대는 안주도 없이 잔술을 거의 한 병이나 비우고서야 일어섰다. 취기가 확 끼쳐올랐다.

밤이 깊어갈수록 비는 후줄근하게 치적치적 흩뿌리기 시작했다.

종대는 바쁜 걸음으로 시장을 걸어내려와 역전으로 가는 전차에 올라탔다. 전차는 텅 비어 있었고 수술실처럼 밝은 전차 복도에 종대는 무게를 재기 위해 저울 위에 선 사람처럼 손잡이를 붙들고 서서 간신히 균형을 잡고 있었다. 빈 의자에 앉고 싶은 심정이 아니었다. 마음은 철궤를 따라 달려가는 전차의 느린 속도를 훨씬 앞서서 따라잡고 있었다.

역 앞에서 차를 내려 종대는 한길을 가로질렀다.

텍사스촌은 예전이나 다름없이 울긋불긋한 간판의 네온불빛이 현란하게 명멸하고 있었다.

비에 젖은 거리를 울려퍼지는 광란하는 재즈의 리듬 소리, 쇼윈도마다 밝힌 형광불빛, 우산도 없이 서성이는 흑인들의 모습, 번질거리는 불빛들이 투영된 거리마다 흘러넘치는 여인들의 깔깔거리는 웃음소리가 좁은 골목을 가득히 메우고 있었다.

흥정을 하는 미군병사와 여인들의 은밀한 거래가 골목골목에서 이루어지고 있었다.

마침내 값이 정해지면 그들은 팔짱을 끼고 가파른 골목길로 사라져버릴 것이다. 종대는 빠른 걸음으로 뒷길로 들어서는 골목길로 빠져들었다. 공연한 걱정이라는 것을 알면서도 종대는 불밝은 거리에서 될 수 있는 대로 빨리 벗어나야 한다고 생각하고 있었다.

이 거리에서 그의 정체를 아는 사람을 만나는 것은 거의 불가능한 일일 것이다. 그가 도망쳐나온 부대에서 함께 근무하던 미군병사를 혹시 만나게 된다고 하더라도 그들은 종대의 얼굴을 기억하지 못할 것이다. 혹 종대의 얼굴을 기억한다고 하더라도 타인에 대해서는 철저하게 무관심한 그들이 종대를 꼬집어 밀고할 리는 만무할 것이다.

그러나 어쨌든 긴장을 풀고 방심할 이유는 없었다. 재수없으면 정해진 시간마다 거리를 순찰하는 미군 헌병들의 눈에 발각될지도 모르는 일이었다. 어쩌다 거리를 오가는 같은 카투사들에게 정체를 노출시키게 될지도 모른다. 용돈이 궁해지면 의무실에서 페니실린을 얻어나와 팔곤 하던 약방 주인 녀석과 정면으로 마주치게 될지도 모르는 일이었다.

그러나 그보다도, 그 밝은 불빛 속에 오랜 시간 서 있을 만큼 떳떳하고 자신감에 넘쳐흐르는 모습이 아니라는 것을 종대는 뼈저리게 느끼고 있었다. 그는 마치 한 조각의 상한 생선뼈를 쓰레기통을 뒤져 건져올린 병든 도둑고양이처럼 골목의 어둠 속으로 빠르게 숨어들었다.

사정없이 흩뿌리는 빗줄기는 종대의 온몸을 흥건하게 적시고 있었다. 이대로 맨손으로 영숙이를 만나러 갈 수 없다는 것을 잘 알고 있으면서도 종대는 그녀를 위해 시든 꽃 한 송이도 주워올리지 못하고 있었다.

걸음이 그녀의 집 앞으로 가까워가고 있을수록 차라리 발길을 돌려 돌아가고 싶은 욕망이 강렬하게 떠오르고 있었다. 때묻고 헐벗은 자신의 초라한 꼬락서니가 목에 걸린 생선가시처럼 마음에 걸리고 있었다.

뒷골목은 정적에 휩싸여 있었다.

선선한 가을비로 적산가옥들은 안으로 굳게 문을 닫고 있었다. 그러나 문을 닫음으로써 더욱 외설적인 붉고 푸른 실내등의 불빛이 창문 창문을 스며나와 거리를 비추고 있었다. 흥정이 끝난 갈보들과 사내들의 그림자가 창가에 어른거리고 있었다.

어떤 창문은 이제 막 불이 꺼져 캄캄한 어둠에 휩싸이기도 했고 어떤 창문에선 그 야비하고 더러운 거래가 끝났는지 이제 막 붉은 불이 켜지기도 했다.

종대는 헐떡이며 골목을 돌아섰다.

그는 가파른 계단과 지붕, 임시로 세운 빨래널이 각목들, 한 사람이라도 더 하숙을 시키기 위해 급조한 지붕 밑 방들, 그 얼기설기 쌓아올린 뒷골목의 지붕들을 빠르게 훑어보았다. 어디만큼일까. 그가 찾는 영숙의 방은 어디만큼일까.

종대는 어둠 속에 숨어서서 이층 영숙의 방을 찾아보았다. 영숙의 방엔 붉은 불이 켜져 있었다. 그 언젠가 종대가 그녀를 찾아가던 방처럼 빨래가 빗속에 그대로 널려 있었다.

있다.

종대는 심장이 얼어붙는 듯한 기쁨이 날카로운 칼날이 되어 가슴을 쑤셔박는 예리한 충격을 받았다.

있다, 영숙이가. 변함없이 그 방, 그곳에서 불을 밝히고 있다.

종대는 그 불빛이 영숙의 눈빛인 것처럼 불을 비켜섰다. 그리고 오랫동안 불빛을 지켜보았다.

지금 이 시간 불을 밝히고 있다면 그리고 저 불빛이 영숙의 방을 밝히고 있는 불빛이 사실이라면, 마이클은 방 안에 분명히 있을 것이다. 아니, 그건 어디까지나 상상에 불과할지도 모른다. 영숙은 어쩌면 저 방을 떠나버렸을지도 모른다. 그 잔인하고 난폭한 얼굴을 가진 마이클이 아직까지 영숙이를 아내로 삼고 있을 리는 만무할 것이다. 바로 자신의 눈앞에서 다른 남자와의 밀회현장을 들킨 계집을 아직까지 데리고 살 리는 없을 것이다.

162

골목길 아래에서 저벅이는 발소리가 났다.

종대는 본능적으로 어둠 속으로 숨어들었다.

미군병사 하나가 골목길을 걸어올라오고 있었다. 흑인 병사였다. 그는 종대의 앞을 지나 골목길을 따라 걸어올라가고 있었다.

쓸데없이 작은 인기척에도 놀라는 자신의 모습을 향해 침이라도 뱉어주고 싶은 모멸감을 종대는 느꼈다. 하찮은 그림자, 하찮은 인기척에도 섬뜩섬뜩 놀라고 있다, 어리석게도. 종대는 숨을 몰아쉬며 이를 악물었다.

내친걸음이다.

종대는 적산가옥을 향해 발길을 내디뎠다.

가옥은 문이 열려 있었다. 다행히 비가 기승을 떨치고 있었으므로 마당에 나와 있는 사람은 없었고 방문들은 굳게 안으로 닫혀 있었다.

자욱한 빗소리가 종대의 발걸음을 지우고 있었다. 여러 사람 사는 집 특유의 시끌시끌하고 활기에 넘친 생기는 다행스런 빗줄기로 가라앉아 있었다.

종대는 이층으로 올라가는 계단으로 재빠르게 몸을 날렸다. 그 언젠가 마이클의 얼굴을 총구로 후려치고 바람처럼 날아 도망쳤던 목조계단은 유난히 가파르고 종대의 무게를 감당해내지 못하고 비명소리를 내고 있었다.

종대는 계단을 올라 바짝 문 앞에 붙어섰다.

비를 가리기 위해 만든 바람막이 판잣지붕 밑엔 연탄이 쌓여 있었고 식사를 지어먹기 때문일까 식기와 허드레 세간 살림도구로 지저분하게 어질러져 있었다. 종대는 빠른 눈으로 방문 앞을 훑어보았다.

혹시 미군병사의 군화가 있는가. 종대는 찬찬히 훑어보았다. 굽 높은 하이힐이 얌전하게 방문 앞에 놓여 있을 뿐 군화는 없었다. 일단은 마음이 놓였지만 종대는 서두르지 않고 숨을 죽이고 방문 앞에 바짝 기대고 서서 귀를 기울여보았다.

붉은 불이 켜져 있고 방 안에선 가늘게 음악소리가 새어나오고 있었다.

도란거리는 말소리도 아니며 때 이르게 벌인 밤은 숨소리도 들려오지 않았다. 종대는 몸을 일으켜세우며 숨을 죽였다.

좋아. 이젠 더이상 망설일 수는 없다. 만약 방문을 열었을 때 그가 있다면 나는 그를 죽일 것이다.

종대는 살며시 방문을 밀어보았다.

방문은 소리도 없이 열렸다. 어둠침침한 색등 아래 방 안의 풍경이 특이하게 들어왔다. 누군가 침대 위에 누워 있었다. 벌거벗은 여인이었다. 본능적으로 종대는 방 안을 주욱 둘러보았다. 그 어디에도 남자의 모습은 보이지 않았다.

종대는 구두를 신은 채 방 안으로 들어갔다.

그때였다.

열린 방문으로 들어온 찬바람이 누운 여인의 얼굴을 스친 모양이었다. 누워 있던 여인이 돌아누우며 신음소리를 내었다.

"……누구……?"

순간 여인은 발딱 몸을 세우고 일어나 앉았다.

"누구야?"

비명소리가 용수철 튕기듯 터져나왔다.

종대는 순간 넋 나간 사람처럼 물러섰다. 전혀 낯선 목소리였다. 특이한 불빛 아래 드러난 여인의 모습은 영숙과 판이하게 달랐으며 비명소리로 드러난 목소리도 낯설고 생소했다.

여인은 침대 위로 올라서서 붉은 색등에 연결된 줄을 잡아내렸다. 접촉이 나쁜 형광등이 몇 번 껌벅거리다가 켜졌다. 밝은 불빛이 확 끼쳐왔다. 눈부신 빛의 화살이었다. 종대는 우두커니 서 있었다.

164

"누구야?"

여인은 돌연 종대 앞으로 달려들었다.

"뭘 훔치러 왔어? 훔치러 왔다면 잘못 골랐어. 훔쳐갈 건 아무것도 없으니까."

제풀에 놀라고, 제풀에 화나고, 그러다 제풀에 갑자기 웃음이 나오는지 여인은 깔깔거리며 웃음 반 공포 반의 얼굴로 소리질렀다.

"조용히 해. 난 아무것도 훔치러 오지 않았으니까."

종대는 냉정하게 말을 뱉었다.

"난 사람을 찾으러 왔어."

여인은 비에 흠뻑 젖은 종대를 잠시 우울한 얼굴로 쳐다보았다.

"사람이라니? 그게 누군데?"

"바로 이 방에 살던 사람이야."

"그야 물론 여자겠지."

여인은 안정이 되었다는 듯 담배를 꼬나물었다.

"우라질, 깜짝 놀랐네. 그렇담 그렇다고 진작 말할 것이지. 이봐요, 변소 들어갈 때도 노크하는 법인데, 야밤에 문 따고 들어왔으니 자다가 놀라 애 떨어질 뻔했네. 이봐요, 그 문 좀 닫으슈."

여인은 뭐 다 그런 게 아니냐는 듯 슈미즈 바람으로 다리를 꼬고 앉았다.

"바람이 들이쳐요."

종대는 문을 닫았다.

"그래 누굴 찾으슈? 설마 날 찾아온 건 아니겠지."

"이 방에 살던 여자. 이름은 영숙이. 왜 마이클이라는 미군 중위하고 살림하던 앤데."

"어떻게 되는 사이요?"

여인은 재미있다는 듯 심심풀이로 물었다.

"그건 알 필요 없구."

여인은 빤히 종대의 얼굴을 꿰뚫어보고 있었다.

"이봐요."

여인은 빤히 종대의 얼굴을 들여다보다 담배연기를 뿜었다.

"딴동네 가서 알아봐요. 난 일 주일 전에 이곳으로 옮겨왔으니까. 공연히 이곳에서 우물거리지 말아요. 조금 있으면 남편 올 시간이야. 공연히 어슬렁거리다가 몰매라두 맞게 되면 내 책임은 아니니까."

"잠깐……"

종대의 머릿속에 어떤 예감 같은 것이 빠르게 스쳐갔다. 그 언젠가 영숙이를 만나러 왔다가 그녀가 마이클에게 흠씬 두들겨맞고 있을 때 종대에게 심부름을 해주었던 소녀의 모습이 떠올랐다. 그애가 있다면, 그애를 만날 수 있다면 영숙의 행방을 알 수 있을 것이다. 그러나 모습만 희미하게 떠올랐을 뿐 그애의 이름은 떠오르지 않았다.

"혹시 이 집에 집안 심부름을 해주는 어린 아가씨 한 분 있을 텐데."

"글쎄, 난 잘 모른다니까. 난 이 집으로 온 지 일 주일밖에 되지 않았대두."

"왜 키가 자그마하구 나이는 열대여섯쯤 되었을 텐데."

"아!"

여인은 그제야 알겠다는 듯 고개를 까닥거렸다.

"경자 말이군. 왜 그년 만나러 온 거유?"

"좀 불러주시오."

"그애라면 아래층에 가서 불러보세요. 있을 거예요."

"미안하지만……"

종대는 어눌한 목소리로 말을 뱉었다.

"좀 불러주세요."

"아따, 더럽게 까다로운 도둑놈이군. 야!"

여인은 대뜸 창문을 열고 고개를 내밀어 소리를 질렀다.

"경자야아, 경자야, 거기 경자 없니? 이년이 어디로 갔나?"

여인은 고개를 빼고 종대를 보며 깔깔 웃었다.

"숨바꼭질이라두 하는 것 같군. 야아, 경자야. 아줌마아, 아줌마아, 케이 아줌마아."

그제야 아래층 마당 어딘가에서 대답 소리가 있었다.

"아줌마유, 경자 어디 갔어? 있으면 좀 올려보내줘요."

여인은 문을 닫고 돌아서서 혀를 낼름 내밀었다.

"목청 다 쉬겠네, 내 참."

여인은 다시 담배를 피워물며 한숨 쉬듯 헝클어진 머리칼을 손가락으로 가리마질을 하며 중얼거렸다.

"좀 있으면 올라올 거야. 내려가는 길에 만나구려. 찾는 사람이 어떻게 되는 사인지는 몰라두 이봐요, 그 영숙인가 뭔가 하는 년이 애인이라면 정신차려. 머리칼 다 빠지기 전에 이짓 그만하라구 모가지를 비틀어서라두 데리구 가라구."

여인은 생각했던 것보다 훨씬 늙어 보였다.

젖가슴은 마른 잎사귀처럼 늘어져 있었다. 형광불빛 아래 드러난 얼굴은 탄력이 없고 주글주글 늙어 보였다. 덕지덕지 바른 화장으로 숨기지 않았다면 여인은 할머니처럼 보였을 정도였다.

"고맙소."

종대는 문을 닫고 방을 나섰다.

이층 계단 난간 너머로 자욱하게 비를 맞은 더럽고 퇴락한 부산시내의 지붕들이 이부자리처럼 펼쳐져 있었다.

누군가 계단을 뛰어올라오는 인기척이 있었다. 종대는 빠르게 계단을 내려가며 종종걸음으로 올라오는 소녀를 미처 다 올라오기 전에 낚아챘었다. 종대는 소녀의 입을 손바닥으로 틀어막았다. 비명을 지를 겨를 없이 소녀는 헐떡거리며 종대에 의해서 결박되었다. 마당에서 내미는 불빛이 소녀의 얼굴 위에 머물러 있었다. 틀림없는 그 소녀의 얼굴이었다.

"놀라지 마라."

종대는 소녀의 귀에 입을 바싹 들이대고 속삭였다.

"날 모르겠니? 난 네 이름을 알고 있다. 넌 경자 아니니?"

틀어막은 손바닥으로 재갈이 물린 채 소녀는 공포에 떨며 종대를 쳐다보았다. 그녀의 얼굴에 비로소 웃음이 피어올랐다. 종대는 그제야 손바닥을 풀어주었다.

"아, 아저씨."

경자는 숨이 막힌 목소리로 입을 열었다.

"어떻게 된 거예요, 아저씨?"

경자의 얼굴에 추녀에서 떨어지는 물방울이 떨어져 구르고 있었다.

"……나를 기억할 수 있겠니?"

"그럼요."

경자는 선선히 고개를 끄덕였다.

"아저씨를 내가 모를 리가 있나요. 아저씨, 어디 갔다 이제 오신 거예요."

갑자기 어딘가에서 소리가 퍼져 흘렀다.

"경자야, 경자 어디 갔어?"

"예에—"

경자는 발작적으로 소리를 질렀다.

"아저씨, 언젠가 만났던 나이아가라란 술집 있죠. 그곳에 가서 기

168

다리세요. 내가 곧 그리로 갈게요."

경자는 종종걸음으로 떠나다 말고 우두커니 서 있는 종대를 채근하듯 돌아보았다.

"빨리요. 어쩌자구 이곳에 계신 거예요. 빨리 가세요. 나 금방 그리로 나갈게요."

종대는 묵묵히 뜨락을 가로질러 골목길로 나섰다. 그는 가파른 골목 계단을 천천히 걸어내려왔다.

그의 마음엔 이해할 수 없는 비애 같은 것이 스며들고 있었다.

그는 더이상 몸을 숨겨야겠다는 생각 없이 번화한 거리로 나섰다.

그는 이제 아무것도 두렵지 않았다.

그녀를 만나기 위해서, 오직 그녀를 또다시 만날 수 있다는 기쁨 하나로, 그것이 언제인가, 불확실한 미래에의 희망 하나로 이백여 미터의 지하 갱구 속에서도 살아나올 수 있었던 과거가 거짓말처럼 생생하게 떠올랐다. 겨우 이것이었던가.

종대는 묵묵히 걸으며 생각했다.

나는 스쳐 지나온다.

어두운 거리를 물처럼 흐르며.

그러나 스쳐 지나오는 거리는 언제나 그곳에 서 있어 내가 되돌아간다면 그날 그때의 기억으로 정지되어 있기를 바라고 있다.

그것은 얼마나 어리석은 것인가. 나는 마치 흘러버린 세월을 날아가는 나비를 채집해서 날카로운 핀을 꽂아 표본을 만들듯 정지시킬 수 있다고 생각하고 있는 것이 아닐까. 나는 왜 그것을 모르고 있었던 것일까. 내가 스쳐가는 동안 거리도, 낡은 과거도 함께 흘러가고 있다는 것을.

종대는 나이아가라라는 술집의 문을 열고 홀 안으로 들어섰다.

홀 안은 접대부들과 사복을 입은 미군병사들로 가득 차 있었다. 귀를 찢는 경쾌한 그들의 재즈음악이 온 홀 안을 가득 메우고 있었다.

종대는 구석진 자리에 앉아 병맥주를 시켜 단숨에 들이켰다.

언젠가 왔을 때 쫓겨날 뻔했었던 과거와는 달리 드문드문 한국사람들도 앉아서 술을 마시고 있었다.

무대 단상 위에는 두 명의 벌거벗은 여인들이 음악에 맞춰 춤을 추고 있었다. 테이블에 앉아 있는 사람보다 플로어에 나간 사람들이 더 많아 좁은 복도는 껴안고 비벼대는 사람들로 난장판을 이루고 있었다.

종대는 더이상 몸을 숨길 필요가 없다고 생각했다. 나이아가라쯤 되는 큰 술집이면 분명히 얼굴을 아는 미군병사들이 있을 것이다. 그러나 상관없는 일이다.

종대는 찬 맥주를 연거푸 들이켰다.

취기는 더이상 솟아오르지 않았다. 광란하는 재즈음악과 비명소리, 마루를 구르는 발소리, 있는 대로 소리를 올린 노랫소리와 박수소리, 어지럽게 돌아가는 어두운 조명.

음악의 강도에 따라 때로는 강하게 때로는 약하게 번쩍거리는 네온의 불빛, 어두운 구석진 자리에서 입을 맞추고 있는 남자와 여자들의 꿈틀거리는 모습, 담배연기로 연막탄을 뿌린 듯 자욱한 실내의 어둠침침한 불빛, 종대는 일 년 만에 돌아온 자신이 잠시 짧은 꿈속에 빠졌다 깨어난 듯한 환각처럼 느껴졌다.

오직 영숙이 하나만을 만나기 위해서 기다렸던 그 모진 고통도, 오직 영숙이 하나만을 만나기 위해서 모았던 목숨과 같았던 금쪼가리들도, 그것을 인내하고, 그것을 모으고 있는 동안에도 나와는 상관없이 저 번쩍이는 조명은 난무하고 있었던 것이며, 저 광란하는 노랫소리는 간단없이 어어지고 있었을 것이다.

그때였다. 춤으로 뒤범벅이 된 인파를 헤치고 경자가 깡총이며 나

170

타났다. 머리칼에 빗방울이 몇 점 맺혀 있었다.

"오랜만이에요, 아저씨."

경자는 대뜸 종대의 담뱃갑에서 담배를 빼어 입에 물었다. 그녀의 목소리는 귀를 찢는 음악소리에 묻혀 잘 들리지 않았다. 경자는 담배연기를 허공에 길게 내뿜었다.

"술 좀 마실 테냐?"

"아뇨."

경자는 머리를 흔들었다. 어디서부터 말을 꺼내야 할까 하는 식의 침묵이 왔다.

"도대체."

이윽고 경자는 말꼬리를 잡았다는 듯 종대를 보며 입을 열었다.

"그 동안 어디서 뭘 하고 계셨던 건가요? 얼마나 야단이었는 줄 아세요, 아저씨. 아저씨를 잡으러 헌병들이 나오고 온 동리가 발칵 뒤집혔다구요. 하지만 이곳에선 걱정하지 않아두 돼요. 다들 미쳐서 날뛰고 있으니까 아무도 아저씨한텐 신경쓰지 않을 거예요. 마이클이 어떻게 된 줄 아세요?"

"……"

종대는 대답 대신 맥주를 들이켰다.

"마이클은 눈이 멀었어요. 오른쪽 눈이 멀어버렸어요."

더이상 말을 돌리지 않고 단도직입으로 들어가는 편이 마음 편하다는 듯 경자는 빠르게 말을 이어내려갔다.

"온 부대가 발칵 뒤집혔었다구요. 아저씨 탈영한 다음에 한때 텍사스촌에서두 일 주일간 외출이 금지되었었다구요. 언니는 노상 수사기관에 불려다녔구요. 도대체 어디서 뭘 하신 거예요? 도대체 어디 갔다 이제야 오신 건가요?"

"숨어다녔다."

"어디루요? 땅을 파구 땅 밑에 숨어 있었던가요?"

"그래."

종대는 턱을 괴며 대답했다.

"아주 깊숙한 땅 속에 숨어 있었다."

"그렇담 어떻게 다시 온 건가요?"

"언니를 만나러 왔다."

종대는 경자를 쳐다보았다.

"언니는 어디 있니?"

"언닌 없어요."

종대의 눈을 피하며 경자는 대답했다.

"언닌 떠나버렸어요."

"어디루 말이냐?"

"그건 나두 몰라요."

경자는 종대 앞에 놓인 맥주잔을 단숨에 비웠다.

"하루아침에 없어져버렸어요. 아마두 이 거리를 떠났을 거예요, 아저씨. 언니는 밤낮 입버릇처럼 이야기를 했으니까요. 이 거리를 내일이면 떠나겠다고 말했으니까요. 내일이 되면 또 내일, 내일이 되면 또 내일, 그러다가 없어져버렸어요. 정말이에요, 아저씨. 아마 두 서울로 돌아가버렸을지도 모르죠. 아마 그럴 거예요. 난 그렇게 믿고 있어요. 언닌 서울로 돌아갔을 거예요."

"넌 내게 뭔가를 숨기고 있는 게 아니냐."

종대는 아무래도 불안한 경자의 눈을 바라보며 날카롭게 되물었다.

"제가요?"

짐짓 호들갑을 떨며 경자가 혀를 낼름거렸다.

"내가 왜요? 내가 왜 아저씨를 속여요. 우리 춤춰요, 아저씨."

"아니."

종대는 머리를 흔들었다.

"난 춤출 줄 모른다."

"아저씬 바보예요."

밑도 끝도 없는 말을 경자는 중얼거렸다.

"아저씬 너무 늦게야 돌아오셨어요. 아저씬 바보예요. 지금 돌아오실 바에야 아예 돌아오지 않는 편이 좋았어요. 아저씬 바보예요."

갑자기 경자의 눈시울이 붉게 충혈되기 시작했다. 그녀의 얼굴에서 이슬 같은 눈물이 반짝이며 굴러떨어졌다.

"내가 거짓말을 했어요. 사실대로 말할게요, 아저씨."

경자는 맥주잔을 기울여 빈 잔에 가득 따랐다. 그리고 그것을 쓴 약을 삼키듯 한꺼번에 들이켰다.

"언니는 미쳤어요, 아저씨. 언니는 아저씨가 떠나자마자 얼마 안 되어서 미치고 말았어요. 언니는 마이클과 헤어졌어요. 그건 얼마나 잘된 일인지 몰라요. 어차피 마이클은 눈이 멀어서 본국으로 송환되어버렸으니까요. 언니는 그 일 때문에 한 달 정도 혼이 났어요. 수사대에 끌려다니구 갖은 욕을 다 당했어요. 하지만 얼마나 잘된 일인지 몰라요. 어쨌든 그 나쁜 마이클과 헤어지게 되었으니까요. 그런데 언니는 그 일이 있은 뒤부터 제정신이 아니었어요. 언닌 흰둥이뿐 아니라 검둥이도 막 받기 시작했었다구요, 아저씨. 하지만 기분 나빠하지 마세요. 언니는 검둥이두 막 받긴 했지만 똥갈보는 아니었어요. 언니는 미군아이들한테 찍혔기 때문에 더이상 손님을 가릴 형편이 아니었으니까요. 언니두 먹구살아야 했었으니까요."

종대는 담배를 피워물었다.

"누가 뭐래두 아저씬 이해하지 않으면 안 돼요. 언닌 제정신이 아니었으니까요. 언니 미쳤으니까요. 언니는 대낮에 벌거벗구 거리에두 나갔었어요. 온 동리에 소문이 퍼져나갔어요. 하지만 하루에 한

번쯤은 제정신이 돌아오곤 했어요. 그럴 때마다 언닌 내게 말했어요. 아저씨가 내일이면 돌아올 거라구 말했어요. 내게 이렇게 말했어요. 내일이면 온다. 내일이면 아저씨가 돌아온다. 내일이 되면 또 내일, 그 내일이 되면 또 내일이었어요. 말도 안 돼요."

경자의 얼굴에서 걷잡을 수 없는 눈물이 흥건하게 젖어 흘렀다.

그러나 경자는 그 눈물을 닦으려 하지 않았다. 종대는 넋 나간 사람처럼 멍한 시선으로 그녀의 얼굴을 쳐다보았다. 젖어 흐르는 경자의 얼굴 위로 번쩍이는 네온이 반사되어 명멸하고 있었다.

"그러다가 아저씨, 언닌…… 언닌 말이에요."

차마 말을 하지 못하겠다는 듯 경자는 머리를 흔들었다. 그리고 결심했다는 듯 고개를 들었다.

"언니는요. 죽어버렸다구요. 아, 아, 말도 안 돼요. 내가 언니를 제일 먼저 발견했어요. 아아, 말도 안 돼요. 하루종일 소식이 없어 내가 이층으로 올라가보았어요. 그랬더니 언니는 잠자듯 누워 있었어요. 너무 곤히 잠들어 있는가보아 깨우지 않으려 했지요. 그러다가 문득 이상한 생각이 들었어요. 그래서 몸을 흔들어 깨우는데 이미 몸뚱어리가 얼음처럼 차게 식어 있었어요. 아저씨. 머리맡에서 수면제가 발견되었는데 언닌 수면제를 한 병 다 먹어버린 거예요. 언닌 죽었어요. 벌써 백 일도 넘어버렸어요. 장례식은 우리가 치렀어요. 뭐 달리 일가친척이 있는 데를 알 수가 있어야지요. 케이 아줌마가 화장을 하자구 해서 화장을 했지요. 우리들이 바닷가에 나가서 재를 뿌렸어요. 아아, 정말 말도 안 돼요. 옷들은 다 태워버리구 가재도구들은 우리가 나눠 가졌어요. 아저씨, 내가 입은 옷 어디서 본 듯한 옷 아닌가요. 이건 언니의 외출복이에요. 내가 입었어요. 탐이 나서 입은 건 아니에요. 언니가 워낙 아끼던 옷이라 내가 골라서 입고 다니는 거예요. 언니가 남긴 물건 몇 가지도 내가 가지

174

구 있어요. 아저씨가 언젠가 선물로 주었다는 비행기도 내가 가지구 있어요. 돌려달라면 돌려드리겠어요. 가지구 나오려구 했지만……"

"아니다."

종대는 차갑게 말을 뱉었다.

"네가 가져라. 그 비행긴 네게 준 선물이다."

늪

영숙이가 죽었다.

치적치적 흩뿌리는 가을비를 맞으며 종대는 넋 나간 사람처럼 텍사스 거리를 걸어갔다.

영숙이가 죽었다. 미쳐서 제 스스로 목숨을 끊었다.

종대의 가슴은 면도날로 난자당하듯 갈가리 찢기고 있었다.

그녀가 죽은 것은 그 누구의 탓도 아니다. 바로 나 때문이다.

뚜렷한 방향도 없이 발 닿는 대로 걸어가는 종대의 시야로 흐린 영사막 같은 과거의 편린들이 어렴풋이 떠올랐다.

미군대위의 집에서 퇴근 무렵 종이봉투에 먹다 남은 칠면조 고기를 싸가지고 나오던 영숙을 윽박질렀을 때 그녀의 얼굴에 맺히던 눈물. 그 청순하고 가련하던 얼굴. 뒷머리를 손수건으로 묶었던가, 자세히 기억되지는 않는다. 그리고 며칠 뒤 그녀의 뒤를 따라 배를 타고 쫓아간 밤의 모래사장에서 종대는 그녀의 몸을 범했었다.

176

어, 머, 니.

버티다 버티다 힘이 기진했을 때 영숙의 입에서는 최후의 구원처럼 가냘픈 비명소리가 흘러나왔다.

그것은 무엇 때문이었을까. 뚜렷한 욕정도 없이, 그녀의 몸을 갖고 싶은 욕망도 없이 왜 그날밤 그녀의 몸을 모래사장에 뉘인 후 그녀의 옷을 벗기고 그녀의 살 속에 육신을 처박았던 것일까. 독을 씻어내리기 위함이었을까. 무디고 시뻘겋게 녹이 슨 칼날을 숫돌에 갈아 칼날을 예리하게 세우듯 그녀의 몸 위에 부딪친 육신은 그후로부터 시뻘건 독을 씻어내린 대신 날이 선, 자칫 손만 스쳐도 베일 것 같은 고통스런 사랑을 얻었다.

그러나 그녀는 마침내 몸을 팔기 시작했으며, 그것은 누구 때문인가. 그 혼란한 전란통에서도 외줄 위에 올라선 곡예사처럼 아슬아슬하게 버티어온 가엾은 영숙의 몸을 추락시킨 것은 바로 나 자신이었다. 마이클의 손에서 권총을 빼앗아 들고 그의 얼굴을 향해 총신을 휘두른 다음 당황하는 종대의 등뒤에서 영숙은 소리질렀었다.

도망가요, 빨리. 도망치세요.

그것이 영숙의 마지막 말이었다.

그 말 한마디 때문에, 미쳐 날뛰는 마이클의 몸을 부둥켜안고 발길에 차이면서도 조금이라도 종대에게 시간을 벌게 하기 위해서 끝까지 붙들고 놓지 않았던 영숙의 그 마지막 한마디 때문에, 종대는 폐광이 되어가는 금광, 그 지옥과 같은 막장에서도 살아남았다. 오직 영숙을 또 만날 수 있으리라는 희망 하나로 금쪼가리들을 모으며 무시무시한 폭발이 작열하는 막장에서도 살아남을 수 있었으며, 광기에 휩싸여 닥치는 대로 린치하고, 죽이고, 빼앗는 폐광의 살육전에서도 용케도 살아남을 수 있었다.

그리하여 마침내 나는 돌아온 것이다. 때를 보아 그녀를 찾아 함께 정읍으로 돌아가리라 마음을 굳히면서. 그런데 아아, 영숙은 미쳐서 제 스스로 목숨을 끊어버린 것이다.

태어나서 지금까지 얼마나 보았던가.

거리에 뒹구는 시체들과 여름이면 썩어가는 죽은 사람들의 시체들이 내장산 계곡에 지천으로 깔려 있곤 했었다. 갓 스물의 나이로 험한 세월과 험한 세상을 만나 못 볼 것만 보고 커왔다. 이 세상에 그 누구도 무서워하지 않으며 저미는 굶주림 끝에 들고양이까지 잡아먹었던 종대였지만 이 엄청난 비극은 감당할 수 없는 충격이었다.

그래. 영숙은 죽었다. 그리고 그의 나이는 이제 겨우 이십대 초반이었다. 그리고 그는 아직 어린아이였다.

종대는 미친 듯이 거리를 걷고 있었다.

거리로는 늦은 밤전차가 웅웅거리며 지나가고 군용트럭들이 열을 지어 지나갔다. 그는 무엇을 어떻게 해야 할 것인지 판단이 서질 않았다. 흘러내리는 눈물을 손등으로 벅벅 씻어내리며 그는 소리를 내어 울었다.

거리는 어둡고 캄캄했다.

드문드문 상점들의 불빛이 거리에 되쏘아진 불빛 위로 굵은 빗방울의 무수한 발들이 뽀오얗게 도로를 짓밟고 있었다. 전차가 협궤를 돌아갈 때마다 레일에 부딪는 마찰음이 거칠게 들려오고, 가끔 불꽃이 튀는 것이 보였다.

영숙이가 죽었다. 영숙이가 죽었다.

바다는 어디 있는가.

그녀의 시신을 태워서 한줌의 재로 만들어 뿌린 바다는 한 마장 떨어진 방파제의 둑을 때리고, 미친 바람이 바다에서부터 불어오고 있었다. 절망과 죽음에의 유혹이 종대의 가슴을 파고들었다.

이제 아무 데서도 그녀를 찾을 길 없으며, 그녀를 만날 수가 없다.

그녀의 육신은 재가 되고 파도 거품에 섞여서 흔들리고 있다. 소리 내어 소리를 질러도, 목청에서 피가 나도록 고함쳐 그녀의 이름을 불러도 그 누구도 화답해주지는 않을 것이다.

그녀는 죽었다. 영숙이는 죽었다.

종대는 머릿속에 순간 한 가지의 결의가 떠올랐다.

그것은 마이클의 손에서 빼앗았던 권총이었다.

아직 실탄이 두 방 남아 있었다. 탄창에는 실탄 두 개가 포개어져 있다는 것을 잘 알고 있었다.

더 늦기 전에 극장으로 돌아가 금쪼가리들을 모은 식기통과 권총을 함께 숨겨둔 영사실 천장에서 두 개 모두 꺼내어 바닷가로 나아가 식기통에 들었던 금쪼가리는 바다 위에 뿌리고 권총을 가슴에 대고 방아쇠를 당길 것이다. 나는 무섭지 않아. 죽는다는 것은 무섭지 않아. 죽는다는 것은 무서운 일이 아니야. 나는 할 수 있어. 할 수 있고말고.

실탄이 두 방 남아 있다는 것은 다행스러운 일이야. 한 방이 심장을 꿰뚫지 못한다면 나머지 한 방은 총구를 입에 물고 방아쇠를 잡아당길 것이다.

종대는 비로소 끓어오르는 분노와 가슴을 찢는 슬픔을 가라앉힐 수가 있었다.

더 늦기 전에, 마음이 변하기 전에 오늘밤 안으로 해치울 것이다. 나 자신의 목숨을 내가 노린 것이다.

종대는 목적이 분명해진 이상 발걸음을 빨리해서 북성극장으로 가는 거리로 접어들었다.

그는 서두르고 있었다. 극장으로 들어가는 큰길 가엔 야시장이 서 있었다. 이미 마지막 영화가 끝난 시간이었다. 마지막 손님들도 다 나가고 극장문이 닫힐 시간이었다.

거리에는 극장에서 나온 사람들과 집으로 돌아가는 사람들, 버스를 기다리고 있는 사람들로 넘치고 있었다. 야시장에는 목판 위에서 파는 김밥과 간단한 해물을 선 채로 먹고 마시는 사람들이 분주하게 서성이고 있었다. 노동자들로 보이는 사람들이 비를 피하기 위해 만든 차일막 아래 의자에 앉아서 술들을 마시고 있었다.

우산을 파는 소년들의 고함소리가 여기저기서 들려오고 신문지를 머리에 두른 사람들이 빠르게 내달렸다.

종대는 쏟아져 내려오는 사람들을 거슬러올라가기 위해서 옆걸음으로 길가 쪽으로 바짝 붙어 걷고 있었다.

그때였다.

누군가 종대의 어깨를 잡아 이끌었다.

거센 힘이었다. 종대는 거센 힘에 낚아채여 좁은 골목에 던져졌다. 종대는 본능적으로 거센 힘으로 낚아채는 사람의 손을 뿌리치기 위해서 몸을 비틀었다.

"가만있어."

다급한 소리가 귓가에 부어졌다.

낯익은 목소리였다. 종대는 벽에 바짝 밀린 채 자기를 거세게 붙들고 있는 사내를 쳐다보았다. 그는 같은 극장에서 일하고 있는 고참 동료였다. 그는 눈에 띌 정도로 당황하고 있었다.

"따라와, 저쪽 골목으로."

좁은 골목길은 굳게 문들이 닫혀 있었다. 불도 없어서 그저 캄캄하기만 했다.

"이봐, 줄곧 네가 오기를 기다렸어. 너무 늦게 오길래 그만 가버릴까 했었어. 마침 잘됐어."

"나를 기다려요? 왜요?"

"내 말을 잘 들어. 얘긴 나중에 하구 우선 이곳을 벗어나야 해. 이

180

곳에서 얼씬거리면 좋을 게 없어. 이봐, 이걸 뒤집어써."

그는 종대에게 모자를 내어밀었다. 그는 공군사병용 우의를 입고 있었다. 종대는 대답 대신 모자를 눌러썼다.

"푹 눌러써. 얼굴이 안 보이게. 그리고 먼저 걸어가. 난 두 발짝 뒤따라 걷겠어. 요 앞 로터리를 지나. 절대 두리번거리거나 뒤를 보지 말어. 온 사방에 너를 잡으려는 사람들투성이니까. 앞만 보고 걸어가."

"……"

종대는 멍한 시선으로 그를 올려다보았다.

종대는 그가 왜 이처럼 서두르고 있는지 이해가 가질 않았다. 그는 자기가 먼저 골목길 어귀에 서서 바깥을 망보았다. 좁은 골목 어귀 바깥으로 밝은 야시장의 가스불빛과 불빛 앞을 스쳐가는 사람들의 그림자가 어른거리고 있었다.

"됐어. 나가."

그는 종대의 어깨를 잡아채어 골목 밖으로 밀었다.

종대는 사람들 틈에 끼어들었다.

그는 야시장을 천천히 걸어내려갔다. 한 대의 지프가 사람들을 헤치고 올라오고 있었다. 인파를 헤치기 위해 지프는 연신 클랙슨을 울리고 있었다. 차 안에는 서너 명의 헌병이 올라타 앉아 있었다.

무슨 일이 일어났구나.

종대는 직감적으로 알아차렸다.

그는 빠른 걸음으로 야시장을 지나 로터리를 건넜다. 캄캄한 도로 끝에 섰을 때 등뒤에서 줄곧 따라오던 발소리가 가까워졌다.

"이봐, 어디 가서 목이나 축이지."

그는 종대의 옆을 따라붙었다.

"자넨 운이 좋은 편이야. 따라와."

마침 불 켜진 술집 하나가 눈에 들어왔는지 그는 앞서 가게문을 열고 들어섰다. 술집 안은 썰렁했다. 판을 거둬들이는지 화덕의 불을 꺼내 가던 주모가 두 사람을 동시에 보았다.

"술 마실랑교?"

"술 좀 주이소. 안주는 돼지갈비를 주고예."

드럼통을 잘라 만든 화덕을 가운데로 하고 두 사람은 앉았다.

"자네 내게 솔직히 말해. 날 속일 생각은 하지 말어. 나 이래뵈도 산전수전 다 겪은 놈이야."

"뭘 말입니까?"

주모는 화덕 위에 양념에 잰 돼지갈비를 얹어놓았다. 사내는 대답 대신 술을 따랐다.

"마셔, 술이나."

그는 자기가 먼저 한 잔을 주욱 비웠다. 입가에 묻은 술을 손등으로 씻어내리며 꼴뚜기젓을 한 점 집어 씹었다.

"자네가 외출한 뒤 난리가 터졌어. 영사실에 근무하는 박씨가 영사기를 돌리다가 천장에 숨겨놓은 자네 물건을 발견했어. 우린 모두 놀랐어. 식기통에서 금이 와장창 쏟아져나왔으니까. 말해봐. 도대체 어디서 한탕한 거야? 이 친구 이제 보니 여간내기가 아냐."

"아닙니다."

종대는 웃었다.

종대는 아직 그의 이름이 무엇인지 알지 못했다.

그는 선전미술부의 주임이었으므로 그저 단순히 주임님으로 불리고 있는 중년사내였다.

"그건 훔친 게 아닙니다. 그건 내 겁니다."

"자네 아버지가 금은방이라두 했단 말인가."

"아닙니다. 그건 내가 금광에 있을 때……"

182

종대는 입을 다물었다.

내가 이 머저리 같은 자식에게 있는 사실을 그대로 털어놓을 이유가 어디 있는가. 그는 어차피 믿을 녀석도 아니니까.

"좋아. 훔쳤거나 아니거나 내가 알 바는 아니지. 문제는 말야, 금이 아니라 권총이었어. 이봐, 어디서 굴러왔는지 도민증도 확인해보지 못한 자네가 천장에 권총을 숨겨놓고 있었다는 것이 발각되었으니 영사실 기사가 기절할 만두 했지. 그래서 극장 주인에게 갖다 바쳤어. 차라리 우리가 발견했다면 그럴 리는 없었겠지만 영사실 기사야 원체 겁쟁이가 아닌가 말야. 극장주는 펄펄 뛰었어. 더구나 권총에 실탄 두 발이 있잖은가 말야. 이봐, 술 들어. 자넨 술 할 줄 모르나?"

종대는 천천히 술잔을 집어서 마셨다.

"안주도 씹어. 어차피 우리 둘은 이별이니까. 자넨 도대체 무슨 일이 일어난 줄 알기나 해. 제 발로 호랑이 아가리로 날 잡아잡수하고 들어갈 뻔했어. 자넨 이제 그 극장 근처는 얼씬도 말아야 해. 경찰에서도 나왔어. 자네 소지품을 모두 뒤졌어. 권총이 나오니까 헌병까지 동원되더군. 헌병이 나오더니 내게 이런 말을 했어. 이종대와 어떤 사이오. 젠장, 난 자네 이름이 이종대라는 걸 알구나 있었어? 난 자네 이름이 이형석인 줄만 알구 있었지. 그래서 난 대답했지. 난 모릅니다. 어느 날 극장에 들어와서 그림 좀 그려보겠습니다 하길래 한번 시켜봤습니다. 그랬더니 솜씨가 있어서 내 조수로 취직시킨 것뿐입니다, 라고 대답했지. 나하구 강씨가 거짓말한다고 조인트 까였어. 강씨가 엉겁결에 대답했어. 정말 우린 아무것도 모릅니다. 아는 것이라면 그 친구가 정읍에서 온 친구라는 것밖에 없습니다. 그랬지. 그랬더니 헌병들이 얘기했어. 너희들 이 친구가 누군지나 알아. 탈영병이야. 그것뿐인 줄 알아. 미군중위의 면상에다 권총질을 해대고 눈깔 한쪽까지 버려놓은 범죄인이야, 하고 말하는 거야. 놀란 것은 우리들뿐이 아니야. 극장장은 기절해버렸어. 좌악 극장에 사람들이 깔렸지. 자네가 돌아오기만을 기다리고 있었던 거야. 내가 말했지. 이형석, 아니 이종대는 돌아옵니다. 외출을 나갔거든요, 하고 얼버무렸지. 허기야 나도 떳떳한 놈은 못 돼. 씨팔. 전란통에 사기쳐먹거나 죄짓지 않은 놈이 어디 있어. 난 부둣가에서 도꼬다이로 한 이 년 풀칠했었거든. 밀수품을 날랐었다구. 나두 지명수배를 받은 놈이야. 그러니 어쩌겠어. 변소 간다고 하고 토껴버렸지. 그냥 내뛸까 하다가 그래두 자네 생각이 난 게야. 젊은 나이에 콩밥 먹는 것은 아무래도 마음에 걸리더라구. 그래서 숨어서 자네가 오기만을 기다렸지. 씨팔, 자네 덕분에 이제 나도 밥줄이 끊긴 거야. 이제 나도 부산바닥에선 쪽이 팔렸으니 간판 그려먹긴 틀렸어. 또다시 도꼬다이짓 하긴 늙어서 틀렸구. 이 기회에 처자새끼들이나 챙겨서 서울로 돌아갈까 해. 잘됐지 뭐. 그나저나 자네야말로 어쩌겠나?"

"……"

종대는 대답 대신 술을 들이켰다.

그는 아무런 공포도 두려움도 느끼지 않았다.

그는 담담한 기분이었다. 그는 다만 이상한 운명적인 유희에 말려든 기분이었다. 영숙이가 죽었다는 것을 안 뒤에 나는 우연히 숨겨두었던 권총을 생각해내었었다. 그것으로 목숨을 끊으려 했었다. 만약에 이런 사건만 벌어지지 않았다면 나는 그 실탄 두 발로 내 가슴을 쏘아 목숨을 끊었을 것이다. 그 누군가의 손이, 보이지 않는 그 누군가의 신비한 힘이 그의 결심을 앗아갔으며, 그의 손에서 죽음의 총을 빼앗아갔다.

그것은 무슨 뜻인가.

아직 넌 죽을 때가 아니야, 이종대.

그 보이지 않는 힘은 이렇게 말하고 있는 것이 아닐까. 아직 너는 죽을 때가 아니야.

도망쳐요. 종대의 귓가에 째랑째랑이는 영숙의 날카로운 외마디 소리가 들려왔다.

도망쳐요, 빨리. 어디든 도망쳐요.

"자넨 정말 뭔가? 그들 말이 사실인가? 자넨 탈영병이지?"

"……그렇소."

종대는 말을 받았다.

"그것 참 대단한 친구로군."

감탄하는 그는 신음소리를 내며 술을 비웠다.

"헌병들 말대로 자넨 정말 미군중위를 향해 총을 쏘았나?"

"쏘았소."

종대는 고개를 끄덕였다.

"왜?"

"그가 날 죽이려 했기 때문에."

"그것뿐인가?"

"그것뿐이오."

"그건 죄가 되지 않아. 씨팔, 그건 당연한 짓이야. 니가 그 새끼를 향해 총을 쏘지 않았으면 그 새끼가 널 죽였을 거야."

"그래요."

"그런데 빗나갔군, 우라질."

다소 술기운에 마음이 풀린 것일까. 사내는 껄껄거리며 웃었다.

"자넨 총솜씨가 형편없는 모양이야. 어쨌든 다행이지. 눈깔 한쪽만 빼었으니 살인자는 아니니까. 그건 그렇구, 그 금은 어떻게 된 거야. 솔직히 말해. 쌔빈 거야?"

"아뇨."

종대는 머리를 흔들었다.

"그건 어떻게 됐습니까?"

"어떻게 되긴 압수당했지. 씨팔, 아까운 노릇이야. 내 생전에 그처럼 많은 금을 본 적은 없어. 어디서 난 거야?"

"금광에서 내가 캔 거요."

"금광에서?"

사내는 킬킬거리며 웃었다.

"이제 보니 자넨 거짓말도 곧잘 하는군. 어쨌든 믿어보기루 하지. 그러나저러나 어쩔 셈인가?"

"뭘 말입니까.?"

"앞으로 어떻게 할 거야? 내가 보니 자넨 집도 절도 없는 뜨내기 인생 같은데. 고향이 정읍인가? 그것도 사긴가?"

"고향은 아니지만 정읍에서 내가 컸소."

"그곳에 가족이 있나? 부모님두 계시구?"

"그렇소."

"이봐, 그렇다고 정읍엔 가지 말어. 내 보기엔 정읍에도 헌병들이 좌악 깔릴 테니까. 부산에 누구 아는 사람 있어?"

"……없어요."

"씨팔, 야단났군. 자네 어떻게 할 셈이야? 나야 서울로 떠버리면 그만이지만. 가진 돈이나 있어?"

종대는 대답 대신 묵묵히 술을 마셨다.

그는 아무것도 가진 것이 없었다. 허름한 옷가지도 극장으로 돌아가지 않는 한 찾아올 수 없을 것이다. 이제 곧 가을도 지나고 겨울이 올 것이다.

잠자리는 그렇다고 해도 바닷가에서 몰아치는 매운 겨울바람을

186

옷 한 벌로 막을 수는 없는 노릇이었다. 주머니엔 돈 천환이 들어 있을 뿐이다.

이것으로는 두 끼의 식사값도 되지 않는다. 잠은 어디서 잘 것인가. 다행히 팔목시계가 있고, 손가락에 낀 세 돈짜리 금반지가 있다.

그걸 팔아치운다 해도 일 주일 정도 겨우 버틸 뿐이다. 이제 본격적으로 지명수배가 내린 셈이니 아무런 연고도 없는 부산바닥 어디에서 잠잘 곳을 찾으며, 그 누구에게서 끼니를 때울 것인가. 그의 말대로 정읍으로 돌아가는 것은 불 속으로 뛰어드는 것이다. 최소한 육 개월 이내로는 정읍으로 돌아가서는 안 될 것이다.

그러나 그것은 문제가 되지 않는다. 나는 어디서든 뿌리를 박을 수 있는 힘과 적의를 가지고 있으니까.

나는 죽지는 않는다.

다만 이상한 것은 내가 죽으려고 결심한 순간에 찾아온 이 운명의 장난이 도대체 누구의 짓인가. 그것만이 불가사의하게 느껴질 뿐이다.

도망쳐요. 영숙의 목소리가 종대의 마음을 찔렀다.

도망쳐요. 어디든 도망쳐요.

그래. 맞았어.

이제야 알겠다.

죽은 그녀의 혼이 그의 마음에서 비수를 빼앗아간 것이다. 그녀의 복수는 아직 끝나지 않았다. 그녀의 복수는 단 한 방의 총알로 편안히 목숨을 끊을 종대의 안락한 죽음을 아직까지 허용치 않고 있는 것이다. 그녀에겐 좀더 잔인한 보복과 죄에 대한 보상을 보고 싶은 한이 남아 있는 것이다.

이것이 바로 그녀의 뜻이다.

이것이 그녀의 뜻이라면 나는 미련없이 죽음을 포기해야 한다. 그녀가 원할 때 이제 복수가 끝났다고 생각되어 그 견고한 그물을 거둘 때 나는 비로소 마법의 구속에서 벗어나는 것이다.

그래. 나는 아직 도망쳐야 할 것이다. 그녀가 외치는 한, 어둠과 빛, 바람과 비, 파도와 계곡이 한데 어우러져 산맥을 이루고, 그 산맥들이 한데 섞여 거대한 지표를 이루는 가시덩굴의 대지 속을 끊임없이 찢겨서 피를 흘리며 도망쳐야 할 것이다.

"난 이제 일어서야 해."

사내는 마지막 술잔을 비우며 말했다.

"전차가 끊기기 전에 돌아가야 해. 어차피 이게 마지막 작별인 셈이지. 언젠가는 또 만나겠지."

그는 주머니에서 꼬깃꼬깃 구겨진 지폐를 화덕 위에 놓았다.

"이별의 부산 정거장이야. 나두 이젠 이 부산 거리가 지긋지긋해. 내일로라도 서울 가는 십이열차를 올라탈 거야, 씨팔."

가게 문을 열자 쏴와 쏴와 거센 빗줄기가 불어오는 바람에 실려 비스듬히 몰아쳤다.

"전차정류장까지 비 맞고 가겠군. 자, 어쩔 셈인가?"

"어떻게든 되겠죠, 뭐."

"아직 젊으니까 괜찮을 거야. 한마디 부탁하는데 죄짓지는 말구 살아. 내 모양 내 꼴로 늙어가게 돼."

"고맙소. 덕분에 콩밥은 먹지 않게 됐으니."

"잘 가."

그는 술냄새를 풍기며 웃었다. 그는 종대에게 손을 내밀었다. 종대는 그의 손을 마주잡았다. 억세고 넓적한 큰 손이었다.

"죽지 않으면 만나겠지. 난 저쪽으로 갈 거야. 전차정류장이 그쪽에 있으니. 어디로 가겠나?"

"난 이쪽으로 가겠소."

188

종대는 그가 가리킨 반대방향을 가리켰다.

"그럼 다음에 보자구."

그는 빗줄기 속으로 뛰어서 갔다.

종대는 추녀 밑에 서서 그가 한길을 가로질러 뛰어가는 것을 보았다. 먼 거리에 밝은 불빛이 늪지에 떠오르는 반딧불처럼 흐르고 있었다.

그의 모습은 이내 보이지 않았다.

종대는 무심코 손을 뻗어 손바닥을 펴서 추녀 밑으로 들이치는 비를 받아보았다. 비의 무게를 재어보려는 듯이.

"뭘 하능교. 문 좀 닫으소 마. 비가 들이치지 않능교."

등뒤에서 아낙네의 앙칼진 목소리가 날아왔다.

종대는 문을 닫았다. 사내가 준 모자를 아직까지 쓰고 있는 것을 그제야 알았다.

종대는 쓴웃음을 지으며 캄캄한 벼랑 끝으로 발걸음을 떼어놓았다. 그는 끝간 데를 모르는 저 심연의 나락 속으로 천천히 떨어져 추락하기 시작했다.

첫번째 범행

서울발 완행열차가 부산에 도착하는 시간은 여덟시였다.

그러나 정시에 도착할 리가 없었으므로 아홉시가 가까워도 기차는 도착하지 않았다.

역 앞은 때맞춰 도착하는 사람들을 맞아 마중 나온 사람들과 인근 창녀촌에서 묵은 휴가 나온 병사들과 할 일 없는 사람들을 유객하기 위한 펨프들이 벌써부터 역 광장에 옹기종기 모여 있었다. 대담한 창녀들은 직접 광장에 나와서 이제나저제나 고개를 빼고 역에 기차가 와 닿기를 고대하고 있었다.

김밥을 파는 조무래기들과 빵을 파는 아이들이 역사로 몰려들고 있었다. 마침내 열차가 도착하는지 철책으로 막은 역사 건널목으로 기적소리가 목쉰 채로 들려오고 우르르 사람들이 역으로 모여들었다.

아직 아홉시밖에 안 되었지만 역 광장은 칠흑처럼 어두웠다.

흐린 전구불빛만이 간신히 역사를 밝히고 있었고 광장에는 희미한 가등이 드문드문 서 있을 뿐이었다.

손님을 기다리는 택시들 서너 대가 주차장에 모여서 개찰구가 열리기를 기다리고 있었다. 철길로 미끄러져 들어오는 기차의 금속 부분이 뱀의 비늘처럼 번득이고 그토록 오랜 시간 동안 쉬며, 뛰며, 달리며, 갓 도착한 기차의 지친 몸뚱어리는 마지막 발악을 하면서 소리 높여 울부짖었다.

흰 연기가 역사 뒤로부터 뭉게뭉게 피어올랐다. 치익치익 김을 뿜는 헐떡이는 신음소리가 연결부분끼리 부딪치는 쇠마디의 소리와 함께 삐걱이며 이어졌다. 사람들은 우르르 개찰구 앞으로 몰려들었다.

사람들이 꾸역꾸역 개찰구에서 걸어나오고 있었다. 오랜 여행에 지쳐서 모두들 피로한 표정들이었다. 짐을 든 사람들, 어린애를 업은 아낙네, 휴가 나온 병사들이 느린 걸음으로 광장으로 나서자 펨프들이 다가가 은밀한 목소리로 속삭인다.

"아저씨, 쉬었다 가이소. 따끈따끈한 하숙방 있습니더."

"쉿다 가이소. 아저씨. 쉬었다 가이소."

흥정을 끝낸 병사들은 보스턴백을 둘러메고 역 옆의 창녀촌으로 하나둘씩 사라져갔다.

그 무리에서 한 사내가 백을 들고 나타났다.

그는 뚜벅뚜벅 역사를 나서서 광장을 가로질러 시계탑을 흘깃 보았다.

시계는 아홉시 십 분 전을 가리키고 있었다.

190

그는 주차해 있는 택시 쪽으로 걸어갔다.

그는 방금 오랜 기차여행에서 내린 승객처럼 보였다. 그러나 그것
은 종대의 교묘한 계산이었다. 종대는 두 시간을 기다렸다 마치 기
차에서 내리는 승객처럼 행세를 하고 있는 것이었다.

그래야만 아무런 의심도 받지 않을 것이며 나중에라도 감쪽같이
신분을 위장할 수 있기 때문이었다.

택시 문을 열고 나와서 승객을 맞기 위해 두리번거리고 있던 운전
사가 종대를 보았다.

"어데 가실 낍니꺼?"

"부전동까지 갑시다."

"부전동예. 얼마 주실 낍니꺼?"

"얼마 받겠소?"

"부전동 어딥니꺼?"

"로터리까지만 가면 돼요."

"삼백환만 주이소."

운전사는 흘깃 종대를 보았다.

"그건 비싼데. 오십환만 깎읍시다. 멀지도 않은 길인데."

"마, 타이소. 후딱 갔다 옵시더. 야, 야아 —"

운전사는 택시 앞에서 손님을 잡으려 이리 뛰고 저리 뛰는 조수를
향해 소리질렀다.

"내 곧 올 테니까 퍼뜩 손님이나 붙잡고 있거라."

"다녀오이소."

조수는 알겠다는 듯 소리질렀다.

종대는 차에 올라탔다. 시발 택시는 발동을 걸었다. 그리고 쿨럭
이며 달리기 시작했다.

"어데서 오는 길입니꺼?"

"서울서 옵니다."

차는 범일동 로터리에서 왼쪽으로 커브를 틀었다.

부전동은 먼 거리가 아니었다. 운전사는 백미러로 마스크를 하고 있는 뒷자리의 사내를 흘깃 보았다. 사내는 기침을 하고 있었다.

"부전동 어데쯤 됩니꺼?"

차는 범일동을 지나 곧장 앞으로 나아가고 있었다. 거리는 한적했다. 거리엔 불빛마저 제대로 없어서 방공연습하는 어둠 속에 잠겨 있는 것처럼 보였다.

"로터리에서 조금만 들어가면 돼요. 골목으로."

종대는 며칠 전부터 봐둔 골목을 떠올렸다.

그 골목은 한길에서 조금 들어가 있는 골목이었다.

그러나 언제나 저녁시간이면 사람 하나 얼씬거리지 않는 한적한 거리였다.

가로등도 없었다.

그러나 무엇보다도 일단 일을 거행한 뒤 도망가기에 좋은 지리조건을 갖추고 있었다. 한길까지 뛰어나가면 사방으로 빠질 수 있는 도로망이 수갈래의 길로 갈라져 있는 것이 무엇보다 유리한 점이었다. 돈을 털기 위해서 일부러 태종대 쪽이나, 수산대학 쪽이나, 감천동 쪽으로 차를 몰고 간다는 것은 어리석은 짓이었다.

그런 외딴 곳들은 돈을 털기에는 적합한 장소일지는 모르나 일을 마치고 난 뒤 빠른 시간 내에 잠적하는 데는 아무래도 무리가 있는 장소들이었다. 부전동은 대여섯 갈래의 길로 갈라져 있는 요충지였다. 미리 도주로를 답사해놓고 치밀한 작전을 준비해놓았던 종대로서는 망설일 필요는 없었다.

"어데로 갑니꺼?"

로터리에서 운전사가 종대를 돌아보았다.

"범전동 쪽으로 커브를 트시오."

차는 왼쪽으로 커브를 틀었다.

"저기 보이는 골목으로 들어가주시오."

아무래도 골목길로 들어가자는 손님의 요구가 마땅치 않은지 운전사는 침을 뱉으며 거칠게 차를 몰아 골목으로 꺾어들었다.

"조금만 더 들어가주시오."

골목 안은 어두운 암흑에 휩싸여 있었다.

흐린 헤드라이트 불빛 속에 무언가 벌떡 일어나 비명을 지르며 사라졌다.

밤고양이였다.

종대는 백 속에서 준비해두었던 권총을 꺼내들었다. 아니 정확히 말해서 그건 권총은 아니었다. 어젯밤 야시장에서 구입한 실물 크기로 만든 장난감 모의권총이었다. 종대는 모의권총을 집어들었다. 그리고 사내의 목덜미에 쑤셔박았다.

"차를 세워."

짧은 그러나 위압적인 명령이 종대의 입에서 흘러나왔다. 운전을 하던 사내는 자신에게 도대체 어떤 일이 일어났는가 이해할 수 없는 몸짓으로 차를 세웠다. 그는 돌아보려고 고개를 들었다.

"돌아보지 마, 이 쌔끼야."

종대의 남은 손이 운전사의 머리칼을 움켜쥐었다. 운전사는 비명을 지르며 몸을 굳혔다.

"실내등을 꺼. 라이트를 꺼."

운전사는 벌벌 떨며 실내등과 라이트를 껐다.

"말만 들으면 손 하나 대지 않겠다. 전대를 꺼내."

싸늘한 권총의 총구가 사내의 옆얼굴을 거세게 찔렀다.

사내는 흠칫거렸다.

사내는 핸들 옆구리에 고정시켜두었던 전대를 풀어 뒷좌석의 종대에게 주었다. 종대는 전대를 받아서 그 안에 들어 있는 돈을 헤아려보았다. 생각보다 훨씬 적은 금액이었다.

"이것뿐인가?"

"그, 그, 그것뿐입니더. 오늘 벌이가 신통찮아서……"

종대는 전대 속에 들어 있는 돈을 움켜쥐어 닥치는 대로 주머니에 쑤셔넣었다. 차의 문을 열었다. 찬바람이 한꺼번에 몰려들어왔다. 깊은 가을이었다.

"하나부터 열까지 세, 이 쌔끼야. 핸들에 얼굴을 파묻어."

운전사는 양순하게 말을 들었다. 그는 술래놀이에서 술래처럼 눈을 가리고 얼굴을 핸들에 파묻었다.

"큰 소리로 세."

"하나, 두울……"

사내는 소리를 내서 숫자를 세었다.

"세엣, 네엣, 다섯, 여섯, 일곱, 여덟, 아홉, 열……"

"다시 세. 이번엔 스물까지 세."

공포와 두려움에 질린 사내는 떨리는 목소리로 숫자를 세어나갔다.

"하나, 두울……"

그와 동시에 종대의 날쌘 몸이 차 밖으로 튕겨나갔다. 종대는 백을 움켜쥐고 골목을 돌아서 달려나갔다. 그의 등뒤에서 날카로운 고함소리가 터져흘렀다.

"강도야. 강도야아—"

누군가 골목으로 걸어오고 있었다.

다급해진 종대의 발걸음이 그림자를 피할 겨를이 없었다.

종대의 몸이 탄환처럼 어둠을 돌진해나갔다. 골목으로 들어오던 그림자와 정면으로 부딪쳤다. 여인인 모양이었다. 비명을 지르며 여인은 쓰러졌다.

"강도야. 강도야아 —"

도망쳐요. 빨리. 도망쳐요.

등뒤에서부터 영숙의 외마디 소리가 쏘아놓은 살처럼 날아왔다.

종대는 골목을 빠져나와 로터리를 가로질렀다. 그는 양정동으로 빠지는 샛길로 접어들었다.

그는 더이상 뛰지 않았다.

로터리는 사람들로 붐비고 있었다. 얼굴에 썼던 마스크를 벗어 쓰레기통에 버렸다.

온몸에서 땀이 비 오듯 흘러내렸다. 가쁜 숨을 가누기 위해서 종대는 심호흡을 했다. 그는 아무런 공포도 느끼지 않았다. 뭔가 유쾌한 뜀박질을 끝내고 돌아오는 기분이었다. 근질근질한 웃음이 종대의 온몸을 벌레처럼 기어다녔다. 북받쳐오르는 웃음을 감당해낼 수 없었다. 웃음은 풍선을 채우는 입김처럼 흘러나왔다.

킬킬킬킬 종대는 웃으며 천천히 한길을 걸어올라갔다. 이것인가.

헐레벌떡이며 웃으면서 종대는 자신에게 물어보았다.

이것이 소위 말하는 죄란 것일까.

죄의 무게는 이토록 가벼운 것일까. 그는 방금 한 사내의 목을 조르고 그가 가지고 있던 돈을 빼앗았다. 이것은 그가 이미 저질렀던 탈영과 폭력과는 다른 범죄였다. 이것은 엄연한 죄악이었다. 먼젓번 범죄가 우발적인 것이라면 이것은 엄연히 동기가 분명한 고의적인 죄악이었다.

나는 마침내 죄를 저질렀다.

종대는 킬킬 웃으며 중얼거렸다.

이것이 그토록 엄중한 규율로 금지되어 있는 죄란 것인가. 아무것에도 고통을 주지 않는 죄의 흔적은 손톱에 박힌 가시보다 아프지 않다. 이것은 그저 간단한 유희처럼 보인다.

나는 그에게서 돈을 빼앗았다. 이른바 이 행위는 강도에 해당하는 죄악이다. 그러나 나는 아무런 제지도 받지 않았다. 망설임도 느끼지 않았다.

종대는 자신의 손을 들여다보았다. 그제야 그는 아직까지 자신의 손이 모의권총을 들고 있음을 알았다.

그는 두 번의 위험을 권총을 통해 극복할 수 있었다. 한 번은 마이클로부터, 또 한 번은 금광에서 칼을 휘두르는 오가의 살의로부터 벗어날 수 있었다.

권총은 절대의 힘을 가지고 있었다. 세번째의 시도는 전혀 뜻밖의 사건으로 미해결인 채로 끝나고 말았다. 자신의 목숨을 끊으려는 행동은 완전히 타인의 제지로 끝나고 만 셈이었다.

이제 나는 권총을 흉내낸 장난감을 사용했다. 인간의 미덕과 양심은 바로 모의에 불과한 것이 아닐까. 법과 질서와, 권력과 명예는 실제처럼 교묘히 만든 모형에 불과한 것이다.

모의에도 그는 벌벌 떨면서 자신이 가진 것을 순순히 내놓았다.

장난감의 권위 앞에 그는 무릎을 꿇었다. 방아쇠를 잡아당겨도 총알이 나가지 않는 권총, 기껏해야 화약을 집어넣고 방아쇠를 잡아당기면 딱총소리만 요란한 모의권총 앞에 인간은 쉽사리 무릎을 꿇고 살려주기를 애원했다.

이것은 희극이다. 이것은 죄가 아니다. 이것은 장난이며 우스꽝스런 코미디다. 나는 죄를 저지른 것이 아니라 그를 속인 것뿐이다. 그리고 그가 가진 것을 나눠 가진 것뿐이다.

태어날 때부터 인간은 아무것도 소유할 수 없으며 이 지상의 어떠한 물건들도, 하찮은 풀과 이름 모를 꽃이라 할지라도 영원히 그것을 소유한다는 것은 어리석은 환상에 지나지 않는다. 다만 그것은 나눠 갖는 형식이 필요할 뿐이다. 나는 그 형식을 선택했다.

종대는 맹렬한 식욕을 느꼈다. 그는 불이 켜진 허름한 국밥집으로 들어갔다.

"국밥 하나 곱빼기로 말아주이소."

종대는 탁자에 털썩 주저앉으며 소리질렀다.

그리고 주머니를 뒤져 그가 빼앗은 돈의 액수를 하나하나 헤아려 보았다. 정확히 천육백환이이었다. 기대했던 것보다 형편없는 액수였다. 종대는 물끄러미 돈을 헤아리다 말고 자신의 손을 들여다보았다. 아직까지 남아 있던 근질근질한 웃음기는 햇볕에 말린 앙상한 소금밭처럼 메마른 앙금만을 남기고 일순에 증발해버렸다.

그의 손은 더럽고 때문은 걸레처럼 보였다. 그것은 더러운 손이었다.

저주받을 미래의 수많은 죄악과 계약을 맺고 영원히 그를 해방시켜주지 않을 악마와 함께 맞잡은 악수의 흔적을 그곳에서 보았다.

본능적으로 그는 더러운 손을 씻어내리기 위해서 두 손을 비볐다. 그러나 곧 그것은 불가능한 일이라는 것을 깨달았다.

그는 창백하게 질린 얼굴을 두 손으로 감싸쥐었다. 그는 마치 모래로 세수를 하는 사막의 유목민처럼 보였다.

두번째 범행

이종대의 두번째 범행은 그로부터 일 년 뒤 9월 정읍에서 일어났다.

이제 막 가게 덧문을 닫아건 약방 주인은 버릇처럼 독극물 상자를 자물쇠로 채우고 나서 가게의 불을 껐다. 평소 때보다 이른 시간이었지만 더이상 약을 사러 오는 손님이 없을 것 같아 일찌감치 문을 닫아건 셈이었다. 그 흔한 소화제를 사러 오는 손님도 없었고 저녁 내내 살충제 농약을 두어 병 판 것이 고작이었다.

저녁시간이면 다투어 소화제랑 감기약이랑 아낙네들이 잠들기 전에 습관성으로 한 봉지씩 먹어대는 마약 성분의 각성제도 오늘따라 사러 오는 이가 뜸하고 땅거미가 내리자 이내 발길이 끊어졌다.

이럴 때는 공연히 가게를 지키느니 일찌감치 문을 걸어잠그는 것이 상수이지 싶었다. 아직 철이 일러서 내장산으로 들어가는 단풍놀이 관광객들도 몰려들지 않는 어중간한 초가을 무렵이었다.

가게의 불을 끈 약방 주인이 내실로 통하는 덧문을 열고 들어서려던 참이었다. 갑자기 덧문을 두드리는 소리가 났다.

주인은 짜증이 났다.

네거리 근방에서 약방은 이곳 하나뿐이었으므로 때도 없이 새벽이나 한밤중에 급체에 걸린 환자들이 밀어닥쳐와 덧문을 두드리는 일이 자주 있었다.

이웃간에 모른 체할 수만 없어 내복바람에 나가 덧문 옆에 난 쪽문을 열고 약을 파는 일이 자주 있긴 했지만 어쨌든 이제 막 가게 문을 닫아건 주인으로서는 짜증스런 일이었다. 주인은 모른 체하리라 마음먹고 잠시 침묵을 지켰다. 급하지 않은 환자라면 서너 번 덧문을 두드리다 제풀에 지쳐 돌아가리라 기대하면서. 그러나 두드리는 소리는 점점 더 커졌다. 할 수 없이 주인은 가게의 불을 켰다.

"뉘시여?"

주인은 될 수 있는 대로 감정을 겉으로 나타내 보이려 하지 않고 차분한 목소리로 물었다.

"약 좀 주시오."

다급한 남자의 목소리였다.

"가게문 닫았소. 낼 와야 되겠구먼."

"봐주시오. 배알이 뒤틀려서 죽겠구먼. 쪼께만 사정 봐주시오. 암

198

만해도 먹은 게 체한 모양인디."

가게 주인은 할 수 없이 덧문 옆에 난 쪽문의 빗장을 열었다.

문이 열렸다.

한 사내가 허리를 굽히고 들어왔다. 사내는 철에 맞지 않게 마스크를 쓰고 있었다. 사내는 그가 도대체 뭘 하는지 이해할 수 없었다. 그는 미제 군용점퍼를 걸치고 있었는데 군용점퍼가 손끝까지 헐렁헐렁하게 내려와 있었다. 그 손끝에서 무언가 차가운 금속이 불빛에 둔중하게 번득이고 있었다.

"돌아서."

그는 낮게 명령했다. 주인은 돌연한 사태를 이해할 수 없었다. 그는 우물쭈물 두어 발짝 뒤로 물러섰다.

"돌아서, 이 쌔끼야."

순간 사내의 군홧발이 가게 주인의 옆구리를 내질렀다.

가게 주인은 무릎을 꺾고 쓰러졌다.

사내는 내실로 통하는 문을 닫아걸었다. 그리고 실내의 불을 껐다. 미리 준비해두었던 듯 사내는 군용점퍼 속에서 플래시를 꺼내 불을 밝혔다.

"금고 어딨어?"

사내는 밝은 플래시 불빛을 혼이 나가 벌벌 떨고 있는 주인의 얼굴에 정통으로 비췄다.

"진, 진, 진열대 위에……"

"금고 열어."

쓰러졌던 주인은 간신히 몸을 펴서 진열대로 다가갔다.

그의 손은 가엾을 정도로 와들와들 떨리고 있었다. 그래서 간이용 금고의 다이얼 번호를 제대로 맞추지 못하고 있었다. 금고 다이얼에 플래시를 비추고 있던 사내가 초조한 목소리로 윽박질렀다.

"우물쭈물하지 말어. 널 죽일 생각은 없으니까."

그때였다.

느닷없이 덧문 두드리는 소리가 났다.

사내는 본능적으로 플래시 불빛을 껐다.

캄캄한 어둠이 왔다. 덧문의 틈 사이로 거리에서 비춰진 불빛이 예리한 칼날처럼 새어들어오고 있었다. 그 칼날이 마스크를 한 청년의 얼굴을 날카롭게 찌르고 있었다. 청년은 숨을 죽이고 있는 주인의 얼굴에 총구를 들이댔다. 그는 낮은 소리로 말을 뱉었다.

"입을 열면 네 모가지를 비틀어버릴 테다."

덧문 두드리는 소리가 더욱 커졌다.

문제는 떨고 있는 약방 주인이 아니었다. 덧문 두드리는 소리가 더이상 커지면 안채에서 누군가 약방으로 다가올지도 모른다.

"누구냐고 물어봐."

사내는 할 수 없다는 듯 약방 주인의 귓가에 속삭였다.

"뉘기여?"

떨리는 목소리로 가게 주인이 물었다.

"아따, 있었구먼."

밖에서 문을 두드리던 사람이 안심한 듯 투덜거렸다.

"나요. 영자 아빤디, 명랑 한 봉지만 주면 쓰겠구먼."

"내일 오라구 해."

청년은 명령했다. 약방 주인은 본능적으로 소리질렀다.

"내일 오시오. 가게문 닫았소."

"아따 문만 열어주면 되잖여."

뭐라고 투덜거리며 문 밖의 사내는 사라졌다. 더이상 가게문 두드리는 소리는 들려오지 않았다.

"잘했어."

청년은 가게 주인의 턱을 두어 번 두드렸다.

"아주 착한 사람이군. 난 착한 사람은 해치지 않아. 자, 금고를 열어."

어느 정도 마음이 가라앉았는지 가게 주인은 금고의 다이얼을 돌려 문을 열었다.

하루종일 약을 판 돈이 금고 속에 차곡차곡 들어 있었다. 사내는 돈을 닥치는 대로 작업복 주머니에 쑤셔넣었다.

"아주 착한 사람이니까 한마디만 더 하겠다."

청년은 부드러운 목소리로 입을 열었다.

"내가 가게를 나간 다음 소리를 지르거나 경찰 아저씨들에게 일러바친다면 네 모가지는 물론 네 여편네, 니 쌔끼들 모가지를 밟아버릴 거야. 알아들었어, 내 말이 무슨 뜻인지?"

주인은 대답 대신 고개를 끄덕거렸다. 그의 눈이 공포에 질려 있었다.

"무서워하지 말어. 난 니가 그러지 않으리라는 것을 잘 알고 있으니까. 넌 착한 사람이니까."

사내는 가게 주인의 턱을 두어 번 두드렸다.

"잘 있어."

사내는 유유히 덧문을 열었다. 그리고 사라졌다.

세번째 범행

아직 내장산은 본격적인 단풍이 무르익을 계절이 아니었다. 하지만 가을비가 사나흘 오락가락하다가 멎은 후로 완연하게 가을빛깔이 온 산을 채우고 있었다.

단풍나무들은 붉은 조막손을 펼치고 마지막 남은 가을햇볕 속에 조금씩 조금씩 몸을 태우고 있었다.

계곡을 따라 흐르는 물줄기도 차차 여위어가고 온 산은 뜨거운 물속에 갓 삶은 게의 껍질처럼 붉게 물들어가고 있었다.

내장산 입구에 관광객들을 상대로 기념품을 팔고 있는 가게 주인은 날이 어두워지자 길거리에 알전구를 내다걸었다.

아직 사람들이 많이 몰려들지는 않았지만 그래도 제법 관광객들이 여관 쪽으로 찾아오고 있었다. 계곡에는 빨리 어둠이 내리고 계곡을 따라 흐르는 물소리만 좌악좌악 높아졌다. 우수수 바람이 불어올 때마다 참나무 잎새가 빗질에 떨어져나가는 머리칼처럼 흩어지는 것이 보였다.

그때였다.

자전거를 탄 사내가 가게 앞으로 다가왔다. 가게 주인은 무심코 알전구 불빛 안으로 들어서는 사내를 보았다. 사내는 경찰관 복장을 하고 있었다. 경찰관 복장을 한 사내를 본 순간 가게 주인은 일어서서 죄지은 사람처럼 공연히 웃었다.

"어서 오시오. 못 뵈던 분인디."

가게 주인은 행락철에 간혹 이곳까지 나와 술 취해 떠드는 취객들을 단속하는 경찰관들의 얼굴쯤은 익히 알고 있었지만 불쑥 찾아들어온 경찰관은 처음 보는 얼굴이었다.

"버스가 언제 옵니까?"

"막차만 남았는디 올라면 아직 멀었구먼. 앉아서 기다리쇼."

가게 주인 역시 막차를 기다리고 있었다.

막차가 내려놓고 갈 손님들만 맞고는 이내 문을 닫을 요량이었다. 그러나 분명히 배차시간이 정해져 있는데도 오고가는 시간은 제멋대로여서 어떤 때는 땅거미만 지면 차는 끊겨버렸다.

경찰관은 자전거에서 내려 가게문 앞에 자전거를 세워두었다. 그는 경찰모를 눈썹까지 내려쓰고 있었다.

202

"어디 갔다 오시오?"

경찰관은 대답도 않고 담배를 피워물었다.

그는 조금 손이 시린 듯 두 손을 마주 비비고 있었다.

"추우면 불 좀 쬐시오."

사내는 아무래도 이곳까지 드나드는 경찰관에게 잘 보여야 할 필요가 있다는 것을 계산한 부드러운 목소리로 양철통에 담은 숯불을 가리키며 말했다.

경찰관은 한참 머뭇거리다 신세질 마음이 생긴 듯 사내 곁으로 다가왔다. 그는 경찰관이 들고 다니는 곤봉 같은 것을 들고 있었다. 그러나 그것은 곤봉이 아니었다. 그것은 거친 각목이었다. 일어선 경찰관은 거리에 내건 알전구를 각목으로 가볍게 후려쳤다. 불이 꺼졌다. 그러나 완전히 어둡지만은 않았다. 보름달이 비추고 있었으므로.

사내는 넋이 나간 가게 주인 곁으로 날렵하게 솟구쳤다. 사내의 손이 가게 주인의 몸을 향해 휘둘러졌다. 가게 주인은 비명을 지르며 쓰러졌다.

사내는 열린 금고 속에서 닥치는 대로 돈을 꺼냈다. 순간 쓰러졌던 주인이 소리를 지르며 사내에게 덤벼들었다.

금고를 지키려는 주인의 손을 사내는 정확히 후려쳤다. 뭔가 끈적이는 촉감이 있었다. 그리고 사내는 군홧발로 매달리는 가게 주인의 머리를 두어 번 내질렀다.

주인은 다시 걸레처럼 쓰러졌다.

사내는 가게를 뛰쳐나와 자전거에 올라탔다. 그는 페달을 밟으며 달빛이 밝은 비탈길로 굴러내려가기 시작했다. 계곡을 따라 흐르는 물소리가 귀를 찢고 있었다. 산마루를 타고넘어 올라온 달빛이 온 산과 숲길을 사정없이 내리비추고 있었다. 사내는 손에 들린 각목을 보았다. 각목 끝에 뭔가 거무튀튀한 자국이 묻어 있었다. 그것은 핏자국이었다.

사내는 그것을 계곡을 향해 던져버렸다. 그는 아무런 느낌 없이 산비탈을 내리질렀다. 산모퉁이에서 먼지를 풍기며 달려오는 버스의 헤드라이트가 보였다.

네번째 범행

같은 해 12월. 이종대는 네번째 범행을 저질렀다.

그는 역 구내에서 방금 기차에서 내리는 청년에게 다가갔다. 이종대는 군복을 입고 있었고 하사 계급장을 달고 있었다.

이종대는 청년에게 다가가서 신분증을 보자고 말했다. 청년은 떨면서 그에게 신분증을 내밀었다.

이종대는 신분증을 자세히 보고 나서 병역수첩을 보자고 말했다. 청년은 없다고 고개를 저었다. 이종대는 자신이 병사구 사령부에 근무한다고 말한 후 그에게 사령부까지 가자고 말했다.

나는 알고 있다. 네놈이 징병 기피자임을 알고 있다. 너는 병역 기피자다. 너를 고발하겠다. 너 같은 놈은 버러지보다도 못한 놈이다. 청년은 도망치기 위해 몸을 뒤틀었다. 그의 정강이를 군홧발이 두어 번 내리찍었다.

따라와, 하고 그는 말했다.

청년은 그에게 애원하며 빌었다. 봐주십시오. 한번만 눈감아주십시오. 그는 이종대를 남의 눈에 안 띄는 골목으로 유인했다. 그는 주머니에서 있는 대로 돈을 꺼냈다. 그것을 이종대에게 집어주었다. 이종대는 그가 내미는 돈을 세어보고 말했다. 이건 사탕값도 되지 않아. 이 쌔끼야. 난 사탕을 먹고 싶어서 널 잡아가는 게 아냐.

그러자 청년은 자신이 찼던 시계를 풀어서 이종대에게 내어밀었다. 이종대는 그것을 보았다. 야광시계였다. 이종대는 시계를 팔목에 차보았다. 시계는 꼭 맞았다. 가봐, 하고 이종대는 청년에게 말했다. 네 시계가 맘에 들었어. 그래서 봐주는 거야. 청년은 비굴하게 웃으며 고맙다고 고개를 숙였다.

막 돌아서려는 청년을 이종대는 잊었다는 듯 불러세웠다. 그는 소리쳤다. 이봐, 이거 태엽을 어떻게 감는 거야?

다섯번째 범행

1957년 1월. 이종대는 다섯번째 범행을 저질렀다.

초산동 외따로 떨어진 민가를 덮쳐 그는 잠자는 식구들을 깨워 밥을 짓게 한 후 밥을 먹고는 라디오 한 대를 빼앗아갔다.

여섯번째 범행

1957년 4월. 수사망을 피해 부산으로 도망쳐온 이종대는 교도소에 수감되기 전 마지막 범죄를 저지르게 된다.

문 입구에 걸린 종이 딸랑딸랑 울렸다. 철책으로 가로막은 칸막이 저편에서 돋보기 안경을 쓰고 앉아 있던 전당포 주인이 문 입구를 보았다.

손님이 드나들 때마다 문이 열리면 자동적으로 문 위에 매어달린 종이 울리게 되어 있으므로 주인은 무심코 문 쪽을 쳐다보았다. 한 사내가 문을 열고 들어왔다. 아직 늦은 저녁이 아니었으므로 불을 켜지 않은 전당포는 토굴처럼 어두웠다. 사내는 밝은 곳에서 어두운 곳으로 들어선 길이라 어릿어릿 눈이 제대로 보이지 않는 듯 두리번거리며 창구 앞으로 다가왔다. 키가 작고 몹시 지쳐 보이는 사내였다.

"물건을 맡기러 왔는데."

사내는 의심스런 눈빛으로 쏘아보는 전당포 주인을 쳐다보며 중얼거렸다.

그는 팔목에 찬 시계를 풀었다. 전당포 주인은 그것을 받아 들여다보았다. 낡은 야광시계였다. 전당포 주인은 흥미없는 물건이라는 듯 시계를 창구로 밀어붙였다.

"이건 아주 낡은 시계요."

그는 머리를 흔들며 말했다.

"우리로서는 이걸 맡아줄 수 없는데."

사내는 천천히 전당포 주인이 내민 시계를 들여다보았다.

"다믄 천환이라도 주시오."

"미안하오만 이건 한푼도 줄 수 없는 물건입니다."

딱 잡아떼듯 전당포 주인은 말을 잘랐다. 순간 사내는 미련 없다는 듯 머리를 끄덕였다. 그는 뒤도 안 보고 걸어나갔다.

"이봐요."

당황한 주인이 돌아서서 나가는 사내를 불러세웠다.

"시계를 가져가야 할 게 아니오. 이건 당신 시곈데."

"어차피 값이 나가지 않는다면 당신이나 가지시오."

그는 신경질적인 목소리로 말을 뱉고 문을 열었다.

딸랑딸랑 여닫이문이 닫기자 종이 울었다.

전당포 주인은 이상한 손님도 다 보겠군, 하고 중얼거리며 창구에 내밀었던 시계를 주워들었다. 오랫동안 이런 일에 종사해온 그의 육감으로는 이런 형편없는 시계는 맡아줄 만한 가치가 전혀 없는 쓸모없는 고물딱지 시계라는 것을 식별할 수 있었다.

그러나 그렇다손치더라도 한푼도 줄 수 없다는 말 한마디에 한마디도 대꾸 않고 내팽개치듯 시계를 놓고 사라진 사내의 태도가 전혀 이해가 가질 않았다.

전당포 주인은 그가 처음에 전당포에 들어올 때부터 왠지 불길한 예감이 들었던 것을 기억에 떠올렸다. 뒷골목에 나 있는 전당포를 드나드는 사람들은 누구나 주위의 시선을 꺼리는 듯한 낌새가 있었다. 그러나 사내의 모습엔 이상한 절박감이 깃들어 있었다. 주위의 눈치를 살피고 수치심에 얼굴을 붉히기보다는 어딘지 음흉하고 당돌한 적의로 눈빛이 빛나고 있었다. 그래서 주인은 자기도 모르게 탁자 밑에 연결된 비상벨 단추를 의식하고 여차하면 그것을 누를 태세를 완비하고 손님을 맞았던 것이다.

비상벨은 인근 파출소와 연결되어 있었다. 그것을 누르면 파출소에 연결된 붉은 비상등에 불이 켜지고 오 분 내로 경찰들이 완전무장을 하고 전당포로 기습작전을 펼치게 미리 치밀한 계획이 짜여 있었던 것이다. 전당포 주인은 떨어뜨리고 간 시계를 어떻게 할 것인지 판단이 서질 않았다. 그래서 그는 그것을 집어들고 중얼거렸다.

"이상한 놈을 다 보겠군, 이상한 놈이야."

전당포 문을 나선 사내는 남포동 거리로 걸어내려갔다.

그는 목로주점에 주저앉아 막소주 두어 잔을 마셨다. 안주도 없이 술을 연거푸 들이켜고 그는 마지막 남은 한 대의 담배를 피워물었다.

지난 이 년의 세월이 그의 머리에 두루마리 종이처럼 펼쳐졌다.

줄곧 그는 무엇에 쫓기고 있는 기분이었다. 그는 아무것도 하지 않았다. 정읍에 숨어들어가서도 집을 찾아가지 않았다.

그에겐 이미 가족도 없었으며 그는 고아와 다름없었다. 밥은 굶지 않았다.

그는 친구의 집을 전전하며 살았다. 그러나 배를 굶지 않고 살아간다 해도 세월이 흐를수록 그는 자신이 깊은 허기에 빠져 있는 것을 느끼고 있었다.

다시는 이 저주받은 땅으로 돌아오지 않겠다고 굳게 마음을 다져 먹고 정읍을 떠났으나 그는 미친 들개처럼 아무도 반겨주지 않는 정읍으로 씻어지지 않는 독과 길들여진 죄악의 멍에를 뒤집어쓰고 천형의 도망자로 숨어들어온 셈이었다.

그는 굶주려 있는 승냥이와 다름없었다. 벌판에 쓰러져 죽은 짐승들의 썩어가는 고기를 물어뜯는 낙오된 미친 짐승 한 마리였다. 결국 아무도 반겨주지 않는 저주의 땅으로 숨어들어온 것은 그가 처절한 패배를 맛보았다는 것을 뜻하는 초라한 귀향이었다.

범죄는 그의 허기를 달래는 유일한 탈출구였다.

그는 돈 때문에 약방 주인의 얼굴을 구둣발로 짓밟고, 돈 때문에 가게 주인의 머리를 각목으로 후려치지 않았던가. 그에겐 살아 있음을 자신에게 확인시켜줄 자극이 필요할 뿐이었다. 이미 악마와 계약을 맺은 후였으므로 양심의 가책 따위는 느껴지질 않았다. 그는 악마가 시키는 대로 행동할 뿐이었다. 그는 악마의 하수인이었다.

마약이 좀더 큰 쾌락을 요구해서 마침내 좀더 자주, 좀더 많은 양의 약을 필요로 하듯 그의 마음속에서 그를 조종하는 악의 사제는 그에게 나태와 번민과 회의를 느낄 시간적 여유를 빼앗았다. 더럽혀진 그의 손은 좀더 많은 피와 좀더 잦은 강탈을 재촉하고 있었다.

정읍에서 사 개월 동안 그는 네 번에 걸친 범죄를 저질렀다. 아니 그것뿐만은 아니었다. 그것은 그가 기억할 수 있는 범행일 뿐이었다. 그는 헤일 수 없을 정도로 많은 범죄를 저질렀다.

유원지에 놀러온 군인에게서 미제 군용점퍼를 빼앗았으며, 자전거를 타고 가는 사내에게 내릴 것을 명령한 후 그의 자전거를 타고 다니기도 했다.

208

그는 경찰관으로, 때로는 군인으로 행세하고 다녔다. 그는 남의 눈을 피해 숨어다니지는 않았다. 날이 갈수록 반복되는 죄의 습벽은 그에게 쾌락과 강력한 자극을 주는 대신 황폐한 피로감을 주었다. 그는 지쳐 있었다.

그는 겨우 스물두 살이었으며, 자기가 왜 이처럼 짧은 시간에 이처럼 많은 범죄를 저질러야만 했는지 이해할 수 없었다. 그는 배도 고프지 않았고, 물질에 대한 욕심도 없었다.

그는 마침내 자신이 원하는 욕망이 무엇인가를 알았다. 그것은 빨리 체포되기를 바라는 마음이었다. 집을 가출한 아이들이 피로에 지쳐 집 근처를 배회하면서 차마 자기 발로 걸어들어가기엔 자존심이 허락지 않아 어떻게든 남의 눈에 발각되어 목덜미를 잡혀서 질질 끌리며 집으로 돌아가게 되기를 간절하게 바라듯 그는 침을 뱉으며 떠난 정읍으로 제발로 숨어들어왔으며, 이제 남은 것은 자기 발로 집으로 걸어들어가는 것이 아니라 누군가에 의해서 강제로 이끌려 돌아가게 되기를 바랄 뿐이라는 사실을 깨달았다.

집으로 돌아간다면 물론 체포될 것이었다.

탈영했던 사실과 미군중위에게 행한 폭력은 그를 집으로 제 발로 걸어가는 것을 허락하지 않을 것이다. 그는 집의 문 앞에서 체포될 것이다. 그는 체포받음으로써 지치고 고통스러웠던 지난 이 년의 세월에 종지부를 찍고 싶었다. 체포는 그가 취할 최선의 휴식이었다. 그가 그토록 자주, 그리고 그처럼 많은 범죄를 저질렀던 것은 그들에게 체포당할 기회를 스스로 주고 있는 셈이었다. 그는 숨어서 범죄를 저지르지도 않았고 남의 눈을 피해다니지도 않았다. 그런데도 그는 체포되지 않았다.

그는 버림받은 잊혀진 존재였다. 그는 인간이 아니었으며 빈 들판을 가로지르는 미친 바람이었다. 그는 울부짖었으나 아무도 그의 울음소리를 듣지 못했고, 그는 미처 날뛰었지만 그 누구도 그를 눈여겨보지 않았다.

그는 철저히 정읍으로부터 외면당했으며 버림받았다.

그는 거렁뱅이처럼 민가를 덮쳐 굶주린 배를 채운 뒤 라디오를 빼앗아 들고 정읍을 떠났다.

그로서는 두번째의 탈출이었다. 그러나 두번째의 탈출은 첫번째와 전혀 달랐다. 첫번째의 가출은 미지의 세계에 대한 희망과 미래에 대한 호기심으로 빛나던 영광의 탈출이었다. 그러나 두번째 탈출은 패배이며, 죽은 자의 혼이 육신을 떠나 배회하기 위해서 빈들을 떠나듯 머무를 수 없는, 육신을 잃어버린 미친 혼의 방황이었다.

부산은 그가 택할 수 있는 유일한 고장이었다. 그는 살기 위해서 그곳을 찾은 것은 아니었다. 그는 단지 체포되기 위해서 그곳을 찾은 것이었다.

종대는 막소주를 한 잔 더 마신 후 일어섰다.

그는 좀전에 들렀다 나온 전당포로 다시 걸어갔다. 그는 우연히 그 전당포를 발견했으며, 뚜렷한 범행에의 동기도 없이 들어선 것이었다. 그는 언젠가 정읍역에서 빼앗았던 팔목시계를 맡기기 위해 전당포 주인에게 내밀었다. 물론 그는 돈이 필요했다. 그는 한푼의 돈도 가지고 있질 않았다. 시계는 그가 가진 유일한 재산이었다. 그러나 그 시계를 탐탁하게 여기지 않는 주인의 표정을 보자 그는 미련 없이 돌아서 나왔다. 돌아서 계단을 내려오는 순간 그는 이 전당포야말로 부산으로 되돌아와 첫번째 범죄를 저지르기엔 아주 마땅한 장소라는 느낌을 받았다. 그는 늘 군용점포 속에 모의권총과 재크나이프를 숨기고 다녔다. 범죄를 저지르기 위해서는 최소한 나름대로의 치밀한 계산이 따르게 된다.

탈출로를 미리 물색해두고 단시간 내에 일을 저지르고 도망칠 수 있는 장소인지 아닌지 답사해둘 필요가 있었다. 동물적인 방어 본능을 가지고 있는 종대는 날카로운 직관이 있었다. 일을 마친 후 골목을 빠져나와 용두공원 쪽으로 몸을 숨긴다면 마침 날이 어두워지고 있을 것이므로 용이하게 탈출할 수 있다는 계산이 머리를 때렸다. 종대는 줄곧 긴장을 유지해왔던 심리상태로 극단적인 히스테리에 사로잡혀 있었다. 그의 머리는 혼탁해서 앞뒤를 분명히 잴 수 없었다.

그는 계단을 올라 전당포 문을 열었다. 딸랑딸랑 문 위에 걸린 종이 신경질적으로 울렸다. 실내에 불이 켜져 있었다. 어둠침침한 불빛이었다. 돋보기 안경을 쓰고 있던 노인이 신문을 내려놓고 철창 너머로 종대를 보았다.

"당신은……"

"시계를 찾으러 왔습니다."

종대는 군용점퍼의 주머니에 양손을 찌른 채 창구 앞으로 다가갔다.

경계의 눈초리로 노인은 일어서서 좀전에 종대가 맡기고 간 팔목시계를 확인한 후 종대에게 내밀었다.

"어떻게 조금이라도 안 되겠습니까?"

"글쎄요, 오백환이라면 드릴 수 있겠소."

다소 마음이 누그러졌는지 노인은 말을 받았다.

"그것도 우리로서는 생각해서 드리는 돈이오."

"좋습니다."

종대는 고개를 끄덕였다.

"그것이라도 주세요."

"그럼 종이에 이걸 쓰시오."

노인의 손이 창구로 들이밀어졌다.

순간 종대의 손이 노인의 손을 거머쥐었다. 둘 사이는 튼튼한 철책으로 가로막혀 있었으므로 유일한 통로는 창구뿐이었다. 노인의 손 위에 날카로운 칼날이 곤두섰다.

"움직이지 말어. 난 다 알구 있다. 움직이면 네 손가락을 찢어놓겠다. 비상벨이 네 탁자 밑에 있다는 걸 벌써 알구 있어. 비상벨을 울리는 건 네 자유야. 하지만 그런 다음 네 손목은 잘리게 될걸."

노인은 공포에 질린 얼굴로 종대를 보았다. 그는 결박당한 사람처럼 꼼짝도 않고 엉거주춤 서 있었다.

"금고를 열어."

종대는 짧게 명령했다.

"한 손으로는 열리지 않습니다."

간신히 노인은 대답했다. 종대는 망설였다.

"좋아. 두 손으로 열어. 그 대신 서툰 짓 하지 말구."

종대는 주머니에서 권총을 꺼내들었다.

한 손에는 나이프를, 한 손에는 권총을 들고 그는 노인을 노려보며 서 있었다. 노인은 떨면서 금고의 문을 열었다. 그는 이미 비상벨을 누르는 것을 포기하고 있었다. 비상벨을 누르는 것은 어렵지 않은 일이었다.

그러나 사내의 등등한 살기로 보아 그런 행동을 하다가는 목숨이 온전치 못하리라는 것을 노인은 본능적으로 인식하고 있었다. 노인은 금고를 열었다. 금고 밑에 돈이 차곡차곡 접혀 있었다.

"금고를 이리 가져와."

노인은 얌전하게 금고를 들고 창구 앞에 놓았다.

종대는 닥치는 대로 돈을 주머니 속에 구겨넣었다.

그때였다. 누군가 계단을 올라오는 소리가 났다. 그리고 문이 열렸다. 딸랑딸랑 종소리가 났다. 두 사내가 전당포로 들어왔다. 두 사

212

내는 우연히 맞닥뜨린 이 광경을 꿈속 같은 느낌으로 받아들였다.

"손 들엇."

종대는 두 사내에게 명령했다. 두 사내는 천천히 머리 위로 손을 올렸다.

"머리 위로 손을 얹어."

두 사람은 머리 위에 손을 얹었다.

"벽 쪽으로 돌아서."

그들은 벽 쪽으로 돌아섰다.

종대는 금고 속에서 남은 돈을 꺼내 주머니에 넣었다.

그때였다. 금고 속에 손을 넣기 위해서 한 손을 방심한 채 주위를 게을리했던 탓일까. 벽 쪽으로 돌아섰던 사내 하나가 몸을 돌리면서 허공으로 치솟았다. 믿을 수 없을 만큼 날쌘 솜씨였다. 종대의 옆구리를 세차게 걷어찼다. 종대는 몇 발짝 밀려서 강한 기세로 벽에 부딪쳤다.

"이 새끼."

두 사내가 한꺼번에 덤벼들었다. 건장한 사내들이었다. 거의 동시에 엉거주춤 서 있던 노인이 탁자 밑에 설치해둔 비상벨을 울렸다. 상대편이 무기를 들고 있으므로 잠시라도 빈틈을 주면 안 된다는 것을 깨닫기라도 한 듯이 사내들은 허점을 주지 않고 밀고 들어왔다.

좁은 공간에 있어서 싸움은 종대에게 불리한 조건이었다. 종대는 밀고 들어오는 사내의 몸을 엇비슷이 비켜서며 손에 든 칼날을 사내의 어깨 속에 쑤셔박았다. 비명소리를 지르며 사내가 쓰러졌다.

옷 밖으로 피가 솟아나왔다. 나이프 끝에 붉은 피가 묻어나왔다. 상대적으로 강한 기세로 몰아붙였던 남은 사내가 두어 발짝 물러섰다. 종대는 살의를 느꼈다.

그는 절대의 권력 앞에 저처럼 저항하는 사내들의 맹목적인 도전을 이해할 수 없었다. 그들은 왜, 무엇 때문에 자기와 상관없는 일에 목숨을 걸고 나서는 것일까. 한 번도 종대는 자신의 힘과, 자신이 가진 절대의 권력 앞에 저항하는 사람을 만나본 적이 없었다. 종대는 온몸의 털이 곤두서는 것을 느꼈다. 그는 신음하며 부르짖었다.

"죽인다."

그는 끓어오르는 소리로 말했다.

그의 눈에서 핏빛이 튕겨나왔다. 그는 칼을 곤두세웠다. 그는 그 사내에게 아무런 적의도 느낄 이유가 없었다. 그러나 그는 종대에게 도전했으며, 종대에게 감히 저항했으므로 심장을 꿰뚫릴 충분한 이유가 있다고 그는 생각했다.

"안 돼."

등뒤에서 노인의 비명소리가 퍼져 흘렀다.

"사람 살려요."

종대는 창백하게 질린 사내의 목을 거머쥐었다.

그는 사내를 끌고 전당포 문 밖으로 뛰쳐나왔다. 사내의 목에 칼끝을 쑤셔박으며 종대는 계단 위에 섰다. 이미 계단 아래에 총을 빼든 경찰관이 진치고 있는 것이 보였다. 번화가를 거닐던 사람들이 수도 없이 빽빽하게 그를 쳐다보고 있었다.

"칼을 버려."

계단 끝에 선 경찰관이 종대에게 소리질렀다.

"다가오지 마. 다가오면 이 쌔끼 모가지를 찔러버릴 테다."

마악 돌진할 태세를 갖추고 있던 경찰관들이 순간 주춤하고 물러섰다.

"물러서."

214

종대는 소리질렀다.

그러나 그들은 물러서지 않았다. 거리에 빽빽하게 모인 사람들의 눈빛이 종대의 시야에 가득 차 들어왔다. 수많은 인파였다. 그들은 한결같이 팽팽한 긴장상태에 침묵을 지키고 타는 시선으로 계단 위에 선 종대를 쳐다보고 있었다. 종대는 자기가 줄 위에 선 곡예사 같은 느낌을 받았다. 자신은 곡예를 하고 있고 그들은 그 위태로운 곡예를 구경하고 있는 관객들처럼 느껴졌다.

"물러서. 이 쌔끼들아."

종대는 피를 토하듯 부르짖었다.

그것은 그 엄청나게 몰려든 사람들의 바다를 향한 외마디소리였다. 사람들은 일순에 두 편으로 갈라져 물러섰다. 종대는 목을 거머쥔 사내를 질질 끌면서 계단을 내려왔다. 그가 걸어온 만큼 길이 뚫렸다. 경찰들은 그가 움직이는 대로 원을 그리며 그를 포위하고 따라 움직였다. 네온과 찬란한 불빛이 타오르고 있는 광복동 거리로 엄청난 인파들이 몰려서 노상에서 벌어지는 놀라운 광경을 숨소리 하나 내지 않고 바라보고 있었다.

"권총을 버려라."

안전한 거리를 유지하고 물러서서 움직이고 있던 경찰관 하나가 종대에게 타이르듯 말했다.

"칼을 버려. 자수해라. 우린 널 관대하게 봐줄 것이다."

"좆 같은 소리 말어, 이 쌔끼야."

종대는 그의 얼굴을 향해 침을 뱉었다.

사람들은 구름처럼 몰려들었다.

그것은 거대한 숲이었다. 그 엄청난 사람의 시선들이 자신에게 비로소 집중됐다는 사실에 종대는 기묘한 쾌감을 느꼈다.

비로소 그들의 시선이 내게 집중되었다. 아, 아. 태양을 렌즈로 모아 그 초점으로 종이를 태우듯 인간들의 시선이 내게로 집중되고 있다는 사실에 종대는 자신의 몸이 불꽃으로 타오르는 것 같은 환상을 보았다.

아, 아. 이것이었던가. 이 찰나, 이 순간들이 영원히 계속될 수는 없는 것인가. 타오르는 불꽃만이 언제나 계속될 수는 없는 것인가. 나는 무엇을 어떻게 하겠다는 것일까. 이 얼굴 하나만을 붙들어 그의 목숨을 담보로 하고 어디로 도망갈 수 있단 말인가. 내가 바라던 것은 저 수많은 사람들의 경탄 속에서 스스로 체포되기를 바라던 것이 아니었던가.

도망쳐요. 어디든 도망치세요.

영숙의 목소리 하나가 귀를 찔렀다. 오랜 세월 동안 언제나 어디서나 시위를 벗어난 활촉처럼 그의 등뒤에 내리꽂히던 영숙의 외마디소리였다.

도망쳐요. 빨리. 어디든 도망치세요.

안 돼.

종대는 머리를 흔들었다.

이제 더이상 도망칠 수는 없어. 이제 내 경주는 막다른 종점에 도착하고 말았어. 이것이 내가 바라던 최선의 길이었어. 이제 난 그토록 간절히 바라던 휴식을 얻게 되는 거야. 모든 게 내가 바라던 대로 되었다. 저 엄청난 살아 있는 사람들의 시선 앞에서, 저 엄청난 증인들 앞에서 나는 비로소 체포되는 거야. 이제 됐어. 너의 앙갚음은 끝났어.

종대는 순간 손에 들었던 권총을 떨어뜨렸다.

그는 자기를 쳐다보는 시선 앞에서 천천히 웃음을 띄워올렸다. 그는 미친 사람처럼 보였다.

"생각 잘했어."

216

경찰 하나가 그에게 말했다.

"나머지 칼도 버려."

종대는 칼을 들어 허공을 두어 번 그었다.

칼끝에는 핏자국이 남아 있었다. 종대는 칼을 포도 위에 던졌다. 칼은 땡그랑 소리를 내며 아스팔트 위에 굴러떨어졌다. 순간 물러섰던 경찰관들이 약속한 듯 종대를 향해 덤벼들었다. 종대는 킬킬거리며 그들이 내미는 수갑을 두 손을 내밀어 받았다. 생각보다 쉽게 끝난 노상극은 사람들에게 곧 엄청난 비난을 불러일으켰다.

"어데 얼굴 좀 봅시더. 뭣 하는 사람이고."

"멀쩡하게 생겼대이."

그를 둘러싼 경찰관들은 우 모여드는 사람들을 막기 위해서 진땀을 빼고 있었다.

호루라기를 불며 다가서는 사람들을 뚫고 종대는 걸어갔다. 경탄과 공포로 물러섰다가 그만한 적의를 가지고 저항해 들어오는 사람들의 열기에 찬 표정을 종대는 말없이 쳐다보았다. 그를 차단해주는 경찰관만 없었더라면 그들은 성난 파도처럼 종대를 짓밟고 갈가리 찢어죽일 것만 같은 험악한 표정을 짓고 있었다. 누군가 그의 얼굴을 향해 침을 뱉었다. 간신히 뜯어말리는 경찰관의 울타리를 뚫고 한 사내의 주먹이 종대의 얼굴을 향해 던져졌다. 종대의 입술이 터져 피가 흘렀다.

"죽여라."

성난 군중 하나가 소리질렀다.

"밟아 죽여라."

1957년 4월. 이종대는 부산에서 체포되었다.

경찰에서는 그의 여죄를 추궁한 끝에 그를 정읍으로 이송시켰다. 탈영병이어서 군수사대로 이송시켜야 한다는 주장도 있었지만 그의 여죄가 속속들이 드러남으로 말미암아 그는 강도·상해·살인 미수 등 여섯 가지 죄명으로 십 년형을 선고받았다.

열두시 정각에 사이렌이 울리기 시작했다. 건조하고 메마른 사이렌 소리의 음향은 타오르고 있는 교도소 안의 열기 속에서 비등점을 향해 달리는 끓어오르는 물처럼 서서히 가득 차올랐다.

점심시간을 알리는 사이렌 소리와 함께 각 공장에서 오전 근무에 몰두하고 있던 죄수들의 일손이 멈춰섰다. 제2공장에서도 약속이나 한 듯 작업을 멈췄다.

덜덜거리며 돌아가던 재봉틀의 기계음도, 나뭇조각을 깎아내리던 녹슨 기계의 마찰음도 멈춰서고, 납품받은 구두를 만들기 위해서 가죽을 잘라내던 기계도 일시에 멈춰섰다. 죄수들은 오전 동안 귀를 찢는 듯한 기계들의 마찰음 속에서 막 해방되자 시간 맞춰 찾아오는 허기와 고된 작업을 끝낸 방심한 마음으로 오후의 태양이 눈부시게 작열하는 교도소 앞마당을 내다보았다.

교도소 밖에서 고된 사역을 끝마치고 돌아오는 외역죄수들이 느린 걸음으로 구령에 맞춰 돌아오는 것이 보였다.

낫과 곡괭이를 어깨에 메고 외역간수들의 호루라기에 맞춰 어설프게 손과 발을 흔들면서 돌아오는 외역죄수들은 땀과 피로에 지쳐 있었다.

푸른 죄수복은 오전 내내 땅을 파고 흙을 일군 노동으로 덜 마른 빨래처럼 땀에 젖어 있었고 흙과 먼지가 박박 깎은 머리 위에 힘없이 눌러쓴 모자 위에 하얗게 뒤덮여 있었다.

푸른 작업화를 질질 끄는 소리가 둔탁하게 들려오고 발을 질질 끌며 걸을 때마다 흙먼지가 분분하게 일어났다.

낫과 곡괭이가 햇살에 번득이며 곧추서고 힘없이 걸어오는 몸의 반동으로 이따금 서로 부딪쳐 짤랑짤랑 쇳소리를 내고 있었다. 하나같이 표정들은 어둡고, 입가에는 말라붙은 땀으로 하얗게 소금기들이 얼룩무늬를 그리고 있었다.

외역죄수들이 우선 입감되고 난 뒤에야 노역죄수들이 입감되는 순서였으므로 이곳저곳에서 떼지어 몰려오는 죄수들의 행렬을 공장 안에 남아 있는 죄수들은 초조하게 지켜보고 있었다.

짓궂은 간수들은 호루라기로 일일이 구령을 맞추기보다 죄수들에게 노래를 부르게 하는 것으로 죄수들의 집단이동을 촉진시키고 있었다. 말라붙은 더러운 강물과 같은 노랫소리가 먼 곳에서 천천히 흘러들고 있었다.

"전우의 시체를 넘고 넘어, 앞으로 앞으로, 낙동강아 잘 있거라, 우리는 전진한다……"

이때였다.

제2공장을 마악 지나치던 외역죄수들의 행렬 앞으로 한봉산이 따라나섰다. 외역죄수들의 행렬을 지휘하던 교도관은 한봉산을 쳐다보았다.

"안녕하십니까, 나으리."

한봉산은 두 손을 비비며 비굴하게 웃었다.

"뭐야?"

호루라기를 불던 교도관 고병구는 푸 호루라기를 뱉어내고 그를 향해 물었다.

"이종대가 좋은 그림을 여러 장 그려놨습니다요. 한 장 골라 가지시라고 말씀드리는 겁니다, 나으리."

"그으래."

고병구의 입가에서 미소가 떠올랐다.

"알겠어. 죄수들을 입감시킨 후 찾아가겠다. 그렇게 전해."

"알겠습니다, 나으리."

고병구는 호루라기를 불면서 사라졌다. 잇달아 들어오는 죄수들의 노랫소리가 우울하게 이어지고 있었다.

"발을 맞춰라. 발을 맞춰."

악쓰는 교도관의 고함소리만이 지친 죄수들의 발걸음을 추켜세우고 있었다.

한봉산은 뒷걸음질쳐서 제2공장으로 돌아왔다. 그는 이종대에게 눈짓으로 임무를 완수했다고 표현했다. 이종대는 아무런 표정 없이 일어섰다.

그는 주머니에 들어 있는 고춧가루 봉지를 꺼내들었다. 그 동안 간수들에게 그림을 그려주고 그 대가로 받은 고춧가루를 모아둔 봉지였다. 담배나 설탕을 대가로 받는 것보다 장이 나빠 설사를 자주 한다는 핑계로 조금씩 조금씩 모아둔 고춧가루는 한 사람의 눈을 멀게 할 수 있을 정도로 양이 충분했다.

그가 외역교도관 중에 고병구를 선택했던 것은 계획했던 일이었다. 그는 유난히 그림을 좋아했으며, 그를 위해 종대는 십자가에 못 박힌 예수의 그림을 서너 장이나 그려두었으며, 그가 전해준 그의 가족사진을 정교하게 그려두었다. 또 한 가지 그를 탈옥계획의 제물로 선택했던 것은 외역교도관만이 실탄이 장전된 권총을 허리에 차고 있다는 것을 알고 있었기 때문이었다. 탈옥을 거사하는 데는 무엇보다 실탄이 든 권총이 필요했기 때문이었다. 노역죄수들보다 외역죄수들은 한결 더 잔인하고 흉악하여 단순노동만을 할 수밖에 없을 정도로 지능이 모자라고 충동적이며 더구나 교도소 밖에서 일을 할 수밖에 없으므로 외역간수들은 필수적으로 권총을 차고 있을 수밖에 없었다.

외역죄수들의 행렬이 끝나고 공장마다 조별로 입감되는 순서를 기다릴 무렵이었다.

망을 보고 있던 곽길종이 종대를 향해 날카롭게 휘파람을 불었다.

고병구가 이리로 오고 있다는 신호였다. 과연 고병구의 모습이 창가로 보였다. 그는 제2공장 계단 앞에서 두어 번 군홧발을 구르고 공장 안으로 들어섰다. 순간 문 옆에 비켜서서 찰싹 벽에 몸을 붙이고 있던 이종대의 손에서 붉은 고춧가루가 마악 들어서는 고병구의 얼굴을 향해 던져졌다.

본능적으로 비명을 지르며 교도관은 허리를 굽혔다. 정통으로 얼굴에 가득 씌워진 고춧가루는 그의 눈뿐만 아니라 방어태세를 무력하게 만들었다. 곽길종의 발이 허리를 굽히는 간수의 얼굴을 걷어찼다. 고병구는 바닥에 굴러쓰러졌다.

죄수들은 비명소리와 넘어지는 간수를 멍한 시선으로 쳐다보았다. 백주에 벌어지는 이 느닷없는 구타와 폭력이 무엇을 의미하는 것일까 죄수들은 이해할 수 없는 표정들이었다. 쓰러진 간수의 허리춤에서 이종대가 권총을 낚아챘다.

그때였다.

전혀 예기치 않았던 굉음이 귀를 찢었다.

권총 소리였다. 권총이 허리띠와 강한 줄로 연결되었기 때문에 그것을 잡아당기던 종대의 실수로 방아쇠가 당겨진 모양이었다. 오발된 탄환 소리가 귀를 멍하게 하고 화약 냄새가 공장 안에 가득 차올랐다. 종대는 제도용 칼로 허리띠와 연결되어 있는 줄을 끊었다. 그는 오른손에 권총을 거머쥐었다.

"비상벨의 선을 끊어."

이종대는 날카롭게 소리질렀다.

한봉산이 달려가 벽 천장 근처에 매달려 있는 비상벨의 선을 구두 가죽 자르는 칼로 베었다.

"틀렸어. 틀렸어."

곽길종이 침을 뱉으며 소리쳤다.

"다 틀렸어, 씨팔. 권총이 오발됐어. 권총 소리가 났어."

"뭐 하고 있는 거야, 이 새끼야."

이종대가 그의 어깨를 때렸다.

"죄수들을 데리고 무기고로 뛰어가."

"틀렸어."

곽길종은 머리를 흔들었다.

"총소리 때문에 틀렸어."

순간 이종대는 충격적인 세 사람의 불가사의한 행동을 멍한 의식으로 바라보고 있는 동료 죄수들을 향해 소리질렀다.

"여러분, 우리 셋은 이제부터 탈옥하려 합니다. 탈옥하고 싶은 사람은 우리 뒤를 따르시오."

쓰러져 누웠던 간수가 눈을 비비며 일어섰다.

"안 돼. 뭣들 하는 거야."

"이 새끼."

곽길종이 일어서는 간수의 턱을 강타했다.

"따라오고 싶은 사람은 따라들 오라우."

죄수들은 그때서야 실감이 오는 표정으로 웅성거리기 시작했다.

그들 속에서 흥분과 열기가 서서히 끓어오르기 시작했다. 그러나 오발된 총소리가 뭔가 심상치 않은 교도소 내의 분위기를 외부에 알린 셈이 되었다.

그것은 치명적인 불운이었다. 때를 맞추어 비상벨 소리가 여기저기서 들려오기 시작했다. 순간 동요하던 죄수들이 멈칫거렸다. 더

이상 그들의 동요를 기대할 수는 없었다. 이곳에서 시간을 끌며 지체할 수는 없었다.

종대는 순간 오래 전부터 꿈꿔왔던 탈옥계획이 처음서부터 차질을 빚는다는 예감을 받았다.

그의 탈옥계획에서 절대로 빠져서는 안 될 것은 죄수들의 폭동이었다. 그들을 선동해서 그들이 무기고를 습격하게 만든 다음 세 사람은 그 틈을 이용해서 교도소 밖으로 빠져나간다는 중요한 계획이 차단되는 순간이었다.

군중심리를 이용해야만 세 사람은 충분한 시간을 벌 수 있었다.

죄수들을 무기고로 유인한다면 이 탈옥계획은 구십 퍼센트 성공하는 셈이었다. 무기고를 지키는 간수들이 성난 노도와 같이 몰려드는 죄수들을 향해 발포할 것은 분명한 일이었다. 몇몇 죄수들이 피를 흘리고 쓰러질 것이다.

정오의 태양 아래 피를 흘리며 죽어가는 동료 죄수의 신음소리는 죄수들의 피를 끓게 하고 맹목적인 분노에 불을 지를 것이다.

그들은 쓰러지면서 무기고를 습격하고 마침내 무기고를 점령하게 될 것이다. 무기고를 점령하게 된다면 온 교도소 안은 집중난사로 벌집처럼 들끓을 것이다. 입감된 죄수들도 합세하게 될 것이다.

간수들은 숫자로나 힘으로나 완전 열세에 놓일 것이며, 한꺼번에 천 명이 넘는 죄수들이 교도소 밖으로 개미들처럼 흩어져나갈 것이다. 무너진 제방을 넘쳐흐르는 홍수와도 같은 죄수들의 무력폭동을 어떻게 어디서부터 진압할 것인가.

온 군산시내가 흩어져나간 죄수들로 삽시간에 무법천지로 변해버릴 것이다. 그 소용돌이 속에서 세 사람은 배를 타고 마산으로 도피할 수 있을 것이다.

그러나 불운하게도 오발된 권총 한 발이 이 계획을 무참하게 산산 조각으로 깨뜨렸다. 죄수들은 동요하지 않았으며, 이미 비상벨이 교도소 내를 울리고 있었다. 다 틀려먹은 일이었다.

그러나 이종대는 권총을 들고 교도소 마당으로 뛰쳐나갔다.

그는 혼자서라도 탈옥할 결심이었다. 일단 이 울타리, 저 망루, 굳게 쳐진 담장, 철조망 밖으로 뛰쳐나가고 싶은 욕망이 불길처럼 타오르고 있었다. 곽길종과 한봉산이 그의 뒤를 따랐다.

세 사람은 머리 위에서 내리쬐는 정오의 붉은 해를 쳐다보았다. 그것은 거대한 발톱을 가진 독수리의 날개처럼 보였다. 머리 위에 붙박인 태양은 그들의 머리를 발톱으로 움켜쥐고 빛의 부리로 머리통을 날카롭게 쪼아내리고 있는 것처럼 느껴졌다. 이곳저곳에서 비상벨 소리가 들려오고 권총을 든 간수들이 도대체 목표가 어디인가 방향을 찾기 위해서 우왕좌왕하고 있는 것이 보였다. 이종대는 먼저 교도소 정문을 향해 달려가기 시작했다. 어디선가 핑, 하고 탄환이 발사되었다. 달려가는 이종대의 옆으로 하얀 먼지가 풀썩 피어올랐다.

교도소 정문 옆 입구에서 누군가 이종대를 향해 달려나오고 있었다. 순식간에 벌어진 일이라 영문을 알 수 없는 정문 담당 교도관이 뛰쳐나오고 있는 모습이었다. 이종대는 그를 향해 권총을 뽑아들었다. 그는 그의 심장을 겨누었다.

그러나 순간 그의 심장을 겨누어 조준된 손은 허공으로 치켜올려졌다. 그는 방아쇠를 잡아당겼다. 무서운 총성이 귀를 찢었다. 순간 교도관은 두 손을 번쩍 들었다. 곽길종이 그의 허리에서 권총을 빼들었다. 그는 약간 저항했다. 그러나 자신의 저항이 무의미하다는 것을 알았는지 순순히 포기하고 물러섰다.

"문을 열어라."

이종대는 굳게 닫힌 교도소 철문을 가리켰다.

"안 돼."

하얗게 질린 교도관은 머리를 흔들었다.

"열어, 이 새끼야."

권총을 빼앗아 든 곽길종이 살의를 보였다.

"안 돼. 권총을 버리시오. 당신들은 빠져나가지 못해. 금방 잡히게 된다. 이미 비상벨이 울렸어. 문 밖에는 경찰들이 대치하고 있을 거야. 당신들은 죽게 돼."

순간 이종대의 오른손에서 짧고 강렬한 불빛이 일었다. 두번째의 위협사격이었다. 할 수 없다는 듯 교도관이 열쇠꾸러미를 찾아들었다. 그는 떨면서 정문 옆의 비상용 입구의 철문을 열었다.

이때가 열두시 이십분. 거사를 시작한 지 십 분도 채 안 되는 짧은 시간이었다.

세 사람은 아가리를 벌리고 선 철문을 잠시 넋을 잃고 바라보았다. 문은 활짝 열려 있었다.

이것이었던가.

짧은 순간 이종대의 머릿속에 시계초침과도 같은 찰나적 환상이 떠올랐다.

일 년 전 깊은 밤중에 이종대는 이 교도소 안으로 수감되었다. 그의 등뒤에서 닫히던 녹슨 쇳소리가 그의 뇌리에서 언제까지나 지워지지 않고 있었다.

그것은 저 빛나는 세계, 저 황홀하고 저 자유로운 세계와 차단되는 형벌의 쇳소리였다. 앞으로 십 년 동안 저 바깥세계와는 결별할 수밖에 없는 노예와의 계약 소리였다. 그런데 문이 열렸다. 그렇다. 이 계획은 탈옥에 성공한 뒤 자유를 얻을 수 있으리라는 욕망 때문이라기보다는 저 철문을 자의로, 명령으로, 제 스스로의 힘으로 열

게 하고 그 권위에 덤벼들어 한 발짝이라도 바깥세계로 걸어나가고
싶은 도전의식 때문이 아니었을까.

이종대는 먼저 철문으로 달려갔다.

두 사내가 뒤를 쫓았다. 계획했던 대로 교도관을 인질로 해서 밖
에까지 탈출할 필요는 없어 보였다. 아직 등뒤에서 무장한 교도관
들은 추격해오지 않고 있었다. 방향감각을 잃고 그들은 엉뚱한 곳
을 향해 뛰어가고 있는 모양이었다.

교도소 밖은 외길이었다.

오백여 미터를 뛰어내려가야만 신작로와 만날 수 있었다. 비탈길
양쪽은 채마밭이었다. 버스 한 대가 먼지를 풍기며 달려오고 있는
것이 보였다. 세 사람은 필사적으로 뛰었다. 언덕에서 누군가 한 사
람이 쓰러졌다.

"같이 가."

돌에라도 걸려 넘어진 것일까. 뒤따라오던 늙은 곽길종이 소리를
치며 부르짖었다.

"함께 가자구."

"씨팔, 영감태기가. 내버려둬. 시간이 없어."

한봉산이 돌아보려는 이종대를 막아세웠다. 그러나 이종대는 달리
던 발을 멈춰세웠다. 그는 몸을 돌려 쓰러진 곽길종에게 소리쳤다.

"일어나. 일어나서 뛰어, 영감."

곽길종은 일어섰다. 그는 물에 빠진 사람처럼 허우적거렸다. 그는
목까지 숨이 차오르고 있었다. 그는 절뚝이며 따라 뛰어왔다.

"발을 다쳤어. 발을 다쳤어. 이게 뭐야. 다 나와서."

외길을 벗어나 갈림길을 돌아갈 무렵, 한 떼의 경찰관이 그들과
맞닥뜨렸다. 교도소 내의 긴급구원 요청을 받고 경찰들이 출동하는
길이었던 모양이었다. 놀란 것은 오히려 경찰들 쪽이었다. 그들은

교도소 안으로 달려갈 생각만 했지 느닷없이 탈옥 죄수들을 만나게 되리라고는 생각지도 않은 모양이었다. 거총을 할 겨를도 없이 경찰들은 맞닥뜨린 세 사람의 탈옥 죄수를 본 순간 양 옆으로 갈라섰다. 그들을 향해 이종대의 권총이 불을 뿜었다.

타앙. 타앙. 타앙.

세 발의 연발된 총성이 그들을 향해 발사되었다.

비명을 지르며 민가 쪽에서 사람들이 물러서는 모습이 보였다. 세 사람은 반대편 방향으로 달려나가기 시작했다. 등뒤에서 응사하는 탄환 소리가 콩 볶듯이 일었다.

트럭 한 대가 신작로를 달려오고 있는 것이 보였다. 세 사람을 보자 트럭은 급브레이크를 밟으며 멈춰섰다. 차 창문이 열리고 뭐라고 욕지거리가 튀어나오자 한봉산이 운전석을 향해 권총을 빼들었다.

"내려."

운전사는 손을 들고 차에서 엉거주춤 내렸다.

세 사람은 트럭에 올라탔다.

이종대가 운전대를 잡았다. 그는 카투사 시절에 미군용 지프를 몰아본 경험을 갖고 있었다. 종대는 차를 후진시켜서 방향을 바꿨다. 좁은 길을 후진시켜 방향을 바꾸는 데만 쓸데없이 시간을 허비한 셈이었다. 그러나 막상 방향을 바꾸자 어디로, 어느 방향으로 차를 몰아야 할 것인가 판단이 서질 않았다.

그는 무턱대고 액셀러레이터를 밟았다. 차는 쿨럭이며 달려나가기 시작했다. 운전석 옆에 운전사가 먹다 남긴 빵조각이 놓여 있었다. 한봉산이 그 빵을 우걱우걱 먹기 시작했다.

"발을 삐었어. 발이 아파. 발이 부러졌나봐."

"좆 같은 소리 말어, 영감."

"바다 쪽이 어디야?"

종대는 차를 돌려 소리질렀다.

"몰라. 내가 군산에서 살아봤어야지. 그냥 가. 가다보면 바다가 나올 거야."

바다. 왜 바다를 떠올린 것일까.

머릿속에 막연히 상상했던 대로 바다를 향해 달려간다 해도 배를 타기엔 절망적이었다. 그는 이미 탈옥이 수포로 돌아가는 것은 시간문제란 느낌을 받고 있었다. 인근 부두에는 이미 비상경계망이 펼쳐져 있을 것이다. 그럼에도 불구하고 어째서 바다를 떠올린 것일까. 바다의 푸른 빛깔, 넘실대는 파도와 희고 긴 백사장에 부서지는 파도의 잔해를 보고 싶다는 단순한 생각이었을까.

차 앞으로 그림소풍이라도 나오는 길일까, 한 떼의 어린아이들이 일렬로 화판을 메고 걸어오고 있었다. 이종대는 클랙슨을 눌렀다.

"그냥 달려. 까짓놈의 것. 이판사판이야. 시간을 끌 필요는 없어."

이종대는 차를 멈추고 클랙슨을 눌렀다. 클랙슨 소리에도 어린아이들은 아랑곳없이 양순한 양떼들처럼 길을 따라 걸어오고 있었다. 이종대는 운전석 문을 열고 차에서 내렸다.

"뭣 하고 있는 거야. 운전을 할 줄 아는 건 너밖에 없어."

"소용없어. 가고 싶으면 가. 나 혼자 가겠다."

순간 한봉산이 이종대를 향해 총구를 내밀었다.

"내 말을 들어. 차에 타. 운전을 해. 바다까지 가. 이 새끼야. 올라타."

"나를 죽일 텐가?"

종대는 그를 올려다보면서 웃었다.

"쏘고 싶으면 쏴봐, 이 빌어먹을 새끼야."

"우라질."

한봉산이 차에서 따라내렸다. 뒤따라 곽길종이 차에서 내렸다. 교

228

도소에서 일 킬로미터쯤 떨어진 갈림길이었다. 자전거를 타고 오던 소년 하나가 푸른 죄수복을 입은 세 사람을 보더니 멈칫거렸다.

순간 한봉산이 자전거에 올라탄 소년에게 말했다.

"내려라, 꼬마야. 니 자전거가 이쁘구나."

소년은 떨면서 자전거에서 내렸다.

"이쪽으로 가면 어디냐?"

"그쪽은 영동 쪽이구요, 이쪽은 오룡동 쪽이에요."

"바다로 가려면 어디로 가야 하니?"

"이쪽으로 가야 하는디."

소년은 영동 쪽을 가리켰다.

"저쪽으로 가면?"

"산이 나올 것이로구먼요."

"알겠다."

한봉산은 자전거에 올라탔다. 자전거는 매우 작았으며, 그의 몸은 엄청나게 큰 거구였으므로 그는 마치 세발자전거를 탄 어린아이 형상을 하고 있었다.

"나 먼저 가겠다. 뒤따라와."

그는 침을 뱉었다. 그리고 힘차게 페달을 밟기 시작했다. 이종대는 그와 다른 방향으로 걸어갔다. 곽길종이 절뚝거리며 따라왔다. 그의 바지에서 뭔가 지저분한 물기가 떨어지고 있었다. 그는 옷을 입은 채 오줌을 싸고 있는 모양이었다. 그는 살아 있는 사람처럼 보이지 않았다. 그는 죽어 있는 시체처럼 보였다.

"왜 이렇게 조용하지."

턱에까지 숨찬 목소리로 곽길종이 간신히 입을 열었다.

"뒤따라올 텐데, 왜 이렇게 조용하지."

길가 채마밭에서 아낙네 둘이서 거름을 주고 있었다. 두 사람은 먼지를 뒤집어쓰고 있는 길가 가게로 들어섰다. 한 사내가 파리채를 들고 파리를 쫓고 있다가 두 사람을 보았다. 그는 이상한 눈빛으로 엉거주춤 두 사람을 맞아들였다. 아무래도 낯선 죄수복이 이상한 모양이었다.

"담배 좀 주시오."

종대는 목쉰 소리로 말했다.

"저어, 저어……"

할 말을 잊은 가게 주인은 겁에 질린 표정으로 두어 발짝 물러섰다. 종대는 담뱃갑을 쥐어들어 곽길종에게 내밀었다. 곽길종은 평상 위에 주저앉아 담배를 피워물었다. 그는 불을 붙여 종대에게 한 개비 내밀었다. 한꺼번에 많은 연기를 들이마신 탓일까, 곽길종은 어찔어찔한 듯 눈을 감았다.

"우린 방금 풀려난 죄숩니다. 옷이나 있으면 두 벌 빌려주시오."

"옷, 옷, 옷이 없는디……"

사내는 사시나무 떨듯 몸을 흔들고 있었다. 그는 혼이 나간 사람처럼 보였다.

"아무 옷이라도 주시오."

종대는 선반 위에 놓인 소주병을 꺼내들었다. 그는 이빨로 마개를 따서 병째 소주를 벌컥벌컥 들이켰다. 싸하고 독한 소주가 목구멍을 타고 몸 안으로 흘러들어가자 이내 따끈따끈한 취기가 몰려들었다. 종대는 말라비틀어진 오징어를 찢어 우물우물 씹었다.

"술인가? 술이면 한잔 줘."

곽길종이 종대에게 손을 내밀었다. 종대는 술병을 그에게 건네주었다. 그는 병째 술을 들이켰다. 마르고 여윈 목젖이 술을 삼킬 때마다 시계추처럼 오르내렸다.

"아아, 그렇군. 이게 술맛이로군. 내가 얼마 만에 이 술맛을 보는 줄 아나? 꼬박 십 년 만이야. 종대. 십 년 만에 맛보는 술맛이야."

"많이 들지 말아요. 어지러울 테니까. 곧 취해서 걷지도 못할 테니까."

"상관없어. 난 이제 죽어도 괜찮아. 난 십 년 만에 바깥세상을 나와보는 거야. 그런데 이상해. 종대. 십 년이 하루만 같아. 꼭 어제만 같아. 변한 게 있어야지. 변한 건 내 몸뿐이야. 씨팔, 몸만 늙고 다리만 삭았어."

"먹고 싶은 것 있으면 무엇이든 먹어요. 영감은 이제 풀려났으니. 이젠 성공을 했으니까."

"그들이 우릴 쫓아오겠지?"

"물론 오겠지."

"그런데 왜 이렇게 조용할까? 그게 난 이상해. 그게 믿어지지 않아. 지금쯤 큰일이 났을 텐데. 벌집처럼 아우성일 텐데 왜 이렇게 조용해. 아아, 다리가 아파. 미친놈이야. 이 좋은 세상에 다리를 다쳤어."

"그래두 부러진 건 아니야. 삔 것이겠지."

그때였다. 내실로 들어갔던 가게 주인이 허드레옷을 들고 두 사람 앞으로 다가왔다.

"옷을 갈아입는 게 좋아. 죄수복을 벗어버려. 영감은 바지에 오줌을 쌌어."

종대는 옷을 곽길종에게 집어던졌다. 종대는 푸른 죄수복을 벗기 시작했다. 그것은 파충류의 피부처럼 불쾌한 빛깔을 하고 있었다. 그것은 노예의 옷이었다.

옷은 헐렁헐렁하게 컸다. 그러나 그것은 나비의 날개처럼 자유롭고, 아름다운 빛깔을 갖고 있었다.

그것은 옷이라기보다는 날개였다.

종대는 박박 깎은 머리를 감추기 위해서 농모를 뒤집어썼다. 가게 벽에 거울이 걸려 있었다. 종대는 본능적으로 거울에 자신의 모습을 비춰보았다.

깡마르고 검은 사내가 그곳에 서 있었다. 살아가는 희망을 상실하고 생기라곤 전혀 찾아볼 수 없는 유령과 같은 얼굴이었다. 급히 마신 술 몇 잔으로 취기가 빨갛게 올라 있었다. 곽길종은 삔 다리의 통증으로 연신 신음소리를 내며 옷을 갈아입고 있었다.

"어때? 오랜만에 입어보는 민간복이야."

그는 일어서서 몇 발짝 절뚝이며 걸어보았다.

그는 허수아비처럼 보였다. 종대는 그에게 농모를 집어던졌다. 그는 빈 대머리에 농모를 눌러썼다.

"잘 어울리는군."

종대는 인사치레라도 하듯 킬킬거리며 말을 던졌다.

"거울을 봐. 영감, 마카오 신사가 됐어."

곽길종은 절뚝이며 거울 앞에 서보았다. 곽길종은 웃지 않았다. 그는 넋 나간 사람처럼 거울 앞에 서서 우두커니 자신의 꼬락서니를 비춰보고 있었다.

"저것이 내 모습인가?"

"그럼, 영감의 모습이지."

"믿어지지 않아. 저건 내 얼굴이 아냐. 저건 노인의 얼굴이야. 난 할아버지가 아니야. 어떻게 된 거야?"

"늙은 건 영감이 아니야. 늙은 건 거울이야. 영감은 아직 총각 같아. 잘하면 오늘 십 년 만에 여자 사타구니라도 핥게 될지 몰라."

종대는 얼빠진 표정으로 서 있는 가게 주인을 돌아보았다.

"우리가 나간 뒤에 잘 알겠지만 경찰에 신고하거나 서툰 짓을 한다면 돌아와 당신 가슴에 바람구멍을 뚫어놓을 거야. 내 말이 무슨

232

뜻인지 잘 알고 있겠지?"

"예, 예."

가게 주인은 황급히 머리를 끄덕였다.

"있는 대로 돈을 좀 줘야겠어. 많이는 가져가지 않겠어. 있는 대
로 좀 빌려줘."

"떼어먹는 것은 아니야. 잠깐 빌려가는 거지."

곽길종이 술 몇 잔에 원기를 회복한 듯 한마디 거들었다. 두 사람
은 돈을 받아들고 가게를 나왔다. 태양은 뜨겁게 타오르고 거리는
눈부시도록 희었다. 짧은 그림자가 두 사람의 곁을 따라 우쭐우쭐
춤추고 있었다.

"이봐, 어디로 가는 거야? 바다로 가는 건가?"

"나도 몰라. 무턱대고 가는 거지. 가보는 거야."

"왜 이렇게 조용하지. 우릴 잊어버렸나봐. 어떻게 된 것일까? 교
도소 안에서도 난리가 났을 텐데. 쫓아오던 경찰들은 어떻게 됐지?
우리들한테 겁을 먹은 걸까?"

미친 놈, 미친 영감, 미친 자식. 이 자식은 미쳐버린 것일까. 이 정
적이, 저 작열하는 태양 밑에 톱밥처럼 내리누르는 정적이 무엇을
의미하는가를 모른단 말인가.

나는 안다.

묵묵히 신작로를 걸어가며 종대는 생각했다.

이 정적이 더욱더 무서운 올가미임을 나는 안다.

그들은 도망간 것이 아니다. 그들은 일단 물러선 것이다.

애매한 주민들을 다치거나 손상시키지 않기 위해서 일단 물러선
후 전열을 가다듬고 비상망을 설치한 후 서서히 그물질을 해올 것
이다. 미친 탈옥범들의 신경을 될 수 있는 대로 건드리지 않기 위해
서, 그들이 미쳐 날뛰지 않도록 소리없이, 용의주도하게 올가미를

죄어가고 있을 것이다. 더구나 그들은 탈옥범 중에 두 사람이 권총을 들고 있는 것을 잘 알고 있지 않은가.

함부로 그들을 다루거나, 빨리 잡으려고 서두르다가는 주민들이 상하거나 죽는, 최악의 경우가 다가오게 되리라는 것을 그들은 누구보다 잘 알고 있을 것이다. 그러므로 그들은 서서히 고삐를 늦춰 주고 있는 것뿐이다.

이미 도주로는 모두 막혔을 테고 검문 검색은 강화될 것이다. 나는 안다. 가게 주인 녀석도 우리를 고발하겠지. 그건 손바닥을 들여다보듯 명약관화한 일이다.

하지만 안심해, 영감.

종대는 중얼거렸다.

올가미가 죄어오는 동안만은 우린 자유인이야. 그때까지만이라도 십 년 만의 외출을 즐기라구, 영감.

이제 다시 잡혀들어가면 영감은 죽을 때까지 저 감옥 속에서 어느 날 피를 토하고 죽어 거적때기에 싸여 나오기까지 살아서 이 공기와, 이 자유로운 햇볕을 맡고 쏘이지는 못할 거야, 영감. 죽기 전엔 나오지 못해. 넌 살인범이야. 넌 무기수야. 나는 달라, 나는 십 년 형이야. 이제 일 년을 복역했으니 앞으로 구 년만 지나면 풀려나올 수 있다. 물론 탈옥을 기도했던 죄로 삼사 년 형기가 더 연장되겠지. 하지만 그건 아무것도 아니야. 자지가 썩기 전엔 풀려나가게 될 거야. 서른 중반이면 자유의 몸이 될 수 있어.

그땐 아이새끼도 만들 수 있어.

난 달라. 내겐 그래두 희망이라는 게 있는 거야, 영감. 영감은 이제 마지막이야. 영감은 사람을 죽인 살인범이야. 어쩌면 모범수로 죽기 전에 살아나갈 수 있을지도 모른다는 희망 따위는 버리는 것이 좋아. 영감은 탈옥기도죄가 추가되어 절망상태야. 미친 영감, 노래를 불러라.

"노래 한 곡 불러봐, 영감. 노래를 부르라구."

기름기가 쫙 빠져버린 배창자에 갑자기 휘발유와 같은 소주를 부어넣었으므로 곽길종은 눈에 띌 정도로 취해 있었다. 그러나 그것은 차라리 다행스러웠다. 다리의 통증이 어느 정도 마비가 되어버린 듯 그는 질질 다리를 끌면서도 아프다고 엄살을 떨지는 않았다.

"생각이 나야지. 다 잊어버렸어."

"생각해봐, 영감. 노래 한마디쯤 떠오를 거야."

"그래. 생각났어, 우라질."

영감은 작은 소리로 노래를 부르기 시작했다.

"버들피리 어여어어 잠깨우는 봄

　내 고향의 목동들도 피리 불겠지.

　버들피리 꺾어들고 닐리리 닐리리

　피리 불겠지 피리 불겠지."

"잘했어. 근사한 노래야, 영감."

"어떻게 됐을까?"

"누구 말이야?"

"한봉산이 말이야. 그 자식은 성질이 급해. 우리와 함께 갔으면 좋았을 텐데. 그 자식은 바다로 갔을까? 부산에 도착했을까? 그 자식은 배를 탔겠지? 지금쯤 마산으로 가고 있을지도 몰라. 하지만 그 자식을 욕하지 마. 그 자식이 너한테 총을 겨눴다고 미워하지 마. 그 자식은 내가 잘 알아. 내가 감방에서 데리고 있던 놈이니까 내가 잘 알아. 그 자식은 성질이 급해서 그래. 제정신이 아니어서 그랬을 거야. 그 자식은 어떻게 됐을까? 잡혔을까?"

"잡히지 않았으면 죽었을 거야."

"그런 말은 하지 말어."

그는 침을 뱉었다. 그는 미신을 갖고 있었다. 부정한 말을 들으면 누구보다 먼저 침을 뱉으면 액땜이 될지 모른다고 생각하고 있는 어리석은 영감이었다.

"그 자식은 쉽게 죽을 놈이 아니야. 그 자식은 내가 잘 알아. 멀리 멀리 도망갔을 거야."

미친 영감.

그 자식은 지금쯤 죽었겠지. 그 자식은 단순한 놈이니까. 그놈은 도망치려고 바닷가로 나갔다가 제방 위에서 집중난사를 받아 온몸이 벌집이 돼서 피를 토하고 죽었을 거야.

도망칠 곳은 없어, 영감. 이미 숨을 곳은 없어, 영감. 처음부터 없었던 거야. 처음부터, 탈옥을 계획할 때부터 영원히 도망칠 수 있다는 것은 환상이었어. 난 다만 너희들의 도움이 필요했던 것뿐이야.

두 사람은 민가로 걸어들어갔다.

사람들은 두 사람을 전혀 눈여겨보지 않았다. 그들은 일상생활을 되풀이하고 있었다. 상점거리에는 사람들이 느릿느릿 움직이고 있었고 허름한 사진관에서는 첫돌을 맞은 어린아이가 환히 웃고 있었다.

"저 어린애 자지 좀 봐."

곽길종은 걸음을 멈추고 쇼윈도에 얼굴을 바짝 들이대었다.

"귀엽게 생겼어. 이쁘게 생겼어."

어린애 앞에는 낯익은 여배우 사진이 걸려 있었다. 순간 종대는 재미있는 생각을 떠올렸다. 지금 이 순간에 늙은 영감과 둘이 사진관에 들어가 저 페인트칠해서 그린 와이키키 해변을 배경으로 사진을 찍는다면 어떨까 하는 생각이었다.

참으로 멋진 발상이었다. 그렇게 되면 먼 후일 이 사진관에서는 두 사람의 사진을 사진관 쇼윈도에 실물 크기로 인화해서 붙여놓겠지. 지나가는 사람들이 들여다보며 손가락질을 하거나 침을 뱉을 것이다.

시계포에는 고장난 시계들이 말린 건어물처럼 걸려 있었고, 제분소 기계에서는 흰 밀가루 먼지가 풍겨나오고 있었다. 어디선가 낡은 유행가가 확성기에서 흘러나오고 있었다. 홈이 엇갈렸는지 아까부터 자꾸 같은 곡절만 되풀이하고 있었다. 생활은 그들이 격리되어 있는 동안에도 끊임없이 되풀이되고 있었다.

그들이 감옥에 있는 동안 늘 생각해왔던 것은 그들이 들어온 시간에 정지되어 바깥세상은 죽어 있을 것이라는 기대감뿐이었다. 그렇게라도 생각지 않으면 견딜 수 없었다. 그들이 들어온 순간부터 시계는 멎고 시간은 정지되어 괸 물처럼 흐르지 않는다고 생각하는 것만이 고독과 절망을 이기는 유일한 처방책이었다.

그들이 그곳에서 썩고 있는 동안, 썩고 있는 삼 년 동안 그들만 제외하고 일상생활이 화살처럼 빠르게 흘러간다는 것은 견딜 수 없는 고통이었다.

그러나 그것은 착각이었다. 시간은 흘러가고 있었으며, 모래시계에서 끊임없이 모래의 시간이 조금씩 조금씩 떨어져 흐르듯이 일상의 톱니바퀴는 어김없이 굴러가고 있었다.

아이들은 태어나고, 자지를 드러내놓고 돌사진을 찍었으며, 여배우는 웃고, 제분기에서는 밀가루가 떨어져나오고 솜틀에서는 달각달각 솜이 틀어지고 있었다. 해는 뜨고 또 졌으며, 낮은 물러가고 밤이 오면 별이 떴다.

그것은 공포였다. 낯선 무서움이었다.

막상 헤치고 나온 이 돌연한 자유가 어디에서부터 시작되어 어디에서 멎는 것인지 분명치 않은 유예기간이라 할지라도 그들은 여전히 그들에게 격리된 죄수였으며 갇힌 자였다.

그들은 낮잠의 짧은 꿈속에 잠긴 기분이었다.

그들은 무서운 눈초리로 사진관의 사진과, 제분기와, 솜틀과, 거리에 서 있는 소와, 유행가를 토해내는 확성기를 바라보았다.

그들은 악몽 속에 빠진 기분이었다. 악몽을 벗어나는 길은 빨리 그 꿈에서 깨어나는 것이었다. 그 꿈에서 깨어나는 길은 추적자들에게 체포되어 돌아가는 것이었다.

이것이었던가.

종대는 문득 대낮의 상점거리를 걸어내려가며 생각했다.

이 무서운 일상의 세계 속, 정오의 태양빛이며, 짧은 그림자로 일렁이는 이 무섭고도 기괴한 풍경과 만나기 위해서 도망쳐나온 것일까.

그는 소리치고 싶었다.

이 쌔끼들아.

거리에 나가 한복판에 서서 그렇게 외치고 싶었다.

모든 걸 멈춰. 멈춰라. 이 쌔끼들아.

멈추지 않는 자에게 총을 쏘아라. 허공을 향해 공포를 쏘아라. 그래도 멈추지 않으면 그의 심장을 겨눠 방아쇠를 잡아당겨라. 저 끊임없이 반복되는 유행가의 심장을 꿰뚫어라.

그러나 어떠한 총으로도 흘러가는 시간을 멈추게 할 수는 없다. 시계의 톱니바퀴를 뜯어내도 시간은 흘러간다. 정지시킬 수 있는 것은 시계의 초침뿐이다.

시간은 어딘지 알 수 없는 저 근원의 발원지에 맹렬한 속도감을 가지고 빠르게 흘러와서 빠르게 흘러간다. 그것이 어디로 흘러가는가. 우리는 다만 그 흘러가는 시간의 피댓줄 위에 잠깐 머물렀다 튕겨나가는 작은 나사못에 지나지 않는다.

그때 종대는 느꼈다.

이때 느낀 짧은 느낌 하나가 종대의 미래의 일생을 언제까지나 지배하고 있었다.

그것은 분명히 빠른 시간 안에 체포되리라는 것을 알면서 쏘다니는 이 몇 시간의 자유가 실상은 인생이며, 인생이란 어쩔 수 없이 도망쳐나온 저 감옥과 같은 알 수 없는 세계에서부터 감히 신에게 도전해서 그의 허리춤에 매달린 권총과 열쇠를 빼앗아들고 철문을 뚫고 나와 이 세상에 태어난 것이며 죽음이란 뒤쫓아오는 간수들에게 체포되는 일이라는 것을.

그렇다.

우린 도망쳐나온 죄수들이다. 탈옥을 기도했던 죄수들이 체포되면 보다 많은 형벌을 맞게 되듯 태어난 인간들은 체포되어 죽음으로 돌아가게 되면 보다 많은 지옥의 오욕을 맛보게 될 것이다.

인생은 시간의 운행 위에서 벌어지고 있는 서커스이며, 일생은 되풀이되어 역사를 창조한다.

이 도망쳐나온 짧은 외출을 확대한다면 우리의 삶 자체가 아닌가.

내가 도전했던 것은 법과 질서, 그러한 사회의 쇠사슬, 구속이 아니다. 그것은 누구라고 부를까. 우선 편리한 대로 하느님이라고 부르겠다. 신에게 도전한 것이며, 신에게서 시간을 훔쳐나온 것이다. 나는 하느님으로부터 도망쳐나온 것이다. 영원히 신의 곁을 도망칠 수는 없다.

잠시 맛본 이상한 세계의 기괴한 광경을 반추하며 체포되어 돌아갈 것이다. 그것이 인생이다.

종대는 텅 빈 상점거리에 서서 홀로 중얼거렸다.

하느님. 이 빌어먹을 새끼야.

시내를 벗어나자 오룡동 뒷산으로 들어가는 야산이 보였다.

때마침 7월이었으므로 신록이 타오르고 있었다. 인가를 벗어나 산속으로 들어서자 한결 무더위가 가셨다. 개울물에 주저앉아 곽길종과 종대는 손바닥으로 물을 떠서 마시고 먼지가 묻은 얼굴을 씻어내렸다. 건너편 개울가에 한 젊은 여인이 주저앉아서 빨래를 하고 있었다. 평평한 돌 위에 빨래를 펴서 방망이로 두들겨패고 있었다. 타악타악 방망이를 내려칠 때마다 건조한 음향이 메아리치고 있었다.

"뉘집 색시일까?"

찬물에 두 손을 담그고 풀섶에 앉아 있던 곽길종이 물끄러미 빨래하는 젊은 여인을 바라보다가 한숨을 쉬며 혼잣말로 중얼거렸다.

"예쁘게도 생겼다."

"왜, 마음이 있으슈? 늙은이가 주책을 부리네. 원한다면 수작질이라도 해보슈."

"내겐 저만한 딸이 있어, 종대. 감옥소에 들어올 때 겨우 열 살이었어. 이제 올바로 컸다면 저 색시처럼 컸을 게야."

"식구들 연락이나 있수?"

"까마득한 옛일이야, 종대."

곽길종은 후드득 풀잎을 뜯어 물 위에 던졌다. 뜯긴 풀은 흘러내리는 물을 타고 둥둥 떠내려갔다.

"부산으로 피난 내려갔다는 말까지는 듣고 있어. 감옥소에 들어와서 처음 삼 년간은 면회도 오곤 했었지. 내가 찾아오면 죽여버린다고 여편네에게 욕질을 해댔어. 씨팔, 어차피 평생을 감옥소 안에서 썩을 몸인데 찾아와서 뭣 해. 감옥소에 들어올 때 애새끼가 둘이나 있었어. 위로 아들이 하나 있었는데 밀수 배에서 밀수품을 몸에 감고 헤엄쳐오다 기운이 다해서 물에 빠져 죽었대. 그뿐이야. 딸애하나 남아 있었는데 그애가 올해 열여덟인가 열아홉은 되었겠지.

살아 있다면 말이야."

"살아 있겠지. 죽기라도 했을라구."

"그건 모르는 일이야, 종대. 그건 아무도 모르는 일이야."

"영감 고향이 어디라구 그랬지?"

"인천이지. 맞았어. 연락이 끊기긴 했지만 살아 있다면 지금쯤 부산에서 고향으로 돌아와 있을 거야. 아아, 무사히 도망쳐서 고향까지만 가볼 수 있으면 좋겠어. 여편네나 보구, 애씨끼나 만나보구 죽으면 한이 없겠어."

"주소는 알구 있수, 영감? 잊어버리지나 않았수?"

"잊어버리긴. 내 이름은 잊어버려도 그거야 잊을 리 있나. 주소가 여기 있어. 이봐, 종대 자네에게 부탁이 있어. 자네야 아직 젊은 나이구 앞길이 창창하니 언제든 감옥소에서 빠져나갈 수 있을 테지. 그래서 말인데 나 대신 한번 찾아가보기라두 했으면 좋겠어."

"영감도 갈 수 있어. 걱정하지 말아요."

"어차피 틀린 일이야. 종대, 난 이미 글렀어. 우린 도망치기 틀렸어. 씨팔, 우라질 권총은 왜 오발이 되어가지구 산통이 다 깨졌는지. 재수 옴붙었다구. 우린 참 멋지게 했는데. 멋지게 도망쳤는데."

그는 주머니에서 낡은 편지봉투를 꺼냈다.

편지봉투는 네모로 접혀 있었고 낡아서 너덜너덜하게 해어져 있었다.

그때였다.

어디선가 사이렌 소리가 들려왔다.

종대는 본능적으로 몸을 일으켜서 소나무숲 사이를 노려보았다.

소나무숲 너머로 큰 신작로가 보였고 신작로에는 방금 경찰차가 사이렌 소리를 울리며 달려가고 있는 것이 보였다. 이어 트럭이 서너 대 먼지를 날리며 잇달아 달려갔다. 트럭에 가득 경찰관이 카빈총을 세워들고 앉아 있었다.

드디어 올 것이 왔다.

종대는 죄수들이 신는 평상화의 끈을 죄며 중얼거렸다. 비상망이 펼쳐지고 있는 것이다.

"무슨 소리야, 종대? 사이렌 소리가 났어."

곽길종이 겁에 질린 목소리로 종대에게 중얼거렸다. 그는 나이보다 훨씬 늙어 있었으므로 눈이 잘 보이지 않았다.

"우리를 잡으러 오는 거야, 종대. 사이렌 소리가 났다구."

"일어나, 영감."

종대는 낮은 소리로 명령했다. 곽길종은 비틀거리며 일어섰다. 그는 삔 다리의 고통으로 연신 신음소리를 발하고 있었다.

"도저히 못 걷겠어. 다리가 부러졌나봐."

어차피 비상망이 펼쳐졌다면 신작로 쪽으로 도망가는 것은 헛된 일이었다. 일단 숲으로 들어온 이상 산속으로 잠입해 들어갈 수밖에 없었다. 길은 단 하나뿐이었다. 그러나 산은 깊은 산이 아니었고 작은 분지와 같은 야산이었다.

마침 신록의 계절이었으므로 비록 숲이 우거졌다 하나 포위망을 구축하고 좁혀온다면 체포되는 것은 시간문제였다. 이미 그들은 그들의 도주로를 상세히 간파하고 있을 것이다. 그들이 옷을 갈아입었던 가게의 주인이 두 사람이 도망쳤던 방향을 가르쳐주었을 것이 틀림없었다. 그들이 숨어 있는 곳을 손바닥 들여다보듯 상세히 알고 있을 것이다.

두 사람은 숲길로 들어섰다.

숲 사이로 좁은 오솔길이 끝간 데 없이 이어지고 있었다. 간혹 드

문드문 인가가 보였지만 오솔길을 따라 걸을수록 제법 산세가 깊어
지고 있었다. 철부지 강아지 한 마리가 뒤따라 걷는 곽길종을 한참
을 따라오며 미친 듯이 짖기 시작했다.

"저리 가, 강아지야."

곽길종은 물어뜯을 듯이 뒤따라오는 개를 위협하며 소리질렀다.
그는 지쳐 있었다. 그르렁거리는 밭은 가래소리가 걸을 때마다 끓
어오르고 있었다. 그러나 좀체로 강아지는 그를 포기하지 않았다.
아무런 위험도, 공포도 그에게서 느끼지 않는 모양이었다. 신경이
날카로워진 종대가 말없이 길에 구르는 돌멩이를 주워 강아지를 향
해 던졌다. 강아지가 비명을 지르며 도망쳐간 뒤부터는 내내 무거
운 정적뿐이었다.

하늘에서 경비행기가 쉴새없이 금속부분을 반짝이며 날아가고
있는 것이 보였다.

"이봐, 종대."

말없이 두어 발짝 떨어져서 절뚝이며 용케도 뒤쫓아오던 곽길종
이 턱까지 숨이 찬 목소리로 종대를 부르더니 풀썩 제자리에 주저
앉으며 소리질렀다.

"이젠 죽으면 죽었지 못 걷겠어."

"일어나, 영감."

종대는 순간 곽길종의 머리를 끌어당겼다.

"다리가 말을 듣지 않아."

"그래두 일어나. 일어나서 걸어야 해. 걸을 수 있을 때까지는 걸
어야 해."

"난 여기에 내버려둬. 도망가고 싶으면 혼자 도망가. 그게 편할
거야. 뭣 때문에 날 끌고 가겠다는 거야. 난 이미 늙고 병든 몸이야.
날 데리고 가면 오히려 불편할 거야. 난 여기 앉아 있겠어. 그늘에

앉아서 바람이나 쐬겠어. 이젠 지쳤어."

"일어나, 우라질 영감아. 그들이 쫓아온단 말이야."

"어차피 잡힐 거야, 종대. 이미 우린 도망치기 틀렸어."

"일어나. 일어나, 이 새끼야."

순간 종대의 발이 영감의 옆구리를 세차게 걸어찼다. 곽길종은 쓰러지며 종대를 쳐다보았다. 그는 헐떡이며 말했다.

"내 아들이 살아 있다면 너보다 나이가 훨씬 더 많이 먹었을 거야. 내게 함부로 하면 못써. 난 그래두 널 아들처럼 사랑해왔어."

"일어나요. 일어나지 않으면 죽게 된다구."

"걷는다고 해서 죽지 않는 것은 아니야. 우린 날 수 없어. 우린 새가 아니야."

그때였다.

오솔길을 따라 걸어오는 발소리가 들려왔다.

종대는 본능적으로 숲속으로 몸을 날리며 굴렀다. 그는 품속에서 권총을 꺼내 산모퉁이를 돌아오는 사람을 향해 총을 겨눴다. 산모퉁이를 돌아 한 여인이 걸어오고 있는 것이 보였다.

젊은 여인이었다.

여인은 빨래한 광주리를 머리에 이고 있었다. 머리에 흰 수건을 받쳐쓰고 있었지만 그 여인은 좀전에 빨래터에서 보았던 그 젊은 여인임에 틀림없었다. 여인은 손등으로 이마에 밴 땀을 씻으며 종종걸음으로 두 사람 앞으로 다가오고 있었다. 종대는 길가로 나서서 여인의 앞을 가로막았다. 여인은 무표정한 얼굴로 종대를 마주보았다.

"빨래를 내려놔."

여인은 이해가 가지 않는 얼굴로 종대를 바라보았다.

"아가씬 집이 어디야?"

그제야 여인은 자기에게 무슨 일이 일어났는가를 눈치챈 모양이었다. 여인은 사시나무 떨듯 몸을 떨기 시작했다.

여인은 몸을 떨며 숲 사이를 가리켰다.

"빨래를 내려놔."

여인은 머리에 인 빨래 광주리를 풀섶에 내려놓았다.

"이 사람을 부축해서 일으켜. 빨리."

"소용없는 짓이야, 종대. 날 내버려둬."

"일으켜, 빨리."

여인은 겁을 먹은 얼굴로 엉겁결에 곽길종의 어깨를 부축해 일으켰다.

"영감, 당신 딸이 부축한다고 생각해. 조금만 걸어. 쉽게 해주겠어. 저 아가씨 집까지만 가면 누워서 잠들 수가 있다구."

곽길종은 여인의 힘에 의해서 일으켜 세워졌다. 그는 한 발로 걸었다.

"미안하구먼, 색시. 미안하게 되었네."

종대는 여인이 가리킨 집으로 내려가는 길로 접어들었다.

검은 개 한 마리가 어디선가 나타나 미친 듯이 짖었다. 몇 개의 초가집이 야산을 끼고 양지바른 곳에 누워 있었다. 여인을 앞세우며 종대는 사립문 안으로 들어섰다.

"니는 으디서 뭘 하다가 이제야 오는겨. 오살할 년이 뭣 허다가 이제야……"

마당에서 키질을 하던 아낙네가 무심코 사립문 안으로 들어서는 딸을 쳐다보고 악다구니 같은 욕설을 퍼붓다가 잇달아 들어온 두 사내를 보더니 입을 다물었다.

"댁들은 뉘시오?"

종대는 대답 대신 대청마루에 주저앉았다. 곽길종은 마루에 털썩 누워버렸다.

"뉘여? 뭣 허는 사람덜인디 남의 집 대청마루에 털퍼덕 앉는디
야."

"어무이."

보다못해 젊은 여인이 비명을 질렀다.

"문 닫어."

종대는 문 밖에 서서 악을 쓰고 짖어대는 개를 노려보며 명령했
다. 여인이 달려가 문을 닫았다.

"우린 길 가는 사람들인데 배가 고파 죽겠어. 돈은 얼마든지 주겠
으니 밥이나 해주시오."

종대는 주머니에서 가게 주인에게 강탈한 돈을 한움큼 꺼내 여인
에게 내밀었다.

여인은 넋 나간 얼굴로 공포에 질려 있는 딸과 불시에 습격해 들
어온 낯선 두 사내와, 그 사내의 손에 들린 믿어지지 않는 돈을 동
시에 바라보았다.

"밥을 혀주는 것은 어렵지가 않소마는 댁들은 뉘시여? 이게 뭣
하는 짓이여."

"시키는 대로 하면 될 것이구만서두."

참다못한 여인이 눈치를 모르는 어머니를 가로막고 나섰다.

"니는 빨래 광주린 어데다 두고 온겨."

"찾아오겠소. 찾아오겠응께 밥이나 얼른 지으쇼."

젊은 여인은 마당을 가로질러 문 쪽으로 서둘러 걸어갔다.

"움직이지 마!"

종대는 불에 덴 듯 소리를 질렀다. 여인은 걷다 말고 얼어붙은 듯
그 자리에 멈춰섰다.

"나가지 마. 꼼짝도 하지 말고 돌아서."

246

"하이고."

그제야 사태의 긴박성을 알아차린 듯 아낙네가 털썩 마당에 주저앉았다.

햇볕 쪽에 떼지어 마당에 뿌려진 모이를 쪼던 닭들이 푸드득 날갯짓하고 튀어올랐다.

"참으시오. 내 싸게 밥해드릴 터이니. 하이고 이년아, 뭘 하는겨. 빨리 솥에 물 붓고 물이나 끓여. 제발 그 총 좀 치우시오. 삭신이 저려 지레 죽어뻔지겠소."

종대는 대청 기둥에 등을 기대고 주저앉았다. 싸리울타리 가지 위에 빨간 고추잠자리 두 마리가 교대교대로 앉아 있는 것이 보였다.

순간적인 동요로 놀라서 날갯짓하던 서너 마리의 닭들도 다시 평화를 찾아 모이를 쪼고 있었다.

한뼘의 마당 안엔 뜨거운 초여름의 햇살만 가득 차고 있었다. 하늘엔 한숨 같은 뭉게구름이 뭉게뭉게 피어오르고 있었고 토담흙을 이겨 바른 벽에서는 향기로운 흙냄새가 피어오르고 있었다.

마루에 걸린 벽시계가 둔중한 소리로 세 번을 울렸다. 세시였다. 도망쳐나온 후 벌써 세 시간이 흘러가버린 셈이었다.

마루벽 천장에 이 집 일가족을 한꺼번에 찍은 사진틀이 걸려 있었고 부적이 기둥 위에 붙어 있었다. 열린 대청 뒷문으로 시원한 바람이 물밀듯이 쏟아져 들어오고 그대로 뻥하니 뚫린 진초록의 산야가 풍경화처럼 펴져 있는 것이 보였다.

종대는 담배를 피워물었다.

그의 머릿속에 야밤에 도망쳤던 고향의 집이 어렴풋이 떠올랐다.

그를 낳은 어머니가 아직 살아 있을 때의 어린 날의 기억이 이상한 환상처럼 겹쳐지고 있었다.

무슨 날이었던가. 무더운 여름날이었다. 집에는 아무도 없었다. 열린 대청 뒷마루에서는 그대로 바다의 파도가 보이던 여름날의 한낮이었다. 낮잠을 자던 종대는 마루를 울리는 종소리에 놀라 선뜻 눈을 떴다. 온몸에는 땀이 비 오듯 흘러내리고 있었다. 아직 입가에 흘러넘친 침을 빨아먹으려고 새카맣게 달라붙어 있던 날파리들도 날아가지 않을 만큼 움직이지 않는 대낮의 정적 속에서 종대는 단칼에 베어버린 무조각처럼 명료하게 잠에서 깨어나 마당의 나무에서 귀가 따갑도록 울고 있던 매미 소리를 듣고 있었다.

　모든 풍경은 미동도 하지 않았다. 바람은 분명 있었으나 느티나무도 움직이지 않았고, 마당에는 눈부신 태양빛만 자글자글 끓고 있었다. 극성스럽던 파리들도 날지 않아 붕붕이는 날개 소리를 내지 않았다. 단지 귀를 찢는 듯한 매미 소리만 찌르르르 찌르르르 정적을 할퀴고 있었다.

　종대는 이상한 공포 속에서 가위에 눌린 것처럼 필사적으로 손을 허우적거리며 일어나 앉았다.

　닫힌 문 안에서 아무런 인기척도 들려오지 않았다. 가래를 뱉는 소리, 이따금 몸을 움직이는 신음소리도 들려오지 않았다. 종대는 그러나 그가 잠들어 있는 사이에 누군가 계속 그를 불러 그의 깊은 잠을 깨우려는 목소리가 간단없이 이어지고 있음을 감지하고 있었다. 그것은 어머니의 목소리였다. 그 어머니의 목소리가 뚝 끊겼을 때 잠에서 깨어난 느낌이었다.

　"어무이."

　종대는 숨을 죽이고 닫힌 문 밖에서 중얼거려보았다.

　"어무이."

　아무런 인기척도 없었다.

　그러나 차마 종대는 그 방을 열어볼 수 없었다. 종대는 도망치듯

248

마당을 내달려 바닷가로 도망쳤다. 그는 이미 어머니가 죽어 있음을 알고 있었다. 바닷가로 달려가는 종대의 등을 쫓아 그가 잠들어 있는 동안 내내 그를 목메어 찾던 어머니의 목소리가 내처 따라오고 있었다.

종대 니 어데 가노. 종대 니 어데 가노.

종대는 피우던 담배를 마당에 던져버렸다.

이 낯선 풍경이 그러나 생경하게 느껴지지 않고, 언젠가 자신의 체험 속에 묻혀 있던 한 과거를 그대로 되풀이해 보는 것 같은 느낌을 받는 것은 세월만 다를 뿐, 상황은 똑같이 절박하고 위기감에 쫓기고 있기 때문이라고 종대는 생각했다.

어린 날의 기억은 어머니의 죽음에서부터 도망치고 있었으며 현재의 순간은 도망쳐나온 그들을 잡으려는 추적에 의해서 쫓기고 있는 것이었다.

어데 가노. 니 어데 가노. 종대, 니 어데 가노.

죽은 듯 누웠던 곽길종이 기운을 차린 듯 상반신을 일으켜 엉거주춤 앉았다.

"담배 있으면 한 대만 줘, 종대."

종대는 말없이 담뱃갑을 곽길종에게 내어밀었다. 그는 쿨럭이며 담배연기를 빨았다.

"어떻게 됐을까? 한가 녀석은 말이야. 무사히 도망쳤을까? 세 사람 중에 한 사람만이라도 무사히 도망쳐야지. 셋 다 도루 잡히는 건 정말 너무 억울해."

그때였다.

마을 여기저기서 벌떼처럼 개들이 짖기 시작했다. 한두 마리가 짖는 소리가 아니었다. 여기저기 사방에서 일시에 합창이라도 하듯 떼지어 짖는 소리였다. 종대는 몸을 솟구쳐 부엌 쪽으로 달려가

보았다. 아궁이에서는 불이 붙고 있었다. 그러나 두 여인은 보이지 않았다. 부엌 뒷문이 활짝 열려 있었다. 솥에서는 막 익어가는 밥에서 김이 솟아오르고 있었다. 부뚜막엔 차린 밥상이 그대로 놓여 있었다. 깜박 방심하는 사이에 두 여인은 부엌 뒷문을 통해 도망쳐버린 모양이었다. 종대는 둔기로 한 대 얻어맞은 낭패한 기분이 들었다. 그러나 우물쭈물할 수는 없었다. 필시 저 떼지어 짖는 개소리는 낯선 사람들이 마을을 향해 들어오는 것을 알리는 신호 소리였다.

종대는 비스듬히 기대어앉은 곽길종에게 달려갔다.

"안 되겠어. 영감, 일어나. 도망쳐야 해."

"왜 그래? 이제 밥이 다 돼가는데. 저 냄새를 맡지 못하겠어? 오랜만에 따뜻한 밥을 먹게 됐어. 무슨 소리야?"

"그들이 도망쳤어."

"그럴 리가 없어. 우린 그 여인들에게 아무런 해를 끼친 게 없어. 우린 그 여인들에게 돈을 주었다. 우린 강제로 밥을 빼앗아 먹으려는 것은 아니었어."

"일어나, 영감. 다 틀렸어. 그 계집년들이 우릴 배반했어."

"아아, 우라질. 아아."

"일어나."

"난 못 하겠어."

갑자기 곽길종의 얼굴에서 눈물이 굴러떨어지기 시작했다. 그는 소리를 내어 울기 시작했다. 종대는 그의 머리를 향해 권총을 빼어 들었다. 그는 놀라지도 않았다. 그는 눈물로 범벅이 된 얼굴로 종대를 올려다보았다.

"움직이지 않으면 널 죽일 테다."

"차라리 날 죽여줘. 망설이지 마. 방아쇠를 잡아당겨."

"개새끼."

종대는 이를 갈았다.

종대는 혼자 마당을 가로질러 문을 열고 밖으로 나섰다. 그때 종대는 보았다. 문 밖 마을 어귀에 수십 명의 경찰들이 무릎쏴 자세로 총구를 겨누고 있는 모습을. 종대는 엉겁결에 뒤로 돌아섰다. 타앙 타앙. 날카로운 총성음이 그의 등뒤에서 일어났다. 종대는 신발을 신은 채 마루 위로 올라섰다. 길은 단 하나의 방향뿐이었다. 종대는 곽길종의 모가지를 거머쥐고 몸을 일으켰다. 곽길종은 질질 끌려서 따라왔다. 종대는 뒷문을 박차고 굴러내렸다.

"뛰어. 뛰어, 영감."

종대는 뚫린 산야로 달려나갔다. 그의 등뒤에서 필사적으로 따라오는 곽길종의 발소리가 들려왔다. 누군가 인가 쪽에서 울타리를 돌아 종대의 곁을 찔렀다. 총을 세워든 두 사람의 경찰이었다. 그를 향해 종대는 총을 쏘았다.

총에서 짧고 강렬한 불빛이 번득였다. 푸른 연기가 순간 솟아올랐다. 달콤한 화약 냄새가 풍겨왔다. 막아섰던 경찰들이 땅에 엎드리는 것이 보였다. 인가를 벗어나자 푸른 숲이 나타났다.

그러나 숲은 더이상 이어지질 않았다. 그곳은 낮은 계곡이었다. 암벽이 병풍처럼 드리워져 있었다. 그곳은 마지막 벼랑이었다. 등뒤에서 콩 볶듯 총소리가 이어졌다. 비명소리도 들려왔다. 뒤따르던 곽길종이 풀썩 무릎을 꿇고 내팽개쳐져 쓰러졌다. 종대는 돌아섰다. 곽길종이 개처럼 모가지를 꺾고 쓰러져 있는 것이 보였다. 그의 다리에서 피가 금방 뿜어올랐다. 발 빠른 군복 차림의 경찰 하나가 토막벽 사이에서 나타나 종대에게 총을 겨누고 있었다. 종대는 그를 향해 총을 쏘았다.

"맞았어. 총에 맞았어."

곽길종이 종대에게 소리쳤다. 종대는 그의 팔을 잡아당겼다. 그의 몸은 통나무처럼 무거웠다. 피가 용솟음쳐서 맨땅이 붉게 물들었다.

"함께 가. 같이 가. 날 버리면 안 돼."

종대는 곽길종을 등에 업었다. 그에게서 불가사의한 힘이 솟아올랐다. 그는 소나무숲 사이로 뛰어 암벽 뒤에 몸을 눕혔다. 그리고 곽길종을 바위 위에 뉘었다.

"어떻게 된 거야? 내가 총에 맞은 거야?"

"아니야, 영감. 다리가 부러진 것뿐이야."

"그럼 됐어. 걸을 수는 있겠지. 씨팔, 그런데 어떻게 된 거야. 몸에서 힘이 빠져나가구 있어. 아까 밥을 먹어뒀으면 괜찮았을 텐데. 난 그년들이 우릴 고자질할 줄은 몰랐어. 전혀 뜻밖이야."

종대는 암벽 위로 고개를 들어보았다.

계곡 아래로 총을 든 경관들이 까마득히 에워싸고 있는 것이 보였다. 그들은 아무 데로도 도망갈 수가 없었다. 그들은 독 안에 든 쥐였다.

"우리가 길을 잘못 들었어. 한봉산을 따라갔어야 했다구. 그 자식은 지금쯤 바다 위에서 배를 타고 있을 거야. 우리는 뭐야. 산으로 들어왔잖아."

"입 좀 닥쳐, 영감."

"우릴 뭣 때문에 악착같이 따라오는 걸까? 뭘 찾아먹을 게 있다구, 젠장."

그때였다.

부상당한 곽길종과 이종대가 마지막으로 숨어 있는 장소를 확인한 뒤 포위망을 설치하고 차츰 압축해오는 경찰들의 후미로 잇달아서 검은 지프 두어 대가 달려들어오는 것이 보였다.

단 두 사람의 탈옥범을 잡기 위해서 물샐 틈 없이 비상망을 설치하는 그들의 모습이 희극적으로 보였다. 한눈에도 족히 오십 명은 넘는 대규모의 병력이었다. 지프는 그들의 소재가 파악되자 응원차 달려온 경찰 고위간부들인 모양이었다. 종대는 물끄러미 그들을 내려다보았다. 그들은 병정놀이를 하는 사람들처럼 보였다. 전투복으로 갈아입은 경찰들은 총을 겨눠들고 조금씩 다가오고 있었다. 총열들이 햇살을 받고 갑각류 곤충의 껍질처럼 빛나고 있었다.

곽길종의 다리에서는 피가 더이상 용솟음치지는 않았다. 엉겨붙은 핏덩어리로 그의 다리는 걸레쪽처럼 너덜거렸지만 생각보다 무거운 상처는 아닌 모양이었다. 근육을 꿰뚫은 관통상이 아니라, 피부의 엷은 틈을 스치고 간 상처처럼 보였다.

"아, 아, 아, 아."

잠시 후 휴대용 마이크를 든 사내가 그들을 향해 소리지르기 시작했다.

"이종대, 이종대, 들어라."

확대된 목소리는 바람을 타고 들려오고 있었다.

"이종대 들어라, 곽길종과 이종대 들어라. 너희들은 포위되었다. 도망갈 수는 없다. 총을 버리고 두 손을 들고 나와라. 머리 위에 손을 얹고 나와라. 한봉산은 벌써 체포되었다. 너희들은 도망칠 수 없다. 순순히 나와 자수한다면 정상을 참작하겠다. 다시 한번 말하겠다. 이종대와 곽길종은 들어라. 너희들은 포위되었다……"

"뭐라는 소리야?"

곽길종이 헐떡이는 소리로 물었다.

"한가가 체포되었다는 건가?"

종대는 재빨리 암벽 뒤를 위아래 살펴보았다.

그들의 말대로 뛸 수도 옴칠 수도 없는 상황이었다. 그들은 갇혀 있는 셈이었다. 종대는 벌써부터 그들의 손아귀를 벗어나 도망칠 수 없다는 확신을 느끼고 있었으면서도 순간 캄캄한 절망을 느꼈다. 어딘가에, 어딘가에는 혈로(血路)가 있을 것이다. 무엇보다 시간을 벌어야 한다. 이대로 개죽음을 당할 수는 없다. 그들을 향해 머리 위에 손을 얹고 제 발로 걸어나갈 수는 더더욱 없다. 차라리 그럴 바엔 저들의 집중난사를 받고 온몸에 벌집처럼 구멍이 나서 죽어버리는 편이 더 행복한 일일 것이다.

"이종대 들어라. 이제부터 정확히 삼 분의 여유를 주겠다. 삼 분이 지나면 우리가 그리로 돌격해 들어가겠다. 이것은 마지막 경고다."

"씨팔놈들."

곽길종이 헐떡이며 말했다.

"시계가 있어야지. 삼 분이고 삼십 분이고 알 수가 있을 게 아닌가."

암벽은 한낮의 열기로 달군 솥처럼 뜨거웠다. 갑자기 톱밥처럼 무거운 정적과 침묵이 스며들었다. 포위하고 있는 경찰들도 제자리에 깎아선 듯 움직이지 않았다.

"어쩔 셈이야, 종대? 일어서서 그들에게 내려가버리자구. 어차피 틀린 일이야."

곽길종은 쉴새없이 중얼거리고 있었다. 그는 입을 열어 되는 대로 중얼거리지 않고서는 긴장과 공포를 이겨낼 수 없는 것 같았다.

"내 말을 잘 들어, 영감."

종대는 숨죽여 곽길종에게 낮은 소리로 말을 뱉었다.

"영감은 저들에게 돌아가겠어?"

"그럴 수밖에 없지."

"일어나 걸을 수 있겠어?"

"몇 발짝 정도는 걸을 수 있을 거야."

"일 분이 지났다. 이종대. 이제 이 분밖에 남지 않았다."

바람을 타고 마이크 소리가 또렷하게 들려왔다.

"내 말을 잘 들어, 영감. 난 도망치겠다. 난 끝까지 버텨보겠어. 영감이 먼저 일어나서 저들에게 소리질러. 두 손을 머리에 얹고 이렇게 말해. 내려가겠소. 내려가겠으니 쏘지 마시오. 그리고 일어서서 될 수 있는 대로 천천히 걸어."

"종대 너는 어쩔 셈인가?"

"영감이 자수하는 동안 나는 도망치겠어."

"어떻게, 어떻게 도망치겠다는 말인가?"

"영감이 시간만 끌어준다면 방법이 없는 것은 아니야. 모든 시선이 영감한테 쏠릴 동안 난 암벽을 뛰어넘어 뒷길로 뛰어나가겠어."

"뒷길이라고 그냥 놔뒀을 줄 아나? 이미 그곳도 막혔을 텐데."

"내 걱정은 하지 말아, 영감. 일어나. 일어나서 말해. 내가 시키는 대로 해."

"같이 내려가, 종대. 넌 죽게 될 거야. 난 널 뒈지게 할 수는 없어. 저 쌔끼들이 널 향해 총을 쏘게 될 거야."

"잘 들어라, 이종대. 마지막 일 분 남았다. 이것이 마지막 경고다."

순간 곽길종이 머리에 뒤집어썼던 모자를 벗어 손에 들고 일어섰다. 그는 소리질렀다.

"쏘지 마시오. 자수하겠소. 쏘지 마시오."

"총을 버려라. 손을 머리 위에 얹어라."

곽길종은 머리 위에 손을 얹었다. 그는 비틀거리며 암벽 위로 올라섰다.

"난 걷지 못하겠소. 다리를 다쳤소."

"천천히 이쪽으로 내려와라."

"쏘지 마시오. 쏘지 마시오."

종대는 암벽을 기는 곤충처럼 바짝 몸을 붙이고 굴러내렸다. 그의 몸은 경사진 암벽을 따라 고슴도치처럼 굴러떨어졌다. 잠시 모든 시선이 곽길종에게 집중된 틈을 타서 암벽을 타고 몸을 굴리는 종대의 머릿속에는 느닷없는 목소리가 화살처럼 내리꽂히고 있었다.

종대 니 어데 가노. 종대 니 어데 가노.

암벽을 굴러내리던 종대의 몸을 무엇인가가 막아섰다. 종대는 그 억센 힘에 저항하며 일어섰다. 그는 무턱대고 달려나갔다. 순간 그의 앞에 바위와 같은 벽이 막혀 있음을 종대는 느꼈다. 겹겹이 에워싼 두터운 유리막이었다. 종대는 눈을 부릅뜨고 진로를 막아선 두터운 벽을 보았다. 그곳엔 카빈 소총을 세워든 한 떼의 경찰들이 종대를 정면으로 마주보고 서 있었다.

"손을 들엇."

종대는 본능적으로 그들을 향해 손을 내밀었다.

그러나 그의 손은 가벼웠다. 암벽을 굴러내리는 동안 손에 들었던 권총이 제풀에 손아귀를 벗어나 어디론가 굴러떨어진 모양이었다. 그는 빈손으로 그들을 향해 겨냥했다. 그러나 아무것도 쥐지 않은 빈손은 그들에게 아무런 위협도 되지 않았다.

"손을 들어."

짧고 위압적인 고함소리가 종대의 귀를 찢었다. 종대는 천천히 손을 들었다.

"손을 머리 위에 얹어."

종대는 두 손을 머리 위에 얹었다.

꿈결과 같은 몽롱한 의식 속에서 총을 세워든 한 떼의 경찰들이 우르르 자신의 몸 앞으로 다가오는 것을 종대는 보았다.

이종대와 곽길종은 오룡동 뒷산에서 체포되었다.

한봉산은 영동에서 체포되었다. 이종대는 이 탈옥 사건의 주범으로 추가 기소되어 삼 년의 가중처벌형을 받게 되었다. 이종대는 광주교도소로 이감됐고, 무기수인 곽길종은 대구교도소로, 무기수인 한봉산은 부산교도소로 이감되었다. 한봉산은 삼 년 뒤에 부산교도소에서 숨을 거두었다.

결국 이들이 벌였던 한국 교도사상 유일무이한 대탈옥극은 짧게 끝나고 말았지만 탈옥했던 세 시간의 짧은 외출이 무기수인 곽길종에게는 자기 힘으로 맛보았던 최후의 자유였다.

도적

아침 여덟시.

거리는 서둘러 직장으로 출근하는 사람들의 물결로 파도처럼 넘실거리고 있었고 정류장마다 남보다 조금이라도 먼저 타려는 사람들로 인산인해를 이루고 있었다.

이미 종점에서부터 만원을 이루고 달려오는 버스들은 내리는 사람들만큼만 겨우 태우고 있었으므로 버스가 설 때마다 사람들이 버스의 아가리로 몰려들고 있었다.

어떻게 해서든 버스 난간을 손으로 붙들고 사람들을 밀치고 버스 안으로 들어가려는 사람, 내리려는 사람들이 채 내리기도 전에 발을 올려놓는 사람, 그 틈을 비집고 들어가려는 사람들로 버스가 멎을 때마다 한바탕 북새통을 이루고 있었다.

고등학생들은 이미 더 이른 시간에 빠져나갔으므로 승객들은 대부분 도심지에 직장을 가지고 있는 회사원들이었다.

이른바 황금어장인 셈이었다.

혜화동 로터리 정류장에 네 사람이 아까부터 한 조가 되어서 씩씩하게 달려오는 버스가 멎을 때마다 눈을 번득이며 차의 내부를 노려보고 있었다.

그들은 한데 모여 서 있지는 않았지만 무언중에 그중 나이가 들어보이는 대머리 까진 사내의 얼굴에 시선이 집중되고 있었다.

그들은 벌써 두 번이나 버스를 한바탕 돌아보고 오는 길이었다.

첫번째 승차는 미아리고개 위에서였다.

대머리 까진 대봉이형이 차에 올라탔고 버스 입구 쪽에서 꽁무니쪽까지 비좁은 사람들 틈을 비집고 헤쳐나가는 동안 세 사람은 간격을 유지하고 그의 뒤를 따라 버스 안을 휘젓고 다녔다.

대봉이형의 눈은 쉴새없이 정육간의 고깃덩어리처럼 손잡이에 매달린 승객들의 몸과, 운좋게 앉은 승객들의 옷매무새를 훑고 있었다. 그의 눈은 족집게와 같아서 척 한번의 일별로도 그 승객들의 호주머니 속을 꿰뚫어볼 수 있었다.

대봉이형은 두 정거장 지난 다음에 미련없이 차에서 내렸다.

나머지 세 사람도 버스에서 따라내렸다. 대봉이형이 미련없이 차에서 내리는 것은 씽(돈)을 두둑이 가진 사람을 발견하지 못했다는 신호인 셈이었다.

물론 그들이 씽만을 털어내는 기술자들은 아니었다. 그들은 닥치는 대로 건져냈다.

이른 출근길의 버스 속은 황금어장이었다. 안창따기와 바깥따기로 씽을 훔쳐내는 것은 물론이고 백따기로 큰물(귀중품) 건져내기도 곧잘 했으며, 하다못해 운좋게 자리를 잡고 앉은 여인의 목에 걸린 굴레(목걸이)를 감쪽같이 따내기도 했다.

대봉이형이 미련없이 버스에서 내린 것은 그 안에 탄 승객 중에 그 누구든 째빌 만한 물건을 제대로 갖고 있지 않다는 신호인 셈이었다.

그들은 다시 버스를 탔다. 그곳에서도 마찬가지였다.

대봉이형은 버스 입구 쪽에서 꽁무니까지 비집고 다니기만 했을 뿐 조간신문을 펴들고 손잡이에 서서 신문을 보지 않았다.

신문을 보기 시작하는 것은 대봉이형의 작업 지시였다. 그가 신문을 4분의 1로 접어 기사를 읽기 시작하는 것으로써 작업은 시작되었기 때문이었다.

그들은 다시 미련없이 혜화동 로터리에서 차를 내렸다. 벌써 두번째로 하꼬(버스)를 놓친 셈이었다.

조금 있으면 하꼬는 출근하는 사람들이 다 빠져나가 이빨이 빠져버릴 것이다.

이빨이 빠져버린다면 이른바 공치는 셈이 되는 것이다. 미아리 언덕에서부터 광화문 종점까지가 그들의 작업 노선이었다. 그 작업 노선은 대봉이형의 독무대였으며, 다른 식구들은 얼씬도 할 수 없었다. 이 황금노선은 오직 대봉이파의 독점 공사판이었다. 만약 다른 식구들이 얼씬거리거나, 어쩌다 짝 잃은 도꼬다이들이 물건을 째비다 걸리면 어떻게든 대봉이형의 레이더망에 정보가 입수되었으며 그들은 무자비하게 그들을 잡아 린치를 가하기도 했다.

대봉이형의 공사판에 다른 식구들이 얼씬거리지 못하는 것이 불문율로 되어 있듯이 그들 역시 다른 식구들의 공사판을 침범할 수는 없었다.

두번째의 버스 속에서 점백이가 짱 한 개를 감쪽같이 따냈다. 아주 싸구려 시계로 학삐리의 손목에서 낚아챈 것이었다. 그것은 값이 나가지 않는 물건이었다. 값이 나가지 않는 물건에 손을 대는 것은 어리석은 짓이었으며, 만약 대봉이형에게 들키면 아구통이 왕복

260

으로 세 번 돌아가게 매감이었다. 점백이가 값이 나가지도 않는 싸구려 짱을 학삐리 손목에서 뚜룩친 것은 그것이 탐나서가 아니라 그저 심심해서 손이라도 풀어볼 생각에서였다.

혜화동 로터리는 그들의 공사구역의 마지막 보루였다. 버스는 혜화동 로터리에서 창경원 옆을 돌아 안국동 로터리를 지나, 광화문 네거리에서 멎어선다. 차는 안국동 로터리까지가 고비인 셈이었다. 그 이후부터는 타는 사람도 적고 직장을 향해 내리는 사람들뿐이었다. 그러므로 차는 차츰 텅텅 비어간다. 안국동 로터리를 지나면 차는 반 이상 비어 썰렁했다.

썰렁한 하꼬 안에서 작업을 하는 것은 자살행위와 다름없었다.

급할 때는 텅텅 빈 버스 속에서도 작업을 하기도 했다.

네 사람이 대봉이형이 찍은 사람을 앞뒤에서 밀치고, 부딪고, 잡아당기며, 혼을 빼놓아 바람을 잡는 동안 기술자 안씨가 감쪽같이 안창따기를 해내는 수도 있긴 했지만 그건 어디까지나 예외적인 일이었다.

기술자 박씨가 텅 빈 버스에서 작업을 하다 실수를 해서 감방으로 끌려간 뒤부터 대봉이형은 직접 공사판에 나서서 작업 지시를 하곤 했었다. 그가 직접 공사판에 나서는 일은 드문 일이었다. 그는 식구들이 벌어오는 장물들을 팔아넘겨서 돈을 나눠주는 일만 전담하는 왕초였는데 그가 가장 아끼고 사랑하던 일꾼인 박씨를 잃고 나서 그는 직접 공사판에 따라나서서곤 했었다.

한때는 식구를 스무 명도 넘게 거느리고 있었던 대봉이형은 이제 그 아까운 수족을 다 잘리고 소규모의 식구만을 거느린 잔챙이 소매치기파로 전락해버렸다.

끌려간 박씨는 대봉이형이 마지막으로 총애하던 일꾼이었다. 점백이는 아직 나이가 어렸으므로 전문 기술자는 못 되었고 그저 도꼬다이로 부려먹거나, 바람잡이 역할로만 만족할 수밖에 없는 후견에 불과했다. 종세는 점백이의 똘마니인 신출내기로, 그는 견습 삼아 작업에 불리어가고 있는 셈이었다.

기술자 안씨는 이미 한물간 퇴물 기술자였다. 그는 소매치기 전과 6범의 늙은이였다. 한때는 꽤 날리던 솜씨였지만 세월 따라 나이를 먹은 뒤로는 손이 떨리고 재주도 녹이 슬어서 겁만 지레 먹는 쓸잘데없는 기술자였다.

그는 작업 전에 소주 두어 잔을 먹어야만 담이 생기고 떨리는 손을 진정시킬 수가 있을 정도였다. 아무래도 못 미더웠던지 박씨가 끌려간 뒤부터 대봉이형은 직접 작업장에 따라나서곤 했다.

대봉이형은 물론 남보다 몇 배나 민첩하고 재빠른 기술을 갖고 있지만 그는 절대로 자신이 직접 작업을 하지는 않았다.

그는 왕초였고 식구를 벌어먹여야 하는 큰형님이었으므로 하꼬속에서 씽이 있을 만한 놈을 찍어주거나, 값비싼 굴레를 찬 여인을 찍는 일만 할 뿐, 그저 내리 신문만 읽고 있는 고급양복의 마카오 신사였다.

어쩌다 작업을 하다 들키는 일이 있어도 대봉이형은 그들 일당과는 무관한 사람처럼 행동하기로 약속이 되어 있었으며, 만약 식구들 중에 누군가가 빵깐에 잡혀들어간다 해도 사식을 넣어주거나 남은 가족에게 이따금 돈을 챙겨주는 왕초 노릇만으로도 그의 역할은 지대했다.

정류장에 수많은 사람들을 실은 버스가 속속 도착하고 있었다. 한편으로는 사람들을 실은 버스가 기우뚱거리며 달려나가고.

마침내 결심이 섰다는 듯 대봉이형이 피우던 담배를 버렸다.

그는 마악 도착한 버스 아가리로 다가섰다.

기다리던 사람들이 벌떼처럼 모여들었다. 기술자 안씨, 점백이,

262

종세 세 사람은 대봉이형을 따라 버스 입구로 돌진했다.

종세의 발에 누군가의 발이 밟혔다. 비명소리가 나고 조금쯤 구멍이 벌어졌다. 이리 밀치고 저리 밀치는 인파 속을 종세는 이를 악물고 파고들었다. 간신히 난간에 발을 올려놓고 차의 문을 쥐었다.

슬리퍼를 신은 남자 차장이 종세가 올라타자 사람들을 떨쳐내며 차 난간에 우뚝 기대고 서서 오라잇 하고 소리질렀다. 그는 사람들을 하꼬 속에 밀어넣기 위해서 박치기를 하듯 엉덩이를 박아 흔들었다.

차가 기우뚱거리며 한편으로 쏠렸다.

조금이라도 더 많은 손님들을 태우기 위해서 차 안에 탄 승객들을 차 안으로 밀어붙이려고 이따금씩 버스 운전사가 사용하는 비상방법이었다. 사람들이 왈칵 차의 안쪽으로 쏠렸다. 여기저기서 비명소리와 고함소리 들이 일어났다. 운전을 잘하라는 욕이 터져 흘렀다.

버스 문을 간신히 닫고 차는 속력을 냈다. 그런 대로 차 안의 질서가 잡힌 셈이었다.

대봉이형은 사람들을 뚫고 차 안으로 들어갔다.

그는 솔직히 말해서 만원의 버스 속을 뒤져서 어디 반반한 여인이 서 있을까 염탐하는 전문 색골처럼 보였다. 여인의 엉덩이 뒷부분에 사타구니를 바짝 들이대고 버스가 기우뚱거릴 때마다 아랫도리를 비비면서 흔들거나, 머리칼 냄새를 맡으며 가쁜 숨을 몰아쉬는 치한처럼 여인들 뒤에 서 있기를 좋아했다. 마침내 대봉이형이 자리를 잡았다.

그는 손잡이에 손을 뻗어 균형을 잡은 뒤 주머니에서 신문을 꺼내 펼쳐들었다.

그의 신호로 보아 그가 방패 삼아 주위의 눈길을 가린 바로 옆자리의 회사원인 모양이었다. 대봉이형은 자기의 주머니 속을 가리켰다.

그 신호는 그 호주머니 속에 무엇인가 들어 있다는 암시인 것이었다.

그의 눈이 병적으로 번들거렸다.

눈은 신문을 보고 있었지만 실상 그의 모든 촉각은 예민한 동물적인 본능으로 곤두서 있었다.

그의 눈을 볼 때마다 종세는 언젠가 경찰서를 도망쳐서 곡마단 천막으로 돌아가는 버스 속에서 우연히 소매치기하는 현장을 본 기억이 떠오르곤 했다.

그 병적으로 기름이 끓어오르는 눈빛, 쾌락과 고통으로 흥분되는 눈빛, 먹이를 발견했을 때의 떠돌이 야생동물의 눈빛. 살아 있는 동물의 목숨을 노리지 않고 이미 죽어가거나 다른 동물들이 먹다 남긴 썩어가는 동물의 시체를 본 순간 기뻐하는 더럽고 비굴한 동물의 눈빛. 그 눈빛이 대봉이형의 눈에서 야광시계의 바늘처럼 빛나고 있었다.

세 사람은 말없이 그 사내를 막아섰다.

홀깃 종세는 주위를 보았다.

차는 창경원 앞을 지나고 있었다.

초여름의 신록이 담 너머로 타오르고 있는 것이 보였다. 오전의 햇살이 차창 너머로 은전처럼 찰랑이며 부서지고 있었다.

대봉이형은 신문지로 주위의 시야를 가리고 있었으며 점백이와 종세는 대봉이형이 찍은 사내의 주머니에서 기술자 안씨가 안창따기를 하는 동안 밀고, 부딪고, 잡아당기며 얼을 빼어놓는 바람잡이 노릇을 해야 하는 것이 의무였다.

점백이가 은근하게 사내를 밀어붙이고 있었다. 버스가 기우뚱거릴 때마다 기회를 봐서 옆구리를 팔꿈치로 쥐어박고 무릎으로 사내의 다리를 짓누르고 있는 것이 보였다. 종세 역시 바짝 다가섰다. 그 짧은 몸을 비집고 들어서서 안씨는 사내의 옆에 몸을 기대어섰

264

다. 그의 손끝엔 날카로운 면도칼이 숨겨져 있을 것이다.

마침 종세가 가리고 있는 뒤쪽의 허술한 틈새로 그 사내의 속주머니를 날쌔게 파고들어가는 안씨의 손끝이 보였다.

종세는 키가 작았으므로 그 광경을 똑똑히 볼 수 있었다. 안씨의 손이 촉수를 세워들고 사내의 주머니 속으로 바람처럼 끼어들고 있었다. 점백이는 쉴새없이 사내를 옆에서 어르고 있었다. 사내는 노골적으로 점백이를 돌아보며 뭐라고 한마디했다. 그 짧은 순간에 사내의 주머니 속에서 지갑이 살그머니 살아 있는 생명을 가지고 빠져나왔다. 윤이 흐르는 지갑이었다.

순간 종세는 그것이 물 속에서 갓 잡아올린 생선처럼 비늘이 번쩍이는 것 같은 느낌을 받았다. 지갑은 살아서 꿈틀거리고 필사적으로 저항을 하고 있었다. 마치 갓 잡아올린 생선을 쥐었을 때 손바닥 안을 빠져나가기 위해서 요동을 치는 것처럼.

안씨의 손이 그 지갑을 확실하게 부둥켜잡았다.

그때였다. 넋을 잃고 있던 사내가 뭔가 석연치 않은 낌새를 느꼈는지 갑자기 손잡이에 뻗어 있던 손을 웅크려 자신의 주머니를 더듬었다. 그는 주머니를 더듬으며 비명을 질렀다.

"쓰리다, 쓰리."

사내의 목소리는 절박했다.

창경원을 지나 안국동 로터리를 한참 내닫고 있던 버스 속은 사내의 외마디 비명소리로 균형이 깨어졌다.

"차를 세워, 운전수. 차를 세워."

사내의 얼굴이 창백하게 질렸다. 사내의 목에 핏대가 거머리처럼 꿈틀거렸다.

"차를 세워. 쓰리야, 쓰리."

종세는 얼핏 대봉이형의 얼굴을 보았다.

대봉이형은 얼굴 하나 변하지 않고 보던 신문을 착착 네모지게 접었다.

그는 천천히 버스의 뒷문 쪽으로 비비며 헤쳐나갔다. 이럴 때는 가급적으로 빨리 어두운 쪽으로 대피해야 한다는 충고를 점백이에게서 귀가 닳도록 들었지만 막상 위기의 순간에 맞닥뜨리고 보니 종세는 온몸에서 힘이 빠지고 오금이 저려 꼼짝도 할 수 없었다.

기술자 안씨와 점백이는 대봉이형과 반대로 앞문 쪽으로 재빨리 나아가고 있는 것이 보였다.

"차를 세워. 차를 세우라구. 쓰리라니까."

차는 로터리에 멎었다. 운전사가 차를 세우고 싶어서 세운 것은 아니었다. 자동적으로 신호대기에 멎어선 것이었다.

"경찰서로 차를 몰아요. 경찰서로."

사내는 숨가쁜 소리로 아우성쳤다.

"이것 참, 시간이 늦는단 말요, 젠장."

"야단났어. 이봐, 여기서 내려줘."

차 안에 탄 승객들은 그의 입장에 충분히 동정을 하고 있었지만 만약 차가 경찰서 앞에 멎으면 낭패라는 것을 잘 알고 있었다.

경찰은 한 사람 한 사람씩 조사를 할 것이다. 애꿎은 승객들은 출근시간에 늦게 될 것이며, 그리고 쓸데없이 혐의를 받는 것으로 피로해질 것이다. 그것은 짜증스런 일이었다.

"차를 경찰서로 몰아요. 종로경찰서요."

사내는 소리질렀고 두어 사람 그의 말에 동의를 했다.

"차장, 차장, 아무도 내려주지 말어."

그때였다.

차가 신호대기에 걸려 있는 동안 다음 정류장에서 내릴 승객들이 그새를 못 참고 차장을 윽박질러 차에서 몇 사람 내렸다.

"안 돼, 내리지 말어, 차장. 그대로 차를 몰라구. 경찰서 앞까지 가자구."

그러나 종세는 대봉이형과 점백이와 안씨가 각각 다른 문으로 빠져서 뛰어가는 것을 보았다.

그들은 아침햇살이 찬란한 거리에서 내려 혼잡한 거리로 내처 달리고 있었다. 그들은 뿔뿔이 헤어져 인파 속으로 숨어들고 있었다.

그들의 얼굴에 아침햇살이 녹을 벗긴 쇠못처럼 번쩍이고 있었다. 그들은 쏜살같이 사라져버렸다.

"문을 열지 말라고 했잖아, 이 쌔끼야."

사내는 발을 동동 구르며 발악했다.

그러나 종세는 사내의 고함소리가 얼마나 헛된 것인지 잘 알고 있었다.

미아리에서 광화문까지 달리는 노선의 차장들은 대봉이형의 얼굴을 대부분 알고 있었다. 그들은 대봉이형이 그들 노선의 버스를 지배하는 소매치기 왕초라는 것을 잘 알고 있었고 만약 만용을 부려 대봉이형을 찌르거나 절박한 상황에서 문을 열어 도망시키지 않으면 뒷날 감쪽같이 불려가 치도곤을 당한다는 것을 잘 알고 있었다.

그들도 대봉이형에게 음으로 양으로 신세를 지고 있었다. 차장들은 일종의 대봉이형의 정보원인 셈이었다. 그들은 대봉이형을 묵인해주는 것으로써 주차장 근처의 똘마니들의 행패에서 벗어날 수 있었으며, 가끔 보이지 않는 용돈을 얻어쓸 수 있기도 했다.

그들은 그런 은덕을 입는 대신 다른 식구들이 몰래 숨어들어와 작업을 하는 것을 눈여겨봐두었다가 대봉이형에게 일러바치거나, 결정적인 순간에 문을 열어 도망치게 하는 의리를 지키고 있었다. 그들은 만약 서로 수습할 수 없는 사건이 발생하면 버스회사측에서 직접 대봉이형과 담판을 해서 잃어버린 물건을 돌려주기도 하는 일종의 공생관계였다. 그들이 결정적인 순간에 차의 문을 열어 대봉이형과 점백이를 탈출시켜준다는 것은 그런 의미에서 당연한 일이었다.

하지만 종세는 때를 놓치고 말았다.

어쩔 셈인가.

종세는 손잡이에 매달려서 맥없이 중얼거렸다.

그에게는 처음 있는 일이었으므로 다리에 힘이 빠져나가 제자리에서 꼼짝도 할 수 없었던 것이다.

점백이의 뒤를 따라 앞문 쪽으로 탈출해야 한다는 것을 분명히 알면서도 종세는 제자리에 붙어선 듯 움직일 수 없었다.

대봉이형과 점백이가 위기를 벗어났다는 의기양양한 뻔뻔한 얼굴로 회사원 지갑을 움켜쥐고 토끼는 모습을 보았을 때야 비로소 도망쳐야 한다는 느낌이 들었지만 차는 신호대기를 벗어나 달리고 있었고 버스정류장을 지나 내처 경찰서 앞으로 달리고 있었던 것이었다.

일단 한번 열어주었던 문을 다시 열어주지는 않을 것이다. 차장들의 의리는 짧은 순간에만 국한된다. 다행히 그들은 아직 신출내기인 종세의 얼굴을 모르고 있었다. 어쩌면 그들은 신출내기인 종세 하나를 찍는 것으로 자기 버스의 명예를 회복해갈지도 모르는 일이었다.

대봉이형의 식구 조직이 살아남기 위해서는 종세와 같은 신출내기 쓰리꾼을 하나쯤 일러바치는 것은 오히려 식구들을 위해서나 버스회사측으로서도 아주 합당한 제물인 셈이었다.

"지갑이 없어졌어, 지갑이."

사내는 연신 흥분해서 소리를 질렀다.

"지갑 속에 뭐가 들어 있는데요?"

뒤쪽 줄의 한 사람이 연신 호기심을 가지고 물어보았다.

"돈이에요. 아아, 돈이 들었어요."

"저런."

다른 승객이 혀를 쯧쯧 찼다.

"많은 돈인가요?"

"은행에 가져갈 돈인데, 입금시킬 돈인데, 회사돈인데요."

사내는 거의 울부짖고 있었다.

"여보슈."

누군가 뒤쪽에서 차가운 소리로 말했다.

"그들은 벌써 날랐을 거요. 아까 신호등 앞에서 차가 멎었을 때 내린 사람들 중에 벌써 다 섞여 내렸을 거요. 차장이 나빠. 문을 열어준 것이 나빠. 늬들은 한 패야."

"말조심하세요."

안내차장이 얼굴이 빨개져서 한마디했다.

"그럼 우리보구 어쩌란 말이에요. 아귀다툼으로 내리니."

차는 경찰서 광장 앞에 멎어섰다.

경찰서 앞에 부동자세로 서 있던 입초 순경들이 느닷없이 광장으로 내닫는 차 옆으로 다가와 운전사에게 물었다.

"이거 뭐 하는 차요?"

"손님 중의 한 사람이 지갑을 잃었습니다. 그래서 차를 몰고 오는 겁니다."

"그래요? 차를 세우고 한 사람 한 사람씩 내리세요."

"미안합니다."

운전사가 말했다.

"차를 잠깐 정차하겠습니다. 한 사람 한 사람 조사를 받고 곧 모셔다 드리겠습니다. 시간은 오래 걸리지 않을 겁니다."

버스의 앞문 두 곳에서는 순경들이 벌써 가로막고 서 있었다. 사람들은 투덜거리며 한 사람씩 차의 문을 통해 걸어내리고 있었다.

종세는 그물에 갇힌 생선처럼 도망칠 수 없음을 느꼈다.

그는 맥없이 앞문 쪽으로 차에서 내렸다.

버스에서 내리는 승객들은 공연한 일에 말려들어 아침 출근시간에 늦게 되었다고 짜증들을 내고 있었다.

차장과 운전사도 맥빠진 표정들이었고, 한 사람씩 한 사람씩 복장검사를 하고 신분증을 확인한 후 돌려보내는 순경들도 신이 나 있지 않았다.

흥분하는 사람은 지갑을 잃어버린 승객 한 사람뿐이었다.

그는 순경 옆에 서서 얼굴에 핏대를 세워올리며 소리를 지르고 있었다.

"차장이 문을 열어주었어요. 열어주지 말라구 내가 신신당부했는데도 문을 열어주었단 말이에요."

돈을 잃어버린 승객은 침을 퉤퉤 뱉으며 핏대를 올렸다.

"차장과 쓰리꾼은 한 패예요. 한 패란 말입니다."

"말조심하슈."

앞문 뒷문 지키는 차장 두 녀석이 죄지은 사람처럼 우두커니 서 있다가 낯이 벌게져서 볼멘소리로 대꾸했다.

"사람을 뭘루 보고 이러시오, 젠장."

"가만 있어, 이 쌔끼야."

운전사가 순경 눈치를 살피면서 윽박질렀다.

"넌 버스 속이나 뒤져봐. 지갑이 떨어져 있을지도 모르니까."

차장 하나가 손님이 내린 버스 속으로 돌아갔다.

소매치기들은 최악의 경우에는 훔친 물건을 버스 바닥에 던져버리고 시치미를 떼는 수도 있다.

물건을 훔치다 재수가 옴붙어 들기게 되는 날이면 우선 재빠르게 현장을 토끼는 것이 급선무이지만 그것이 불가능해지는 경우에는 훔친 물건을 버스 바닥에 내버리곤 하는 것이다.

잃은 사람도 일단 잃어버린 물건을 되찾게 되면 그뿐이며, 검문 검색하는 순경들도 소매치기가 하루에도 수십 번씩 벌어지는 좀스런 범죄이므로 물건만 되찾으면 사건을 일단락짓게 되고 마는 것이었다.

물론 남자 차장들 두 놈은 이미 로터리 신호대기중에 문을 열고 토껴버린 대봉이형과 기술자 안씨와 점백이의 얼굴은 익히 알고 있을 것이다.

순경이 마음만 먹으면 차장들을 족칠 수도 있을 것이다. 차장을 족치게 되면 별 수 없이 차장들은 대봉이형의 이름을 불 수밖에 없는 것이다.

이런 까닭에 운전사는 될 수 있는 대로 차장들을 검문하는 순경 곁에 세워두지 않고 눈에 안 띄는 버스 속으로 밀어넣어두는 편이 유리하다는 것을 잘 알고 있었던 것이다. 검문은 형식적으로 진행되고 있었다.

순경들도 일단 잃어버린 물건은 되찾을 수 없다는 사실을 분명히 알고 있었으므로 대충대충 진행함으로써 피해자의 진정도 들어주고 공연한 사건에 말려들었다는 승객들의 불평도 무마시켜주고 있을 뿐이었다.

종세는 여인의 뒤꽁무니에 바싹 붙어섰다.

남자 순경이 여자들의 검색은 대충대충 넘겨버리곤 했으므로 아무래도 여인들 사이에 끼어드는 편이 유리할 것 같았기 때문이었다. 종로경찰서 앞 광장은 버스에서 내린 승객들로 만원을 이루고 있었다. 검색을 받은 승객들은 이미 버스로 올라타 있었고 몇몇 사람들은 차창 밖으로 고개를 내밀고 소리를 지르고 있었다.

"빨리빨리 합시다."

"이봐 차장, 차비를 줘. 딴 차를 타고 가겠어."

"빨리빨리 하자고 젠장."

그럴 때마다 운전사는 생기를 찾아서 소리를 질러 대답하곤 했다.

"예예, 곧 끝납니다. 곧 끝이 날 겁니다요. 쬐끔만 기다려주쇼."

종세의 앞에 섰던 여인은 순경 앞에서 손에 든 핸드백을 벌려 보이고 있었다.

그 여인이 끝나면 다음은 종세 차례였다. 종세는 심장이 망치질하듯 두근두근거리는 것을 느꼈다. 그는 본능적으로 제복을 입은 사람을 두려워하고 있었다.

사실 그에겐 켕기거나 꿀릴 만한 구석은 없었다. 오늘은 종세의 첫 견습날이었을 뿐이었다. 실습 삼아 점백이를 따라나선 것뿐이었다.

점백이는 그의 직속 선배였고 그는 점백이가 가르쳐주는 대로 한 달 동안 내내 마네킹 위에 입힌 옷 속에서 지갑 꺼내는 것만 배우고 있었을 뿐이었다. 옷에는 방울이 수십 개 달려 있었으므로 조금만 건드려도 딸랑딸랑 방울소리가 나곤 했다.

방울소리가 나면 점백이는 종세에게 매섭게 따귀를 올려붙이곤 했다. 아직 기술도 시원찮고, 뱃심도 짧은 편이어서 현장에 나가 바람잡이나 하면서 담이나 키우라는 대봉이형의 명령을 따라서 어장에 고기를 잡으러 나온 초행길이었다.

초행부터 재수가 옴붙은 셈이었다.

재수가 옴붙어서 바람잡이 노릇도 제대로 못 하고 초행길에 덜컥 걸려들어버린 것이었다.

그러므로 종세는 양심에 걸리거나 무서워해야 할 이유는 전혀 없었다. 그런데도 종세는 겁이 나서 바짓가랑이에 오줌을 찔끔찔끔

272

흘리고 있었다.

"자, 다음⋯⋯"

종세 앞자리의 여인이 검색이 끝나고 열을 따라 버스 안으로 되돌아가자 순경이 턱으로 종세를 불러세웠다.

종세는 순경 앞으로 다가가 섰다. 종세가 서자 순경은 종세의 몸을 더듬어내리기 시작했다.

"어딜 가던 길이냐?"

종세의 몸을 더듬고 마침내 아무것도 없다는 것을 확인한 순경이 단조로운 목소리로 물었다.

"시내요."

"시내엔 뭘 하러 가던 길인데?"

"물건을 사러 가요."

"넌 뭘 하는 녀석이지?"

"전 서커스에 있습니다."

"서커스?"

순간적으로 떠올린 임시방편의 거짓말이었다.

종세에겐 자신을 증명해줄 만한 신분증이 하나도 없었다. 그는 아직 성인이 아니었지만 그렇다고 어린아이는 아니었다. 서커스를 도망나온 것은 벌써 두어 달도 훨씬 전의 일이었지만 막상 떠올릴 거짓말은 그것밖에 없었다. 믿어주지 않는다면 종세는 아는 사람이라곤 하나도 없는 이 서울 거리에서 자신을 변호해줄 만한 사람을 아무데서도 구할 수 없을 것이었다.

순경은 날카로운 시선으로 종세를 쏘아보았다.

"서커스 이름이 뭔데?"

"대륙서커스요."

"이봐요."

순경은 이제는 자신의 지갑을 되찾기는 글렀다는 체념의 표정으로 서 있는 승객을 불러세웠다.

"이 친구가 당신 옆에 붙어서 있었소? 당신은 얼굴을 보면 알 만하다지 않았소. 당신 옆에 붙어서서 유난히 밀고 당기던 한 패거리 얼굴들을 보면 알 수 있다고 했잖아요. 이 꼬마가 어때요? 놈들 중의 한 패요?"

물건을 잃어버린 승객은 물끄러미 종세를 바라보았다. 종세는 심장이 멎을 것 같은 두려움을 느꼈다.

자신의 운명은 저 사내의 입에 달려 있다고 종세는 생각했다. 저 사내의 판단에 따라 종세는 살고 또한 죽게 될 것이다.

"……모르겠습니다."

잠시 후 그는 머리를 흔들며 대답했다.

"어차피 글러버린 일이니……"

"가거라."

순경은 말했다.

종세는 아무 일도 없었다는 듯 열을 벗어나 버스 앞으로 되돌아 걸어갔다. 등허리에서 식은땀이 흘러내리고 있었다. 억세게 운이 좋은 편이었다. 무사히 위기를 벗어났다는 안도감이 들었지만 다시 버스 속으로 돌아가기는 죽기보다 싫은 노릇이었다. 성미 급한 승객들은 아예 버스를 타지 않고 빠르게 걸어 사라지고 있었으므로 종세 역시 갈 길이 바쁜 척 뛰는 걸음으로 경찰서 앞 광장을 벗어나 발길 닿는 대로 걸어갔다.

몹시 급한 요의를 느끼면서도 종세는 한 마장이나 걸어가서 어느 골목 뒷담에다 오줌을 누었다.

그러고 나서야 비로소 무사히 호랑이의 아가리를 벗어났다는 안도감이 들었다. 그러나 일이 일단락된 것은 아니었다. 이제부터가 문제였다. 이젠 또다시 미아리 대지극장 앞으로 돌아갈 수밖에 없다는 사실이 종세의 마음을 고통스럽게 만들었다. 돌아간다면 종세는 점백이에게 치도곤을 맞게 될 것이다.

이 쌔끼야. 토끼지도 못해. 이 쌔끼야. 이 날아가는 앵벌을 잡아다가 은행에 적금 들어 평생 동안 이자만 뜯어먹구 살 놈의 굼벵이 쌔끼야.

차라리 이대로 토끼려고도 종세는 생각했다. 그러나 어디로 도망가야 할지 종세는 판단이 서질 않았다. 그는 배가 고팠으며 주머니에는 단돈 백원 한 장뿐이었다. 치도곤을 맞는다 해도 일단 대지극장 앞으로 돌아가는 편이 나으리라 싶었다.

종세는 한 달 전에 중랑천변에 돌아가보았었다. 일단 도망칠 때는 다시는 돌아가지 않겠다던 서커스 천막을 찾아서. 서커스를 도망쳐나와 종세는 용케도 한 달을 견디었다.

주머니에는 서커스에 있을 때 차곡차곡 모아둔 돈과 도망칠 때 훔쳐나온 돈이 제법 많이 있었다. 밤에는 용산역 앞 노무자 합숙소 목침대 위에서 잤으며 식사는 풀빵으로 때웠다.

그래도 즐겁기만 했다. 낮이면 남산에도 올라가보고, 거리도 걸어다녀보고, 창경원에도 들어가보는 재미에 시간 가는 줄 몰랐다. 그러나 즐거움도 일 주일이 고작이었다.

일 주일이 지나고 보니 서울구경이고 나발이고 모든 것이 시들하고 춥고 배만 고팠다.

풀빵으로 매끼를 때우다보니 꺼칠하게 마르고 밤마다 편도선이 부었다. 이대로 서커스로 돌아갈까 하는 생각이 하루에도 수십 번씩 들었지만 종세는 이를 악물고 머리를 흔들었다.

때려죽여도 서커스로 돌아가지는 않을 것이다. 죽으면 죽었지 서커스로 돌아가지는 않을 것이다.

열흘쯤 지나자 종세는 그만 덜컥 몸살에 걸려 몸져눕고 말았다. 아직 엄동의 늦겨울인데도 담요 한 장 덮고 합숙소에서 잠을 자는 것에 이골이 난 때문이었다.

서울 거리엔 밤마다 싸락눈이 내렸다.

선거를 앞둔 서울은 뭔가 지진이라도 일어날 것처럼 불길한 징조들이 감돌고 있었다.

거리에 벽보판이 나붙고, 선거유세를 하는 마이크 소리들이 약장수처럼 떠들고 있었다. 여기저기서 소규모의 시위가 있었고 데모가 산발적으로 벌어지고 있었다.

누가 대통령에 뽑히고 누가 부통령에 뽑히고 하는 것은 알 바 없는 종세였지만 거리를 쏘다니다보면 왠지 심상치 않은 기운들이 술렁이는 것을 느낄 수 있었으며, 무슨 일이라도 벌어질 것만 같은 불안한 예감이 충만해 있는 것을 감지해낼 수 있었다.

종세는 서울역 앞 무허가 하숙집에서 이틀을 끙끙 앓았다. 아무래도 감기에 몸살이 겹친 몸으로 노무자 합숙소에서 자는 것은 무리였으므로 따뜻한 온돌방을 찾아나선 것이었다.

밤마다 기적소리가 누운 종세의 머리맡에서 목쉰 소리로 울곤 했다. 옆방에서는 밤새도록 손님을 받아 헐떡이는 창녀들의 신음소리만 들려왔지만 그 신음소리를 덮고 들려오는 기적소리는 몸져누운 종세의 가슴에 따뜻한 모닥불을 피워올리곤 했었다.

밤이면 찹쌀떡을 파는 장사치들의 고함소리와, 베니어판자 한 겹 너머로 걸어가는 발소리, 앞방과 뒷방에서 언제나 들려오는 헐떡이는 신음소리, 비닐창 너머로 밤이면 내리는 늦겨울의 싸락눈발, 때도 없이 처때는 장작불로 끓어오르는 온돌, 이따금씩 어지러운 발걸음으로 비틀거리며 걸어와서는 판잣집에 오줌을 싸는 소리……그런 늪처럼 가라앉은 끈적끈적한 밤의 열기 속에서 레일을 달려오

는 기차의 힘찬 소리가 쿵쿵 쿵쿵 머리맡을 울리며 행군해 들어오
고, 으악으악 비명지르는 기적소리가 고함을 지르고 있었다. 기적
소리를 들을 때마다 종세는 눈물을 흘리며 울었다.

몸살이 나으면 정읍으로 돌아가리라. 일어나 기운을 되찾으면 정
읍으로 돌아가리라.

종세는 몽롱한 의식 속에서 그렇게 맹세하곤 했다.

이틀 만에 몸이 나았지만 그러나 되돌아갈 수는 없었다.

그는 밤중에 서울역에 나가보았다.

정읍으로 가는 호남선 완행열차가 밤 열시에 출발한다고 운행시
간표에 씌어 있었다. 열차표를 사는 사람들이 어린애들을 업고 봇
짐들을 들고 창구 앞에 열을 지어 서 있었다. 종세는 그러나 차마
고향으로 내려가는 행렬 속에 끼어들 수는 없었다. 어머니의 곁으
로 돌아가야 한다는 사실이 어쩐지 두렵고 무서웠다.

그는 꼬박 두 해를 떠돌아다닌 셈이었다.

그는 이 년 동안 한 번도 어머니에게 편지를 써보낸 적도 없었다.
밤이면 자주 꿈에 어머니가 보였지만 어머니는 언제나 죽은 사람이
었다.

죽은 혼령이 되어 나타나곤 했다. 종세는 어머니가 그 동안 죽어
버린 것이 틀림없다고 생각하고 있었다. 그가 정읍을 떠나올 때부
터 어머니는 이미 죽은 사람이었으며 정읍은 그의 마음에서 깨끗하
게 지워진 백지와도 같았다. 정읍으로 가는 길은 끊기고 어머니는
죽었으며, 아버지 역시 어디론가 떠나버려 그곳에는 아무것도 남아
있지 않을 것이라는 막연한 환상이 종세를 지배하고 있었다.

그것은 움직일 수 없는 현실로 종세의 머릿속에 자리잡고 뿌리를
내리고 있었다.

그는 태어난 곳도, 자란 곳도, 어머니도, 아버지도, 그리고 그보다

먼저 정읍을 떠나 생사를 알 수 없는 형도, 가족도, 빨치산들의 시체도, 어린 날의 기억도 모두 잃어버린, 고아에 불과한 청년이었다.

이 년 사이에 그는 열여섯 살이 되었으며 그는 이미 어른이 되어버렸다. 불알 위에 털은 무성하게 자랐으며, 목소리는 변성기를 벗어난 지 이미 오래되었다. 아직 자기 나이 또래보다 키는 작았지만 그러나 이제는 어엿한 청년이었다. 이 년의 세월이 그를 잡초로 키우고, 이 년의 비와 바람이 그를 거친 수컷으로 만들었다. 그는 자라고 성장했지만 그가 버리고 도망쳤던 정읍에서의 기억과, 어머니에 대한 그리움은 반대로 왜소해지고, 마침내 흔적도 없이 소멸되어갔다.

이제 정읍으로 돌아간다면 나는 또다시 기억조차 하기 싫은 어린 난쟁이의 세계로 돌아가는 것이었다.

종세는 또다시 난쟁이의 세계, 난쟁이의 나라로 돌아갈 수 없다고 생각했다. 차라리 그럴 바엔 서커스로 되돌아가야 한다고 생각했다.

그는 전차를 타고 동대문까지 와서 버스를 갈아타고 중랑천 다리 위까지 되돌아가보았다. 그러나 얼어붙은 중랑천변에는 서커스의 흔적은 남아 있지 않았다. 그때 공연이 끝나 어디론가 사라져버린 모양이었다.

빈 들판에는 바람소리만 무성하고 꿍짝꿍짝 녹슨 밴드 소리가 들려오던 천변에는 손톱을 세운 칼바람이 몰아치고 있을 뿐이었다.

천변에는 아직 더러운 개울물이 가래침처럼 얼어붙어 있었다. 아무도 없는 개천의 빈 공터를 본 순간 종세는 맥이 풀려서 목을 놓아 울었다.

그는 정말이지 어떻게 해야 하는지 어디로 가야 하는지 막막하기만 했다. 적막강산이었다.

언젠가 칠성이가 서커스를 도망쳐서 그가 어릴 때 펨프짓을 하던 역전 앞으로 함께 나가 펨프짓하고 먹고살자던 말이 떠올랐지만 이틀 동안 무허가 하숙집에서 지내는 동안 종세는 벌써 그 생활에 염증이 나 있었고 죽으면 죽었지 그짓은 못하겠다고 마음을 굳히고 있었던 것이다.

종세가 점백이를 만난 것은 바로 그 무렵이었다. 점백이는 그런 의미에서 종세의 구세주인 셈이었다.

점백이는 종세보다 한 살 더 먹은 나이였지만 어릴 때부터 산전수전 다 겪고 소년원에도 두세 번씩 드나든 전과가 있었으므로 소매치기 세계에서 잔뼈가 굵은 녀석이었다.

정읍으로 돌아가지 않겠다고 마음먹고 나서 종세는 하다못해 신문배달이라도 하든지 그렇지 않으면 구두닦기라도 해야겠다고 생각을 고쳐먹었다. 주머니의 돈은 이미 바닥이 나 있었고, 하루하루가 아슬아슬한 줄타기를 하는 기분이었다.

구두닦기도 텃세가 있어서 무턱대고 구두통을 메고 쏘다닐 수 없다는 것을 종세는 잘 알고 있었다.

다행히 신문배달을 나서면 먹여주고 재워준다는 보급소가 하나 있긴 있었다. 아침저녁 신문배달만 나서면 나머지 시간은 자유로워서 야간학교라도 나갈 수 있는 시간적 여유도 있었으며 잠은 합숙소에서 배달원 서너 명이서 포개 잘 수 있었으므로 천만다행이었다.

그는 꼬박 한 달 동안 신문배달원 노릇을 했다.

미아리를 넘어서면 수유리 일대는 허허벌판이었고 드문드문 인가가 산재해 있었다. 신문 한 부를 배달하기 위해서 숲길을 걷고 산등성이를 타고 올라가야 했다.

처음 일 주일간은 먼저 배달을 하던 고참의 뒤를 따라 지리를 익히고 신문구독을 하는 집을 외워두기 위해서 후견 노릇을 했지만 그 다음부터는 당당한 배달원이 될 수 있었다.

새벽 네시쯤이면 신문이 트럭에 실려 어시장에 내려놓는 생선처럼 잉크 냄새를 풍기며 보급소 앞에 멎곤 했다.

졸린 눈을 비비고 일어나 신문을 받아 일일이 세고, 자기가 배달할 신문부수를 확인하고 나면 그대로 차디찬 새벽의 벌판이었다. 신문 백이십 부를 돌리기 위해서 꼬박 두 시간을 미친 말처럼 달려야 했다.

새벽 겨울길은 아직 날이 밝기에는 멀었으며 밤하늘엔 별들만 무성했다. 달빛은 아직 기승을 떨치고 있어서 잉크 냄새 나는 신문을 옆구리에 끼고 달리는 종세의 한 발 앞에서 그림자는 언제나 우쭐우쭐 춤추고 있었다. 입김이 하얗게 입가에서 배나오고 있는 것이 보였다.

숲은 달빛 속에 음흉한 짐승들처럼 웅크리고 있었고, 산재한 인가들은 까마득히 멀고도 멀었다. 종세는 자기보다 앞서 들어왔던 배달원들이 이 지역 배달을 죽기보다 꺼려하고 있다는 사실을 나중에야 알았다.

구역이 워낙 광대하고, 새벽에는 인가가 멀어 무섭기조차 했다. 두 시간 동안 신문을 배달하고 보급소로 되돌아오면 온몸에 땀이 비오듯 흘러내려 뜨거운 김이 무럭무럭 솟아오르고 있을 정도였다.

저녁 배달은 새벽 배달보다 수월했지만 어쨌든 권태롭기는 마찬가지였다.

두 번의 배달로도 워낙 지쳐서 나머지 시간에 야간학교라도 다닐까 하는 욕망은 부질없는 희망이라는 것을 종세는 깨닫게 되었다. 그러나 찬밥 더운밥 가릴 신세는 못 되었다.

그 일이 아무리 고되고 힘든 일이라 할지라도 종세에게는 선택의 여지가 없었다. 신문배달은 종세의 유일한 직업이었으며, 그가 찾은 최초의 직장이었으므로.

더구나 그곳에서는 먹여주고, 재워주고, 그리고 푼돈의 돈을 주는 곳이 아닌가.

종세가 그나마 신문배달을 한 달 만에 집어치운 것은 전혀 엉뚱한 사건 때문이었다. 새벽 배달을 나설 때면 가장 무섭고 경계해야 할 것이 집에서 기르는 개들이었다.

인가들은 드문드문 떨어져 있고 숲이 우거졌으므로, 꼭 도둑 때문이 아니더라도 집에서 키우는 닭과 토끼·오리 같은 가축들 때문에라도 어느 집이건 개를 하나씩 키우고 있었다.

한없이 뻗어내린 계곡 사이로 족제비와 살쾡이들이 떼를 지어 살고 있었으므로 사나운 개를 기르지 않으면 당해낼 재주가 없을 정도였다.

개들은 시골개들이 아니고 대부분 밤마다 야생동물들과 싸우는 데 익숙해져서 날카로운 야성을 지니고 있었다.

이들을 물리치기 위해서 집집마다 개를 묶어놓지 않았으며 방치해놓고 놓아 기르고 있었다. 거의 들개가 되어버린 짐승들이었다.

아무리 들개에 가까워졌다지만 길이 든 개들이어서 새벽마다 찾아오는 종세에게 노골적으로 덤벼들거나 물어뜯지는 않아도 언제나 으르렁거리며 기회만 있으면 이 새벽의 방문자를 습격할 태세를 갖추고 있는 맹견들이었다.

산이 깊어질수록 양계업을 하는 인가들이 많아지고, 닭장을 지키기 위해서 도사견을 기르는 집들도 몇 채 있었으며 사나운 사냥개를 기르는 집들도 몇 채 있었다.

새벽 산길을 치달아 뛸 때면 종세는 언제나 그들이 무서웠다.

그들은 대부분 묶여 있지 않았다.

그리고 짖지도 않았다. 짖는 개들은 무섭지 않았다. 집 주위에 조용히 앞발을 모으고 노리고 있는 개들의 눈빛을 볼 때면 종세는 머리털이 곤두서고 오금이 저렸다.

그보다 먼저 이 구역 배달을 돌았던 선배가 개들은 자기보다 큰 동물에게는 절대 덤벼들지 않으므로 개가 덤벼들면 될 수 있는 대로 몸을 크게 부풀리거나 그래도 말을 듣지 않으면 뒤로 돌아 엎드리고 기면서 함께 으르렁거리라고 충고를 해주었다.

절대로 뛰거나, 달리거나, 돌을 집어던지지 말라고 주의를 주었다.

"똥개가 아니니까 말야. 똥개라면 돌멩이를 집어던지면 도망칠 테지만 말야."

종세는 어떠한 경우에도 인간에게는 겁을 집어먹는 법이 없었다.

그는 어릴 때부터 죽이고 죽는 살육의 현장에서 피를 보며 자라왔다.

그러므로 인간의 폭력이나, 인간의 증오심, 인간의 위협 따위에는 눈 하나 까딱하지 않을 배짱이 있었다. 그런 데에는 거의 불감증이 되어 있었다. 그러나 새벽길에서 만나는 개들에게는 속수무책이었다. 왜냐하면 개들은 짐승이지 인간이 아니었으므로.

그날은 푸슬푸슬 싸락눈이 내리고 있었다. 산비탈을 구르고 넘어지면서 거의 배달을 끝내고, 양계업을 하는 민가로 다가갈 무렵 뭔가 집채만한 검은 물체가 자신의 몸을 향해 덤벼드는 것을 느낀 종세는 순간 맥없이 눈길 위에 쓰러졌다.

아득한 의식 속에서도 옆구리에 낀 신문꾸러미가 흩어져 바람에 날아가는 것을 종세는 보았다.

그것은 양계장을 하는 집에서 키우는 거대한 불독이었다. 개는 종세의 어깨를 물어뜯고 있었다.

무서운 힘이었다. 개 비린내가 통증과 더불어 확 풍겨오고 넘어진 몸 위에 개의 네 발이 날카롭게 내리꽂혀 있었다.

한순간이었다.

그 짧은 순간에 모든 것이 보였다.

바람에 흩날리는 신문조각들. 푸슬푸슬 내리는 싸락눈. 얼어붙은 눈길 위에 내리쌓인 눈의 흰 반사의 빛. 철책으로 둘러막은 울타리 속에서 요란스럽게 울부짖던 닭들의 날갯소리. 때도 없이 새벽을 알리는 닭의 울음소리. 단단하게 최초로 물어뜯은 어깨를 여하한 일이 있어도 양보하지 않겠다는 개의 헐떡이는 적의. 으르렁대는 개의 위협. 그러나 한없이 따뜻한 개의 털. 목에 매인 가죽고리에서 흘러내린 철사줄. 불에 덴 듯 따갑게 타오르던 통증. 죽는다는 아득한 두려움.

무어라고 몇 마디 소리를 질렀을까. 기척도 나지 않았다.

그러나 바람이 그 소리를 지워버렸다. 언덕 위에 솟아오른 고압 전신주의 철책이 바람에 위잉위잉 울고 있었다.

인가는 불이 꺼져 있었고 맵싼 새벽바람에 앙상한 나뭇가지들이 진저리를 치고 있었다.

본능적으로 몸을 웅크리며 종세는 언덕길을 굴러내렸다. 개와 종세가 한 몸이 되어 눈에 덮인 비탈을 톱니바퀴처럼 굴렀다.

개의 부릅뜬 눈이 보이고 개의 곤두선 귀도 보였다.

죽는다라는 아득한 공포가 종세의 의식 속에서 불처럼 일어섰다. 그 누구에게도 구원을 요청할 수 없는 절박한 상황이라는 생각이 종세의 머릿속에서 번뜩였다.

남은 길은 개와 정면으로 싸우는 일뿐이었다. 살아남기 위해서는 개를 물어뜯어 죽이는 일뿐이었다. 인간이기를 포기하고 함께 짐승이 되는 길뿐이었다. 개와 종세가 한 몸이 되어 뒹굴던 맴돌이가 나무 그루터기에 부딪쳐 정지되었다.

공교롭게도 개의 몸이 종세의 몸과 엇바뀌어 포개져 있었다.

개의 두 다리가 종세의 눈앞을 가로막고 있었다.

순간 그의 머릿속에 개를 죽이는 방법은 단 하나, 개의 급소를 물어뜯는 일이라는 생각이 번개처럼 번뜩였다. 종세는 개의 급소를 물어뜯었다. 그리고 정신을 잃었다.

그가 정신이 든 것은 개가 그의 몸 위에서 죽은 잠시 후였다.

그의 얼굴은 피투성이였으며, 그의 어깨는 살이 한줌이나 뜯겨나가 있었다. 피는 이상하게도 용솟음치지 않았다.

옷은 개의 발톱으로 갈가리 찢겨 있었고 개의 발톱으로 온몸이 할퀴어져 있었다. 거의 종세의 몸만한 개의 무게가 죽음으로써 더욱 가중되어 그의 몸을 짓누르고 있었다. 피비린내가 얼굴에서 확 끼쳐왔고 온몸에서 개의 냄새가 나고 있었다.

그는 갓 잡은 짐승의 털로 즉석에서 옷을 만들어 입은 원시인처럼 짐승의 냄새와 피로 범벅이 되어 있었다.

정신이 든 그의 눈앞에 놀란 표정의 집주인 얼굴이 보였다.

아무래도 심상치 않은 으르렁거리는 소리에 혹시 닭장에 족제비라도 침범한 것이 아닐까 잠결에 뛰쳐나왔다가 한데 엉겨서 사투를 벌이고 있는 종세를 발견한 모양이었다.

그러나 그는 아무런 도움도 주지 못했다. 왜냐하면 그가 나타났을 때는 이미 개는 급소를 물려 죽은 후였으므로. 종세는 다시 정신을 잃었다.

그의 무용담은 보급소 안에서 화제가 되었다.

개와 싸움을 벌여 개를 죽여 이긴 조그만 몸집의 종세는 단박에 무서운 아이라고 소문이 날 수밖에 없었다.

더구나 그는 개의 불알을 끝까지 물어뜯어 죽이는 대신 오른쪽 어깨에 이 주일이나 치료해야 하는 큰 부상을 입었다. 개 주인은 자기의 개가 죽었으므로 큰돈 치료비는 줄 수 없다고 딱 잘라 말했다.

보급소장과 개 주인과 흥정이 벌어졌는데 보급소 소장은 겨우 열

달치의 신문구독료 정도를 받은 것으로 사건을 마무리지었다.

물어뜯긴 상처의 치료는 머큐롬을 바르거나, 페니실린 주사를 두 번 맞은 것이 전부였다. 그 이상의 치료는 돈도 없었거니와 필요하지 않다고 종세 스스로 판단했기 때문이었다.

보급소에서는 열흘간 종세에게 휴가를 주었는데 휴가가 끝나면 다시 새벽 배달을 나갈 수밖에 없었다.

종세는 절대로 다시는 새벽 배달을 나가지 않겠다고 마음을 굳혔다. 허락받은 열흘 동안에 새로운 직업을 찾으리라 작정했으므로 낮이건 밤이건 거리를 쏘다녔다.

배달원 중의 하나가 종세에게 개에게 물린 상처쯤이야 곧 나을 수 있지만 문제는 그 상처가 아니라 개의 독에 있다고 아는 체를 했다.

개의 독은 서서히 스며들어 한 일 년쯤 뒤에야 나타나는데 그 병에 걸리면 인간이 인간이 아니라 미친개가 되어버린다는 이야기였다.

온몸에 털이 돋아나고, 물을 보면 무서워하게 되며, 말을 하지 않고 컹컹 짖으며, 닥치는 대로 물어뜯고 어둠 속에 숨어 있다가 밝은 것을 보면 발광하다가 죽어버린다고 말을 했다.

열흘쯤 지나자 상처는 거의 다 나았지만 그 녀석의 그 말이 종세의 머리에서 떠나지 않았다. 미친개의 독이 자기 핏속에 용해되어 흐르고 있다는 사실이 하루에도 수십 번씩 자각되었으며 그럴 때마다 종세는 두렵고 무서웠다.

그는 미친개가 되어 발광하다 죽을 수는 없었다. 그는 개와 처절한 격투를 벌였지만 그것은 오직 살아남기 위해서 그런 것이었다.

개의 비린내와 피의 냄새는 종세의 몸에서 쉽사리 떠나지 않았다. 자신이 어느새 인간이 아니라 개가 되어버린 것이 아닐까 하는 느낌이 불쑥불쑥 치솟았다.

그 냄새뿐 아니라 개의 독이 자신의 몸 속에 흐르고 있다면, 그리하여 언젠가는 발광하는 광기로 나타난다면 나는 비참하게 미친개가 되어 죽게 될 것이다.

나는 인간으로서 인간답게 살고 싶은 희망 하나로 정읍을 도망쳐 부초처럼 살아왔을 뿐이지 도시의 뒷골목에서 미친개가 되어 죽고 싶어 지난날 고향을 떠나온 것은 아니었다.

개는 내 육신을 물어뜯을 수 있을지언정 고귀한 영혼을 물어뜯을 수는 절대로 없었다.

그러나 그의 말이 사실이라면 나는 영혼까지 미친개가 되어버린다는 것이 아닌가. 그는 그것이 무서웠다.

자신의 내부에 미친개의 독이 흐르고 있다는 사실이 두려웠다.

그는 이미 한갓 벌판을 헤매는 들개 취급을 받으며 자라왔다. 그는 인간이 아니었다. 그는 짐승이었으며 작은 가축이었다.

그는 네 발로 기는 어린 날의 기억에서 두 발로 걷는 직립의 인간으로 성장하고 싶어 줄곧 달려온 것이었다.

그가 점백이를 만난 것은 바로 그 무렵이었다.

휴가 마지막 날 남대문시장에 들러 염색한 미제 군복을 사서 나오는 길이었다.

체구가 작은 종세에게 딱 맞는 작업복은 없었다. 얼추 맞는 옷을 서너 번을 걷어 입을 수밖에 없어서 눈에 띄는 대로 군복을 사들고 시장거리를 걸어나올 때였다.

갑자기 등뒤에서 고함소리가 들려왔다.

"도둑이야. 도둑. 저놈 잡아라."

외마디 비명소리가 인파가 들끓는 시장거리를 베어내고 있었고 사람들은 자연 소리나는 쪽으로 시선이 쏠렸다.

한 사내가 다람쥐처럼 재빠르게 시장거리를 달려오고 있었다. 그의 열 발짝 뒤쪽에 건장한 사내가 소리를 지르며 뒤쫓아 달려오고 있었다. 사람들은 자연 물결이 갈라지듯 양쪽으로 비켜섰다. 누구하나 앞서서 달리는 사내가 도둑이라는 것을 알면서도 발을 걸거나 손을 낚아채려 하지 않았다.

"도둑이야, 도둑 잡아라."

종세는 자신의 앞으로 달려오는 사내를 피하기 위해서 몸을 돌렸다.

순간 자신의 몸과 앞서 도망가던 사내의 몸이 세차게 부딪쳤다. 종세는 시장거리에 쓰러졌다. 그러나 함께 쓰러졌던 사내는 용수철이 튕기듯 재빨리 일어섰다.

그는 날쌔게 인파를 헤치고 사라졌고, 뒤따르던 사내는 얼마간 더 따라가다 포기한 듯 한숨을 쉬며 돌아섰다.

인파로 들끓던 시장거리는 다시 아무 일도 없었다는 듯 제 물결로 환원되고, 한바탕 신나는 구경거리에 만족한 사람들은 비를 피하기 위해서 추녀 밑에 잠시 섰다 비가 그치자 갈 길을 가듯 뿔뿔이 헤어졌다.

종세는 투덜거리며 일어섰다. 재수없는 날이었다.

세차게 부딪치느라고 시장바닥의 흙이 옷에 볼썽사납게 묻어 있었다.

종세는 먼지를 털며 새로 산 미제 군복을 옆구리에 끼고 시장거리를 걸어나갔다.

어디 가서 국밥으로 시장기를 때울 요량으로 두리번거리는데 마침 돼지대가리를 썰어 파는 순대집이 눈에 들어왔으므로 종세는 먼지를 털며 음식점 안으로 들어섰다.

종세는 담배를 피워물고 복판 의자에 앉아서 순대국 값을 지불할 만한 돈이 군복을 사고도 남아 있을까 헤아려보기 위해서 주머니에 손을 찔러보았다.

그때였다.

주머니에 아주 낯선 물건이 들어 있는 것이 손바닥에 감지되었다.

그것은 두둑한 부피를 지니고 있었다. 손끝에 매끈매끈한 가죽의 감촉이 느껴졌다.

그제야 종세는 그것이 지갑이라는 것을 알았으며, 아까 도망가던 소매치기와 부딪쳤을 때 그가 급한 김에 종세의 주머니 속에 그것을 찔러넣은 것이라는 사실을 깨달을 수 있었다.

그는 본의 아니게 소매치기와 일당이 되었으며 도둑질을 함께 한 공범이 되어버린 셈이었다.

종세는 가슴이 와랑와랑 뛰는 것을 느꼈다.

이를 어쩔 것인가.

좀전에 소매치기를 하다 들켜 도망치던 녀석이 일부러 종세를 붙들고 땅바닥에 넘어뜨린 후 종세의 주머니 속에 훔친 지갑을 찔러넣었으므로 그는 소매치기와 한 패가 되고 만 셈이었다.

종세는 입맛을 잃었다.

그는 곧 나온 국밥을 반도 비우지 못했다. 밥을 먹으면서 종세의 마음은 뜻밖의 횡재를 만난 자신의 입장을 어떻게 해야 할지 갈피를 잡을 수 없어서 줄곧 흔들리고 있었다.

밥을 다 먹고 나서 그는 다시 주머니에서 지갑을 꺼내 주위의 눈을 피해서 탁자 밑에서 들춰보았다. 매끈매끈한 가죽의 고급지갑이었다.

지갑을 세워 아가리를 들춰보자 놀라운 금액의 고액권이 차곡차곡 들어 있는 것이 눈에 띄었다. 이 정도의 금액이면 상상할 수조차 없는 엄청난 돈이었다.

감히 종세는 금액을 세어보지 못하고 제풀에 놀라 지갑을 닫고 그것을 다시 주머니 속에 넣었다.

누군가 종세의 뒷덜미를 낚아챌 것만 같은 불안감에 절로 목덜미가 움츠러들었다.

이것을 어떻게 할 것인가.

이것을 가까운 경찰서에 들러 바른 대로 말하고 물건을 되돌려줄 것인가. 아직 자세히 알아보지도 않았지만 지갑을 뒤져보면 지갑을 잃어버린 사람의 신원을 확인할 수 있는 증명서가 들어 있을 것이다. 그러므로 경찰서측에서는 잃어버린 사람에게 곧 지갑을 돌려줄 수 있을 것이다.

하지만……

종세는 머리를 흔들었다.

이 정도의 돈이라면 나는 팔자 고칠 수 있다.

당장에라도 신문배달을 집어치울 수도 있을 것이며, 꿈에도 그리던 야간학교에 등록을 마칠 수도 있을 것이다. 아침마다 졸린 눈을 비비며 신문뭉치를 옆구리에 끼고 새벽길을 미친 말처럼 허이허이 달리지 않아도 무방할 것이다. 이 정도의 돈이라면 일 년은 아무런 걱정 없이 먹고살 수 있을 것이다. 일 년이라니. 아껴서 쓴다면 이 년도 충분히 살 수 있을 것이다.

이미 종세는 대륙서커스를 나올 때 단장의 사물함에서 돈을 훔쳐서 도망치지 않았던가.

이미 그는 도둑질한 전과를 한 번 경험한 적이 있잖은가. 이미 한 번 죄를 저지른 전력이 있음에도 불구하고 이 엄청난 금액이 든 지갑을 구태여 주인을 찾아 되돌려줄 이유는 없지 않은가. 더구나 나는 소매치기를 한 사람은 아니다. 나는 그저 지나가던 행인이었을 뿐이며, 주머니 속에 들어온 지갑은 내 의사와는 상관없이 누군가 내 주머니 속에 찔러넣은 횡재를 얻은 것뿐이다.

그러므로 나는 되돌려줄 필요는 없다.

종세는 아직 반도 먹지 않은 국밥을 남겨두고 황급히 일어섰다.

그렇다.

도망치자.

일단 도망치고 볼 일이다.

돌려주고 안 돌려주고는 차후의 문제이다.

일단 이 시장거리에서 얼른 도망치고 볼 일이다. 이미 한바탕의 소매치기 소동은 끝났으므로 물건을 훔친 소매치기는 이 근처 어딘가를 어슬렁거리며 자신이 임시로 보관해둔 나를 찾아 이 잡듯 헤치고 다니고 있을 것이다. 물건을 돌려주고 말고를 고민할 것이 아니라 일단 나를 찾아 헤매는 소매치기의 눈을 벗어나야 할 것이다.

종세는 빠른 걸음으로 국밥집을 나왔다.

시장거리는 오후의 저녁 찬거리를 준비하러 나온 아낙네들로 대만원을 이루고 있었다.

그들의 인파 속에서 아무리 발 빠르고 눈 빠른 소매치기라 한들 종세를 발견하는 것은 바닷가의 모래사장에 떨어진 바늘 하나를 찾아올리는 것처럼 불가능한 일일 것이다.

종세는 버스정류장을 향해서 천천히 걸어내려갔다.

마음은 급하게 달리고 있었지만 일부러 천천히 걷고 있었는데 공연히 서두르거나, 빠르게 걸으면 오히려 남의 눈에 띌 것 같다는 생각 때문이었다.

시장거리는 수십 개의 미로로 형성되어 있었다.

들고 나는 출입구가 이리저리 방사선의 좁은 골목으로 연결되어 있으므로 도망치는 것은 식은 죽 먹기였다.

종세는 시장거리를 벗어나 버스정류장으로 다가가며 비로소 호랑이의 아가리를 벗어난 것 같은 안도감을 느꼈다.

이제는 제아무리 귀신의 눈을 가진 소매치기라 한들 자신의 모습을 찾아내지는 못할 것이다. 이젠 됐다. 무사히 시장거리를 벗어난 것이다.

나는 뜻밖의 횡재를 한 셈이다.

종세는 주머니에서 담배를 꺼내 성냥을 그어 불을 붙였다.

버스는 거센 기세로 밀어닥치고 있었다.

마침 학생들이 학교를 파해 집으로 돌아갈 무렵이었으므로 버스는 정류장에 도착할 때부터 만원이었고 어쩌다 멎어선 버스를 향해 남보다 먼저 타려는 사람의 아귀다툼으로 이리저리 밀리고 있었다. 종세는 짐짓 자기가 가야 할 방향의 버스가 왔지만 두어 대를 그냥 스쳐 보냈다.

그는 꿈과 같은 이 뜻밖의 횡재를 좀 즐기고 싶은 느긋한 여유를 과장하고 있었다.

그때였다.

누군가 정류장에 선 종세의 허리춤을 거세게 틀어잡았다.

아주 거센 힘이었다. 종세는 본능적으로 몸을 빼기 위해서 용틀임을 쳐보았지만 종세는 몸 하나 까딱할 수 없었다.

"조용히 해."

누군가 낮은 목소리로 종세의 귀에 속삭였다.

종세는 아차 하는 낭패감에 사로잡혔다. 드디어 올 것이 오고야 말았다. 우라질, 공연히 여유를 보이며 만원버스를 두어 대 그냥 보내버린 것이 불찰이었다.

"순순히 내 말을 들어. 안 그러면 옆구리에 바람구멍을 내버릴 테니."

종세는 대답 대신 머리를 끄덕였다.

이왕 이렇게 된 바에는 일단 그가 명령하는 대로 따르는 수밖에 없었다.

"따라와, 이 쌔끼야."

혁대를 거머쥔 사내가 종세를 잡아끌었다.

종세는 그가 끄는 대로 일단 벗어났던 시장거리를 거슬러올라갈 수밖에 없었다.

"도망치려 하지 말어. 뛰어야 벼룩이니까."

종세는 흘깃 옆쪽을 노려보았다.

종세보다 한 뼘이나 거의 큰 사내가 그제야 종세의 혁대를 풀어놓더니 도망치려면 도망쳐보라는 듯 두 손을 탁탁 털며 싱글싱글 웃고 있었다. 한눈에 이미 그런 악다구니판에서 찌들 대로 찌들고, 절대로 절어버린 양아치의 형상을 하고 있는 사내였다. 그는 후익후익 휘파람을 불고 있었다. 그의 얼굴 오른쪽 뺨에는 커다란 점이 붙어 있었다.

그는 여차하면 종세의 두 다리를 걸어찰 차비를 하고, 일정한 거리를 유지하며 시장거리를 서둘러 올라가고 있었다.

종세는 그의 곁을 따르며 순간 이 녀석의 옆구리를 팔꿈치로 후려치고 토껴버릴까고도 생각했다.

그러나 그건 불가능한 일일 것이다. 이렇게 된 이상 죽이 되건 밥이 되건 그가 시키는 대로 일단 고분고분하게 말을 듣고 볼 일이다.

시장거리에서 그는 아주 좁은 골목으로 접어들었다. 겨우 한 사람이 드나들 수 있는 아주 좁은 골목이었다. 그 골목 안에 조그만 쪽문 하나가 붙어 있었다.

쪽문을 열고 들어서자 그 안은 작은 시계포였다. 이를테면 시장거리에 몇 집 있는 시계포로 들어서는 작은 출입구였던 모양이다. 가게 안에는 나이든 사내가 눈에다 확대경을 끼고 시계를 수리하고 있다가 흘깃 문을 열고 들어서는 두 사람을 보았다.

"찾았니?"

나이든 사내는 별 관심 없다는 듯 뚜껑 연 시계의 부속품을 하나

하나 분해 소제하면서 물었다.

"찾았어요."

"어디서?"

"아, 글쎄 요 쌔끼가 토끼려고 버스정류장에 서서 담배를 피우고 있잖아요. 하마터면 죽 쒀서 개 좋은 일 할 뻔했다니까요. 야, 요 쌔끼야, 내놔."

그는 기분 좋다는 듯 연방 싱글싱글 웃으며 종세에게 손을 벌려 내놓았다.

"뭘 말이에요?"

종세는 일단 시치미를 떼고 딴청을 부렸다.

"요 쌔끼 봐라. 대가리에 피도 안 마른 놈이. 뛰는 놈 위에 나는 놈 있네. 내놔, 이 쌔끼야. 온몸을 다 뒤지기 전에."

"뭘 말이에요?"

"잘못 찍은 게 아니냐?"

한쪽 눈에 확대경을 들이대고 시계를 분해하고 있던 사내가 한마디 참견을 했다.

"아니에요. 틀림없이 요 쌔끼예요. 내 눈은 틀림없어요."

"대봉이형님이 알면 넌 반쯤 죽게 될걸. 그러기에 도꼬다이는 무리야. 어쩔 뻔했니. 재수 옴붙으면 넌 콩밥 먹을 뻔했어."

"재수없는 소리 마슈, 형님. 천하의 점백이가 콩밥 먹는 것 봤수. 그나저나 요 쌔끼가 아니었다면 난 영락없이 금팔찌(수갑) 찰 뻔했다우. 젠장할, 그나저나 공사판이 다 망가져서 도꼬다이라도 해먹지 않으면 입에 풀칠도 못 하게 돼버렸다구요, 형님."

"알아서 해. 난 이미 손을 턴 놈이니까. 난 깨끗이 손씻었어."

종세는 그들이 나누는 말이 무슨 말인지는 모르지만 대충 그 두 사람이 한때 한 패거리였다는 것만은 막연히 짐작할 수 있었다. 그

러니까 이 작은 시계수리포도 그들의 장물을 취급하는 거래선임에
틀림없다고 느껴졌다.

"자, 꼬마야, 이젠 내놔라. 불알을 까버리기 전에."

"뭘 내놔요."

"요 쌔끼."

순간 점백이의 손이 날카롭게 번득였다.

종세는 앉은자리에서 고스란히 따귀를 맞았다. 눈에 번쩍 불이 댕
긴 기분이었다. 대뜸 불과 같은 분노가 끓어올랐다. 종세는 여차하
면 덤벼들 것 같은 눈초리로 점백이를 노려보았다.

"어어, 요 쌔끼 좀 보게. 날 노려보고 있네. 요 쌔끼 귀엽다구 봐
주려구 했더니 요 쌔끼가."

"놔둬라. 너한테는 은인이다."

시계 수리를 하고 있던 사내가 점잖게 한마디 거들었다.

"그건 그래요. 한데 요 쌔끼 여간내기가 아니란 말이에요. 생명의
은인이라 좀 봐주려구 했더니 막무가내예요."

"야, 꼬마야."

마침내 보고만 있던 늙은 사내가 눈에서 확대경을 벗고 종세를 보
았다.

"순순히 말할 때 들어라. 물건을 임자한테 돌려줘야지. 그게 순서
가 아니냐."

"임자라뇨."

종세는 볼멘소리로 투덜거렸다.

"누가 임잔데요? 임자는 물건 잃은 사람이 아닙니까?"

"요 쌔끼 말하는 걸 봐라."

점백이가 연방 웃으며 신기하다는 듯 껄껄댔다.

"지갑을 내놔라. 그 대신 너한테두 몫이 돌아가게 될 거다. 그렇

지, 점백이. 이 은인한테두 보관료를 줘야 할 게 아니냐."

"하지만……"

못마땅하다는 듯 점백이가 대답했다.

"지갑은 이리 다우."

늙은 사내는 종세에게 손을 내밀었다. 종세는 그 늙은 사내라면 믿을 수 있을 것 같았다. 그의 말대로 지갑을 되돌려준다고 해도 몫을 나눠준다는 것이 분명한 이상 일단 그에게 지갑을 맡기는 편이 상책이라는 생각이 들었기 때문이었다.

종세는 주머니에서 지갑을 꺼내 늙은 사내에게 내밀기 전에 한마디했다.

"반을 나눠주기 전엔 드릴 수 없습니다."

"하이고, 요 베라먹을 쌔끼 봐라. 머리에 털 나고 요런 괴상한 피래미는 첨 보네."

잠자코 듣고 있던 점백이가 제 가슴을 쾅쾅 치며 소리질렀다.

"꼬마야, 반은 너무하구 내가 알아서 주겠다."

늙은 사내는 종세에게 지갑을 받아들고 지갑을 펼쳐보았다. 그는 아무런 표정 없이 두터운 돈뭉치를 꺼내들고 펄럭펄럭 헤아려보았다.

"제법 두툼한 걸 한건 했구나, 점백아."

"그럼요, 형님. 그걸 따라서 두 시간이나 쫓아다녔는데요."

사내는 대충 손에 집히는 대로 지폐를 들어서 종세에게 내밀었다.

"가져라. 이건 네 몫이다."

"하지만 형님."

비명을 지르며 점백이가 소리질렀다.

"그건 너무 많아요, 형님. 난 그걸 쌔비기 위해서 두 시간이나 쫓아다녔단 말요. 형은 너무하우. 옛정으로 봐서라두 이럴 수가 있수. 아무리 손을 털었다 해두 그래두 한솥밥 먹구 살던 식구를 잊진 않았잖소."

"시끄러워, 이 쌔끼야. 이 아이가 아니었다면 넌 콩밥 먹었어."

"아이구 가슴이야. 분통 터져 못 살겠네."

종세는 사내가 내미는 돈을 주머니에 쑤셔넣었다. 그로서는 일단 그것만으로도 대만족이었다. 그 지갑을 송두리째 갖는 것보다 물론 손해였지만 이렇게 떳떳하게(?) 몫을 나누고 배분한 할당액을 나눠 갖는다는 것은 유쾌한 일이었다.

"고맙수."

종세는 따귀 한 대 맞은 대가로 엄청난 돈을 벌었으므로 기분이 좋아 그들 마음이 행여 변하기 전에 얼른 일어서야 한다고 생각했다.

"잠깐."

점백이가 일어서려는 종세를 막아세웠다.

"넌 도대체 뭘 하는 똘마니냐? 형님, 요 쌔끼 키는 작아두 날쌔구 제법 쓸 만한 배짱까지 있어요. 그렇게 생각지 않우. 그렇지 않아두 식구가 모자라는 판인데. 박씨가 달려간 뒤로 바람잡이도 모자라 대봉이형까지 나서는 판인데, 요놈 같으면 쓸만하게 생겼잖수. 넌 도대체 뭘 하는 놈이냐?"

"집두 절두 없는 놈이오."

종세가 대답했다.

"난리통에 고아원이라두 토껴나온 놈이냐?"

"일테면 그런 셈이지."

"담배나 한 대 빨럼."

갑자기 마음이 변한 듯 사근사근한 목소리로 점백이가 주머니에서 담배를 한 대 꺼내 종세에게 내밀었다. 종세는 잠자코 담배를 피워물었다.

"넌 대충 이 형님이 뭘 하는 분인가 눈치로 때려잡았을 테지만 어

떠냐? 너 우리 식구가 되지 않을 테냐? 집두 절두 없는 놈이라면 구
두닦새 하는 거나 양동에서 색시 있어, 하고 펨프 노릇 하는 것보다
야 우리가 훨씬 고상하고 수입이 좋지. 어떠냐, 마음 있냐? 재워주
고, 먹여주고, 입혀주고, 거기에다 오늘처럼 수입도 훨씬 좋지."

"아서라."

잠시 참견하느라고 한눈을 팔았던 사내가 다시 한 눈에 확대경을
끼고 시계를 수리하며 한마디 거들었다.

"내버려둬라. 또 한 놈 못쓰게 만들지 말고."

"형님은 가만있으슈."

점백이는 소리질렀다.

"넌 그럼 뭘 하고 있지?"

"미아리에서 신문 돌리고 있수."

"신문을 돌려. 이 자식, 낯짝에 동아일보라구 씌어 있네. 잔소리
말구 따라와. 넌 이제부터 내 똘마니다. 형님 난 가우. 일어서라, 꼬
마야. 네 이름이 뭐라고 그랬지?"

"종세. 이종세."

"종세야, 가자. 내 널 기막히게 좋은 데 취직시켜주마."

그날 저녁 종세는 그에게 이끌려 돼지대가리 살점 몇 개 썰어놓고
소주를 마셨다.

될 대로 돼라는 기분이 줄곧 종세를 체념하게 만들고 있었다. 그
는 자기를 유인하는 점백이의 말이 악으로의 유혹이며, 악마의 달
콤한 속삭임이라는 것을 잘 알고 있었다. 그러나 그것은 그가 내심
으로 바라던 결과인지도 몰랐다.

그는 내일 아침부터 또다시 새벽같이 일어나 신문배달을 나서야
했으며 이것은 지옥보다 더 싫은 노릇이었다.

엄청난 크기의 불독과 싸워 다행히 그놈의 숨통을 끊어놓아 살아

나긴 했지만 그것은 어디까지나 요행이었다. 앞으로 더 많은 불독과 도사견과 그리고 들짐승과 거친 야생동물과 싸워 이기기 전에는 그 신문배달을 그만둘 수 없을 것이었다.

그는 평생 그짓을 그만둘 수 없을 것 같은 절망감에 잠겨 있었다.

신문배달 이외의 짓이라면 무엇이든 할 수 있을 것만 같았다.

남의 물건을 훔치건 뚜룩치건 그게 무슨 대수란 말인가. 새벽같이 일어나 신문배달만 하지 않게 된다면 무엇이든 상관없지 않은가. 더욱이 단 한 번의 시도로 점백이는 내가 평생 신문배달을 해도 만질 수도 없는 엄청난 금액의 돈을 자기 소유로 만들지 않았던가.

그는 마술사가 아니었던가.

서커스에 있을 때 손에서 비둘기를 날리고, 입으로는 만국기를 토해내는 마술사처럼 그는 무에서 유를 창조하는 마술사가 아닌가. 서커스단의 마술사의 솜씨는 어디까지나 눈속임에 지나지 않았다.

그러나 점백이의 교묘한 마술솜씨는 눈속임도 아니고 사기도 아닌 실제로 엄청난 돈을 자기 것으로 만드는 신비한 마법이 아닌가. 그 마법의 솜씨를 배울 수만 있다면 구두를 닦거나 신문배달을 하지 않아도 나는 야간학교에 다닐 수 있을 것이며 마침내 이 황량한 도시의 거리에서 내 몫의 뿌리를 내릴 수 있지 아니한가.

나는 이제 환상의 마법에서 현실의 마법을 배울 차례가 되었다.

현실은 난쟁이가 춤추고, 접시가 돌려지고, 입으로 불을 토하고 공중곡예를 넘는 그런 유치한 서커스의 곡마단은 아닌 것이다. 이것은 어디까지나 현실이며 냉엄한 삶 그 자체가 아닌가.

점백이는 막소주 두어 잔에 전신을 가눌 수 없이 취해버린 종세에게 이것저것 물어보았다. 종세는 그가 묻는 대로 솔직하게 대답해주기 시작했다. 무엇 하나라도 숨길 이유가 없었으므로 종세는 지금까지 그가 경험해왔던 모든 것을 낱낱이 고백해주었다.

"됐어."

모든 이야기를 듣고 나자 점백이는 알았다는 듯 기세좋게 대답하며 맞장구를 쳤다.

"젊은 나이에 산전수전 다 겪은 똘마니 새끼로군. 내 말을 잘 들어 꼬마야. 난 이제부터 널 꼬마라고만 부르겠다. 피차 우리 사이엔 이름이라는 게 없으니까. 난 점백이다. 대봉이파의 점백이라면 모르는 사람이 없을 정도로 난 장래가 유망한 청년이다. 널 이제부터 우리 식구로 맞아들이겠다. 물론 내가 널 똘마니 삼는다고 해서 네가 오늘부터 당장 우리 식구가 된다는 것은 장담할 수 없다. 어디까지나 넌 대봉이 큰형님의 눈에 들어야 한다. 우리 바닥에서 대봉이형이라면 모르는 사람이 없다. 대봉이형은 말 많은 똘마니를 제일 싫어한다. 그러니 대봉이형을 만났다고 해서 아는 체 주섬주섬 나불대지 마라. 그리구 한 가지, 오늘 일은 절대로 비밀이다. 형의 허락을 받지 않고 도꼬다이로 뛰었다는 게 알려지면 난 죽을 정도로 두들겨맞게 되니까. 알겠니? 자, 그럼 가자."

두 사람은 소주 두어 잔을 걸치고 그의 본바닥인 미아리 대지극장 건너편으로 찾아갔다.

미아리 일대에서 조금 더 들어가면 바로 종세가 신문배달을 나가는 본거지인 보급소가 위치하고 있었다. 그것은 묘한 인연이었다.

미아리 일대에는 천지가 무허가 판잣집 투성이였다. 언덕길을 따라서 하꼬방들이 즐비하게 지천으로 깔려 있었다. 언덕길을 따라 이리저리 꼬불거리는 길 끝에 구멍가게 하나가 간신히 버티고 서 있었다.

술에 취해 얼굴이 빨개져서 들어오는 점백이를 보더니 목로판 위에 덮인 먼지를 총채로 털고 있던 뚱뚱보 여인 하나가 소리를 질렀다.

"넌 어디 갔다 이제 오니?"

"시내 나갔다 와요."

"아저씨가 얼마나 기다렸는지 알아. 쟨 누구냐?"

여인은 점백이 뒤에 엉거주춤 서 있는 종세를 가리켰다.

"내 똘마니예요."

점백이는 자랑스럽게 대답했다.

"오늘 길거리에서 주웠어요."

"그렇다고 함부로 이리 데리고 오면 어떻게 해."

"큰형님이 늘상 말하셨어요. 쓸만한 똘마니 있으면 하나 구해오라구요. 큰형님 어디 나가셨어요?"

"곧 돌아오실 게다."

"안씨는요?"

"보나마나 또 술타령이겠지."

"들어와라."

점백이는 당당하게 종세에게 말했다. 두 사람은 가게를 지나 안채로 들어섰다. 안채는 살림집들이 고만고만하게 연이어 있었다. 어린애가 그 방 안에서 자지러지게 울고 있었지만 아무도 아랑곳하지 않았다.

"네 어머니냐?"

"내 어머니긴 좆같이. 대봉이형 여편네다. 대봉이형 여편네면 여편네였지 지가 뭐 큰형님이라두 돼나, 좆같이. 저 여편넨 대봉이형 셋째 첩년이다. 왕년에 서울역 앞 양동에서 몸 팔던 년이다. 주의해라, 꼬마야. 너두 가끔 저 여편네한테 불려서 방 안에 들어가 뚱뚱한 몸을 주무르게 될지도 모르지. 씨팔 니 새끼 쌍판이 예쁘게 생겨서 저 예편네가 부리나케 불러올리게도 생겼다."

그들은 창고 같은 헛간으로 들어갔다. 헛간 안에는 잡동사니 물건들이 가득가득 차 있었다. 목침대 두 개가 나란히 헛간 구석에 놓여 있었다.

"자, 이제부터 네 자린 저쪽이다. 물론 이건 내 자리구."

점백이는 침대에 벌렁 누워 담배부터 피워물었다.

천장에는 알전구 하나가 덩그렇게 매달려 있었다. 불을 켜자 천장 구석구석에 매달린 거미줄이 그대로 보였고 쥐들이 놀라서 달아나는 소리가 우르르 우르르 들려왔다.

밑은 그저 맨땅바닥이어서 습기가 그대로 올라오고 있었다. 헛간 안은 매캐하게 썩어내리는 습기 냄새로 가득 차 있었다.

종세는 몸을 가눌 수 없을 정도로 피로했으므로 딱딱한 목침대에 누워서 눈을 감았다.

몇 잔 마신 술기운이 욱신욱신 몸을 찌르고 있었다. 낯선 미지의 세계에 대한 동경과 호기심도 그리고 두려움도 이미 잊어버린 지 오래였다. 그는 될 대로 되라는 안이한 낙관으로 마음을 풀어버리고 있었다.

헛간 구석에 기묘한 물건이 서너 개 서 있었다. 그것은 마네킹이었다. 마네킹들은 모두 벌거벗고 있었다. 처음에 그 세 개의 마네킹이 전부 사람만 같이 보여서 종세는 깜짝 놀랐을 정도였다. 마네킹들은 모두 때묻고 헐벗어 있었다. 한 마네킹은 팔이 하나 부러져 있었다. 다른 하나는 모가지가 뎅겅 잘라져 있었다.

그 마네킹이 뭣 때문에 헛간 구석에 서 있는지 이해가 가지 않아서 종세는 점백이에게 물어보았다.

"저건 뭐 하는 거냐?"

"저건 마네킹이지."

대수롭지 않게 점백이가 대답했다.

"마네킹이란 것은 나두 알아. 그런데 왜 저게 저기에 서 있느냐 말이다. 기분 나쁘게. 이 집에 양장점이라두 차리고 있단 말이냐?"

"일테면."

점백이는 반쯤 졸린 목소리로 대답했다.

"저것은 실습도구란 말야. 저건 마네킹이 아니라 사람인 거야. 넌 앞으로 저 마네킹과 친해지지 않으면 안 돼. 꼬마야, 넌 저 마네킹들과 앞으로 골이 빠지도록 연애를 걸게 될 거다. 씨팔, 난 졸려. 잠이나 자둬라, 큰형님이 올 때까지."

그는 조금씩 말을 끊더니 이내 코를 골기 시작했다. 종세 역시 피로했지만 잠은 오지 않았다.

퀴퀴한 습기 냄새와 뭔가 썩어가고 있을 달착지근한 악취로 견디어낼 수 없을 정도였다. 아까부터 알전구 불빛이 밝혀진 방 구석구석에서 왕거미 한 마리가 거미줄에 포획된 벌레 한 마리를 맛있게 뜯어먹고 있는 모습이 자꾸만 눈에 걸려 시선을 뗄 수 없을 지경이었다.

점백이는 제 세상 만난 것처럼 잠이 들었다. 오래 전부터 들려오던 먼 방의 어린아이 울음소리도 조금씩 잦아들고 있었다.

종세 역시 까무룩 잠이 들었다.

그는 꿈도 없이 잘 잤다.

그것은 죽음과 같은 잠이었다. 잠에서 깨어서도 몸은 잠의 밧줄에 묶여서 자유롭지 못하게 결박되어 있었다. 비몽사몽간에 두런거리는 말소리가 들려오고 있었다.

종세는 눈을 뜨지 않고 아직 반쯤 잠의 늪 속에 빠진 채로 눈을 감고 마취된 환자처럼 누워 있었다.

"어떤 놈이야?"

짧고 굵은 바리톤의 사내 목소리가 가깝게 들려왔다.

"제가 주웠어요. 쓸만해요. 몸도 빠르고, 눈치도 빠르고 뱃심도 대단해요. 집도 절도 없는 놈이에요. 제가 다 알아봤어요."

"그래두 이 자식아, 불쑥 데불고 들어오면 어떻게 한단 말이냐."

"내가 책임질게요, 큰형님. 내가 길을 들여놓겠어요. 아주 멋진 물건 만들어놓을게요."

"뼈가 가늘게 생겼는데. 보기엔 아무짝에도 못쓰게 생겼잖아."

"보기엔 저래두 담이 크다구요. 한번 믿어보세요, 형님. 한번 믿어보시라니까요. 제가 사람 보는 눈 하나는 기차다구요, 증말이에요."

"깨워라."

사내는 낮게 그리고 짧게 명령했다.

종세는 그래도 자는 체 눈을 감고 있었다. 곧 점백이의 손이 와랑와랑 종세의 몸을 흔들었다.

"일어나, 꼬마야. 일어나."

종세는 그제야 잠이 깬 듯 기지개를 켜며 하품을 했다.

"일어나, 꼬마야."

종세는 자다 깬 멍청한 시선으로 점백이를 돌아보았다.

"형님이 오셨어. 이 쌔끼야, 정신차려. 큰형님이 널 좀 보재."

종세는 몸을 일으켰다.

알전구 불빛 아래 건장한 한 사내가 앉아 있었다.

눈썹이 짙고 얼굴엔 칼자국이 나 있었다. 아직 그럴 철이 아니었는데도 어깨가 드러나보이는 러닝셔츠 바람이었다. 셔츠 바깥으로 드러난 알몸에는 징그러운 용 문신이 새겨져 있었다. 일부러 그렇게 쏘아보는 것이 아닌 것처럼 응시하는데도 눈매엔 강렬한 안광이 번뜩이고 있었다.

"인사드려라, 꼬마야. 큰형님이시다."

"……안녕하세요."

뭐라 달리 할 말이 없었으므로 종세는 꾸벅 겸연쩍은 인사를 했다.

"점백이한테 얘기는 많이 들었다. 점백이가 널 입이 마르도록 칭찬했다. 앞으로 차차 모든 것을 배워나가겠지만 무엇보다도 너는 윗사람들이 시키는 대로 뭐든 거역지 말고 해야 한다. 그리고 함부로 나발불다가는 쥐도 새도 모르게 네 모가지를 부러뜨려놓겠다. 앞으로 식구들한테 절대 복종해라, 알겠어?"

"예……"

"점백이가 너보다 한 살 위니 앞으로 점백이를 형님처럼 모셔라. 앞으로 주위의 허락을 받지 않고서는 어디든 함부로 외출을 나갈 수는 없게 되어 있다. 함부로 문 밖에만 나갔다 해도 넌 성하지 못할 것이다. 알겠나?"

"……알겠습니다."

"두말하면 잔소리겠지만 넌 이제 이름도 없고 가족도 없고 부모도 없고 친구도 없다. 넌 오직 우리 식구의 막내일 뿐이다. 물론 네가 앞으로 잘하면 곧 네 동생은 생겨나게 될 것이다. 네 몫의 할당량도 충분히 받을 것이구."

"예……"

"앞으로 점백이 말을 잘 들어라. 점백이가 널 훈련시켜줄 것이다. 밥 먹었니?"

"……예."

"그래두 배불리 먹어둬라. 한창 나이니까."

그것이 대봉이형과의 첫 대면이었다.

대봉이형은 특무상사 출신으로 상이군인이었다. 팔이나 다리가 병신이 된 그런 상이군인이 아니라 옆구리가 몽땅 달아났다는 것이었다. 그런데도 그가 살아난 것은 그가 독종이기 때문이라는 것이었다.

식구는 대봉이형 말고도 기술자 안씨가 하나 더 있었다. 기술자 안씨는 오히려 대봉이형보다 더 나이가 들어 보였는데도 늘 술에 절어 있었다. 알코올 중독이었는데 술을 마시지 않으면 손이 수전 증에 걸린 듯 떨려 술을 마시지 않으면 일도 나갈 수 없을 만큼 폐 인에 가까웠다.

원래는 끗발을 날리던 기술자라는 소문이었다. 안창따기에는 당 할 사람이 없는 기술자라는 것이었다. 그러나 이제는 간신히 술의 힘을 빌려 소매치기를 할 수밖에 없는 무용지물이었다. 벌써 별을 일곱 개나 달고 있는 전과자였다.

"저건 좆도 아니다. 나보다도 형편없는 솜씨를 갖고 있다."

점백이는 기술자 안씨가 자기 나이보다 두 배 이상 더 먹었음에도 불구하고 조금도 존경하거나 공대를 하지 않았다.

점백이는 기술자 안씨에게 그저 하대를 하고 있었다. 점백이 말에 의하면 기술자 안씨 말고 기술자가 한 사람 더 있었는데 박씨라는 기술자가 실로 최고의 기술을 가진 사람이었다는 것이었다.

그는 육 개월 전에 하꼬에서 붙잡혀 그대로 감방으로 끌려갔다는 것이었다. 의리를 지켜 끌려가서도 대봉이형에 대해서는 입을 다물 어 그래도 간신히 식구들이 무사할 수 있었는데 한때는 이십 명도 넘었던 식구들이 뿔뿔이 헤어지게 된 것은 시장거리에서 만난 시계 포 강씨 아저씨 때문이라고 그는 말했다. 강씨는 대봉이형 바로 밑 의 작은형님이었는데 소매치기 세계에서 알아주던 큰손으로 갑자 기 예수에 미치고 나서 딱 이 바닥에서 손을 뗐다는 것이다. 그 이 후부터 대봉이형파는 잔챙이로 전락되었다는 것이었다.

그나저나 먼저 감방으로 달려간 박씨가 의리를 지켜 남은 식구들 에 대해 입을 다물었듯 대봉이형님도 의리를 지켜서 가끔 사식도 넣어주고 남은 식구들에게 다달이 돈을 주고 있다면서, 그래도 자 기가 모신 왕초 중에서는 대봉이형이 가장 그릇이 크며 오야붕 기질이 있다고 그는 입이 마르도록 구라를 풀었다.

평소에는 잘 화를 내지 않지만 일단 화를 냈다 하면 물불을 안 가려서, 자기 넓적다리에 난 상처도 뻥쳐온 물건 빼돌리다가 발각되어 화로에서 벌겋게 달군 부젓가락으로 그냥 지져버렸기 때문이라고 그는 엄포를 놓았다.

어쨌거나, 다음날부터 종세는 그 집에서 한 발짝도 나갈 수 없는 후견이 되었으며, 점백이는 그에게 지켜야 할 계율과 언어와 금기로 되어 있는 여러 조항들과 그리고 마침내 기술을 전수해주기 시작했다.

그때가 되어서야 비로소 종세는 헛간에 세워놓은 마네킹이 무슨 필요가 있는가를 알 수 있었으며, 그것과 앞으로 친해질 것이라고 말했던 점백이의 말이 무엇을 뜻하는가를 알게 되었다.

마네킹은 이를테면 그의 기술을 연습시키는 살아 있는 사람의 모델인 셈이었던 것이다.

다음날부터 종세는 점백이의 똘마니가 되었다. 그는 종세에게 쓰리기술에 대해 가르쳐주기 시작했다.

고도의 기술 일테면 안창따기와 백따기 같은 것은 차차 배우기로 하고 우선은 남의 호주머니 속에 손을 무시로 집어넣는 기초적인 기술부터 배워나가기로 했다.

점백이는 네 개의 벌거벗은 마네킹들에게 옷을 입혔다.

옷 위에는 수많은 쇠방울이 달려 있었다.

어린아이들이 갖고 노는 딸랑이 같은 장난감에 매달린 방울들을 수십 개 옷 위에 부착시켜놓아서 자칫 잘못 건드리면 방울이 딸랑딸랑 울었다. 방울소리를 내지 않고 바깥 호주머니에서 지갑을 꺼내는 것이 가장 기본적인 훈련의 요령이었다.

점백이는 우선 자신이 시범을 보였다.

그는 네 개의 마네킹을 대여섯 발짝 정도의 간격으로 듬성듬성 세워놓은 다음 어느 순간 바깥 주머니에 들어 있는 지갑을 연거푸 꺼냈는데도 거짓말처럼 방울은 울지 않았다. 그의 손솜씨는 사람의 솜씨라기보다는 절묘한 마술사의 손놀림 같았다. 종세는 곡마단에서 자신에게 마술을 전수시켜주려고 애를 쓰던 마술사 최씨도 저처럼 손이 빠르고 날렵했던가를 비교할 수 없을 것 같았다. 점백이의 손은 분명히 마네킹이 입고 있는 바깥 주머니 속을 뒤져 지갑을 꺼냈는데도 너무 빨라 언제 그 주머니 속에 손이 들어갔었는가 믿어지지 않을 정도였다. 그의 손끝은 날랜 표창과도 같았다. 휘익 한번만 허공을 가르면 정확히 마음먹은 대로 목표의 심장을 꿰뚫는 마법의 검과도 같아 보였다.

　"해보아라."

　넋을 잃고 있는 종세에게 점백이는 자랑스럽게 웃으며 재촉했다. 종세가 그가 했던 대로 우선 마네킹의 주머니에 손을 밀어넣으려는 순간 간이 떨어질 정도로 큰 소리를 내며 쇠방울이 딸랑딸랑 요란한 소리를 냈다. 채 손가락 끝이 주머니 속에 들어가기도 전이었다.

　"넌 벌써 손에 고랑을 찼을 거야."

　자랑스럽게 점백이가 말했다.

　"넌 벌써 쌔리들한테 걸려 빵깐으로 들어가고도 남았을 거야, 이 멍충이 같은 쌔끼야."

　다시 한번 해봐, 하고 점백이가 말했다.

　종세는 다시 한번 시도했다. 쇠방울은 딸랑딸랑 논을 지키는 허수아비 손끝에 매어져서 줄에 매어달린 방울들처럼 잔바람만 스쳐도 요란스럽게 울었다.

　다시 한번, 하고 그가 말했다. 다시 한번, 다시 한번, 그가 말했다. 종세는 그가 시키는 대로 몇 번이고 악마같이 덤벼들었다. 그러나 그럴 때마다 어김없이 방울들이 비명소리를 내며 울부짖었다.

"못 하겠어."

종세가 설레설레 머리를 흔들자 점백이는 싱글싱글 웃으며 말했다.

"다시 해봐, 꼬마야."

"……정말 못 하겠어."

"하라니까."

"……난 정말……"

순간 그의 주먹이 종세의 얼굴에 한 번 번득였다.

종세는 선 자리에서 고꾸라져 땅바닥을 데굴데굴 굴렀다.

도대체 짐작조차 할 수 없었던 날쌔고 엄청난 충격이었다. 본능적으로 종세는 그의 두 다리를 거머쥐었다. 그러나 기다리고 있었다는 듯 그의 두 발이 날쌔게 비켜서더니 이곳저곳 따질 것도 없이 마구잡이로 종세의 얼굴을 후려차기 시작했다.

종세는 비명소리를 지르며 땅바닥을 굴렀다. 까무룩 의식이 죽어가는 듯한 아득한 느낌이 들었다. 헛간문이 열리고 누군가 들어서는 인기척이 있는가 싶더니 엄청난 발의 몰매가 멎었다.

"그만해둬. 그러다간 저 아이 죽이겠다."

"아 글쎄, 요 쌔끼가 하라는 대로 하지 않고 말대꾸를 꼬박꼬박 하지 않아요."

씨근씨근거리며 점백이가 퉤퉤, 가래침을 뱉었다. 종세는 멍청한 시선으로 허공을 쏘아보았다. 뭔가 끈적끈적이는 것이 이마 위에서 흘러내리고 있었다. 그것을 손등으로 닦아버리자 금세 손등은 붉게 물들었다. 그것은 피였다.

아아, 이럴 수가 있는가. 그 누구보다도 같은 나이의 또래와의 싸움박질에서는 절대 지지 않을 수 있으리라 믿었던 자신의 완력이 이처럼 무참하게 깨어질 수 있을까. 집채만한 불독과의 싸움에서도 살아남지 않았었던가. 하물며 거의 키가 한 뼘 정도 큰 같은 나이 또래의 점백이에게 개장 첫날부터 복날에 개 패듯 무참하게 얻어맞다니.

"그래두 저처럼 펠 수가 있니."

"상관하지 마시라니까요. 저 쌔끼는 내 똘마니예요. 똘마니 쌔긴 처음부터 길을 들여놔야 해요. 이제 겨우 기술을 배우는데 초장부터 시키는 대로 하지 않으면 안 된다구요."

"그렇담 너두 내 똘마니다, 이 쌔끼야."

기술자 안씨가 가시 없는 맥풀린 소리로 말을 잘랐다.

"얼어죽을."

점백이가 심사가 뒤틀린다는 듯 가래침을 뱉으며 소리질렀다.

"이보슈, 말조심하슈. 안씨야 쐬주가 똘마니지 내가 어째 똘마니요. 좆 같은 소리 하지 마시오."

점백이는 자존심이 상했다는 듯 그러나 차마 나이가 나이니만큼 말대거리로 덤벼들 수는 없는 노릇이었으므로 대신 쓰러져 누운 종세에게 으르렁거렸다.

"요 쌔끼야. 존말할 때 순순히 들어라. 한 번만 더 식구통 함부로 나발거리다간 죽여버리고 말 테니."

바람을 가르며 점백이가 황망히 나가버리자 안씨가 주춤주춤 종세 곁으로 다가왔다. 휙, 그가 오자 술냄새가 끼쳐왔다.

"저 자식을 미워하지 마라. 저 자식은 보기보단 나쁜 놈은 아니다."

안씨는 종세의 눈 속에서 범상치 않은 증오와 살기가 번득이는 것을 간파한 듯 부드럽게 말했다.

그에게는 비록 나이가 들고, 술에 절어 폐인이 되어버렸지만 본능적인 직관력이 아직도 남아 있었다. 그는 종세의 눈빛에서 언젠가는 이 아이에게 단순한 복수로만 끝내지 않을 살의 같은 것이 숨어 있는 것을 간파했다.

그의 판단은 정확했다. 그의 주먹질에 쓰러지며, 그 엄청난 몰매를 맞으면서도 종세가 단 한 번의 반격도 시도하지 않은 것은 아직은 그에게 반격을 가할 때가 아니라는 판단 때문이었다. 내버려둬. 종세는 아득한 의식 속에서도 그렇게 판단했다. 아직 그에게 덤벼들 때가 아니야. 아직까지는 그가 하고 싶은 대로 내버려둘 때인 것이야. 언젠가 내가 이제 완전한 기술을 배워 한 사람의 기술자가 되었을 때에는 용서치 않을 것이다.

"내 말을 잘 들어라, 꼬마야."

안씨는 입술이 터져 피가 흐르는 얼굴을 닦아내는 종세에게 타이르듯 말했다.

"나는 이 바닥에서 삼십 년이나 이짓을 해먹었다. 이제 넌 걸음마부터 배우지 않으면 안 돼. 이것은 단 한 번으로 끝이 나는 거야. 두 번 다시 되풀이할 수는 없다. 꼬마야, 이 세상 모든 일들이 한 번 실패하고 두 번 실패해도 다시 덤벼들면 되지만 이것만큼은 단 한 번으로 끝나버리는 게야. 단 한 번으로 성공치 못하면 감방에 들어가 별이나 달게 되는 거야. 점백이가 널 다그친 것은 그런 이유 때문이다. 점백이도 그 어린 나이에 무시로 소년원이 자기 안방이나 되듯 드나들었어. 이왕지사 이 바닥에 들어온 이상 누구보다 최고가 되지 않으면 안 된다. 공연히 서툰 짓 하다가는 별 수 없이 내 꼬락서니가 돼버리고 말지. 내 말을 잘 들어라, 꼬마야. 저 마네킹 속에 들어 있는 지갑을 네 것이라고 생각하는 버릇을 들여라. 원래 네 물건이던 것을 저 마네킹이 강제로 빼앗아갔으므로 그것을 되돌려받는다고만 생각해라. 남의 것을 훔친다고는 생각지 말아라. 남의 것을 훔친다는 생각을 하는 순간 손가락에 자기도 모르게 힘이 들어가는 거다. 손가락에 힘이 들어가면 백발백중 방울이 울리게 되어 있다. 원래 네 것이던 것을 되찾아간다고 생각한다면 힘이 들어가지 않을

310

것이 아니겠느냐, 꼬마야."

그날 이후부터 격렬한 트레이닝이 시작되었다.

종세는 죽기살기로 덤벼들었다. 꼭 점백이가 시키지 않아도 종세 혼자서 덤벼들었다. 종세는 꼬박 한 달 동안 집 밖을 나가본 적이 없었다.

종세 역시 문 밖 출입을 하고 싶은 심정도 아니었고, 점백이 역시 문 밖 출입을 허락해주지 않았다.

그는 우표를 사기 위해 혼자 바깥까지 걸어나가는 것도 점백이에게 허락을 받아야 했다.

그것은 대봉이형의 명령이었으므로 어쨌든 지켜야 할 불문율이었다.

그들은 언제나 새벽이면 사업을 벌이기 위해서 집을 떠나고 했다.

오전 무렵이면 벌써 그들의 작업은 끝이 나 돌아오곤 했지만 어떤 날은 하루종일 돌아오지 않을 때도 있었다. 대충 눈치로 보아서 주된 작업 장소가 버스 속이라는 것을 종세는 알아차리고 있었다. 오전 작업에서 공치면 밤늦은 시간에도 작업을 해야 했다.

밤중에 돌아올 때면 그들은 헛간에 머리를 맞대고 앉아서 그들이 수집해온 장물들을 점검해보곤 했다. 현금은 즉석에서 할당되고, 물건들은 일단 대봉이형에게 일임되었다. 아직까지 점백이는 한 사람의 어엿한 기술자로 취급받지 못했으므로 늘 할당량이 적었는데 그게 늘 점백이의 불만이었다. 그는 자기가 당연히 한 사람 몫의 할당량을 받아야 한다고 확신하고 있었다.

종세의 기술은 날로 진전되었다.

그는 웬만해선 방울소리를 내지 않고 마네킹의 호주머니 속에서 지갑을 쌔벼낼 수 있을 정도가 되었다. 기술자 안씨의 말대로 그것은 단지 손재주가 아니었다. 그럴 때는 손끝놀림이 아니라 손끝과 훔치려는 물건 간에 순간적인 부싯돌과도 같은 섬광이 번득이는 교감상태가 일어나지 않는 한 어김없이 방울은 울리게 되어 있었다. 순간적인 이질감은 곧 어색하게 힘이 들어가는 부자연스러운 결과를 초래해서 영락없이 방울이 딸랑딸랑 울렸다.

마네킹을 상대로 한 기술이 거의 완벽에 가까울 정도로 늘어가자 종세는 어느 정도 마음에 자신이 생겼다.

그러나 점백이는 종세의 기술을 아예 인정조차 하지 않았다. 그는 죽어 있는 마네킹에서 지갑을 쌔벼내는 것은 죽은 자식 불알 만지는 것만큼이나 쉬운 일이라고 말한 다음 살아 있는 사람에게서 지갑을 쌔벼내는 것은 백 배, 아니 천 배나 더 힘이 든 일이라고 말했다.

남의 주머니 속에 들어앉은 지갑을 제 손바닥만큼이나 훤히 들여다볼 수 있을 정도로 도가 통하지 않으면 기술자가 될 수 없는 법이라고 그는 말했다.

살아 있는 사람을 죽어 있는 마네킹이라고 생각하는 마음의 경지에 이르기 전에는, 버스 속에서 바람잡이 노릇이나 할 수밖에 없다고 점백이는 자조적인 목소리로 말했다.

그러고 나서 그는 자신을 마네킹으로 생각하고 자기 주머니에서 지갑을 훔쳐가보라고 말했다. 그는 마네킹처럼 지갑을 바깥 주머니에 집어넣은 채 버스 속에서 매어달린 승객처럼 헛간에 곧바로 서 있었다. 조금은 쑥스러운 생각이 들었지만 점백이의 얼굴은 몹시 진지했다. 종세가 그에게 다가가 부딪치며 그의 주머니에서 지갑을 빼내는 순간 점백이의 손이 날쌔게 종세의 손을 후려쳤다. 손이 떨어져나갈 정도로 센 타격이었다.

"다시 해봐."

그는 웃지도 않고 화를 내지도 않고 말했다.

종세는 다시 덤벼들었지만 어김없이 후려치는 그의 손바람에 손

312

이 떨어져나갈 듯한 충격만을 받았다.

"안 하겠어."

종세는 으르렁거리며 대답했다.

"넌 내가 훔치려 한다는 걸 이미 알고 있잖아."

"물론 그렇지, 이 쌔끼야."

점백이는 대답했다.

"돈을 가진 놈치고 누군가 자기의 물건을 훔쳐갈지도 모른다고 경계의 태세를 완비하고 있지 않은 놈이 어디 있겠냐. 나 정도는 약과야, 이 빌어먹을 쌔끼야. 다시 해봐."

"안 하겠어."

"해봐, 해보래두."

그는 어르듯 윽박지르듯 말했다.

종세는 이를 악물고 덤벼들었다. 간신히 그의 주머니 속에 손가락이 들어갔다 싶은데 그의 주머니 속은 텅 비어 있었다. 분명히 그곳에 들었다 싶었던 지갑은 어느새 사라져버리고 없었다.

"넌 공쳤어, 좆만한 새끼야."

반대편 주머니에서 지갑을 꺼내며 점백이는 말했다.

"넌 빈 주머닐 노린 거야."

침을 퉤퉤 뱉으며 점백이는 말했다.

"넌 아직 멀었어. 부지런히 마네킹 상대로 물건이나 쌔벼. 넌 아직 시로도 중에도 하빠리 놈이니까."

"그렇담."

종세는 반발했다.

"니가 내 주머니에서 지갑을 빼내봐."

"니가 날 시험해보겠다는 거니?"

점백이가 아니꼬운 듯 싱글싱글 웃으며 종세를 노려보았다. 종세는 내심으로 그가 자신의 주머니 속으로 손이 들어오는 순간을 노려 그의 손을 후려치지 아니하고 그의 명치를 팔꿈치로 내질러버리려고 마음먹고 있었다. 은근히 시험을 한다는 미명하에 그의 명치를 찌르는 복수를 행하리라 종세는 생각했다.

"좋아."

점백이는 종세에게 지갑을 내밀었다.

종세는 그 지갑을 받아 주머니 속에 찔러넣었다. 그리고 좀전에 점백이가 했던 대로 마네킹처럼 딱딱하게 몸을 굳히고 여차하면 그의 몸을 후려칠 준비를 완료하고 경계태세를 늦추지 않았다.

"네 몸엔 힘이 너무 들어가 있어, 이 쌔끼야."

갑자기 점백이는 맥이 빠진 소리로 말했다.

"네 몸에서 물건을 쌔벼내는 것은 식은죽 먹기야. 하지만 오늘은 그만두겠다."

그는 종세에게 담배를 한 개비 내밀면서 말했다.

그가 내미는 담배를 받으려는 순간 점백이의 왼발이 종세의 무릎을 후려찼다. 절로 발을 꺾으며 종세는 주저앉았다.

"이 쌔끼야, 니가 날 시험해보겠다는 거냐, 좆만한 새끼야."

순간 종세는 아픈 무릎을 감싸쥐고 그를 노려보았다.

여차직하면 그의 몸을 향해 덤벼들 자세를 갖추는 그의 눈앞에 점백이는 뭔가 손에 들린 물건을 나풀거렸다. 그것은 그의 주머니에 들어 있던 지갑이었다. 그는 비웃듯 종세에게 말했다.

"난 약속을 지켰다, 이 쌔끼야. 난 니가 맞는 새에 니 주머니에서 지갑을 쌔벼냈어. 내가 네 다리를 걷어찬 것은 니 신경을 그쪽으로 쏠리게 하기 위해서였다. 넌 병신같이 니 다리가 아픈 것만 알았지 니 주머니에서 물건 쌔비는 것은 모르고 있었어. 봐라. 니 주머니에서 물건을 쌔벼내는 것은 식은죽 먹기라고 내가 말했지. 난 약속을 지켰다."

그는 아픈 무릎을 감싸쥐고 낯을 찡그리고 있는 종세의 얼굴에 훔쳐낸 빈 지갑을 던지며 말했다.

"공부 좀 더 해, 이 쌔끼야."

종세는 발길이 닿는 대로 함부로 걷던 발길을 멈추었다.

그는 지금껏 집으로 가는 방향과 동떨어져 반대방향으로만 줄곧 걸어가고 있었던 것이다.

아침에 공사판에서 대봉이형과 기술자 안씨와 점백이가 한데 어우러져 작업을 벌이다 재수없게 들켜 그 난리를 벌인 이래로 줄곧 종세는 홀로 거리를 방황하고 있었다. 나머지 세 사람은 날쌔게 토껴버렸고 종세 혼자 버스 속에 남아 그것도 운수 좋게 호랑이의 아가리를 벗어나고 말았지만 현장실습 첫날부터 밀어닥친 이 불운을 어떻게 해석해야 할 것인지 종세는 판단이 서질 않았다.

오늘은 종세의 실습 첫날이었고 초장부터 일이 엉망으로 되어버린 셈이었다.

이대로 집으로 돌아갔다가는 어쩌면 대봉이형에게 치도곤을 당할지도 모르는 일이었다. 어쨌든 요령 좋게 버스가 네거리 신호등에 걸렸을 때 일행과 더불어 잽싸게 날지도 못하고 빙충이처럼 우물쭈물거리다 경찰서 앞마당에 끌려가버린 자신을 어떻게 맞아줄지 종세는 아무래도 자신이 없었다.

평소에 누구보다 날쌔고 요령이 있다고 믿었는데 어째서 오금이 저린 듯 한 발짝도 움직일 수 없었을까.

벌써 이 거리 저 거리를 닥치는 대로 헤맨 뒤끝이라 정오가 가까워왔으며 슬슬 배도 고파왔지만 종세는 어쩔 것인가, 차라리 이대로 토껴버릴까 하는 망설임으로 갈팡질팡하고 있었다. 지난 두 달

동안 용케도 대봉이형 밑에서 점백이 똘마니를 하며 지내온 것이었다. 누구보다도 고수(高手)의 소매치기를 꿈꾸며 줄곧 마네킹과 더불어 지내왔었다. 이제는 이골이 나 잠을 자다가도 잠결에 마네킹의 주머니에서 방울소리를 내지 않고 지갑을 쌔벼낼 자신이 붙었다. 그러나 초장부터 일이 꼬여버린 것이었다.

종세는 용케 범의 아가리를 벗어났지만 자꾸 집과는 반대방향으로 걷고 있는 것이 치사하게 어쩌면 자신에게 가해질지도 모를 대봉이형이나 점백이의 린치 때문이라고는 생각지 않았다.

그것쯤이야 눈을 딱 감고 맞아주면 그만이었다. 다만 이것을 되풀이한다면 언제든 그 오금이 저리는 위험상황과 맞닥뜨리지 않으면 안 된다는 절망 때문이었다.

물건을 잃은 사람의 고함소리. 달리는 버스. 내 물건, 내 물건, 이봐, 차를 세워. 차를 세워. 웅성이는 승객들의 눈. 자신을 노려보는 것 같은 눈초리들. 목이 타는 긴장감. 바지에 찔끔찔끔 흘리는 오줌. 체포하기 위해서 노려보는 경찰의 눈초리. 그런 급박한 상황과 항상 마주치지 않으면 안 되는 것이었다.

그것은 당해낼 수 없는 고통이었다.

차라리 이대로 소매치기고 뭐고, 일확천금이고 뭐고 토껴서 신문보급소로나 되돌아갈까 종세는 생각했다. 그러나 신문보급소는 더더욱 고통스런 장소였다. 이대로 또다시 새벽에 일어나 신문뭉치를 옆구리에 끼고 미친 말처럼 어둠 속을 달릴 수는 없는 일이었다.

죽이 되건 밥이 되건 집으로 되돌아가는 수밖에 없다고 종세는 생각했다.

어쩌면 용케 둘러대서 잘도 도망쳐온 종세를 즐거운 상판으로 맞아줄지 누가 아는가. 일단 내친 김에 이대로 물러설 수는 없는 일이다.

종세는 자꾸만 집의 방향과 반대로 걷던 발길을 멈춰서며 버스정류장을 훑어보았다. 배도 고파서 더이상 거리를 헤맬 수만도 없는 노릇이었다.

그는 버스를 타고 미아리로 돌아왔다. 버스를 내려 휘적휘적 골목길을 올라가며 종세는 될 대로 되라고 마음을 편하게 고쳐먹었다.

가게는 텅 비어 있었다.

종세가 가게에 들어서자 발을 두른 쪽문 안쪽에서 대봉이형 마누라의 목소리가 흘러나왔다.

"누구야?"

"접니다."

자나깨나, 아침이나 저녁이나 언제나 울고 있는 어린아이의 울음소리가 방문 안쪽에서 병든 생쥐의 울음소리처럼 흘러나왔다.

"왜 너 혼자 오니?"

"대봉이형은 아직 안 왔나요?"

"그걸 내가 어찌 알어. 같이들 나가놓구. 무슨 일이라두 생겼냐?"

"날샜어요."

종세는 대수롭지 않게 대답했다.

"날새다니."

"하꼬 속에서 기술자 안씨가 물건을 뜨다가 들켜버렸다구요. 소리를 고래고래 지르는데 대봉이형과 점백이, 안씨는 신호대기중에 토껴버리고 나 혼자 남아서 종로경찰서까지 끌려갔었다구요."

"그래서?"

이미 이런 짓거리에 이골이 날 대로 난 여편네였으므로 그녀는 조금도 놀라거나 목소리를 높이지 않았다.

그저 가게에 붙어 있는 방 안쪽에서 이따금씩 물건을 사러 오는 사람들이 있는가 어쩐가 벌거벗고 누운 채 발 사이로 내다보다가 가끔 동네 조무래기들이 물건이나 쌔벼갈라치면 도둑 왕초 여편네인 주제에 요놈의 쌔끼, 대가리에 피도 안 마른 놈이, 이 도둑놈의 새끼 하고 맨발로 쫓아나가서 대갈통을 쥐어박는 것을 취미로 하는 여인이 이런 다반사로 벌어지는 위험쯤이야 눈 하나 깜짝할 리 없는 것이었다.

"간신히 빠져나왔다구요. 하마터면 콩밥 먹을 뻔했다구요."

종세는 가게 덧문을 열고 안채로 들어와 배고픈 김에 부엌에서 찬밥을 물에 말아 볼이 터져라고 먹은 다음 펌프질을 해서 찬물로 몸이라도 씻을 양 러닝셔츠를 벗고 뜨락으로 나섰다.

날씨는 이제 본격적으로 무더워지고 있었다. 소매치기들에게는 일 년 중 가장 재미없는 계절이 다가온 것이었다. 소매치기들은 일 년 중 겨울을 가장 좋아하는데 그것은 겨울엔 비록 옷을 많이 입고 귀중품은 옷 깊숙이 감추어져 있다고는 하지만 옷 속쯤이야 터는 것은 식은죽 먹기로 두터운 곳에 감춘 물건을 훔쳐내도 피부에 닿는 감촉이 둔하게 느껴지기 때문인 것이다.

거기에 비한다면 여름은 비록 훔쳐낼 물건이 노출되어 있다고는 하지만 옷과 피부가 맞닿아 있어 손이 조금만 스쳐도 민감하게 사람들은 뭔가 이상한 낌새를 눈치채게 되기 때문인 것이다.

더구나 여인들은 옷을 벗다시피 노출을 하는 여름 한철에는 언제나 자신의 몸을 스치는 손길에도 깜짝깜짝 놀라는 과민성을 보이고 있었다. 그러므로 여름은 소매치기들에게 재수없는 계절이었다.

종세로서는 어쨌든 아직까지 대봉이형이 돌아오지 않은 것만으로도 감지덕지할 수밖에 없었다. 그들은 지금쯤 공친 아침 공사판을 보상하기 위해서 낮거리를 한탕 벌이거나, 그런 장소를 물색하기 위해서 거리를 쏘다니고 있을지도 모르는 일이었다.

종세는 낙관적인 마음이 되어 웃통을 벗고 찬 펌프물로 상반신을 씻어내리며 휘파람을 불었다. 그들이 돌아오기 전에 몸을 씻고 낮

잠이라도 한잠 자두리라 마음을 먹으니 불안은 말짱하게 가셨다.

그때였다.

가게 문간방에서 종세를 부르는 여편네의 고함소리가 쨍쨍거리며 들려왔다.

"꼬마야, 꼬마야."

종세는 자기를 꼬마라고 부르는 것은 이름을 따로 부르지 않는 식구들에게서는 어쩔 수 없다고는 하지만 대봉이형의 깔치(그는 점백이의 말을 철저히 믿고 있었다. 점백이의 말에 의하면 그 여자는 대봉이형의 셋째 첩이었고 더군다나 한때 양동에서 몸 팔아 산 적이 있는 똥치였다는 것을 알고 난 뒤부터는 그 여인을 은근히 경멸하고 있었다)까지 자기를 꼬마야 꼬마야 부르는 것에 은근히 부아가 치밀어올랐으므로 짐짓 못 들은 체 몸을 씻고 있는데 쪽문이 열리더니 여편네의 얼굴이 삐쭉이 내밀어졌다.

"내 말이 안 들려? 귓구멍에 못이라두 박혔냐?"

"왜요?"

"이리 좀 들어와라."

"왜요?"

"냉큼 들어오라면 들어오라니까."

종세는 때묻은 수건으로 대충 몸에 묻은 물기를 닦아내고는 가게로 해서 방 안으로 들어섰다.

방 안은 후텁지근한 열기로 가득 차 마치 목욕탕처럼 후끈거렸다. 밤이나 낮이나 울고 있는 아이새끼는 다행히 잠들어 있었고 살찐 대봉이형 여편네는 그새를 못 참아 웃통을 벗어버린 알몸뚱이로 방바닥에 베개를 베고 누워 있었다. 평소에도 살이 찐 몸매무새가 온통 드러나 있는데 아예 웃통까지 벗으니 그의 몸은 살찐 양배추와 같았다. 젖가슴이 두 개의 수박덩어리처럼 상체에 매달려 있었다.

어쩌자는 것인지, 왜 안방으로 부른 것인지 종세는 이해가 가지 않아 우두커니 선 채로 그녀를 내려다보았다.

"앉아라."

부채를 부치고 있던 그녀는 살풋이 웃으며 말했다. 치마는 넓적다리까지 걷어올라가 있어서 살찐 그녀의 두 다리가 고스란히 드러나 있었다. 종세는 그제야 언젠가 점백이가 자신에게 했던 말을 떠올렸다.

"주의해라, 꼬마야. 너두 가끔 저 여편네한테 불려가서 방 안에 들어가 뚱뚱한 몸을 주무르게 될지도 모른다. 씨팔, 니 쌔끼 상판이 예쁘게도 생겨서 저 여편네가 부리나케 불러올리게도 생겼다."

종세는 왜 점백이가 대뜸 첫날부터 자기에게 그런 말을 했던가 그 뜻을 알 수 있을 것만 같았다. 종세는 할 수 없이 무릎을 꺾고 그 여인의 옆에 주저앉았다.

"아이구 신경통이야. 아이구 다리야. 꼬마야, 너 다리 좀 주물러주겠니?"

갑자기 목소리가 나긋나긋해지며 여인이 종세를 실눈으로 보았다.

여인의 머리맡에는 보던 잡지가 널브러져 있었고, 파리가 잠든 어린아이 입가에 흘린 침을 향해 새카맣게 몰려들고 있었다.

종세는 어쩔 수 없이 죽기보다 싫은 여인의 살찐 고깃덩어리를 향해 손을 얹었다. 어쨌든 그녀는 대봉이형의 마누라였고, 어떤 때는 큰형님인 대봉이형을 대거리로 쥐고 흔드는 여인이고 보면 똘마니 중에서도 상똘마니인 자기로서는 거역할 수 없는 노릇이었다. 대봉이형은 식구들한테는 오야붕이었고 황제였지만 이상하게도 여편네한테는 꼼짝도 하지 못하고 슬슬 눈치만 살피고 있었다.

"그건 밤농사를 제대로 못 해줘서 그렇지."

점백이가 매우 의미심장한 목소리로 아는 체 씨부렸었다.

그의 말에 의하면 대봉이형은 제대로 여편네를 껴안아주지 못한 다는 것이었다. 자신도 가끔 저 여편네한테 불려도 가고 어떤 때는 미친 지랄병(그는 그녀의 신경질을 그렇게 불렀다)이 도지면 때도 없이 한밤중에도 불려가곤 했었는데 그럴 때면 대봉이형은 모르는 체 자리를 피해준다는 것이었다.

밤새 다리를 주무르고, 떡 치듯 패고, 어루만지면 여인이 밤새 고 양이 우는 소리로 아이구 씨원하다. 아이구 내 새끼. 아이구 잘도 한다. 아이구 내 새끼 잘도 한다. 아이구 씨원도 하다, 하고 죽어가 는데 이건 다리를 주무르는 것인지, 떡을 치는 것인지 영 분간할 수 없다는 것이었다.

그리고 그는 말하기를, 쪽잽이들이나 앵벌이들, 혹은 노름꾼들, 혹은 우리 같은 소매치기들은 오래 이 일에 종사하다보면 좆힘이 모두 손끝으로 옮아가고, 나중에는 시든 호박잎처럼 좆힘이 죽어버 린다는 것이었다.

기술자 안씨도 본래 여편네가 있었는데 좆힘이 손끝으로 다 옮아 간 뒤부터는 여편네가 바람나서 도망가버리고 그래서 어쩔 수 없이 알코올 중독자가 돼버렸는데, 지금 꼬락서니를 볼 것 같으면 대봉 이형이 그리 되는 것은 시간문제라는 것이었다.

종세는 살찐 여인의 허벅다리를 쥐어뜯었다. 그는 마치 빤 빨래의 물기를 없애기 위해 빨래를 있는 힘껏 비틀어 쥐어짜는 것 같은 느 낌을 받았다.

그는 여인이 어쩌면 아파서 비명소리라도 지를 줄 알았는데 여인 은 시원한 듯 지그시 눈을 감고 가늘게 신음소리를 발하고 있었다. 손아귀힘이 누구보다 강한 것으로 자신하고 있던 종세는 이것 봐라 하는 심정으로 혼신의 힘을 다해 쥐어짰다.

"어이구 시원타……"

여인은 모가지에서 흘러나오는 작은 목소리로 돌아누우며 칭얼
거렸다.

"이제 보니 너 얼굴만 예쁜 줄 알았더니 손끝도 매섭구나. 그 손
이 약손이로구나. 아이구 씨원타. 아이구 시원해……"

잠들었던 아이가 칭얼대며 울기 시작했다.

여인은 잽싸게 젖꼭지를 아이의 입에 물려주었다. 아이는 엉겁결
에 울음을 그쳤고 여인은 종세의 쥐어짜는 손끝에 반, 자기의 젖꼭
지를 빨아들이는 아이의 입놀림에 반, 완전히 넋을 잃은 황홀한 얼
굴로 눈을 감고, 잔뜩 상기된 얼굴로 한숨 쉬듯 말했다.

"아이구, 아이구 씨원해라. 아이구, 아이구 좋아라."

좋으면 좋았지 입은 그만 다물었으면 좋으련만 여인은 그것이 제
흥을 돋우기라도 하는 양 연신 입으로 나불거리며 탄성을 보내는
판이니 막상 다리를 주무르는 종세는 공연히 어색하고 겸연쩍어서
헛기침만 나올 수밖에 없었다.

누군가 가게 안으로 들어와 사탕 한 봉지를 사는 인기척도 있었으
나 여느 때 같으면 벌떡 일어나 가게까지 나가 돈을 받고 사탕을 쥐
여주던 깍쟁이 같은 여편네였는데도 자리에 누운 채 돈을 놓고 가
거라, 꼭 한 봉지만 갖고 가거라 하고 말하고는 연신 아이고 씨원타
아, 아이구 뼛골이야, 하고 소리만 질러대는 것이었다.

그러는 도중에 치마는 걷어올라갈 대로 올라가 팬티가 보일 정
도가 되었다. 여인은 그것을 번연히 알면서도 대충 여며 가릴 생각
도 없이 무방비상태로 누워 있을 뿐이었다. 참으로 구역질나는 일
이었다.

여인의 몸에서는 푸줏간의 정육 냄새 같은 것이 비릿하게 풍겨오
고, 그것이 땀냄새와 어우러져 고약한 냄새를 만들어내고 있었다.

그 냄새나는 고깃덩어리를 소중한 듯 주무르고 있다는 것은 노예

322

같은 구역질나는 일이었다. 더구나 주무르면 주무를수록 여인의 몸은 상기되어 달아오르고 있었다. 이러다가는 어쩌면 여인이 종세의 몸을 끌어 잡아당겨 한쪽은 어린아이에게 물리고 나머지 한쪽의 거무튀튀한 젖꼭지를 자신에게 물릴지도 모른다는 두려움이 종세를 감싸기 시작했다.

그러나 다행스럽게도 누군가 가게로 성큼 들어서는 인기척이 있었다.

"에구 덥다."

그것은 대봉이형이었다.

반사적으로 도둑질이라도 하다 들킨 듯 벌떡 일어서려는 종세를 막아세우며 여인은 말했다.

"괜찮다, 꼬마야. 한쪽 다리 마저 주물러라."

종세는 어느 장단에 춤을 춰야 할지 감을 잡을 수 없었다.

여인의 말대로 계속 다리를 주물러야 할 것인지 아니면 지은 죄도 있고 해서 벌떡 손을 떼고 대봉이형 앞에 무릎을 꿇어야 할 것인지 종세는 난감하기 짝이 없었다. 대봉이형은 드르륵 문을 열고 툇마루로 올라서 방 안으로 들어섰다. 그는 흘깃 종세를 보았다.

"야, 이 새끼야. 뭘 하고 있니. 남은 다리 한쪽마저 주무르라고 했는데두."

여인은 모처럼의 은밀한 기쁨을 깬 대봉이형이 원수 같은 생각이 들었는지 분명히 대봉이형을 겨냥한 듯한 신경질적인 목소리로 버럭 소리질렀다. 할 수 없이 종세는 다시 주저앉아 여인의 다리를 주무르기 시작했다.

"넌 어떻게 됐어?"

대봉이형이 자기 여편네 넓적다리를 주무르는 종세는 아랑곳하지 않고 아침에 있었던 일이 어떻게 됐냐고 다소 냉정한 목소리로 옥박질렀다.

"토끼지 못하고 종로경찰서까지 끌려갔었어요."

"그래서?"

"아무 일도 없었어요. 검문하는데도 무사하게 풀려나왔어요."

"너 누굴 데불고 이곳으로 돌아온 건 아니겠지? 너 우리가 있는 장소를 찔러바친 것은 아니겠지? 너 우리 식구를 나발불고 풀려난 것은 아니야?"

"아, 아니에요, 큰형님."

종세는 공포와 두려움에 질려 절로 말을 더듬었다.

그는 참으로 이상한 장면과 맞닥뜨리고 있는 셈이었다. 한 손으로는 왕초의 여편네 속살을 더듬고 있으면서 한편으로는 왕초에게 심문을 당하고 있는 이상야릇한 자신의 꼬락서니에 도대체 어떻게 할 것인지 판단이 서질 않았다.

"어떻게 된 거야? 하마터면 큰일날 뻔했잖아. 그렇게도 눈치가 없어?"

"……다리가 말을 듣지 않았어요."

"그 다리몽댕이를 점백이가 말을 듣도록 해줄 거다."

"제발."

잠자코 있던 여편네가 악을 쓰며 소리질렀다.

"장사 애긴 이따가 하세요. 듣기 싫어 못 살겠네. 좁은 방 안에 들어와서 땀냄새나 풀풀 풍기고, 얼어죽을 무슨 수작들이에요."

대봉이형은 홀깃 여편네를 쏘아보더니 할 수 없다는 듯 일어섰다. 종세도 따라 일어섰다.

"꼬마, 넌 어딜 가?"

누워 있던 여편네가 앙칼지게 소리질렀다.

"넌 앉아서 다리나 주물러."

324

북새통에 잠들었던 아이가 깨어나서 악을 쓰고 울기 시작했다. 젖을 물려도 이미 소용이 없었다.

젖을 물리고 얼러도 막무가내로 울음을 그치지 않자 여인은 벌침이라도 쏘듯 엉덩이를 꼬집어뜯으며 소리를 질렀다.

"에이구 이 웬쑤야. 차라리 콱 뒈져버려라."

그날밤 종세는 낮에 대봉이형이 했던 말대로 점백이한테 다리몽댕이가 부러져라 두들겨맞았다.

대봉이형이 직접 린치에 가담하여 참관하고 있었으므로 종세는 점백이가 하는 대로 날 잡아잡수 하고 고스란히 얻어맞을 수밖에 없었다.

그것은 이를테면 제 앞길 못 가리고 어리석게 굴다가는 잡혀간다는 것을 경고하는 본보기와 같은 몰매였다.

그날따라 한푼도 벌어들이지 못했고 지난 며칠 계속 공만 치고 있었기 때문에 식구들은 자연 신경이 날카로워져 있었고 점백이의 손에는 감정이 들어가 있었다.

개인의 무사함보다는 조직의 무사함을 위해서는 이 기회에 따끔한 맛을 보여줘야 한다는 대봉이형의 지시에 따라 점백이는 군용침대 각목을 양동이에 가득 담아 잔뜩 불려서 떡메 치듯 종세의 온몸 위에서 이리저리 춤을 추었다.

종세는 이대로 얻어맞다가는 다리몽댕이가 부러지든지 갈빗대가 나가든지 마침내 골통이 깨져 죽어버릴 것이라고 생각했다. 그러나 치사하게 살려달라고 매달려 빌고 싶지는 않았다.

그는 때리면 때리는 대로 맞고 마침내 너부죽이 정신을 잃고 말았다. 종세가 입으로 거품을 물고 정신을 잃어버리자 잠자코 모른 체 기술자 안씨와 장기를 두고 있던 대봉이형은 그제야 생각난 듯 점백이를 보며 한마디 거들었다.

"정신 나게 찬물이나 뒤집어씌워라. 그러다가 아이쌔끼 돼져버리
고 말겠다."

종세는 며칠 동안 몸 하나 꼼짝할 수 없었다.
그는 방망이로 두들겨맞은 빨래처럼 운신조차 제대로 할 수 없었
다. 온몸엔 멍이 들었고 삭신이 쑤셨다.
그러나 점백이의 매솜씨는 절묘해서 종세의 얼굴에는 상처 하나
입히지 않았다. 그는 당장이라도 써먹을 수 있는 얼굴이나 손 같은
곳엔 손 하나 대지 않았고, 주로 옷을 입으면 가려지는 몸뚱이만을
골라서 타작을 했다.
온몸은 피투성이였다.
그런데도 부러진 곳이나 살이 터진 곳은 없었다. 종세는 몇날 며
칠을 벌벌 기어서 돌아다녔다.
이 한맺힌 가슴속의 응어리를 고스란히 점백이 녀석에게 되돌려
주어야겠다는 증오심을 가슴속에 비수처럼 품고 다니면서도 막상
종세는 점백이가 원수처럼 느껴지진 않았다.
한바탕의 타작으로 오히려 종세는 그와 한 몸이라는 동료의식을
강하게 느낄 수 있었을 따름이었다.
식구들이 온전하기 위해서는 어느 한 사람이라도 정신을 차리지
않으면 그것은 개인의 죽음뿐 아니라 조직의 붕괴를 의미한다는 것
을 뼈저리게 느낀 몰매였다. 기어다니는 몸 때문에 종세는 제대로
몸을 운신할 수 있을 때까지 작업을 면제당했고, 그래서 허구한 날
집에서 애나 볼 수밖에 없는 신세가 되고 말았다.
그것을 제일 반가워한 것은 대봉이형의 마누라였다. 그는 때도 없
이 종세를 불러들였다.
확실히 종세가 그녀의 넓적다리를 주무르고 난 뒤로부터는 종세

326

를 바라보는 그녀의 눈에는 남다른 것이 깃들어 있었다. 유난히 다정스럽고, 유난히 애교스런 노란 아양기가 종세를 바라볼 때마다 나긋나긋거렸다.

아침 일찍 식구들이 작업을 떠나고 나면 가게에는 그녀와 종세 단 둘뿐이었다.

낮이나 밤이나 울고 있는 애새끼는 내버려두고 그녀는 가게 물건을 쌔벼가거나 말거나 슬그머니 헛간에 들어와서는 종세를 상대로 수작질을 실컷 하다가 돌아갈 무렵이면 하다못해 오징어 다리라도 넌지시 쥐여주곤 했다.

온몸에 피멍이 든 종세의 벌거벗은 몸을 보며 제 새끼 몸이나 어루만지듯 혀를 차면서 아이구 피멍이 들었을 땐 똥독이 제일이라던데, 하면서 먹어도 시원치 않을 달걀을 찔러주며 이것으로라도 온몸을 문질러 독을 삭여보라고 친절하게 굴곤 했다.

어떤 때는 운신도 제대로 못 하고 군용침대에 누워서 잠자는 종세 곁으로 다가와 교태 어린 눈으로 한참을 들여다보다가 어디 좀 보자. 잠지가 여물었나 어디 좀 보자. 애꿎은 잠지 피멍 들어 못쓰게 되지는 않았나 모르겠네, 하고 무엇이 우스운지 제가 먼저 깔깔 웃으며, 슬그머니 바지춤 사이로 손을 찔러넣다가 제풀에 놀란 종세가 깜짝 몸을 비틀어 돌아눕자, 아이고, 고것도 사내라고, 하며 눈을 하얗게 흘기며 소리가 나도록 종세의 가슴팍을 타악 때린 적도 있을 정도였다.

그러나 솔직히 종세도 그녀의 교태가 싫지만은 않았다.

그는 이제 어린아이도 아니었고, 어느새 알토란만한 성기를 키우고 있는 어엿한 청년이었다.

게다가 가끔 새벽녘이면 요상한 꿈과 더불어 팬티에 뜨거운 국물을 흘려버리는 몽정도 수십 번 경험해온 터였다.

성이 무엇인가를 아직 자세히는 몰라도 성에 대한 호기심은 남달리 왕성한 종세였으므로 대봉이형 마누라가 은근히 교태 어린 눈으로 아양을 떨거나, 아무도 없는 빈 시간에 종세를 가겟방으로 불러들인 후 다리를 주무르게 하고 아이구 시원타, 아이구 좋아라, 연신 콧소리를 내며 탄성하는 소리를 들을 때면 낯도 간지럽고, 피부도 간지럽고 자신도 모르게 불끈불끈 아랫도리가 성을 내곤 하는 것을 느끼곤 했다.

어느 날은 가게 앞에 포스터를 붙여주면 얻게 되는 극장 포스터 한귀퉁이에 붙어 있는 공짜 극장표를 종세에게 내어주며 심심하면 영화구경이라도 가라고 선심을 쓰기도 했다.

시간이 흐를수록, 날이 갈수록 그녀의 태도는 더욱더 요상해지고, 가겟방에서 종세를 불러들일 때면 하루가 다르게 걷어올린 치마의 길이가 짧아져만 가서 이러다간 대봉이형 마누라의 속살까지 더듬는 게 아닌가 하는 아슬아슬한 두려움이 종세를 짓누르고 있었다.

때문은 팬티쯤 내보이는 것은 예사이고, 어떤 때는 짧은 팬티 사이로 거뭇거뭇한 속부분이 흘깃 엿보이기도 해서 오히려 괴로운 것은 종세 쪽이었고, 그녀는 은근히 잠든 척 실눈을 뜨고 뜨거운 숨을 몰아쉬는 종세를 바라보며 그 표정을 즐기고 있었으므로, 종세는 자연 홀로 있을 때면 그녀의 양배추와 같은 비대한 가슴과 속살을 떠올리면서 이빨이 빠지려는 무렵의 아프고 근질근질한 상반된 쾌감을 느끼면서, 예감하면서, 그리고 기대하면서 숨이 가빠오르곤 했다.

그녀는 종세의 그런 반응을 제 손바닥 들여다보듯이 훤히 감지하고 있었다.

그녀 역시 하루하루가 무료하고 허구한 날 가겟방에 드러누워 동네 조무래기들을 상대로 알사탕이나 팔고 있으려니 사는 것도 시들하고 그렇다고 밤에도 실컷 잤는데 낮이라고 눈만 감으면 잠이 오는 것도 아니어서 순진한 종세를 불러다가 이리저리 손바닥 위에 올려놓고 데불고 노는 것도 심심풀이 낙이 되는 셈이었다.

그녀 입장에서 본다면 종세는 아직 때묻지 않은 진짜배기 숫총각이었고, 얼굴도 계집애처럼 예뻐서 보는 것만으로도 즐겁고, 한때 양동에서 이 남자 저 남자 가릴 것 없이 몸 팔던 일에 이골이 나서 남자의 몸이라면 신물이 나지만 남편이란 작자는 제대로 남자구실도 못 하는 판이니 가끔 종세를 불러다가 이리저리 쑤시고, 간질이고, 꼬집으며 희롱하는 것도 깨소금이 나도록 재미있는 일이었던 것이다.

어느 날 텅 빈 대낮에 종세를 불러다가 이리저리 주무르게 하는 것도 심심했던지 넌지시 종세에게 물어보았다.

"꼬마야, 넌 애기가 어디서 나오는지 알고 있니?"

종세는 이미 알몸을 주무르는 것에 달아올라서 입 안에 가득 뜨거운 침이 괴어들어 있었다. 그는 제대로 대답을 할 수 없었다.

"애쌔끼가 빠져나오는 구멍이 어디냐, 꼬마야?"

여인은 빤히 종세를 들여다보며 눈을 하얗게 흘겼다. 종세는 말벙어리가 되어서 입을 떼어놓을 수 없었다.

"어디냐, 꼬마야? 콧구멍이냐, 귓구멍이냐, 아니면 똥구멍이냐? 알고 있기나 하니, 이 무지랭이야."

"모, 몰라요."

종세는 간신히 입을 열어 대답했다. 애기가 어느 구멍으로 빠져나오는가를 모를 종세가 아니었다. 그러나 종세도 능청스런 마음이 들어 그녀 앞에서는 짐짓 얼띠고, 그런 면에서는 바보노릇 하는 편이 훨씬 약은 짓이라는 생각이 들었으므로 모르는 체 말을 더듬었다. 종세가 더듬거리며 대답하자 여인은 깔깔거리며 웃었다.

"여태껏 모른단 말이냐, 꼬마야. 넌 그럼 애새끼가 배꼽으로 빠져나온다고 알고 있는 모양이로구나."

여인은 재미있다는 듯 깔깔거리며 웃었다.

"니 나이가 몇인데. 열일곱은 넘었을 텐데, 애새끼가 나오는 구멍도 못 보았단 말이냐. 아이구, 이 무지랭이."

갑자기 여인이 종세의 코를 잡아 살짝 비틀었다.

"니 쌔끼가 어디로 빠져나왔는가 보여주련, 꼬마야."

여인이 순간 감아쥐었던 홑이불을 발길로 걷어찼다.

그녀의 입가에 노란 미소가 흐르고 재미있다는 듯 그녀의 눈이 번쩍 빛났다.

그녀는 낯을 붉히는 종세의 얼굴을 실눈으로 바라보면서 치맛자락을 걷어올렸다. 종세는 멍청하게 그녀가 걷어올리는 넓적다리의 안쪽을 들여다보았다. 그는 무엇인가 가슴속에서 폭발할 것 같은 심상치 않은 조짐을 느꼈다. 걷어올린 치맛자락 속으로 때문은 팬티가 드러났다. 그녀는 자신의 그것을 보이며 말했다.

"여기다, 꼬마야. 넌 오래 전에 이 구멍으로 나왔다, 이 무지랭이야."

무언가 뜨거운 열기가 그곳에서부터 확 끼쳐오는 것을 종세는 느꼈다. 걷잡을 수 없는 흥분이 파도처럼 왈칵 넘쳐흘렀다.

"이곳은 말이다, 애쌔끼도 빠져나오는 구멍이기도 하지만 또 말이다, 이따금 말이다……"

여인은 말과 동시에 종세의 아랫도리를 거머쥐었다. 그곳은 염치도 없게 부풀어 성이 나 있었다.

"요것도 드나드는 구멍이란 말이다……"

동시에 거머쥔 종세의 그것이 막대기처럼 딱딱하게 발기되어 있자, 돌연 여인의 손이 벌레라도 쥔 듯 사납게 내팽개치며 소리질렀다.

"요 쌔끼 보게. 대갈통에 피도 안 마른 놈이 못 하는 짓이 없네.

일나 이 새끼야. 베라먹을, 요 베라먹다 뒈질 쌔끼야."

엉겁결에 도망치듯 가겟방을 빠져나오는 종세의 등뒤를 향해 여인은 고래고래 소리를 질렀다.

"에이, 이 베라먹을 쌔끼야. 고것두 사내라고 요 베라먹을 쌔끼."

대봉이형 마누라와 종세와의 심상치 않은 관계를 제일 먼저 냄새 맡은 것은 점백이였다.

그는 어느 날 저녁 집으로 돌아와 은근히 나란히 잠자리에 누워서 종세에게 그 일이 있은 뒤에 처음으로 말을 걸었다.

"오늘 낮에 무슨 일이 있었냐?"

"……"

종세는 그에 대한 감정이 쉽사리 풀어지지 않았으므로 자연 입이 부어 쉽게 대답이 나오지 않았다.

"하루종일 집에 누워 도대체 뭘 했냐? 연습 좀 했냐?"

점백이가 연습이라고 말하는 것은 마네킹을 상대로 한 소매치기 연습을 의미하는 것이었다.

종세는 자신이 이미 마네킹을 상대로 한 연습에서는 졸업했다고 생각하고 있었다.

이제는 연습이 아니라 실습으로 나서는 일만 남았다고 굳게 믿고 있었다. 비록 첫번째 실습을 나갔다 병신짓을 해서 치도곤당했지만 그것은 어디까지나 바람잡이 노릇을 하다가 실수를 한 것이었다.

바람잡이가 아닌 전문 기술자 노릇을 하라면 실수하지 않을 자신이 있었다. 이제는 때려죽여도 마네킹을 상대로 지갑을 훔쳐내는 일은 못 할 것 같았다. 이제는 죽은 마네킹의 가슴에서 지갑을 훔쳐내는 일은 유치한 일처럼 생각되었고, 남은 것은 산 사람의 가슴에서 지갑을 쌔벼내는 일이라고 종세는 자신을 믿고 있었다. 이 쌔끼야.

종세는 점백이가 마네킹을 상대로 연습을 계속하라는 명령을 내릴 때면 겉으로는 고분고분 말을 듣는 것처럼 행동하면서도 속으로는 그를 향해 반발하고 있었다.

난 너보다 더 훌륭한 소매치기가 될 수 있어, 이 쌔끼야.

난 너보다 더 빠르게, 귀신도 모를 솜씨로 더 많은 엄청난 돈을 쌔벼내는 기술자가 될 수 있어.

난 너 같은 좀도둑하고는 질이 달라. 넌 기껏해야 소매치기 오 년해도 제 몫의 기술자 노릇을 하지 못하는 도꼬다이 똘마니에 불과해. 너는 기껏해야 학삐리들의 시계나 뚜룩치고 하꼬 속에서 여인들 굴레나 따는 좀도둑이야. 난 너와는 달라, 이 쌔끼야. 난 치사하게 시계나 따고 굴레나 따는 그런 좀도둑은 아니야. 난 살아 있는 인간에게서 심장을 쌔비는 도둑이 될 거야.

"아니면 대봉이형 깔치 수청들었냐?"

낄낄거리며 점백이가 웃었다.

"주의해라, 꼬마야. 자칫 좃부리 잘못 놀렸다간 넌 쥐도 새도 모르게 죽는 수가 있어. 대봉이형 깔치가 너한테 눈독들이는 것은 장님이라도 알 수 있다. 내 눈은 못 속여. 어디까지 갔냐, 꼬마야? 사타구니까지 갔겠지. 이제 조금 있으면 그 사타구니에 대갈통을 집어넣어달라구 그러겠지. 아서라, 꼬마야. 니가 오기 전에 난 대봉이형 깔치의 무릎 근처까지 가서 놀다가 왔지만 그것으로 졸업한 게 천만다행이었다.

꼬마야, 어디까지 갔니? 무릎은 졸업했겠지. 이젠 넓적다리까지 갔냐? 아니면 벌써 조개까지 갔는지도 모르겠구나.

하지만 참아라. 분수도 모르고 까불다간 아예 대갈통이 부서지고 만다. 너 대봉이형이 모르는 체 눈감고 있다만 이제 결정적인 때가 오면 네놈을 발가벗겨 그곳을 가위로 싹둑 잘라버릴지도 모른다.

주의해라, 꼬마야. 내가 주의하랄 때 주의해라. 앞으로는 널 불러

들일 때면 지랄병 걸렸다고 거품 물고 땅바닥을 헤매거라. 그년은
지랄병 걸린 사람을 제일 싫어하고 무서워하니까. 내일이라도 노란
목소리로 꼬마야, 할 일 없으면 잠깐 들어오렴, 하고 소리지르면 예
에, 하고 대답하지 말고 길바닥에 넙죽 넘어져서 눈자위 까뒤집고
미친 지랄 흉내를 내란 말이다. 그래야만 넌 두번 다시 불려들어가
지 않을 것이다. 그나저나 몸은 많이 났냐? 나다닐 만하냐?"

애기 끝에 생각난 듯 점백이는 은근히 종세의 몸에 대해 물어왔지
만 점백이 역시 산전수전 다 겪은 악다구니긴 해도 근본적으로는
마음이 여리고 물러서 두고두고 자신의 몰매를 뉘우치는 그런 약한
마음을 보이고 있었다.

그 약한 마음으로 점백이는 시선이 마주칠 때마다 모른 체 딴전을
부리고 있었다.

처음으로 말을 걸어온 것도 종세가 거의 몸이 다 나아 막힌 데 없
이 기동할 수 있다는 것을 분명히 본 후에야 걸어온 것이었다.

"뛸 수도 있어. 이젠 날 수도 있어."

종세는 엿먹어라 하는 심산으로 한마디 쏘았다.

"넌 내게 불만이 많은 모양이로구나, 그렇지?"

"언젠가는……"

종세는 이를 악물어 말했다.

"니가 내 몸에 한 그대로 거기에 이자까지 덧붙여 고스란히 갚아
주겠다."

"염병할 놈."

대수롭지 않게 받으며 점백이가 말했다.

"다 너 잘 돼라구 그런 거야, 이 쌔끼야. 그건 일테면 정신차리라
는 예수님의 말씀과도 같은 것이지. 그나저나 연습이나 잘해둬. 곧
널 써먹을 수 있게 될 때가 올 테니까. 그나저나 대봉이형은 잔뜩

뿔이 나 있어. 오늘로 보름째 공치고 있다. 하마터면 오늘 식구 모두가 달려갈 뻔했어. 기술자 안씨는 이미 글렀어. 술을 마셔도 손이 떨려서 면도질을 못 해. 하마터면 하꼬 속에서 세 사람 모두 달려갈 뻔했다니까."

"난 이제 죽어도 연습은 안 해."

종세는 씹어뱉듯 말을 던졌다.

"난 이제 시로도는 아냐. 난 이제 마네킹을 상대로 뚜룩치는 연습 따위는 때려죽여도 하지 않을 거야."

"그럼?"

한심하다는 듯 점백이가 빈정대면서 물었다.

"그럼 뭘 하겠다는 거야?"

"난 이제부터 실제로 지나는 사람의 주머니에서 지갑을 쌔비겠어. 난 실제로 실습할 거야. 난 이제 연습 따위는 안 해. 난 실제로 쌔벼낼 자신이 있어."

"……너 미쳤구나."

점백이가 벌떡 일어나 헛간의 알전구불을 켜며 소리질렀다.

"너 어떻게 된 거 아냐? 날씨가 더워 미친 거 아니냐?"

"난 말짱해."

점백이는 묵묵히 담배를 피워물었다. 그는 꽁초까지 타들어가 입술이 데도록 피울 때까지 뭔가 골똘히 생각하듯 묵묵히 팔짱을 끼고 앉아 있었다.

"좋아."

오랜 침묵 끝에 점백이가 꽁초를 버리며 결심했다는 듯 선선하게 대답했다.

"좋아, 옷 입어. 외출이다. 너와 나와 단둘이서 외출을 떠나는 거야. 좋아, 오늘밤 네 솜씨를 보기로 하자."

점백이는 옷을 걸치고 구두끈을 맸다.

"옷을 입어. 뭘 하고 있어, 이 쌔끼야. 어디 한번 네 솜씨를 보기로 하자구. 하지만 오늘밤 너하구 나하구 몰래 일 떠나는 것은 어디까지나 너하구 나하구만의 비밀이야. 대봉이형이 알았다간 우린 둘다 초죽음을 당한다. 어디까지나 이건 우리 두 사람만의 도꼬다이 실습이다. 내 말의 뜻을 알겠니, 꼬마야?"

"좋아."

가래침을 타악 뱉으며 종세는 결의를 보였다. 종세는 오랜만에 옷을 갈아입고 구두끈을 맸다.

구두끈을 매는 종세의 손은 새로운 모험의 길을 떠나는 불안감으로 떨리지도 않았으며 오히려 힘이 솟아오르고 있었다.

구두끈을 매는 손끝에 생생한 힘이 생동하고 있었다. 이상한 예감 같은 것이 종세의 몸으로 충만되어 스며들었다. 아직 얻어맞은 몸의 타박상이 완쾌되지 않아 여기저기 움직일 때마다 쑤시고 몸이 결렸지만 그래도 몸은 풍선처럼 가벼웠다.

절로 휘파람이라도 나올 것 같은 낙관적인 생각이 종세를 달뜨게 만들었다.

얻어맞아 그토록 오랫동안 누워 있었던 육체의 안정이 오늘밤의 외출을 위해 예비해두었던 휴식기간인 것처럼 생각되었다.

단 한 번의 싸움을 위해 그 많은 낮과 밤을 땀흘리고, 뛰고, 달리고, 싸우는 권투선수처럼 종세는 이 최초의 외출을 위해서 그 많은 시간을 죽은 마네킹과 싸우며 얻어맞고, 신음하며 개처럼 기고, 울면서 지내온 것만 같은 결의가 솟아올랐다.

"좋아. 어때 움직일 만해?"

점백이가 구두끈을 매고 일어서는 종세를 보며 말했다.

"문제 없어."

종세는 단번에 말을 잘랐다.

두 사람은 헛간을 나와 수돗가를 지나 가게 안으로 들어섰다.

"누구냐?"

가게 안에서 대봉이형의 목소리가 두 사람을 향해 날아왔다.

"저예요. 점백이예요."

"그 옆에 서 있는 놈은……"

"접니다. 꼬마예요."

"늬들 밤늦게 어딜 가냐?"

"심심해서요. 바람이나 쐬구 오려구요. 극장에 가서 쇼나 보구 오든지요."

"……밤이 늦었는데."

가겟방 안에서 어린애 우는 소리가 들려왔다.

가게는 어둡고 발이 쳐진 방 안은 환히 불이 켜져 있었으므로 좁은 방 안에 포개져 누운 대봉이형과 여편네의 한데 엉킨 벌거벗은 모습이 적나라하게 드러나보이고 있었다.

"금방 돌아오겠어요. 큰형님."

점백이와 종세는 날쌔게 가게를 빠져나왔다.

초여름의 밤이었건만 꽤 무더웠다.

언덕을 따라 다닥다닥 붙은 판잣집들은 무엇이 그리도 흥청거리는지 잔칫날처럼 붐비고 있었고 날이 더워 거리에 나와 평상을 깔고 앉은 마을 사람들은 큰 소리로 떠들며 웃고 있었다.

아직 잠들지 않은 아이들이 이리저리 경마장의 말들처럼 뛰놀고 있었다.

하늘에는 보름달이 비껴 떠 있었고, 무성한 별들이 이제 막 움터오는 5월의 채마밭처럼 싱싱하게 펼쳐져 있었다.

바람은 여기저기를 달리면서 오입쟁이처럼 노닐다가는 이따금 잠들고 이따금 깨어나서 이곳저곳을 참견하고, 치마폭을 들썩거리며, 더위에 지친 사람들의 땀 맺힌 이마를 슬금슬금 건드리기도 했다.

아직 잠들지 않은 사람들이 한데 어우러져 만들어내는 소리와 냄새와, 길가에서 들려오는 라디오의 연속극 소리와 유행가 노랫소리. 시궁창을 흘러내리는 수돗물의 썩어내리는 냄새와 거리에 신문지를 깔고 똥을 싸는 어린이들의 냄새와 이런저런 꼭 집어 말할 수 없는 사람들 모두가 낮게 늪 속으로 가라앉아 발산하는 이상야릇한 밤의 열기 같은 것으로 초여름의 야경은 요염하게 요기를 띠며 신명이 지펴들고 있었다.

초여름의 밤은 신들린 무당의 치마폭처럼 흔들리고 있었다.

두 사람은 그 요기를 띠며 춤추기 시작하는 밤의 거리를 뛰어내려 신작로로 나섰다.

사람을 가득 실은 버스들이 언덕을 올라와서 헐떡이며 멈추었다가는 사람들을 잔뜩 토해놓고 또다시 토해놓은 것만큼의 사람들을 태우고 씩씩하게 달려가고 있었다.

버스정류장 근처에는 목판을 내다놓고 과일과 빈대떡을 파는 노상들이 야시를 이루고 있었고 밤이 깊어갈수록 절정에 달해 성시를 이루고 있었다.

거리는 뭔가 들떠서 잔칫날과도 같았다.

버스에서 내린 사람들은 돌아가는 길에 과일봉지라도 사들기 위해서 열심히 흥정을 붙이고 있었으며, 어쩌다가 밤늦게 돌아가는 교복 입은 여고생들의 모습도 보였다.

개천 아래로 흘러가는 냇물의 썩은 냄새가 고약하게 풍겨왔지만 그것은 이 거리를 흘러가는 밤의 물결이 때로는 괴어 썩고, 때로는 흘러가면서 만들어내는 냄새인 것만 같아 오히려 신선했으며 정답게 느껴졌다.

이제 나는 이 모든 생이 어우러진 밤의 열기 속에서 오랫동안 갈고 닦은 마법의 솜씨를 처음으로 보여주어야 하는 곡예사라고 종세는 생각했다.

저 요염하게 타오르고 있는 밤의 장막은 서커스의 천막이며 저 요란하게 걸어다니고 있는 사람들은 내 첫 무대를 박수로 환호하는 관객들이며, 나는 이제 생전 처음으로 그들 앞에서 솜씨를 보여주어야 하는 곡예사라고 그는 생각했다.

종세는 두렵지도 않았으며 그렇다고 지나치게 흥분하지도 않았다.

뜨거웠던 한낮의 열기가 밤이 내렸지만 가라앉지 않았다.

오히려 흐린 날씨에 낮은 기류의 열기가 한점 없는 바람으로 늪처럼 괴어 있었으므로 한결 더 무더웠다.

종로거리는 그들의 구역이 아니었다. 그들의 구역은 미아리에서 혜화동 로터리를 거쳐 광화문에 이르는 버스 노선이었다. 일부러 그들의 노선을 선택하지 않고 다른 식구들의 노선을 선택한 것은 점백이의 계산 때문이었다. 그들은 대봉이형의 지시에 따라 움직이고 있지 않으므로 만에 하나라도 오늘의 작업이 대봉이형의 귀에 들어가는 날이면 치도곤을 맞게 되어 있기 때문이었다.

거리는 사람들로 붐비고 있었다. 밤이 깊어 상가의 불이 대부분 켜져 있었지만 그래도 어두웠다. 버스정류장마다 사람들로 들끓고 있었고, 버스들은 기다리고 있는 사람들 모두를 태우지 못하고 달려가고 있었으므로 시간이 흐를수록 정류장마다 사람들이 흘러넘치고 있었다.

상가에서 내건 알전구의 불빛이 열기에 가득 찬 거리에 번쩍번쩍 묻어나고 있었다.

"내가 먼저 시범을 보이겠다."

버스정류장에 서서 담배꽁초를 피우며 오랜 시간 오가는 버스들을 바라보고 있던 점백이가 카악 가래침을 모아 땅바닥에 뱉으며 중얼거렸다.

"내가 하는 행동을 잘 봐둬라, 꼬마야."

점백이는 위엄을 보이듯 딱딱하게 말을 뱉었다.

"저기 봐라. 버스가 설 때마다 사람들이 벌떼처럼 모여든다. 사람들은 버스를 타느라고 정신이 없다. 마침 날이 더워서 창문은 활짝 활짝 열려 있다. 운좋게 좌석에 앉은 놈들은 조금이라도 스치는 바람을 맞기 위해서 창가에 앉아서 손을 차창 밖으로 내밀고 있지. 네 눈깔에도 그게 보이냐?"

"보인다."

종세가 대답했다.

"내가 지금 네게 보여주려는 것은 날치기 수법이다. 저 창 밖으로 내민 손에 차고 있는 시계가 보이냐?

내가 저걸 따서 토끼는 것을 보아라. 우린 한눈에도 저 시계가 어떤 시계인지 잘 안다. 어떤 시계는 겉만 멀쩡한 딸러시계지만 어떤 시계는 보면 스위스제 알짜시계라는 것을 잘 안다.

내가 저것을 따서 토긴다고 해도 넌 당황할 필요는 없다.

시계를 강탈당한 놈은 뛰어내려 내 뒤를 쫓아올 수는 없으니까.

그야말로 눈을 버젓이 뜨고도 당하는 셈이지. 물론 소리야 지르겠지. 도둑이야 하고 말이야. 그러나 저런 소용돌이 속에서 그 소리를 듣는 놈은 없을 것이다. 만약 소리를 듣는다고 해도 쫓아오는 놈은 없을 거야.

왜냐하면 자기 시계를 잃어버린 것은 아니니까 말이야. 내가 저 시계를 따서 우선 저 골목으로 토끼겠다. 저 골목 구석에는 기독교 방송이 있어. 그 골목이 워낙 어둡다. 나 하는 것을 잘 봐두었다가 골목에서 만나자. 알겠니?"

"알았어."

종세는 대답했다.

두 사람은 버스정류장에 기대어 서 있었다.

그들은 누가 보아도 가야 할 방향의 버스를 기다리는 승객처럼 보였다. 그러나 숨막히는 긴장과 아슬아슬한 공포 속에 두 사람은 간신히 버티고 서 있었다. 절로 요의가 느껴져 방광이 터질 것만 같았다. 숨이 가빠오르고 이마 위에서는 진땀이 흘러내리고 있었다.

버스들은 쉴새없이 흘러들어오고 있었다. 버스가 설 때마다 사람들이 미처 내릴 사이도 없이 사람들이 우르르 좁은 버스 아가리 입구로 몰려들고 있었다.

목쉰 소리로 승객들을 제지하는 차장들의 고함소리와 미처 채 문을 닫지도 못하고 달려가는 버스들이 보였다. 조금이라도 사람들을 안쪽으로 옭아넣기 위해서 일부러 차를 기우뚱하게 몰아 운전할 때마다 열린 창 밖으로 사람들의 비명소리가 흘러나오고 있었다.

과연 점백이의 말대로 멈춘 차창 밖으로 사람들은 한 팔을 내어뻗치고 있었다.

그것은 매우 위험한 일이었지만 조금이라도 거리를 스쳐가는 바람을 맞기 위해서 사람들은 본능적으로 차창 밖을 내다보며 손을 내뻗고 있었다. 뻗은 손마다 시계들이 보였다. 그래서 그들은 쇼윈도 진열대에 내어걸린 살아 있는 마네킹들처럼 보였다. 시계들은 어두운 거리의 불빛들을 반사하며 번득이고 있었다. 그것은 한결같이 훔쳐가기를 유혹하는 손짓들처럼 보였다.

"떴다."

돌연 점백이가 피우던 담배를 보도 위에 던지며 목쉰 소리로 중얼거렸다.

"잘 봐라, 이 새끼야."

갑자기 점백이가 사람들이 몰리는 버스 입구 쪽으로 돌진했다.

사람들 간에 동요가 있었다.

거세게 밀어붙이는 점백이의 기세에 사내들은 짜증스런 얼굴로 서로서로를 노려보았다. 순간 점백이가 차창 앞으로 다가갔다. 그는 키가 썩 크지는 않았으므로 창 밖으로 내어뻗은 사내의 팔목을 단번에 낚아챌 수는 없었다. 그는 놀라우리만큼 민첩한 순발력으로 제자리에서 용수철 튀기듯 점프하며 뛰어올랐다. 동시에 그의 손이 차창 밖으로 뻗은 사내의 손을 후려쳤다.

무언가 보도 위에 떨어져서 굴렀다.

종세는 그것이 무엇인가 노려보았다. 시곗줄이었다. 한 번의 시도로 점백이의 날치기는 멋지게 성공을 한 셈이었다. 그가 필요한 것은 시계의 알맹이였지 시계의 줄이 아니었다.

낚아채는 순간 알맹이는 그의 손아귀에 들어가고 감겼던 시곗줄이 제풀에 보도 위에 떨어져 구르는 것을 종세는 보았다.

거의 동시에 점백이는 그가 미리 약속했던 장소로 사람들을 헤치고 달려가고 차창 가에 앉아 있던 사내가 무어라고 소리를 지르며 창 밖을 내다보았다.

그는 손가락을 내지르며 고함을 지르고 있었다. 그러나 그의 고함소리는 아무런 반응도 불러일으키지 못했다.

차 속에 앉아 있는 사람들이 사내의 고함소리에 따라 일제히 차창 밖을 쳐다보았지만 창 밖에서는 다투어 차에 올라타려는 사람들의 북새통으로 아무도 그의 고함소리에 귀를 기울이는 사람은 없었다.

점백이의 말대로 몇몇 사람이 시계를 낚아채어서 도망치는 점백이를 분명 보았지만 개의하지 않고 있었다.

점백이의 솜씨는 완벽했다. 그의 날치기 솜씨에는 단 한 군데의 빈틈도 없었다. 그는 완벽하고 가장 빠른 순간 내에 멋지게 시계 하나를 뚜룩쳐낸 것이었다.

종세는 터덜터덜 점백이가 가르쳐준 장소를 향해 걷기 시작했다.

그는 점백이를 향해 찬탄의 말을 던지지 않을 수가 없었다. 점백이의 멋진 솜씨를 보는 것만으로도 종세는 아직 무릎이 떨리고 바지주머니에 찌르고 있는 두 손에서는 흥건히 땀이 솟아나고 있었다. 그는 어두운 골목으로 접어들었다.

점백이가 지적한 기독교방송국 뒷문 앞은 칠흑처럼 어두웠다. 누군가 담장 앞에 쭈그리고 앉아 휘파람을 불고 있었다. 종세가 다가가자 점백이는 휘파람을 멈추고 일어섰다.

"봤지?"

그는 자랑스럽게 웃으며 종세를 노려보았다.

"단숨에 해치웠다, 이 쌔끼야."

이빨 틈새로 거칠게 가래침을 내뱉어 물총을 쏘면서 점백이는 낄낄거리며 웃었다.

"이건 아주 좋은 시계다. 오메가라는 시곈데 아마도 그 새끼가 결혼선물로 선사받은 기념시계일 게야."

그는 주머니에서 줄은 도망가버리고 알맹이만 덩그러니 남은 시계를 꺼내들었다.

그것을 종세에게 내밀었다. 종세는 그가 내미는 시계를 받아들었다. 시계는 그의 체온으로 갓 구운 빵처럼 따끈따끈하게 익어 있었다.

"마음만 먹으면 난 하루 만에도 이런 시계를 수십 개 뚜룩칠 수가 있다. 양 손목에도 팔목에도 가운뎃다리에도 시계를 찰 수가 있지. 헌데 말이야, 대봉이형은 이런 것을 한사코 말리거든. 좆같이 말이야. 이런 것은 쪼무래기 똘마니들이나 하는 것인 줄만 알고 있단 말이야, 씨팔. 벌써 일 주일이나 공치고 있는데 말이야, 씨팔. 너랑 나랑 아예 독립하지 않을래? 너하구 나하구 단둘이면 굶어죽지는 않

342

는다. 대봉이형도 이젠 날샜어. 너하구 나하구 새로운 식구를 조직하는 거야. 점백이파. 어때?"

그는 담장에다 오줌을 깔기며 기세좋게 웃었다.

"자, 이젠 니 솜씨를 보기로 하자. 니가 얼마나 배짱이 좋아졌는지 한번 솜씨를 보기로 하자. 큰소리만 뻥뻥 쳤으니 얼마나 간뗑이가 커졌는지 보자구, 이 쌔끼야."

두 사람은 나란히 담장에 기대어 오줌을 갈기고 다시 거리로 나왔다.

두 사람은 의기양양하게 걸어갔다.

뭔가 둘이서만 즐거운 유희를 떠나는 것 같은 의식이 두 사람을 다정하고 친근하게 만들고 있었다.

거칠 것도 없고 무서울 것도 없었다. 즐겁고 정다운 밤외출이나 산책을 나선 것 같은 즐거움이 온몸에 근질근질하게 솟아오르고 있었다.

점백이는 줄곧 휘파람을 불고 있었으며 종세는 내심 떨렸지만 그러나 마음만은 유쾌했다. 원하는 것마다 우리들의 것이다. 가지려고 하는 것은 모두 가질 수 있다. 시계건, 지갑이건, 목걸이건, 하다못해 사람의 심장까지도 원하면 내 것으로 만들 수 있다. 종세는 비로소 점백이에게 기묘한 우정을 느낄 수가 있었다.

벌써 서너 차례 그에게서 린치를 당하고 인간적인 멸시를 당함으로써 언젠가는 자기가 받은 것만큼 고스란히 그에게 되돌려주어야 한다는 증오심으로 불타고 있었던 종세가 아니었던가.

그런데 둘이서 어슬렁거리며 주머니에 손을 찌르고 이따금 휘파람을 불면서 가래침을 이빨 사이로 날카롭게 내뱉어 물총을 쏘면서 함께 걸어가는 순간 종세는 점백이에게서 말할 수 없는 우정과 다정한 애정을 느끼기 시작했다.

"내 말을 잘 들어, 꼬마야."

같은 느낌을 점백이도 받고 있었던 듯 다정한 목소리로 그가 말했다.

"우린 둘 다 버스를 타는 거야. 물론 내가 바람을 잡아주겠다. 이 래뵈두 서당개 삼 년이면 풍월을 왼다는데 이젠 나도 사람을 척 보면 주머니 속까지 꿰뚫어볼 수 있게 되었단 말이야. 내가 찔러주는 사람 주머니 속에서 넌 지갑을 꺼내는 거야. 물론 떨지는 마라. 죽어 있는 마네킹보다는 오히려 살아 있는 사람이 더 허술한 법이니까. 만약 말이야, 걸리게 되면 지갑을 땅바닥에 떨어뜨려라. 그리고 태연한 체 시치미를 떼고 있어야 한단 말이야. 내 말이 무슨 뜻인지 알겠냐?"

"알겠어."

종세는 대수롭지 않다는 듯 대답했다.

"그리고 말이야, 만일 말이야, 재수없는 말이긴 하지만 말이야, 기분 나쁘게는 듣지 말어, 이 쌔끼야. 지갑을 쌔비다 걸리면 나하구 너하구는 전혀 모르는 사람이야. 그걸 명심하라구. 걸리고 나서, 점백이형님 아이구 나 좀 살려주십시오, 하고 울며 덤벼들다가는 모가질 비틀어버리겠어. 어디까지나 너 혼자서 너 혼자만의 일을 처리하란 말이야. 알겠니, 내 말이 무슨 뜻인지?"

"알겠다구, 이 쌔끼야."

종세는 엿먹어라 하는 심사로 대답했다. 점백이는 갑자기 달라진 종세의 말투를 어떻게 받아들일까 어안이 벙벙한 얼굴로 쳐다보았다.

"요 쌔끼 봐라. 이젠 함부로 기어올라. 요 쌔끼 말버릇 봐라. 좋아, 내가 참아주지. 오늘만은 내가 용서하겠다. 오늘만은 어디까지나 한 식구니까."

두 사람은 한 정거장을 걸어 무교동 버스정류장까지 걸어갔다. 종로 2가 정류장은 이미 점백이가 시계 하나를 땄으므로 그럴 필요는 없지만 어쨌든 피해야 할 장소였기 때문이었다.

그것은 소매치기의 불문율이었다.

한 장소에서 두 번의 작업은 삼가는 것이 일종의 금지된 사항이었다. 아무리 목이 좋은 버스 속이라 할지라도 한 차에서 한 건 이상의 작업은 삼가는 것이 그들의 계율이었다. 일단 한 번 쌔빈 장소는 그것만으로도 충분하고 두 번 세 번 계속한다면 행운의 악신이 저주를 내리게 되어 있기 때문이었다.

두 사람은 무교동 버스정류장에 서 있었다.

벌써부터 점백이는 버스를 한 대, 두 대, 세 대, 스쳐 지나보내고 있었다. 그는 매우 진지한 표정으로 달려오는 버스를 가늠해보고 있었다. 이를테면 이 버스 속에는 쌔빌 만한 물건을 가진 봉이 타고 있을 것인가, 아니면 빈 쭉정이들만 타고 있을 것인가. 그것뿐인가. 이 종로 노선의 식구들은 박상사파라고 가장 악명 높은 소매치기들의 지배하에 있었다.

만약 운수 나쁘게 박상사파들이 작업하고 있거나, 타고 있는 버스 속에 숨어들면 그들은 당장 두 사람을 납치해다가 손가락 하나쯤은 잘라버릴 그럴 만한 세력을 갖고 있었다.

아무리 한때 전성기를 맞아 서울시내 소매치기의 왕초로 군림하던 대봉이형이라고 할지라도 남의 영역을 침범하는 새치기를 옹호해줄 수는 없는 노릇이었다.

박상사파 식구들은 날로 번창해서 종로의 노선버스들은 어느 버스든 다 그들의 것이었으며 식구들도 열 명이 넘는다는 소문이었다.

그들은 서로 대충 안면은 익히고 있었다. 어쩌다 버스 속에서 작업을 하면 박상사파들에게 직접 걸리지 않더라도 눈치빠른 끄나불인 차장들이 넌지시 찌르는 수도 있었기 때문이었다.

"일이칠 짓구 갑오다."

다가오던 버스의 차량 넘버를 들여다보고 있던 점백이가 종세에게 넌지시 눈짓을 했다.

두 사람은 날쌔게 버스 앞으로 다가섰다. 사람들이 아무리 붐비고 있다고 하더라도 두 사람의 날랜 솜씨를 당해낼 수 없었다. 두 사람은 사람들을 뚫고 차 안으로 올라탔다.

버스 안은 대만원이었다.

여기서부터 동대문까지가 작업노선이었다. 동대문에서부터 사람들은 삽시간에 빠져나가버린다. 그러므로 동대문까지 다섯 정거장 동안에 작업을 마쳐야 하는 것이다. 사람들은 이리저리 손잡이에 매달려 있었다. 발 디딜 틈도 없었다.

사람들을 안쪽으로 몰아넣기 위해서 버스가 기우뚱거리며 달리자 여기저기서 애구애구 비명소리가 터져 흘렀다.

버스 안은 완전히 끓는 가마솥 안이었다. 퀴퀴한 냄새가 코를 찔렀다.

그러나 그것은 반갑고도 친숙한 인간들의 냄새였다. 점백이는 버스 뒤쪽에서부터 사람들을 헤치고 앞쪽으로 앞쪽으로 거슬러올라가기 시작했다.

그는 이를테면 본능적인 감각으로 뭔가 가진 것이 있을 만한 사람들을 점찍어내는 작업을 하고 있는 것이었다. 만약 그가 버스 앞문에 도달할 때까지 아무런 국물을 발견해내지 못하면 그들은 미련없이 버스를 내려야만 했다. 탄 김에 뭔가 한건 하기 위해서 무리를 하다가는 덜미를 잡히게 마련이었다.

사람들을 헤치고 앞서가던 점백이가 순간 멈칫거렸다.

그는 손잡이에 매달려 있는 한 중년사내를 턱으로 가리켰다.

점백이는 자신의 주머니를 손으로 톡톡 내리쳤다. 그 신호는 그 사람의 안 호주머니에 뭔가 들어 있을 것 같다는 일종의 암호였다.

종세는 그 사내를 쏘아보았다. 사내는 더위에도 불구하고 말끔하게 신사복으로 정장을 하고 있었다.

안경을 쓴 사내였다.

그런 의미에서 재수가 없는 상대를 만난 셈이었다. 소매치기들은 될 수 있는 대로 바짝 마른 사람들과, 안경 쓴 사람들은 피하고 있었다.

이들은 대부분 예민한 반사신경을 갖고 있기 때문이었다. 제일 좋은 상대는 뚱뚱한 사내들이었다. 이들은 낙천적인 성격을 갖고 있어서 타인의 손길에 대범한 편이기 때문이었다.

그러나 이젠 찬밥 더운밥 가릴 처지가 못 되었다.

일단 점백이가 점찍어준 이상 죽이 되건 밥이 되건 그 사내에게 덤벼드는 수밖에 없었다.

사내는 서류봉투를 옆구리에 끼고 서 있었다. 한눈에도 신경질적이며 예민한 반사신경을 가진 회사원처럼 보이는 사람이었다.

그것을 모르는 점백이가 아닐 것이다. 그런데도 불구하고 점백이가 이 사람을 점찍은 것은 이 사내가 분명 씽이 두둑한 지갑을 갖고 있든지 아니면 종세에게 골탕을 먹이기 위해서 일부러 그를 고른 것이라고밖에는 판단할 수 없을 것이다.

사내는 한 여인 뒤에 바짝 서 있었다.

그 사내의 자세가 어딘지 기묘하다고 종세는 생각했다. 분명 좁은 버스 속에 서 있어 부자연스러운 자세를 취하고 있다고는 하지만 사내의 태도에는 왠지 절박하고 뭔가에 열중하고 있는 낌새가 있어 보였다.

종세는 그제야 사내가 앞에 선 여인의 엉덩이에다가 자신의 아랫도리를 비비고 있다는 사실을 깨달았다. 말하자면 저 새끼는 혼잡한 버스를 빌미 삼아 주물럭탕을 하고 있는 중이었다. 아주 흥분했는지 얼굴이 벌겋게 상기되어 있었다.

콧등에도 땀방울이 솟아 있었다. 버스가 흔들릴 때마다 기다렸다는 듯이 과장되게 사내의 몸체가 함께 흔들리고 있었다. 앞에 선 여인도 싫지가 않은 모양으로 사내의 애무를 간접적으로 받아들이고 있었다.

서류봉투를 든 손의 팔꿈치가 여인의 젖가슴을 건드리고 있었다. 사내는 무성한 계집년의 머리카락 냄새를 맡기 위해서 거의 들이대듯 얼굴을 머리칼 속에 파묻고 있었다.

그가 치한적 흥분으로 계집년에게 정신이 팔려 있다는 것은 참으로 다행스러운 일이었다.

안경 쓴 사내의 코가 벌름거리고 있었다.

거친 호흡이 예민하게 포착되었다.

때를 기다렸다는 듯 점백이가 그 사내를 거칠게 몰아붙였다.

보통 때 같으면 심상치 않은 동요를 짜증내며 돌아보았을 사내는 자신의 격렬한 애무를 오히려 도와주고 있는 압박에 오히려 감사해하고 있는 모양이었다.

그것을 점백이가 날쌔게 간파한 셈이었다. 점백이는 사내의 몸을 좀더 계집애의 엉덩이로 밀어붙였다. 여인이 잠자코 사내를 돌아보았다. 아주 못생긴 계집애였다. 그러나 그 얼굴에 이상야릇한 미소가 떠오르고 있었다.

종세는 사내 앞으로 끼어들었다.

연신 점백이는 사내의 허리를 밀어붙이고 있었다. 종세의 손가락이 면도칼처럼 곤두세워졌다. 손끝에 모든 신경이 집중되었다.

첨예한 신경의 줄이 손끝으로 몰려들어 팽팽히 긴장되었다. 거의 무아지경과 같은 쾌감이 종세의 온몸을 강타하였다. 종세는 어쩌다 새벽에 몽정을 하는 것 같은 쾌감이 아랫도리에서 번져오는 것을 느꼈다.

아아. 으으. 계집애의 엉덩이에 열중하는 사내의 입에서 아주 작은 탄성이 나오는 것과 동시에 종세의 입에서도 아주 절박한 교성이 흘러나왔다.

종세의 손은 이미 사내의 주머니에서 벗어나 있었다. 그의 잠긴 호주머니 속에 숨어든 손가락은 이미 말랑말랑하고 매끄러운 지갑을 끄집어내는 데 성공해 있었다. 그것은 기억할 수 없는 무아지경 속이었다.

그는 꿈을 꾸고 있는 것 같았다.

믿어지지 않을 만큼 완벽한 솜씨로 그는 최초의 작업을 완성해낸 것이었다. 그의 일거수일투족을 바람을 잡으며 줄곧 지켜보고 있던 점백이의 얼굴에 환희의 기쁨이 스며들었다.

누군가 종세의 손을 찾아 더듬어왔다.

아주 따스한 손이었다. 신뢰할 수 있고 믿을 수 있는 타인의 손이었다.

종세는 그 손이 누구의 것인지 잘 알고 있었다.

종세는 그 손에 자신이 훔친 지갑을 들이밀었다.

점백이는 그 지갑을 받아 움켜쥐었다.

버스는 아직 달리고 있었고 침침한 실내등은 빽빽하게 밀집한 사람들의 얼굴을 간신히 밝혀주고 있었다.

사내는 이미 사정을 끝낸 듯 손수건을 꺼내 이마의 땀을 닦았다.

종세는 그의 얼굴을 영원히 기억하기 위해서 그를 다시 한번 쳐다보았다. 이제 너와도 다음 정류장에서 헤어질 것이다. 우리는 이제 영원히 만나지 못할 것이다. 하지만 난 네 얼굴을 영원히 잊지 않을 것이다.

잘 가. 잘 있어.

버스가 속력을 줄이더니 정류장에서 멎었다.

점백이와 종세는 아귀다툼으로 버스에서 내렸다.

온몸에 땀이 비 오듯 흘러내리고 있었으므로 거리를 스치는 바람이 아주 시원했다.

두 사람은 약속이라도 한 듯 주머니에 손을 찌르고 묵묵히 걸었다.

거리는 어둡고 청계천변에서 썩어가는 시궁창 냄새가 바람에 섞여들고 있었다. 생각난 듯 점백이가 휘파람을 불기 시작했다. 그는 그저 곡조가 맞지 않는 휘파람을 제 맘대로 곡조를 지어서 저 내키는 대로 불고 있었다.

종세는 꿈속을 거닐 듯 거리를 스쳐 지나갔다.

그는 요상한 꿈속에서 아랫도리를 더럽히는 몽정을 끝낸 기분이었다.

그는 유쾌하지도 즐겁지도 않았다. 그것은 너무나 찰나적인 쾌감이었다. 기대를 배반하는 허무가 가슴으로 스며들고 있었다.

"잘했어, 꼬마야."

한참을 걷다가 점백이가 말했다.

"넌 기막히게 해냈어. 넌 천재야. 이 씨팔놈아, 넌 태어날 때부터 니 어머니 뱃속에서 태를 쌔벼들고 나온 놈이야. 넌 해냈어. 넌 기막히게 해냈어."

낄낄낄낄 점백이가 웃기 시작했다.

"난 너처럼 침착한 놈은 못 보았어. 나 혼자 보기엔 아까웠어. 아아, 그 솜씨를 대봉이형한테 보여줬어야 했는데. 무서웠냐?"

갑자기 점백이가 고개를 돌려 종세를 보았다.

"아니."

종세는 침울하게 대답했다.

"그럼 겁도 나지 않았니?"

"아니."

"그럼 쌔비는 순간 무엇을 생각했니, 꼬마야?"

"아무것도."

종세는 대답했다.

"아무것도 생각하지 않았어. 난 꿈을 꾸고 있었던 것 같아. 난 잠자고 있었던 것 같아."

"이놈쌔끼, 씨팔놈, 좆 같은 새끼."

거리에 구르는 깡통을 점백이는 힘을 주어 차버렸다. 깡통은 소리를 지르며 청계천변 아래로 굴러떨어졌다.

"자, 이젠 그만 걸어두 돼. 아무도 따라오진 않으니까."

청계천변은 어둡고 쓸쓸했다.

요강을 비우기 위해 나왔던 꼬마 계집애가 두 사람을 보고 총총히 사라졌다. 점백이는 걸음을 멈추고 주머니에서 지갑을 꺼내들었다. 그는 잠자코 지갑을 종세에게 건네주며 말했다.

"니가 열어봐. 이건 네 마수거리로 꺼낸 거니까."

"싫어. 니가 열어봐."

"왜 무섭니?"

"아니."

종세는 머리를 흔들며 주머니에서 담배꽁초를 꺼내 피워물었다. 점백이는 할 수 없다는 듯 자신이 지갑을 열어보았다. 그는 순간 가늘게 탄성을 발하며 놀라는 기색이었다.

"이것 봐라. 이처럼 큰 봉은 난 본 적이 없다. 이것 봐, 꼬마야. 엄청난 돈이야."

점백이는 거의 울고 있었다.

"집 한 채를 사고도 남을 돈이다. 꼬마야, 봐, 보라구."

점백이는 지갑의 아가리를 벌려서 종세에게 내밀었다.

종세는 그가 내민 지갑의 내용물을 쳐다보았다.

과연 점백이의 말대로 믿어지지 않는 엄청난 양의 돈이 고액권으로 차곡차곡 잠겨 있었다.

"이봐, 이건 분명히 공금이야. 개인돈이 아니야. 회사돈이야. 그 쌔끼 이제 이 돈을 잃어버린 죄루 콩밥 먹게 됐어. 아아, 종세야, 넌 이걸 봤니? 이걸 봤어?"

종세는 실감이 나지 않았다. 그는 저처럼 환호작약하는 점백이의 태도를 이해할 수 없을 것 같았다.

"이 쌔끼야, 너 어떻게 된 거 아냐? 넌 기쁘지도 않아? 우린 부자가 된 거야, 이 쌔끼야. 우린 부자가 된 거야. 이 돈이면 너와 나는 계집년 꿰어차구 살림도 차릴 수가 있단 말이야."

점백이는 무표정한 얼굴로 서 있는 종세의 옆구리를 세게 쥐어박았다.

"씨팔, 이 돈을 어떻게 하지. 이걸 어떻게 할까?"

"……모르겠어."

종세가 대답했다.

"나두 이처럼 큰돈은 만져본 적이 없거든. 이봐, 이 길로 너랑 나랑 토껴버릴까? 대봉이형이건 나발이건 우리끼리 따로 살림차릴까?"

"……몰라."

잠꼬대처럼 종세가 대답했다.

"난 모르겠어."

두 사람은 우두커니 흘러가는 천변 아래를 내다보았다. 하수구로 왈칵왈칵 더러운 오물들이 흘러내리고 있었다. 하수구로 새어나와 제법 큰 물줄기를 이룬 냇물이 천변의 가운데를 타고 흘러가고 있었다.

먼 거리에서 내비친 가로등의 불빛이 죽은 물고기의 썩은 배와 같

352

은 물줄기 위에 번질번질 광택을 흘리고 있었다.

맞은편 천변을 따라 다닥다닥 늘어선 판잣집들마다 알전구의 불빛이 촘촘히 박혀들어 있었다.

달가닥거리는 그릇 소리, 어린아이 울음소리, 무어라고 고함치는 아우성 소리, 탁자를 두드리며 노래부르는 유행가 소리, 거리를 달려가는 전차들의 목쉰 경적 소리…… 불밝힌 천변 모래사장을 이리저리 뛰노는 빈민가 아이들의 목소리. 그런 잡다한 소리들이 한데 어우러져 더럽고 더러운 천변의 밤을 생기발랄하게 만들고 있었다.

뭔가 골똘히 생각하고 있던 점백이가 잠시 후 결심했다는 듯 고개를 들고 말했다.

"가자."

그는 기운차게 말을 뱉었다.

"가는 똥 싸구 오래오래 살자. 집으로 가자. 이제 그만 돌아가자. 밤이 꽤 깊었다. 너나 내나 도망가봤자 그곳이 그곳이다. 도망가봤자 저 쌔끼 꼬락서니밖에 되지 않아."

점백이가 하수구 앞을 꿈틀거리며 기어다니는 병든 새앙쥐를 가리켰다.

독이 들어 있는 음식이라도 먹고 죽어가고 있는 것일까. 병든 쥐 한 마리가 하수구 앞에서 필사적으로 꿈틀거리고 있었다.

"토껴봤자 손오공이고 뛰어봤자 벼룩이다. 씨팔 돌아가자, 우라질……"

두 사람은 늦은 버스를 타고 집으로 돌아왔다.

집에 도착할 때까지 점백이는 아무런 말도 하지 않았다.

종세 역시 침묵을 지키고 있었다. 두 사람은 너무나 많은 경험을 하룻밤에 겪었으므로 하룻밤새에 늙어버린 노인들처럼 지쳐 있었다.

"어디 갔다 이제 오냐?"

가게문 안으로 들어서는 두 사람을 보더니 대봉이형 여편네가 소
리를 질렀다.

"극장 갔다 와요."

볼멘소리로 점백이가 말했다.

"대봉이형은 어디 있어요?"

"헛간에 있을 거다. 밥은 처먹었니?"

"배고프지 않아요."

두 사람은 헛간으로 들어갔다. 대봉이형은 기술자 안씨와 웃통을
벗어붙이고 장기를 두고 있었다.

"늬들 어디 갔다 오니?"

대봉이형이 심상치 않은 목소리로 그러나 장기판에서 눈을 떼지
않고 물었다.

"시내 나갔다 와요, 형님."

잠자코 점백이가 주머니 속에서 지갑을 꺼내 대봉이형에게 내밀
었다.

"뭐야?"

장기를 두다 말고 대봉이형이 점백이가 내민 지갑을 노려보며 물
었다.

"보면 몰라요, 지갑이지."

"웬 거야?"

"들춰봐요, 궁금하면."

대봉이형은 잠자코 지갑을 펼쳐보았다. 그의 눈이 순간 동물적인
눈빛으로 번득였다.

"뭐야, 이건. 어떻게 된 거야?"

"난 몰라요. 그건 꼬마에게 물어봐요. 꼬마가 쌔벼낸 거니까."

무엇에 심사가 틀렸는지 점백이가 계속 볼멘소리로 대거리를 하

354

고 있었다.

"형님한테 우리가 죽을 죄를 지었어요. 글쎄 꼬마가 자꾸 자신이 있다고 엉을 까길래 시험삼아 형님한테 극장구경 나간다구 하구서 시내에 데리고 나갔었다구요. 내가 먼저 도꼬다이로 종로에서 시계 하나를 잡아먹었다구요. 그랬더니 저 꼬마가 자기도 한건 해보이겠다는 거예요. 그래서 내가 하꼬 속으로 몰아넣었다구요, 형님. 물론 제가 잘못했지만 저 쌔끼가 하두 염병을 하니 어쩔 수가 있어야지요. 아, 그런데……"

점백이는 한숨을 돌리기 위해서 담배를 피워물었다.

"저 쌔끼가 아주 감쪽같이 일을 해내더란 말이에요. 형님, 난 저 아이쌔끼처럼 간이 크고, 솜씨가 좋은 아이쌔낀 못 보았다우. 정말이에요. 귀신과 같았다구요. 난 정말 놀랐어요. 기술자도 보통 기술자가 아니에요. 떨지도 않고, 무서워하지도 않고 침착하기가 관우 장비 같았다구요. 형님, 그래서 내가 형님한테 혼이 날 줄 알면서도 이실직고하는 거유. 저 아인 쌔비는 데 타고난 천재라구요. 물론 형님한테 미리 말하지 않고 도꼬다이로 뛴 건 죽어두 마땅하지만……"

점백이는 주머니에서 자신이 날치기한 시계를 꺼내 두 손으로 대봉이형에게 내밀었다.

"이건 내가 쌔빈 물건이유. 하지만 꼬마에 비하면 새발에 피죠. 형님, 잘못했어요. 허지만 말이유, 저 아이쌔낀 정말 물건이었단 말유."

잠자코 대봉이형은 지갑을 털어 돈을 세었다.

돈은 전부 빳빳한 새 지폐였다.

그래서 돈이라기보다는 아주 깨끗한 종이처럼 보였다. 엄청난 액수였다. 대봉이형보다 기술자 안씨가 놀란 듯이 장기알을 걷어치우

며 일어섰다. 돈을 다 세고 나서 대봉이형이 물끄러미 종세를 쳐다
보았다.

"정말이냐?"

"……"

"점백이가 한 말이 전부 사실이냐?"

"……예."

종세는 기어들어가는 소리로 대답했다.

"니가 점백이의 말대로 하꼬 속에서 이 지갑을 쌔벼낸 것이냐?"

"……예."

"날 속이는 건 아니겠지?"

"아, 아닙니다. 형님."

점백이가 엄살을 피우듯 말을 덧붙였다.

"내가 왜 거짓말을 해요."

"넌 가만히 있어."

기술자 안씨가 사납게 소리쳤다. 그는 이미 전작이 있었는지 얼굴
이 벌겋게 상기되어 있었다.

"날 봐라, 꼬마야."

부드럽게 대봉이형이 종세를 보았다.

"점백이의 말대로 니가 이걸 훔쳐냈냐?"

"……예."

"무섭지 않더냐?"

"……아뇨."

대봉이형은 말없이 담배연기만 뿜어내며 뭔가 골똘히 생각하듯
두 손을 팔짱끼고 허공을 바라보았다.

"좋아, 꼬마야."

오랜 침묵 끝에 대봉이형은 종세와 점백이를 한꺼번에 바라보았다.

356

"너 내일부터 현장에 나서거라. 내일부터 넌 우리와 함께 작업을 한다. 이제부터 우린 널 기술자로 여기겠다. 내일 한번 내가 시험해 보고 쓸만하면 바람잡이에서 기술자로 승격시켜주겠다. 마침 잘됐다. 허지만……"

대봉이형은 점백이를 사납게 노려보았다.

"넌 내 허락을 받지 않고 도꼬다이로 나섰다. 너 각오가 돼 있겠지?"

"예, 허지만……"

점백이가 억울하다는 듯 한마디했다.

"박상사네 아이들한테 절대로 눈치채지 못하게 했단 말이에요, 형님. 우리가 오늘 저녁 했던 공사는 누구도 눈치채지 못할 것이란 말이에요, 형님."

"이 쌔끼, 주둥아리 그만 닥쳐. 맞아죽고 싶으냐."

대봉이형의 양 미간이 사납게 뒤틀렸다.

"좋아. 내 오늘 한 번만 봐주겠다. 그나저나 이게 마지막이야. 난 네가 가끔 내 눈을 피해 도꼬다이로 나서는 걸 손바닥 들여다보듯 환히 알고 있어. 한 번만 더 그랬다간 가만두지 않을 거야. 알겠어?"

"알겠수, 형님."

대봉이형은 한결 누그러진 표정으로 빳빳한 지폐뭉치에서 손에 잡히는 대로 돈을 쥐어 종세와 점백이에게 내밀었다.

"가져라."

종세는 우물쭈물 그가 내미는 돈을 받지도 못하고 우두커니 서 있었다.

"주시는 돈이니 받아."

기술자 안씨가 채근하듯 명령했다. 종세는 두 손으로 내어주는 돈을 받았다.

"이것으로 내일 아침 새옷이나 사입어라. 현장에 나가서 기술자 노릇 하려면 옷이 누구보다 깨끗하고 반반해야 하니까."

그날밤 잠이 들기 전 점백이가 아무래도 잠을 못 이루고 뒤척이고 있는 종세에게 속삭이듯 말을 건네었다.

"달이 밝지."

헛간의 뚫린 창으로 밝은 달빛이 무사통과로 내비치고 있었다.

"잠이 안 오냐?"

"그래."

종세는 낮은 목소리로 대답했다.

"염병할, 이제 너도 좆 같은 신세가 된 거야. 좋아를 말어. 씨팔놈아, 언젠가는 네 손목에 쇠고랑을 차게 될 거다. 그리구 나서 넌 나를 원망하고 죽이고 싶으리만큼 미워할 게다. 하지만 니놈의 팔자니까 날 원망은 하지 말어. 대봉이형 저 쌔끼도 날샜어. 이젠 저 쌔끼도 믿을 만한 놈이 못 돼. 아까 너랑 나랑 단둘이 토껴버리는 게 좋았을걸."

다음날부터 종세는 한 사람의 완전한 기술자가 되었다.

기술자 안씨를 인계받아 본격적인 한 사람의 몫을 담당하게 된 것이었다.

그의 선배인 점백이를 껑충 뛰어넘은 벼락출세였지만 누구 하나 이의를 달지 않았다. 심지어는 바람잡이로 전락해버린 안씨조차도 달게 감수해내고 있었다. 그처럼 종세의 솜씨는 완벽했다.

그는 운이 좋은 편이었다.

다음날 아침 만원버스 속에서 벌써 대봉이형이 점찍어준 사람의 주머니 속에서 감쪽같이 씽이 가득 실린 지갑 하나를 빼낼 수 있었다.

그의 솜씨를 지켜본 대봉이형조차도 이렇게 말했다.

"그 정도 솜씨면 쓸만하다. 아침에 장님을 만난 날만 주의하면 언

358

제든 남의 주머니는 네 것이다."

종세는 도무지 초조감이나 불안감을 느낄 수가 없었다.

그는 아무런 공포를 느끼지도 않았다.

그가 기술자로 나서고부터 거의 열흘간 그는 매일같이 두둑한 지갑을 훔쳐낼 수 있었다.

그는 완벽한 기술자였다.

그에게는 재미있고 아슬아슬한 게임이며, 장난과 같은 유희에 불과했다. 소매치기들로부터 터부시되고 있는 작업 전에 우연히 거리에서 장님을 만나거나, 어쩌다 이야기 끝에 '원숭이'란 단어가 나온다 해도 거리낄 것은 없어 보였다.

기술자 안씨가 작업 전에 떨리는 손을 진정시키고 불안한 심장을 달래기 위해 독한 소주를 마시는 대신 약방에서 싸구려 각성제를 사서 대여섯 알 한꺼번에 먹고, 몽롱한 환각상태 속에서 공사를 벌이는 것과는 대조적으로 종세는 언제나 맑은 정신 속에서 당당하게 작업을 해치워버리곤 했다.

그는 이미 불안과 공포에 면역이 되어 있었다.

애초부터 남의 물건을 훔친다는 죄의식과 죄책감과는 담쌓은 담력을 종세는 갖고 있었다.

그에게는 즐거운 놀이에 불과했다.

남의 물건을 훔친다는 느낌으로 다가오지 않고 야유회 같은 데에서 끼리끼리 모여앉아 수건 돌리기를 하거나 박수치며 노래 부르는 즐거운 게임 같은 느낌으로밖에 느껴지질 않았다.

그것이 만약 남의 물건을 훔치는 도둑질로, 비양심적인 소매치기 행위로 느껴졌다면 종세는 불안과 공포로 손이 떨리고 한 번쯤 실수를 했을지도 모르는 일이었다.

그에게는 날마다의 재미있는 유희에 불과하게 느껴질 뿐이었다.

아침마다 네 명이 떼지어 공사판을 벌이기 위해서 길을 떠날 때면 종세는 인간사냥을 떠나는 포수와도 같은 넉넉한 즐거움을 느끼곤 했다.

오늘은 어떤 녀석을 사로잡을 것인가. 오늘은 어떤 녀석의 주머니에서 펄펄 튀어오르는 지갑을 쎄버릴 것인가 하는 기대감으로 가슴은 뛰고 두 다리엔 생생한 생명력이 생동하고 있었다.

작업은 안창따기뿐만이 아니었다.

종류도 다양해서 어떤 때는 퍽치기도 했으며 어떤 때는 바깥따기, 백따기 등 종류도 다양한 기술을 종세는 모조리 완벽하게 해치웠다.

그가 기술자로 승격한 이후 만원버스 속에서 어떤 중년여인의 핸드백 속에서 백따기로 거액의 돈을 훔쳐낸 적이 있었다. 종세는 일단 훔쳐낸 돈을 기술자 안씨를 통해 대봉이형의 손으로 넘겨주곤 했는데 미리 버스정류장에 멎기도 전에 갑자기 느닷없는 비명소리가 여자의 입에서 흘러나왔다.

"아이구, 내 돈. 내 돈이 없어졌네."

복잡한 버스 속에 탄 승객들은 무관심한 얼굴로 울부짖는 중년여인의 얼굴을 멍하니 쳐다보았다.

버스는 다음 정류장을 향해 씩씩하게 달려가고 있었다. 곧 정류장에서 멎을 기미였다. 정류장에 차가 멎으면 일당은 한꺼번에 앞문으로 뒷문으로 튀어버릴 심산이었다.

뒤 차장 녀석이 점백이의 얼굴을 보며 은근히 아는 체를 했는데 그는 이미 무시로 드나드는 점백이의 정체를 어렴풋이 짐작하고 있는 모양이었다.

그는 여차직하면 문을 열어 점백이를 도망시켜주려는 호의를 보여주기 위해서 아직 달리는 버스의 창문을 반쯤 열어젖히고 있었다. 아슬아슬한 순간이었다.

"어쩌나, 내 돈이, 내 아들 등록금이……"

통곡소리로 바뀐 여자의 울음소리가 찻간을 찢고 있었다.

종세는 흘낏 여자의 얼굴을 돌아보았다.

그녀의 얼굴은 체면이고 자존심이고 완전 뒤틀려 있었으며 걷잡을 수 없는 눈물이 흘러내리고 있었다.

순간 종세는 그녀의 눈물을 이해할 수 없었으므로, 도대체 왜 그녀가 울고 있는 것일까 이해하기 위해서 머리를 모았다.

왜 울까.

저 여인은 왜 우는 것일까.

무엇이 저 여자를 저처럼 펑펑 울게 만드는 것일까. 내가 한 짓이 저 여자에게는 저토록 고통스럽고 슬픈 일일까. 나는 다만 저 여인의 핸드백 고리를 열어 핸드백 속에 들어 있는 신문지로 둘둘 말아싼 지폐뭉치를 꺼낸 장난밖에 하지 않았는데.

"내려, 이 쌔끼야."

차가 정류장에서 멎자 점백이가 종세의 옆구리를 거세게 쥐어박으며 짧게 명령했다.

말리고 자시고 할 수도 없는 짧은 순간에 네 사람은 동시에 앞문으로, 뒷문으로 튀어내렸다.

일단 하꼬 밖으로 나온 이상 호랑이의 아가리에서는 벗어난 셈이었지만 내내 종세의 마음은 편치 않았다. 그로서는 처음으로 자기가 하는 짓이 다만 심심풀이 장난으로 그치지 않고 어떤 경우에는 훔쳐낸 장본인에게는 통곡할 수 있는 상처를 입힌다는 사실을 느낀 셈이었다.

훔쳐낸 돈은 빳빳한 지폐가 아니었다. 이것저것 헌 돈을 주워모아 아구리를 맞춘 구겨지고 때묻은 헌 지폐들이었다.

"보아하니 동대문시장 장사치 돈이로군."

이런 짓거리에 산전수전 다 겪은 기술자 안씨가 일당을 나눠받으며 아는 체를 했다.

"오늘 한 놈은 대학교 문전에서 입학도 못 하고 떨어졌군."

기술자 안씨는 무심코 한 말이었겠지만 종세의 마음속에 그 말이 삼지창이 되어 날카롭게 찍어박혔다.

그제야 그는 자신이 얼마나 무서운 일을 했는가를 깨달을 수 있었다. 그는 심심풀이 장난을 벌인 것이 아니라 한 가족이 피땀 흘려 모은 등록금을 훔쳐낸 것이며, 안씨의 추측이 사실이라면 그로 인해 한 젊은 청년이 대학교 입학을 포기할 수밖에 없는 파멸을 초래케 한 것이다.

비로소 종세는 자신의 행위가 비도덕적인 행위이며 야비하고 더러운 도둑질에 불과하다는 사실을 깨달을 수 있었다.

아아, 그 돈은 돌려주었어야 했다.

울부짖는 그 여인의 핸드백 속에 고스란히 돌려주었어야 했다.

돈은 흥청망청 생겼다. 여하한 경우에도 일단 주머니 속에 들어온 돈은 한푼도 쓰지 않고 모아두던 종세의 버릇은 어느새 바뀌고 말았다.

구태여 꼬박꼬박 저축을 해두지 않아도 돈은 주체할 수 없게 쌓였다.

그는 기술자였으므로 안씨나 점백이보다도 많은 할당액을 받고 있었다.

한 번의 몫은 그가 서커스에서 일 년 모아둔 돈보다 훨씬 많았다. 쉽게 생긴 돈은 헤프게 나가는 법, 종세는 어느새 될 대로 돼라는 배짱이 생겨나고 있었다.

훔쳐낸 여자에게는 피땀 흘려 모은 돈이었겠지만 종세에게는 한 번의 손짓으로 낚싯밥에 걸려든 미끼에 불과했다.

그녀에게는 생사가 달린 등록금이었겠지만 그에게는 다른 작업

시간까지의 빈 시간을 메울 오락을 제공해주는 푼돈에 불과했다.

이 세상 사람들의 모든 돈은, 시계는, 보석은 모두 그의 것이었따. 그는 그가 소유한 모든 물건들을 임시로 그들에게 임대해주고 있는 셈이었다.

그러므로 그가 훔쳐낸 물건은 실은 도둑질해내는 것이 아니라 임시로 임대해주었던 물건들을 정정당당하게 회수해내는 일에 불과했다.

다만 그들의 눈을 피해 그것을 은밀하게 거둬들이는 것은 그 동안 빌려주었던 그 물건들을 그들이 애지중지하고 아끼며 잔정이 들었으므로 이별의 슬픔을 덜어주기 위해 그들이 모르는 사이에 그것을 회수해내는 일인 것이다.

그는 이를테면 작은 신이었다.

언 땅이 봄볕에 녹아 질퍽거리면 대지 위에 씨를 뿌리고 싹을 틔워 땅과 나무를 임대해서 그곳에 생명을 키우며, 여름 내내 뜨거운 땡볕으로 가꾸다가 가을이면 어김없이 열매를 거둬들이는 것과 마찬가지인 셈이었다.

종세는 삽시간에 부자가 되었으며, 졸지에 돈이 많은 건달이 되어버리고 말았다.

그는 이제는 최고급의 담배를 피워도 좋을 나이였다. 멋진 양복을 입어도 좋을 나이였고, 내놓고 술을 먹어도 뭐랄 사람이 없는 당당한 나이였다.

그는 이제 밤시간이면 점백이와 둘이 대지극장에 들어가 쇼무대에 나오는 값싼 무희들의 넓적다리를 들여다보며 휘익휘익 휘파람을 부는 그런 조무래기가 아니었다.

그는 더이상 밤시간이면 대봉이형 여편네에게 불려가서 그녀의 살찐 넓적다리나 주무르고 성적 회롱을 실컷 당하다가 물러나는 똘마니가 아니었다.

그는 자기 나이의 세 배쯤 되는 늙은 안씨와, 나이 차이는 비록 한 살밖에 안 되지만 이 바닥에서 오래 물을 먹어 약아빠지기 수달 같은 점백이, 두 명이나 부하로 거느리고 있는 당당한 왕초였다.

소매치기 세계에서는 나이가 무시된다.

어디까지나 작업의 역할로 지위 서열이 정해지게 마련인 것이다. 종세에게는 대봉이형 이외에는 더이상 왕초가 없는 당당한 대봉이파의 작은 왕초였다.

이 점 점백이도 안씨도 충분히 알고 있었다.

작업이 끝나고 몫을 분배받을 때면 종세는 점백이와 안씨보다도 세 배에 가까운 몫을 할당받을 수가 있었다.

자연 이제까지 종세를 똘마니로 삼고 기술을 가르쳐준다고 패대기를 치던 점백이도 공식적인 자리에서는 아주 반말로 이 새끼 저 새끼 할 수 없는 처지로 바뀌고 말았다.

점백이는 이를테면 완전히 그의 똘마니가 돼버린 셈이었다. 기술자 안씨는 더욱 그러했다.

그는 늙고 병들어 더이상 기술자 노릇을 하지 못한다는 사실을 알고 있었다. 그렇다고 집도 절도 없는 주제에 은퇴해서 식구를 떠날 수도 없는 노릇, 죽을 때까지 목숨이나 부지하려면 자신을 먹여살리는 새파랗게 젊은 종세에게 잘 보여서 몸이 움직일 수 있을 때까지 바람잡이 노릇이나 계속해야 할 참이었으므로 노골적으로 종세에게 아첨하고 비굴하게 놀았다.

그만큼 종세의 솜씨는 완벽했다.

대봉이형에게도 종세는 제 발로 뛰어든 봉과 다름없었다. 전성기가 지나 쇠퇴일로에 있는 대봉이파 소매치기가, 엉뚱하게도 걸어들어온 젊은 기술자 하나로 재기해서 태평성세를 구가할 수 있는 시기가 도래했기 때문이었다.

더욱이 종세는 아직 별을 달지 않고 있었으므로 아무곳에서도 쪽이 팔리지 않아 주의깊게 살펴만 준다면 노다지를 캐는 금광을 발견해낸 셈이었다.

그 급격한 변화를 가장 알아차리지 못한 사람은 오직 대봉이형의 깔치뿐이었다.

그녀는 천성이 백치였으므로 주위의 돌변한 사태를 알아차리지 못하고 때도 없이 종세를 가겟방으로 불러들이곤 했지만 이런 농짓거리에 쐐기를 박은 사람은 다름 아닌 대봉이형이었다.

대봉이형은 그 동안 참아왔던 분노를 폭발시켜 마당에 여편네를 큰 대자로 냅다 던져버렸던 것이다.

너무나 거센 기세였으므로 잔소리로 까장까장 평소에 남편을 꼼짝 못 하게 만들고 있던 여편네도 어쩌는 수 없이 끽소리도 못 하고 고스란히 복날에 개 두드려맞듯 치도곤당했으며 이번에는 종세 대신 점백이가 그 뒤치다꺼리로 피멍 들고 타박상 입은 대봉이형 여편네를 주무르기 위해서 뻔질나게 불려다녀야 했다.

종세의 모습은 하루가 다르게 바뀌어갔다.

주체할 수 없는 돈으로 느느니 술실력이며 담배요, 그리고 옷모양뿐이었다.

아직 점백이처럼 생긴 돈을 오팔팔 색주가 썩은 사타구니 속에 쑤셔넣는 색시맛도 들이지 못한 종세로서는 달리 돈을 쓸 오락거리를 발견치 못했으므로 생기는 돈은 요사스런 옷차림으로 모두 나가버렸다.

신문배달 할 때 그토록 소원이던 야간학교라도 나갈 생각이 없었던 것은 아니었지만 이놈의 작업이 작업이라서 때도 없이 아침, 저녁, 밤을 가리지 않고 벌어지는 소매치기였으므로 고정적인 수입은 애당초 틀려버린 일이었다.

그보다도 아직까지 한 가닥의 양심은 남아 있었으므로 남의 돈 훔쳐내가지고 그것으로 신성한 공부를 한다는 것은 돼먹지 못한 수작질인 것이었다. 배워먹은 것이 도둑질이었으므로 그 도둑질이나 잘할 노릇이지 그 돈으로 에이 비 씨를 배워봤자 속된 말로 똥개 주제에 갓 쓰고 수영 가는 꼬락서니가 아니겠는가.

점백이는 미아리 천변의 색주집에 단골 계집을 정해놓고 벌어들인 돈 깨진 독에 물 붓기로 갖다바치고, 가끔 담을 넘어 뛰어나가 외박도 슬금슬금 하고 오는 모양이었지만 아직까지 숫총각 종세로서는 그 짓거리가 이해할 수 없는 일처럼 느껴지곤 했다.

이따금 꿈속에서 서커스의 공중 트라피즈가 떠오를 때도 있었다.

무한히 까마득히 높은 허공에 매어진 아슬아슬한 외줄 위에서 줄타기를 하고 있는 꿈을 꿀 때가 있었다.

어쩌다 외줄에서 아차 실수해서 떨어지면 안전그물마저 쳐지지 않은 허공으로 한없이 떨어져 추락하다가 문득 잠에서 깨어나곤 했다.

잠에서 깨어나면 온몸은 땀투성이였고 실제로 뽕짝뽕짝 쇳소리로 연주하는 트럼펫 소리가 귓가에 한 가닥의 맥락으로 남아 들려오는 것 같기도 했다.

그러나 신통하게도 고향 생각은 나지 않았다.

내달아 도망쳐온 고향의 거리도, 내장산의 이빨 빠진 산들도, 몸서리쳐지는 악몽의 기억들도 떠오르지 않았다.

어머니의 얼굴도, 아직까지 거리에서 도장포를 차려놓고 도장을 새기고 있을 아버지의 얼굴도 떠오르지 않았다. 그보다 먼저 고향을 떠난 배다른 형 종대의 얼굴도 떠오르지 않았다.

종세가 종대를 떠올린 것은 정말 오랜만이었다. 그는 한 번도 종대를 생각해본 적이 없었다. 그러나 그는 배가 다르긴 했지만 유일하게 피를 나눈 형제로서 종세보다 나이가 일곱 살 위인 형이었다. 배고프면 들고양이라도 잡아먹을 본능으로 그는 지금쯤 무엇을 하고 있을까. 굶주림을 면하기 위해서 그는 사람까지 잡아먹을 식인종이 되었을 것이다.

언젠가는 만날 것이다. 아아, 언젠가는 우연히 길거리에서 스쳐지나듯 만나게 될 것이다. 그때까지 잘 있어, 이종대, 종대형, 이 미친 새끼야.

4월로 접어들자 거리는 흉흉해지기 시작했다.

뭐라고 꼭 집어 말할 수 없는 이상한 분위기가 거리에 흘러넘치고 있었다.

매일같이 거리로 젊은 학생들이 플래카드를 들고 데모를 하다가는 경찰에 의해 흩어지고 있었다. 그러나 날이 갈수록 그 빈도는 더욱 잦아지고 데모에 가담하는 사람들의 숫자는 늘어만 가고 있었다.

종세에게는 이유를 알 수 없는 분위기였다.

세상이 어떻게 돌아가건 종세는 눈만 뜨면 남의 주머니에서 지갑을 훔쳐내면 그만이었다. 종세는 벌써 일 년에 가까운 소매치기 사업을 성공리에 수행하고 있었다.

지구가 무너지건 말건, 날이면 날마다 데모하는 학생들의 숫자가 늘어나고, 거리로 뛰쳐나와 돌팔매질이 벌어지고, 순경들이 데모대가 던진 돌멩이에 맞아 피를 흘리건 말건 종세에겐 무관한 일이었다.

그로서는 태평성대의 세월이었다.

황금어장이 있을 뿐 그는 언제나 출어만 하면 만선을 이룰 수 있는 솜씨를 갖고 있는 익숙한 어부였다. 무슨 일이 일어날 것만 같다고 바람잡이로 전락해버린 안씨는 입만 열면 중얼거렸다.

여름이 오기 전에 무슨 일이 일어나서 모두들 결판이 나고 말 것이라고 안씨는 예언자처럼 점을 치곤 했는데 어쨌거나 종세와 점백이의 귀에는 쇠귀에 경 읽기였다.

"나라가 망할 징조여, 나라가 망할 징조란 말이여."

안씨는 저녁이면 소주에 취해 탄식조의 한탄을 토해내곤 했다.

그의 말에 의하면 나라가 망할 경우에는 이상한 변고가 일어난다는 것이었다. 암탉이 어느 날 느닷없이 수탉으로 변해버리고 바다가 변해서 사막이 되며, 느닷없이 대낮에 달과 별이 뜨고, 저녁이 돼서도 해가 지지 않는 변고가 일어난다는 것이었다.

그는 조금씩 미쳐가고 있었다.

그의 말대로라면 대낮에도 별이 떠야 옳았으며, 한밤에도 해가 지지 않아야 했다. 그럼에도 어김없이 밤이 되면 해가 졌으며 그 대신 달이 뜨고, 가끔 대낮에 닭이 울어댔지만 아직 암탉이 수탉으로 변해버렸다는 풍문은 들려오지 않았다.

주위에서 아무런 변고가 일어나지 않았는데도 안씨는 신들린 무당처럼 무엇인가를 두려워하고 몹시 겁을 내고 있었다. 도대체 무엇이 달라질 수 있단 말인가.

아침이면 떼지어 나가 대봉이형을 중심으로 한바탕 작업을 끝내고 돌아오고, 아침에 공치는 날이면 저녁에 다시 작업을 떠나는 나날의 일상이 어떻게 달라질 수가 있단 말인가.

"저 쌔낀 미쳤어."

점백이가 노골적으로 낮이나 밤이나 술독이 올라 정신을 가누지 못하고 있는 안씨에게 침을 뱉곤 했다.

그는 종세가 한 사람의 기술자로 승격이 되고 나서 완전히 몰락해 있었다.

그는 바람잡이 노릇도 제대로 맡아하지 못했다. 그는 늙고 병들어 이곳을 빼놓으면 그 어디에도 발붙이지 못하는 낡은 퇴물이었다. 그는 달리 갈 곳도, 가족도 없는 혈혈단신 외톨이였다. 이곳에서까지 버려진다면 그는 완전히 거렁뱅이 신세였다.

그의 말에 의하면 이 봄이 가기 전에 틀림없이 무슨 변고가 일어난다는 것이었다. 온 도시로 강물이 범람해서 흐르는데 그 강물이 보통 강물이 아니라 핏물로 뭉쳐진 피의 강이라고 말했으며 강물이 흘러들어오면 우리는 모두 죽어버리므로 그러기 전에 얼른 이 도시를 떠나야겠다고 그는 말했다.

그는 자기가 분명히 봤다고 우겼다. 아주 오래 전에 암탉이 수탉으로 변하고 대낮에도 달이 뜨더니 끝내 천지를 뒤흔드는 포성 소리가 울려오고 썩은 나무토막 쓰러지듯 수많은 사람들이 천지를 모르게 죽어 넘어지더라고 고집을 부렸다.

점백이의 말을 종합해보면 저 새끼는 6·25 때 하루아침에 처자 새끼들을 폭탄에 맞아 잃어버렸는데 그때부터 해마다 봄이 되면 그 지랄병이 도져서 발광한다는 것이었다. 그러므로 신경을 쓸 것이 없다고 점백이는 대수롭지 않게 무시해버리곤 했다. 그러나 안씨의 말은 날이 갈수록 뚜렷한 조짐으로 나타나고 있었다.

분명히 심상치 않은 분위기가 봄날의 거리를 휩쓸고 있었다.

사람들은 눈에 호롱불을 켠 듯 살기를 띠고 거리를 내닫고 있는 것처럼 보였다.

건드리기만 해도 터질 것 같은 분노와 광기들을 가슴 깊숙이 감추고서, 사람들은 날이면 날마다 거리로 거리로 몰려들었다.

아직 누가 먼저 나서서, 죽여라! 하고 소리를 지르지 않았지만 누군가 그 소리를 터뜨리면 여기저기서 화답해서 함께 고함칠 준비를 끝낸 것처럼 보였다.

고함칠 뿐 아니라 사나운 두 손으로 거리를 부수고, 사나운 발길로 닥치는 대로 까뭉개고, 때려누일 분노가 엿보이고 있었다.

종세에게도 무엇인가 일어날 것 같은 본능적인 예감이 하루가 다르게 확실하게 느껴지고 있었다. 그러나 안씨의 예언처럼 바다가 사막으로 변해버리고 한밤에도 해가 떠서 곡식이 말라죽는 변고가 일어나기 전에 종세를 위시한 대봉이파의 소매치기 가족에게 변고가 일어난 것이 오히려 먼저였다. 그런대로 안씨의 예감은 적중한 셈이었다.

그들은 사나흘 공치고 있었다.

사나흘 공치는 일은 종세가 기술자가 된 이래로 드문 일이었다.

한번은 아침 작업을 나가다가 거리에서 우연히 장님을 만난 순간 대봉이형이 미련없이 그날의 작업을 포기했으며 둘쨋날은 점백이가 지난밤에 재수없는 꿈을 꾸었으니 오늘은 작업에서 자기만을 빼어달라고 미리 엄살을 떠는 바람에 그물을 거두었다.

그가 꿈속에서 원숭이를 보았다는 것이었다. 원숭이를 보거나 꿈속에서 만나거나 우연히 원숭이란 단어를 떠올리기만 해도 소매치기들은 그날 부정한 손과 귀를 정결히 물로 씻고 작업을 포기하는 것이 불문율이었다.

셋쨋날은 아침부터 안씨가 억병으로 술에 취해 일어날 수 없었으므로 자연 작업을 포기할 수밖에 없었다. 한 사흘 공치고 나면 자연 가족들의 신경은 곤두서게 마련이었다.

지난 일 년 동안 거의 쉬는 날 없이 날이면 날마다 벌이가 괜찮았으므로 한 사나흘 쉬었다고 해서 주눅이 들 필요는 없었다.

먹을 것은 풍부했으며, 주머니에 돈은 남아돌았다.

주체할 수 없는 돈과 패물이 하루가 다르게 쌓여만 갔다. 오히려 너무 물건들이 남아돌아서 장물을 처리하는 것이 곤란할 정도였다.

그러나 종세에게 사흘은 석 달의 기간이었다.

그는 온몸이 근질거리고, 뭔가 혼이 나간 것 같은 불쾌한 감정으로 버둥거리고 있었다.

종세에겐 이미 소매치기의 버릇이 인박여 있었다.

모든 것은 불과 일 분 안에 결단나게 되어 있었다. 저 사내의 주머니를 털기로 마음먹으면 그로부터 일 분 안에 그의 주머니 속에 들어 있는 지갑은 그의 것이었다.

종세는 안창따기가 전문이었다. 그는 바깥따기, 굴레따기, 퍽치기 등 하려고만 든다면 모든 기술을 완벽하게 구사할 수 있는 천부적인 재능을 갖고 있었다.

그러나 그는 주로 안창따기를 전문기술로 삼고 있었다. 종세는 소매치기 기술 중에서 가장 어렵고, 고도의 기술을 요구하는 안창따기의 전문가였다. 네다바이나 퍽치기 같은 것은 가장 낮은 기술에 속했다. 안창따기는 이를테면 사람들의 속주머니를 감쪽같이 터는 기술을 말하는 것이었다.

그가 아무리 태연을 가장하고 있다 해도 그의 몸 위를 한번 훑어보는 것만으로도 그가 주머니 속에 무엇을 감추고 있는가를 꿰뚫어 볼 수 있었다.

그새 종세의 눈은 사물의 벽을 투시하는 엑스선과 같은 초능력을 갖추고 있었다.

일단 목표가 정해지면 바람이 불기 시작하는 것이다.

버스가 흔들릴 때마다 리듬을 맞춰서 안씨와 점백이가 그 사람을 앞뒤에서 밀고 당긴다.

엔진의 진동에 따라 흔들리는 버스의 경련과 박자를 맞춰서 바람을 잡지 않으면 자칫하면 들켜버리게 되는 것이다.

종세는 우선 결정해야 한다. 입 속에 물고 있는 면도날을 꺼내 손가락에 감추고서 바깥옷 위로 칼날을 그어 옷을 베어내어 지갑을 훔칠 것인가, 아니면 아무런 흠집이나 손상도 남기지 않고 손가락 끝을 사용해서 주머니 속으로 들어가 고리를 벗기고 지갑을 끄집어낼 것인가를 결정해야 하는 것이었다.

그는 좀체로 면도날은 쓰지 않는 편이었다. 면도날을 쓰면 작업은 수월해질지 모르나 상대방의 옷을 찢어놓거나, 베지 않으면 안 되는 것이었다.

무엇인가 결정적인 흠집을 남겨놓고 떠난다는 것은 종세로서는 참을 수 없는 모욕이었다. 비록 호주머니 속에서 지갑을 끄집어낸다고 해도 감쪽같이 그 지갑만 끄집어낼 뿐, 옷이나 다른 부분에는 상처 하나 남기고 싶지 않았다.

소매치기는 소매치기 나름의 법도가 있는 법이었다.

종세가 노리는 것은 지갑이었지 그 사람의 옷을 찢는 것이 아니었다.

일단 마음이 서면 종세는 신경을 곤두세워 그 사람의 주머니 속으로 손끝을 움직여가곤 했다. 그때는 무어랄까 일종의 무아지경이었다. 앞뒤에서 밀고 당기는 바람잡이들과도 초연해서 종세는 날아가는 새를 한 손으로 낚아채는 것 같은 긴장감에 사로잡혀 있곤 했다.

절로 입 속에 침이 괴고, 턱뼈가 굳어 어금니를 꾸욱 다물고 있었으므로 만약을 예비해서 혀 밑부분에 감추어둔 면도날이 자칫하면 혀의 뿌리부분을 베어낼 것만 같았다. 그것은 쾌락이었으며 고도로 집중된 쾌감이었다.

사나흘 쉬면서 종세가 무료해 견딜 수 없었던 것은 그 쾌락을 맛보지 못하는 단절감 때문이었다.

그들은 꼬박 나흘을 공치고 닷새 만에 작업을 떠났다.

몸은 날아갈 듯이 가벼웠다.

기술자 안씨도 말짱한 정신이었고 점백이 역시 기분이 좋은지 연신 휘파람을 불고 있었다.

대봉이형도 구레나룻 수염을 말짱하게 깎고 신사 차림으로 앞장을 서고 있었다. 작업을 떠나기 전에는 식구끼리 모여 식사를 하는

372

일이 드문 일인데도 그날은 다들 아침을 든든히 먹었다.

식사를 해서 배를 채우는 것보다는 빈 속에 시장기를 느끼는 것이 작업을 하는 데 일을 추진시키는 촉진제 역할을 하는 법이다. 뭔가 먹고 싶고 부족한 듯한 공복감이 작업에 대한 정열과 물욕을 자극시키는 법이므로. 기술자 안씨는 '마이날' 알약을 먹어 혼미한 의식을 각성시키지도 않았다. 다들 최상의 컨디션이었다.

거기에다 황금어장이었다.

물도 좋았다.

한창 들물이었으므로 하꼬에 타고 보면 여기저기에서 봉이 보였다.

미아리 고갯길에서 종세가 한탕 해치웠다.

종이봉투를 든 회사원 차림의 사내의 속주머니에서 면도날을 쓰지 않고 맨손으로 지갑을 끄집어내었다.

그 지갑은 점백이의 손을 거쳐 대봉이형에게까지 가게 되었다. 일차 작업을 성공리에 끝마친 일행은 혜화동 로터리에서 내렸다. 모처럼의 쾌락으로 종세의 기분은 맛있는 음식을 먹은 뒤끝처럼 흡족했다. 그러나 한편으로는 부족한 느낌이었다.

"잘했어."

대봉이형은 주위의 눈을 가리는 소도구로 사용하는 근간 신문을 착착 접으면서 미소를 띠어 보였다.

"이젠 돌아가자."

대봉이형은 매우 흡족한 것 같았다. 그의 눈치로 보아 두둑한 물건을 하나 건진 것이 분명했다.

"한탕 더 합시다."

점백이가 이빨 사이로 침을 물총 쏘며 거들먹거렸다.

"물이 한창 좋은 판인데."

과연 점백이의 말대로 사람을 가득 가득 실은 버스가 쉴새없이 몰려들고 있었다. 이때만 놓치면 물은 빠져나가 텅 빈 갯벌이 되어버리는 것이다.

"돌아가."

안씨가 머리를 흔들면서 대답했다.

"좋은 때 그만두는 게 좋아."

"씨팔."

점백이가 투덜거렸다.

"돌아가고 싶으면 안씨나 돌아가쇼. 난 종세와 한탕 더 뛰겠수."

"조용히 해."

대봉이형이 점백이에게 인상을 썼다.

"그만 돌아가."

대봉이형이 결단을 내렸다.

"……허지만 형님."

"시끄럽다, 이 쌔끼야."

그때였다.

갑자기 대봉이형의 눈빛이 번득였다.

그의 번득이는 눈의 표정은 뭔가 낌새를 챘다는 무언의 신호인 셈이었다. 그는 버스가 멎자 악다구니로 버스를 타기 위해서 모여드는 사람들 속으로 끼어들었다. 일행은 앞문 뒷문으로 민첩하게 산개하였다. 그의 태도로 보아 다시 공사판을 벌이겠다는 신호가 분명하였으므로.

버스 속은 대만원이었다.

그야말로 발 디딜 틈도 없었다.

뒷문으로 탄 점백이와 종세는 대봉이형을 찾아서 버스 앞쪽으로 밀고 나갔다. 너무 사람들이 몰려 있었으므로 그들이 한 발짝 내디딜 때마다 여기저기서 아구아구 비명소리가 흘러나왔다.

374

작업시간은 버스정류장 한 구간으로밖에 한정되지 않았다. 혜화동 로터리에서 안국동 로터리가 고비일 것이다.

그 고비가 지나고 나면 사람들은 썰물처럼 빠지고 버스 안은 한산해지는 것이다. 그래서 서두르지 않으면 안 되었다.

다행히 그 한 정류장의 구간은 꽤 멀었다. 혜화동 로터리에서 창경원 담을 끼고 안국동 로터리까지는 오 분 정도 소요될 것이다. 그 오 분 안에 대봉이형이 점찍은 봉의 주머니에서 지갑을 쌔벼내야 하는 것이다.

버스가 한 번 기우뚱거렸다.

사람들이 이리저리 쏠리고 비명소리를 질러댔다. 대봉이형은 그 북새통 속에서도 신문지를 펼쳐들고 있었다. 그는 언제나 어디서나 신문을 열심히 읽는 독서광처럼 보였다. 대봉이형의 손끝이 한 사내의 가슴에서 멎었다.

종세는 흘깃 그 사내를 쳐다보았다. 안경을 쓰고 몹시 키가 큰 사내였다. 키가 컸으므로 그의 머리 하나가 사람들 모가지 위에 우뚝 올라서 있었다. 말쑥하게 신사복을 입고 있었다. 그가 안경을 썼다는 것이 마음에 걸리기는 했지만 그런다고 혀 밑에 물고 있는 면도날을 사용하고 싶지는 않았다.

이미 점백이와 안씨는 앞뒤에서 그 사내를 몰아붙이기 시작했다. 종세는 호흡을 멈추고 주머니 속에서 손가락을 빼어들었다.

소매치기를 시작하기 전 다섯손가락을 모두 부러뜨려 관절을 꺾는 것은 종세의 오랜 버릇이었다. 그러면 손가락은 기분좋게 느슨해지고 긴장이 풀어지는 것이었다.

종세는 두 손을 꺼내 우드득우드득 관절을 풀었다.

그리고 천천히 사내의 호주머니를 향해 촉수를 곤두세웠다. 그는 말할 수 없는 쾌감을 느꼈다. 뭔가 두둥실 떠오르는 기분이었다. 공중 트라피즈를 하다가 허공에서 그물망으로 떨어졌을 때의 아득한 느낌 같은 것이 종세의 몸을 저리게 했다. 아랫도리에 찔끔찔끔 오줌을 싸갈길 것 같은 요의가 다급하게 느껴졌다.

종세는 사내의 주머니 속을 따들어갔다.

매끈매끈한 속옷의 감촉이 손끝에 느껴졌다. 사내의 와이셔츠 속에 뛰는 심장의 박동이 선명하게 전해져왔다.

호흡에 맞춰 알맞은 높낮이로 오르락내리락거리는 가슴의 촉감이 극명하게 느껴졌다. 그의 체온이 손바닥 가득히 느껴왔다. 손끝에 불이 확 댕겨지는 느낌이었다. 마치 마른 뗏장에 들불을 지피듯.

마악 속주머니를 잠근 고리를 벗기고 손가락 두 개가 그의 지갑을 집어냈을 때였다. 순간 뭔가 둔탁한 무게가 자신의 손을 움켜쥐는 것을 종세는 느꼈다. 본능적으로 손을 빼어내려 했다. 그러나 손은 빠져나오지 않았다. 무엇엔가 단단히 잡힌 것 같았다. 미끼에 걸린 물고기처럼 손을 빼어내려고 애를 쓰면 쓸수록 단단하게 그의 손을 결박하고 있었다. 그와 동시에 키 큰 사내의 입에서 고함소리가 터져나왔다..

"……도둑이야, 소매치기야. 차를 멈춰. 차 세워."

종세는 눈앞에 아지랑이가 아른거리는 것을 느꼈다. 꿈속만 같았다.

그는 필사적으로 손을 빼어내려 했지만 그것은 불가능한 일이었다. 사람들이 모두 종세를 보았다. 사내의 손이 종세의 손목을 비틀어 꺾어쥐고 그 손을 확인이라도 시키듯 번쩍 천장으로 들어올렸다.

"차를 세워. 소매치기야. 운전수, 차를 세워."

차는 급정거를 하며 행길 옆에 붙어섰다.

창경원 돌담이 보였다.

낭패한 점백이와 안씨의 얼굴이 보였다. 대봉이형의 얼굴이 보였다. 성나고 분노에 가득 찬 승객들의 눈들이 매섭게 집중되고 있었다.

그때였다.

앞문 쪽에서 후닥닥 동요가 일어났다.

대봉이형과 점백이와 안씨가 뛰기 시작한 것이었다. 사람들은 무의식중에 비켜서서 혈로를 만들어주었다. 대봉이형이 주머니에서 긴 사시미칼을 꺼내들었다. 그는 차장의 목에 그것을 들이댔다.

"문을 열어, 이 쌔끼야."

누군가 대봉이형의 몸을 향해 주먹을 휘둘렀다. 그러나 점백이가 그의 가슴을 팔꿈치로 후려쳤다. 아이구, 비명소리와 동시에 대봉이형의 칼이 허공을 번득였다. 사람들이 놀라 물러섰다.

차장은 문을 열었다.

"뛰어. 종세야, 뛰어."

대봉이형이 벼락처럼 소리를 질렀다.

점백이가 종세의 손을 잡아쥐고 있는 사내의 옆구리를 날카롭게 후려쳤다.

사내는 고꾸라졌다.

동시에 손을 결박한 힘이 제거되었다. 종세는 열린 차의 앞문을 향해 날쌔게 몸을 던졌다. 그러나 이미 독이 오를 대로 오른 승객들이 종세의 앞을 막아섰다.

종세는 입에서 면도칼을 끄집어내었다. 그는 그것으로 우선 앞을 막아선 사내의 손목을 그어내렸다. 붉은 피가 보였다. 사람들이 물러섰다. 종세는 곤두박질치면서 차에서 몸을 빼내었다.

이미 식구들은 한 마장도 넘게 창경원 돌담을 끼고 도망치고 있었다.

"뛰어. 종세야, 뛰어."

점백이가 연신 뛰면서 흘끔흘끔 뒤를 돌아보고 있었다.

햇살이 가득해서 거리는 흰 빨래와도 같았다.

눈이 부셨다. 주저앉고만 싶었다.

이미 버스를 벗어나는 것만으로도 종세는 힘이 빠져 있었다. 무의
식중에 혀 밑에 숨겨둔 면도날에 혀를 베였는지 입에서는 피가 흐
르고 있었다. 창경원 돌담 너머로 벗꽃 풍경이 아름답게 시야로 들
어왔다. 종세는 허위적거리며 뛰어갔다.

"같이 가."

소리를 질렀다.

그러나 입 안에서만 맴돌 뿐 소리는 나오지 않았다.

그들은 이미 사라졌으며 그는 외톨이가 되었다. 그들이 나를 버리
고 도망쳤다고 그는 생각했다. 그들의 그림자도 보이지 않았다. 길은
외줄기였다. 돌담 옆으로 내뻗친 길은 오전의 햇살만이 가득했다.

눈이 또 부셨다.

그는 고독하고 무서웠다.

등뒤에서 쫓아오는 발소리가 들려왔다. 그래서 그는 뒤를 돌아보
았다. 수십 명의 사람들이 버스에서 내려 그를 쫓아오고 있었다. 그
들은 파도와도 같았다.

그들은 약속을 미리 한 사람들처럼 보였다. 키 큰 사내가 앞장을
서고 있었다.

"도둑이야, 도둑 잡아라."

누군가 소리쳤다.

종세 앞쪽에서 오던 사람들이 종세를 보았다. 그들은 엉겁결에 길
을 비켜주었다. 종세의 머릿속에 그 언젠가 시장거리를 달려 도망
해오던 점백이의 모습이 떠올랐다.

나는 절대로 잡히지 않는다고 종세는 생각했다.

이건 꿈에 불과하다고 그는 생각했다. 그들의 발소리가 차츰 가까
워오고 있었다.

그는 지치고 맥빠져서 도대체 왜 내가 이처럼 도망쳐야 하는가 이

해할 수 없었다.

그는 달리고 싶지 않았다.

그는 걷고 싶었다. 내가 도대체 뭘 했길래 그들이 저처럼 사나운 적의와 증오심을 갖고 쫓아오는가. 종세는 달리면서 생각했다. 나는 그들의 분노를 자극할 만한 아무 일도 하지 않았다고 그는 생각했다. 그럼, 왜 그들은 나를 잡기 위해 떼지어 쫓아오는 것일까.

그는 되돌아서서 그들에게 그 이유를 묻고 싶었다. 내 무엇이 너희들을 화나게 했는가, 이유를 묻고 싶었다.

누군가 달리는 종세의 발을 막아세웠다.

종세는 거리에 볼품없이 쓰러졌다. 그는 일어났다. 간신히 일어나서 비틀거리며 달렸다. 그는 자신이 달리지 못하고 기어가는지도 모른다고 생각했다. 쫓아오던 사람들이 종세를 포위했다. 종세는 손끝에서 면도날을 세워들었다.

"따라오지 마."

그는 피를 흘리며 말했다. 혀뿌리가 베였으므로 제대로 말이 되어 나오지 않았다.

"나를 잡으려 들면 면상을 긁어버리겠어."

종세의 강한 기세로 사람들이 물러섰다.

"죽여."

한 사내가 거리에 구르는 돌멩이를 집어들었다.

"죽여. 저 자식은 소매치기다."

그는 종세의 몸을 향해 돌을 던졌다.

돌은 다행히 종세의 머리를 비껴서 돌담에 부딪쳐 떨어졌다.

그 사내의 기세로 우르르 사람들이 조여들었다. 그들은 오갈 데 없는 이 작은 포로를 즐기고 있었다. 키 작고 피 흘리는 꼬마를 단숨에 때려잡지 않고 실컷 조롱하다 집단적인 폭력으로 때려잡는 것을 즐기고 있는 사람들처럼 보였다.

"죽여."

"잡아라."

"밟아 죽여라."

"뭘 해, 죽여버려."

"이 쌔끼."

그들은 한꺼번에 덤벼들었다.

종세는 더이상 물러설 수가 없었다. 왜냐하면 등뒤는 바로 창경원의 돌담이었으므로. 종세는 그들에게 무릎을 꿇고 빌고 싶었다.

용서해달라고, 나를 보내달라고 울면서 매달리고 싶었다. 그는 무서웠다. 그는 그들이 자신을 죽일지도 모른다고 생각했다. 그들의 손이 엄청난 힘을 갖고 자신의 목을 짓누르고 비틀어 죽일 것 같은 공포를 느꼈다.

누군가 종세의 옆구리를 쑤셔박았다.

종세는 선 자리에서 거꾸러졌다.

거의 동시에 수십 명의 발이 종세의 몸을 향해 무차별로 덤벼들었다.

종세는 의식을 잃지 않고 몸을 뒹굴리면서 눈을 떠서 그들의 얼굴과 눈을 보았다. 이미 그들의 고함소리는 들리지 않았다.

그들의 분노한 눈초리만 보였다. 구둣발이 이곳저곳에서 암벽덩어리처럼 다가오고 있었다. 온몸을 때리는데도 아픈 통증은 느껴지지 않았다. 그저 아득하고 그저 꿈만 같았다. 구호를 외치는 입과 성난 분노를 토해내는 입들만 보였다.

"제발, 제발."

그는 빌기 위해서 입을 열었다.

"날 살려주세요."

말하기 위해서 입을 열었지만 그것은 마음일 뿐 말이 되어 나오지 않았다. 누운 시야로 수직으로 솟은 창경원 담 너머로 고개를 내민 벚꽃이 흰 눈발처럼 난분분 난분분 바람에 흩날리고 있을 뿐이었다.

쑤와와.

머릿속을 꿰뚫고 바람소리가 스쳐갔다. 철커덕철커덕 협궤를 달려가는 기차의 수레바퀴 소리도 들려왔다. 그는 눈을 감았다. 그리고 의식을 잃었다.

(3권에서 계속)

문학동네 장편소설
지구인 2
ⓒ 최인호 2005

1판 1쇄 │ 2005년 2월 23일
1판 5쇄 │ 2017년 9월 4일

지은이 최인호
펴낸이 염현숙

펴낸곳 (주)문학동네
출판등록 1993년 10월 22일 제406-2003-000045호
주소 10881 경기도 파주시 회동길 210
전자우편 editor@munhak.com │ 대표전화 031)955-8888 │ 팩스 031)955-8855
문의전화 031) 955-3576(마케팅) 031) 955-8864(편집)
문학동네카페 http://cafe.naver.com/mhdn

ISBN 89-8281-921-5 04810
        89-8281-919-3 (세트)
* 이 도서의 국립중앙도서관 출판예정도서목록(CIP)은 서지정보유통지원시스템 홈페이지
  (http://seoji.nl.go.kr)와 국가자료공동목록시스템(http://www.nl.go.kr/kolisnet)에서
  이용하실 수 있습니다. (CIP제어번호 : CIP2004002187)

www.munhak.com

최인호

중단편 소설전집

전5권

현대적이며 젊은 감각의,

조용하면서도 슬프고 정열적인 문장!

파고들수록 소중한 보물이 보이는

최인호 소설의 풍부한 광맥!

대단히 현대적이며 젊은 감각의, 조용하면서도 슬프고 정열적인 소설을 읽다가 나는 이 책이 어느 누구의 야심만만한 첫 소설집이구나! 싶어 작가의 이름을 기억해두고자 책 맨 앞장을 펼쳐봤다. 그것은 최인호 선생이 이미 25년 전에 쓴 소설들이었다. 그런데도 나는 그의 옛 소설을 읽자마자 어릴 적 지붕 위로 던져버렸던 이빨이 생각났고, 마치 지금은 있는 힘껏 두레박을 올려야 할 때이듯 그것을 찾으러 지붕 위로 올라가야 하지 않겠는가, 자못 망설이지 않을 수 없었다. 최인호, 그는 문장을 대패처럼 쓸 줄 아는 작가다. **조경란 (소설가)**